주홍글씨

너새니얼 호손(Nathaniel Hawthorne, 1804-1864)
(1860-1864년경, 매튜 벤저민 브래디 촬영)

현대지성 클래식 62

주홍글씨

THE SCARLET LETTER

너새니얼 호손

휴 톰슨 그림 | 이종인 옮김

현대
지성

작품의 배경인 미국 청교도 사회의 모습

〈플리머스 항구에 당도한 메이플라워호〉, 윌리엄 할샐, 1882년

〈필그림의 상륙〉, 미셸 펠리스 코른, 1803~1807년경

⋯→ 신세계에 첫발을 내디딘 청교도

1620년, 종교의 자유를 찾아 메이플라워호에 오른 영국의 청교도 집단 필그림 파더스(Pilgrim Fathers, 순례 선조)가 신세계 북아메리카 대륙에 첫발을 내디뎠다. 이들은 미국 초기의 식민지 개척자들로 오늘날 미국의 기틀을 세웠다. 『주홍글씨』는 이들로부터 한 세대가 지난 후의 청교도 사회를 배경으로 펼쳐진다.

〈1620년 메이플라워 서약〉, 진 리언 제롬 페리스, 1932년 인쇄된 엽서

⋮ 메이플라워 서약

1620년 11월 21일, 필그림 파더스는 메이플라워호 선상에서 다수결 원칙에 따른 자치 정부를 수립하기로 서약했다. 이들은 매사추세츠 보스턴 근처에 정착하여 플리머스 식민지를 건설했는데, 이 이름은 자신들이 출발했던 영국의 항구 도시 플리머스를 기념한 것이었다.

The Arbella-Gov. Winthrop's Flagship, The Pioneers' Village, Salem, Mass.

83007

아벨라호를 묘사한 엽서

호손 가문의 이주

1630년 메이플라워호에 이어 신대륙으로 건너온 아벨라호의 승객들은 보스턴 근처의 세일럼에 정착했다. 이때 호손의 선조인 윌리엄 호손도 이곳에 터를 잡았다. 작품에서도 언급되는 청교도 목사이자 매사추세츠만 식민지 총독 자리에 오르는 존 윈스럽은 이 배의 갑판에서 훗날 미국의 기치가 되는 "언덕 위의 도시"(「마태복음」 5장 14절)를 세우자고 선언했다.

청교도의 금욕적인 생활

청교도는 영국 국교회에 여전히 종교개혁 이전의 잔재가 남아 있다고 비판하며 독립적인 신앙의 길을 선택했다. 국교회의 탄압을 피해 새로운 신앙 공동체를 세우고자 고국을 떠난 이들은 어두운 빛깔의 소박한 옷을 입고 금욕적인 생활을 했다.

〈교회에 가는 필그림〉, 조지 헨리 버턴, 1867년

〈척박한 땅〉, 에드윈 오스틴 애비, 1884년

〈1692년 8월 5일 조지 제이콥스 재판〉, 톰킨스 H. 매트슨, 1855년경

〈마녀 언덕(세일럼의 희생자)〉, 토머스 새터화이트 노블, 1869년

⋮ 세일럼 마녀재판

청교도들은 엄격한 종교적·도덕적 기준을 내세우면서도, 다른 신앙을 탄압하고 집단 광기에 휩싸여 마녀재판을 벌이는 이중성을 보였다. 1690년대 세일럼에서 벌어진 마녀재판으로 수많은 주민이 희생되었는데, 호손의 선조는 이 재판의 판사였다.

〈주홍글씨〉, 위그 메를, 1861년

⋮ 주홍글씨를 단 헤스터

선조의 죄과에 깊은 죄책감을 느낀 호손은 평생에 걸쳐 죄와 구원, 선과 악의 문제를 탐구하며
빛과 어둠이 공존하는 인간 본성을 파고들었다. 그의 작품 속 헤스터는 자신의 삶을 통해 죄악
의 상징이었던 주홍글씨 'A'에 새로운 의미를 불어넣는다.

일러두기

1. 이 책은 1850년에 발표된 너새니얼 호손의 『주홍글씨』(*The Scarlet Letter*) 완역본이다.
2. 성경 인용문은 대한성서공회의 『개역개정4판』을 기준으로 번역했으며, 다른 성경 역본을 참고한 경우 해당 출처를 별도로 표기했다.
3. 본문 일러스트는 휴 톰슨(Hugh Thomson, 1860-1920)의 작품이며, 출처는 다음과 같다. Nathaniel Hawthorne, *The Scarlet Letter: a Romance*(NY: George H. Doran Company, 1920). 별도 출처 표기가 없는 시각 자료는 모두 퍼블릭 도메인에서 가져왔다.
4. 각주는 모두 옮긴이가 달았다.
5. 본문 일러스트 캡션은 모두 한국어판 편집자가 덧붙인 것이다.

차례

제2판 서문[1]

공직 생활을 묘사한 『주홍글씨』의 서문이 점잖은 사회에서 전례 없는 소란을 일으켰다는 소식을 듣고 깜짝 놀랐다. 이렇게 말하면 듣는 사람들은 기분이 더 상할 수도 있겠지만, 한편으로는 무척 흥미롭게 느껴졌다.

설령 내가 세관을 불태워버리고, 특별히 악감정을 품고 있다는 어떤 덕망 있는 저명인사의 피로 마지막 남은 잉걸불마저 꺼버린다 해도 그런 요란한 반응을 불러일으키지는 못했을 것이다. 혹시 세간의 비난을 받아 마땅한 잘못이 있다면 마음이 무거울 것 같아서, 서문을 다시 한번 주의 깊게 읽어보았다. 잘못된 부분이 발견되면 무엇이든 수정하거나 삭제하여 내가 저질렀다는 잔혹한 행위를 최대한 보상할 생각이었다.

하지만 다시 읽어보니 눈에 들어오는 유일한 특징은 그 글이 솔직하

----

1   『주홍글씨』 초판본의 서문인 「세관」이 출판 후 세간의 비판을 받자, 저자는 1850년 3월에 나온 제2판에 그런 비난에 대한 자기 방어 차원에서 이 서문을 추가했다.

면서도 진솔한 유머가 담긴 문장으로 세관에서 근무하는 사람들에 대한 인상을 전반적으로 정확하게 묘사했다는 점뿐이었다. 작가로서 나는 개인적으로든 정치적으로든 어떤 적개심이나 악감정도 품고 있지 않음을 여기에 분명히 밝혀둔다. 서문을 몽땅 들어낸다 해도 독자들에게 누를 끼치거나 책에 피해를 주지는 않을 것이다. 하지만 단언하건대, 그 글을 더 선량하고 진정 어린 마음으로 쓸 수는 없었을 것이고, 또 나의 능력이 닿는 한 그보다 더 생생하게 진실을 전달할 수는 없었을 것이다.

그래서 나는 그 서문을 단 한 단어도 고치지 않고 그대로 다시 싣기로 했다.

1850년 3월 30일
세일럼에서

세관
『주홍글씨』 서문

 가장 친한 친구들과 난롯가에 둘러앉아 있을 때도 나는 좀처럼 마음을 터놓거나 개인사를 이야기하지 않는다. 그런 내가 대중을 상대로 글을 쓰면서 자전적 이야기를 털어놓고픈 충동에 두 번이나 사로잡혔다는 것은 퍽 놀랄 만한 일이다.

 첫 번째는 서너 해 전에 있었던 일이다. 그때 나는, 변명하기 어려운 일이지만, 관대한 독자들이나 남의 일에 끼어들기 좋아하는 작가들조차 납득할 만한 이유를 찾지 못할 그런 글을 써냈다. 낡은 목사관[1]의 깊은 고요 속에서 보낸 나의 일상 말이다. 그런데 지난번에 과분하게도 한두 사람의 청중이 내 이야기를 들어주어 무척 기뻤으므로, 이제 다시금 독자들의 옷자락을 붙들고 세관에서 보낸 3년의 세월을 이야기하고자 한

----

1 너새니얼 호손이 결혼한 뒤 머물렀던 집으로 매사추세츠주 콩코드에 있으며, 본래 미국의 시인이자 사상가인 랠프 월도 에머슨의 소유였다. 이곳에서 호손은 『낡은 목사관의 이끼』(1846)라는 단편집을 발표했다.

다. 그리하여 저 유명한 『이 교구의 서기 P. P.』[2]가 보여준 선례를 충실히 따르게 되었다.

사실 작가는 자신이 쓴 글을 바람에 날려 보낼 때 그 책을 내팽개치거나 아예 집어 들지도 않을 대중이 아니라, 학창 시절 친구나 평생의 벗보다도 자신을 더 잘 알아줄 소수에게 띄워 보낸다. 실제로 어떤 작가들은 거기서 더 나아가 자신과 완벽하게 공감할 수 있는 마음과 지성을 가진 사람, 오직 그 사람에게만 온전히 전달될 은밀한 이야기를 털어놓는 데 몰두하기도 한다. 마치 저 넓은 세상을 향해 던져진 책이 작가의 흩어진 본질을 찾아내어 그것과 소통할 때 비로소 온전한 자아가 완성되기라도 하듯이 말이다.

우리가 개인적 감정을 배제하고 이야기한다고 해도 모든 것을 다 쏟아내는 것은 예의에 어긋나는 일이다. 그러나 말하는 사람이 청중과 진정한 관계를 맺지 않는다면 그의 생각은 얼어붙고 표현은 무뎌지고 만다. 그러므로 아주 친한 친구는 아니더라도 자상하고 이해심 많은 어떤 친구가 이야기를 들어주고 있다고 상상해보는 것도 괜찮을 것이다. 그의 수줍은 성격은 다정한 마음 씀씀이 덕에 녹아내려, 여전히 자신의 가장 깊은 자아는 마음의 베일 뒤에 숨겨놓은 채로 자신의 주위 환경과 심지어 자기 자신에 대해서도 털어놓을 수 있을 것이다. 이런 정도와 범위 내에서라면 작가는 독자의 권리나 자신의 권리를 침범하지 않고도 자전적 이야기를 쓸 수 있다.

마찬가지로 세관을 묘사한 이 글도 문학에서 늘 인정받는 품격을 갖추고 있어, 이 소설의 상당 부분이 나의 수중에 들어온 경위를 설명해주고 그 안에 담긴 이야기의 진정성을 증명해줄 것이다. 사실 나 자신을 이

----

2   18세기 영국에서 나온 익명의 풍자적인 자서전으로, 잘난 체하고 허세 부리는 주인공이 등장한다.

♦ 세일럼 항구의 세관 앞에 신사들이 모여 이야기를 나누고 있다. 무역선들이 오가는 항구의 활기찬 풍경이 펼쳐진 가운데, 『주홍글씨』 서문에서 호손이 묘사한 세관의 일상이 생생하게 재현되어 있다.

책에 실린 여러 이야기 가운데 가장 긴 이야기[3]의 편집자라고 여기는 것, 바로 이것이 내가 대중과 개인적인 관계를 맺으려는 진정한 이유이다. 이런 주된 목적을 달성하기 위해 지금껏 묘사되지 않았던 세관의 생활 방식과 더불어 나 또한 우연히 그들의 일원이 되었던 세관 사람들의 모습을 어렴풋하게나마 그려보고자 한다.

내 고향 세일럼에는 지금으로부터 반세기 전, 그러니까 킹 더비 시절에 사람들로 북적거리던 부두가 있었다.[4] 그러나 지금은 퇴락한 목조 창고들만 가득할 뿐 상업적 활동의 흔적은 거의 드러나지 않는다. 울적해 보이기까지 하는 기다란 부두의 중간쯤에서 돛이 두세 개 달린 범선이 동물 가죽을 하역하고 있으며, 좀 더 가까운 곳에서는 캐나다의 노바스코샤에서 온 스쿠너선이 화목(火木)을 부리고 있을 따름이다. 이 황폐한 부두의 머리맡에서는 가끔 바닷물이 흘러넘치고 부두를 따라 일렬로 늘어선 창고들의 발치와 뒤쪽에 무성히 자란 잡초는 여러 해 동안 별다른 움직임 없이 흘러간 세월의 흔적을 보여준다.

바로 이곳, 앞쪽 유리창으로 이 울적한 풍경과 그 너머 항구가 내려다보이는 지점에 커다란 벽돌 건물이 하나 서 있다. 이 건물의 지붕 꼭대기에는 매일 오전 정확하게 세 시간 반 동안 바람에 따라 펄럭거리거나 축 늘어지는 공화국의 깃발이 걸려 있다. 깃발에는 줄무늬 열세 줄이 수평이 아니라 수직으로 그려져 있어서 이 건물이 미국 정부의 군사 시설

----

3 『주홍글씨』를 가리킨다. 원래 이 작품을 다른 단편들과 묶어서 내려 했으나, 출판업자 제임스 필즈가 서문 격인 「세관」과 함께 실을 것을 조언해 현재의 형태로 출판되었다.
4 세일럼 항구는 1626년에 개항했으며 킹 더비는 이 항구를 기점으로 동양과 무역했던 상인 일라이어스 해스킷 더비(1739-1799)를 가리키는 별명이다. 약 50년 전에는 세일럼이 번창한 상업 항구 도시였다는 의미다.

이 아니라 민간 시설임을 알려준다. 건물 정면에는 발코니를 떠받치는 여섯 개의 나무 기둥으로 이루어진 주랑 현관이 있고, 그 발코니 바로 아래에는 널찍한 화강암 계단이 도로 쪽으로 뻗어 있다.

현관문 위에는 거대한 독수리 모형이 부착되어 있다. 가슴 앞에 방패를 두르고 날개를 활짝 펼친 독수리는 내 기억이 정확하다면 두 발톱에 번개와 뒤섞인 가시 돋친 화살을 한 다발 움켜쥐고 있다. 널리 알려진 대로 음울한 기질을 드러내는 이 불행한 새는 날카로운 부리와 예리한 눈매, 사나운 태도로 위협하며 공격성이라곤 찾아볼 수 없는 평화로운 이웃들을 마치 해코지라도 하려는 듯 위협하고 있다. 특히 자신이 날개를 활짝 벌려 보호하고 있는 이 건물에 침입하는 시민들에게는 그들의 안전을 보장할 수 없다고 으름장을 놓고 있는 듯하다. 그렇지만 그런 매서운 모습에도 불구하고, 많은 사람이 지금 이 순간에도 연방 정부의 독수리 날개 밑에서 은신처를 찾으려 한다. 독수리의 가슴에 솜털로 채운 베개 같은 부드러움과 아늑함이 깃들어 있다고 생각하는 모양이다. 그러나 그 독수리는 기분이 가장 좋을 때조차 그다지 다정하지 않다. 늦든 빠르든, 아니 조만간 발톱으로 할퀴거나 부리로 쪼거나 번개 화살을 쏘아 깊숙한 상처를 입혀 새끼들을 둥지 밖으로 내쫓고 말 것이다.

지금까지 묘사한 건물이 바로 이 항구의 세관이다. 보도의 갈라진 틈 사이로 자라난 잡초가 말해주듯, 요즘은 찾아오는 이가 그리 많지 않다. 그러나 1년 중 몇 달 동안은 오전 한때 일이 활발하게 밀려드는 시기가 있다. 그런 때면 도시의 나이 든 주민들은 영국과 마지막 전쟁[5]을 치

----

5 1812~1814년에 일어난 미영전쟁을 말한다. 프랑스와 나폴레옹 전쟁을 벌이던 영국이 프랑스를 압박하며 시행한 해상 봉쇄가 미국의 교역 활동에도 영향을 미쳤고, 미국인을 영국 해군으로 강제 징집하는 등 반영 감정이 격화되자 미국이 선전포고를 했다. 영국군의 공격으로 한때 수도 워싱턴이 점령되고 백악관이 불타기도 했으나 1814년 크리스마스 전날에 극적으로 강화조약을 맺었다.

르기 전, 즉 세일럼이 항구 도시의 면모를 갖추었던 시절을 떠올리곤 한다. 그 당시에는 세일럼 항구가 지금처럼 상인과 선주(船主)들에게 외면받지 않았다. 이제 그들은 세일럼 부두를 황폐하게 내버려둔 채, 은근슬쩍 뉴욕이나 보스턴으로 옮겨 가 그곳의 상업 물결을 더욱 거세게 만들고 있다.

어느 오전, 서너 척의 배가 한꺼번에 아프리카나 남아메리카에서 세일럼 항구로 쇄도하거나 그곳으로 출항하기 직전이면, 세관의 화강암 계단을 황급히 오르내리는 사람들의 분주한 발걸음 소리가 널리 울려 퍼진다. 이곳에서는 이제 막 입항한 배의 선장이 바닷바람에 붉어진 얼굴로 통관 서류가 들어 있는 낡은 양철 상자를 겨드랑이에 끼고서 세관으로 들어오는 모습을 그의 아내보다도 먼저 볼 수 있다. 또한 선주들도 드나드는데, 그들은 방금 항해를 끝내고 돌아온 배의 화물이 즉각 황금과 맞바꿀 수 있는 것인지, 아니면 아무도 사 가려 하지 않는 쓰레기 더미 속에 그를 파묻어버릴 것인지에 따라서 쾌활하거나 우울한 모습으로, 혹은 우아하거나 투덜거리는 모습으로 나타난다.

여기 상회에서 일하는 영민한 젊은 점원의 모습도 보인다. 그는 장차 이마에 주름이 잡히고 반백의 수염을 기른 채 온갖 근심 걱정을 짊어진 상인이 될 것이다. 이 어린 점원은 아직 동네의 물레방앗간 연못에서 장난감 배를 띄우며 노는 것이 더 어울릴 법한 나이지만, 마치 늑대 새끼가 피 맛을 알듯이 상업의 이문 맛을 일찌감치 맛본 터라, 상회 주인이 띄우는 배에다 자기 돈을 투자한 상품들을 몇 가지 주문해놓았다. 이 풍경에 등장할 법한 또 다른 인물로는 국적 증명서를 찾으러 온 외항선 선원이나 얼마 전 입항해 병원 진료증을 받으러 온 창백하고 허약한 선원도 있다. 또 작고 낡은 스쿠너선을 몰아 입항한 선장들 이야기도 빼놓을 수 없다. 그들은 영연방에서 화목이나 방수포를 수입해 오는 사람들로 양키처럼 약삭빠른 면모는 없어도 쇠퇴해가는 세일럼 무역에 제법 보탬

이 되는 사람들이었다.

　　때로 이런 사람들과 그 밖의 갖가지 부류가 한데 모이면 세관은 잠시나마 활기를 띠었다. 그러나 세관 계단을 오르며 더 자주 볼 수 있는 풍경은 여름철이면 현관에서, 겨울철이나 날씨가 궂은 날에는 저마다의 사무실에서 의자 뒷다리를 벽에 기대고 잇따라 앉아 있는 고매한 사람들의 모습이었다. 그들은 졸기도 하고 때로는 말소리인지 코 고는 소리인지 알 수 없는 목소리로 잡담을 나누기도 했다. 그들의 목소리에는 평생 구빈원의 신세를 지거나 누군가의 자선과 보장된 일자리에 기대어 살면서, 스스로 일어설 생각은 꿈에도 하지 않는 사람들 특유의 무기력함이 배어 있었다. 그들은 세리(稅吏) 마태[6]처럼 세관 접수대에 앉아 있으나 사도의 부름을 받고 과감히 뛰쳐나갈 가능성은 거의 없다. 이 점잖은 사람들이 바로 세관 직원들이다.

　　더욱이 현관문으로 들어가면 왼쪽에 한 변이 4.5미터 정도 되는 천장 높은 방, 아니 사무실이 있다. 그 방에 난 아치형 창문 두 개는 앞서 말한 황폐한 부두를 내려다보고 있고, 또 다른 창문은 비좁은 골목길과 더비 거리의 한구석을 향해 있다. 이 세 창문에서 모두 잡화상, 목재 공장, 옷 가게, 선박 용품점 등이 한눈에 들어온다. 이런 가게의 출입문 주위에는 으레 그렇듯 늙은 선원들과 항구의 빈민가를 어슬렁거리는 부랑자들이 모여 떠들며 웃고 있다. 이 방은 거미줄이 쳐져 있고 페인트칠이 바래 지저분해 보였다. 바닥에는 오래전에 폐기된 바닥 청소 방식인 잿빛 모래가 깔려 있었다. 이처럼 지저분한 것을 보면, 마치 성소라도 되는 양, 여자들이 빗자루와 걸레라는 마법의 도구를 들고 자주 드나들지 않

6　신약성경 「마태복음」 9장 9절. "예수께서 그곳을 떠나 지나가시다가 마태라 하는 사람이 세관에 앉아 있는 것을 보시고 이르시되 나를 따르라 하시니 일어나 따르니라."

♦ 세관 사무실에서 신문을 읽는 너새니얼 호손. 세관에서의 경험과 관찰이 그의 작품, 특히 『주홍글씨』의 서문에 어떻게 녹아들었는지를 암시하는 장면이다.

은 것이 틀림없다.

가구로는 커다란 연통이 달린 난로 하나, 오래된 소나무 책상과 그 옆의 삼발이 걸상 하나, 너무 낡아서 곧 부서질 것 같은 나무 의자가 두세 개 있다. 책들도 빼놓을 수 없다. 두세 개의 책장에 『의회 법령집』수십 권과 두꺼운 『관세법 개요』한 권이 꽂혀 있다. 천장에는 건물의 다른 사무실과 음성으로 연락할 수 있는 주석 파이프가 달려 있다.

대략 여섯 달 전만 해도, 바로 이 방 안 구석구석을 서성이거나 긴 의자에 편히 앉아 책상에 팔꿈치를 괴고 조간신문을 위아래로 훑어보던 사람이 있었다. 존경하는 독자들이여, 당신을 자신의 아담하고 유쾌한 서재로 초대했던 그 사람을 기억하시리라. 버드나무 가지 사이로 스며드는 따스한 햇볕이 그토록 정겹게 어른거리던, 낡은 목사관 서쪽의 그 서재 주인 말이다. 하지만 이제 그를 찾아 세관으로 가더라도 로코포코[7] 검사관을 만나지 못한 채 헛걸음만 하게 될 것이다. 개혁의 빗자루가 그를 사무실에서 쓸어냈고, 더 유능하다는 후임자가 그의 자리를 이어받아 그의 봉급을 챙기고 있기 때문이다.

비록 유년 시절과 성인이 된 후에도 멀리 떨어져 산 세월이 길었지만 이 오래된 도시 세일럼은 나의 고향이다. 이 도시는 내 애정을 사로잡았고 또 지금도 사로잡고 있으나, 그곳에 실제로 사는 동안에는 그런 애정을 전혀 의식하지 못했다. 사실 이 도시의 겉모습은 초라하다. 평평하고 단조로운 지형에 목조 가옥들이 죽 늘어서 있는데 그중 어떤 것도 건축물로서 아름다움을 뽐내지 못한다. 그 불규칙한 모습은 아름답지도 않고 고풍스럽지도 않으며 단지 지루할 뿐이다. 반도(半島) 전체를 가로질

----

7   민주당 내의 급진파. 1835년 민주당 모임에서 의견 조정이 이루어지지 않자 의장이 등불을 끄고 회의를 해산시키려 했는데, 한 급진당원이 부싯돌 성냥인 로코포코(locofoco)를 꺼내어 불을 켜고 속개시킨 데서 나온 말이다. 그 후 로코포코는 급진당원을 가리키게 되었다.

러 느릿느릿 길게 뻗어나간 거리의 한쪽 끝에는 갤로스힐[8]과 뉴기니가 있고 다른 쪽 끝에는 구빈원이 자리 잡고 있다.

내 고향 마을의 외관이 이러하다 보니, 말이 어지럽게 널려 있는 체스판을 보고서 감상 어린 애착을 느끼는 것도 있을 법한 일이다. 그러나 항상 세일럼이 아닌 다른 곳에서 훨씬 큰 행복을 느끼면서도 나의 내면에는 오래된 고향에 대한 어떤 감상이 자리해왔는데, 그것을 표현할 만한 말이 달리 없으므로 애정이라고 부르는 것으로 만족해야겠다. 이러한 감정은 아마도 우리 가문이 이 땅에 오래도록 깊게 뿌리내려온 데서 비롯되었을 것이다. 우리 가문의 시조가 영국에서 이 숲으로 둘러싸인 황량한 정착촌에 처음으로 건너온 것은 지금으로부터 거의 두 세기 하고도 사반세기 전이었다. 그 후 이민자들의 정착촌은 하나의 도시로 발전했다. 이곳에서 그 시조의 후예들이 나고 자랐고, 세상을 떠난 뒤에는 흙으로 만들어졌던 육신이 땅속에 묻혀 다시 흙과 하나가 되었다. 그리하여 이 땅의 적지 않은 부분이 잠시나마 이 거리를 거닐게 된 나의 육체와 닮아 있음이 틀림없다. 그러므로 내가 말하는 애착이라는 것도 어쩌면 흙에서 나와 흙으로 돌아간다[9]는 감각적 유대감에 지나지 않을지도 모른다. 내 고향 사람들은 대체로 이런 감정을 이해하지 못하고, 또 가문의 번영을 위해서는 자주 옮겨 다니는 편이 낫다고 여기기에 그런 감정을 갖는 것이 좋다고도 생각하지 않는다.

하지만 이러한 감정에는 정신적인 면도 깃들어 있다. 가문이 대대로

8　Gallows Hill. 교수대 언덕이라는 뜻으로, 세일럼 북서쪽에 있는 언덕 이름이다. 1692년 마녀재판에서 마녀라는 판결을 받은 19명이 이곳에서 처형되었다. 작가의 선조인 존 호손(1641-1717)은 마녀재판에 판사로 참여했고, 그의 아들 조지프 호손(1692-1762)도 그 자리에 임석했다.

9　구약성경 「창세기」 3장 19절에 나오는 "너는 흙이니 흙으로 돌아갈 것이니라"의 간접 인용. 앞에 나온 조상의 시신이 세일럼의 흙과 하나가 되었고 그 후손도 땅과 닮은 부분이 있다는 표현 또한 이 구절에 바탕을 둔 것이다.

물려준 저 희미하면서도 장엄한 위엄을 지닌 시조의 모습은, 내가 기억할 수 있는 가장 어린 시절부터 내 상상 속에 자리해왔다. 그 모습은 여전히 나를 사로잡은 채 과거에 대한 일종의 향수를 불러일으킨다. 하지만 그런 감정은 고향 마을의 현재 모습과는 거의 관련이 없다.

나는 턱수염을 기르고 검은 법복을 입고 뾰족한 법모를 쓴 저 근엄한 조상[10] 때문에 세일럼에 더 깊은 애착을 느낀다. 그는 성경과 칼만을 들고 이 미지의 땅에 건너와 당당히 걸어 다니며, 전쟁과 평화의 사도로서 자신이 얼마나 대단한 인물인지를 증명해 보였다. 이름도, 얼굴은 더더욱 알려지지 않은 지금의 나는, 오히려 나 자신보다도 이 조상 덕분에 고향 마을과의 인연을 더 강하게 주장할 수 있다.

그 시조는 군인이자 입법가이고 판사였으며 동시에 교회의 통치자이기도 했다. 그는 청교도의 좋은 점과 나쁜 점을 모두 가지고 있었고 지독한 박해자이기도 했다. 퀘이커교도들의 증언을 보라. 그들은 자기 역사에 그를 잊지 않고 기록했으며, 그가 그들 종파의 한 여성에게 아주 가혹한 징벌을 가한 사건을 여전히 전해오고 있다. 그가 이뤄낸 훌륭한 업적들보다 그런 기록이 사람들의 기억 속에 더 오래 남지 않을까 두렵다.

그의 아들 또한 아버지의 박해 정신을 물려받아 마녀들을 죽음으로 몰아넣는 데 결정적인 역할을 했다. 교수대에서 죽어간 마녀들의 피가 그에게 핏자국을 남겼다고 해도 그리 지나친 표현은 아니다. 피가 너무도 깊이 배어든 나머지 차터 거리의 공동묘지에 묻힌 그의 오래되고 메마른 유해가 완전히 흙이 되어 사라지지 않았다면 지금도 그 핏자국이 배어 있을 것이다! 나는 조상들이 그들의 잔인한 처사를 뉘우치고 하늘

----

10 호손 가문의 시조인 윌리엄 호손(1607-1681). 1630년에 나중에 보스턴 총독이 된 존 윈스럽과 함께 신대륙의 매사추세츠로 건너왔다. 1636년에 세일럼으로 이주하여 시장이 되었고 시민군 소령을 지내기도 했다.

에 용서를 빌었는지, 아니면 저세상에서 그 잔혹함의 대가로 고통스러운 신음 소리를 내뱉고 있는지 알지 못한다. 아무튼 이 글을 쓰는 나는 그들의 대표로서 그들을 대신하여 수치심을 느낀다고 밝히고 싶다. 또한 그들이 초래한 저주[11]가, 내가 이제껏 들어왔고 호손 가문이 오랜 세월에 걸쳐 겪어온 저 음산하고 불안한 생애들이 증명해온 모든 저주가 이제부터 영원히 사라지기를 기도할 따름이다.

물론 이 엄격하고 근엄한 두 청교도 선조는 자신의 죄악에 마땅한 응보가 이루어졌다고 생각할지도 모른다. 오랜 세월이 흐른 후에 고색창연한 역사의 흔적이 그토록 잔뜩 피어 있는 가계도의 오래된 줄기 맨 위에 나처럼 게으른 가지가 돋아났으니 말이다. 그들은 내가 마음에 품었던 어떤 목표도 칭송할 만한 것으로 여기지 않을 것이다. 내가 장차 어떤 성공을 이루더라도, 내 인생이 가문의 영역을 벗어나 빛나는 성공을 거둔다 해도, 치욕스러울 것까지는 없겠지만 무가치한 일이라고 여길 것이다. "저 녀석은 뭘 한다고?" 내 조상의 회색 그림자 하나가 다른 조상에게 중얼거린다. "이야기책을 쓴다지! 도대체 그게 인생에서 무슨 의미가 있단 말이야? 그게 하나님의 영광을 드높이거나, 녀석이 살아 있을 때나 후대 사람들에게 도움이라도 되는 일이라던가? 저 한심한 놈은 차라리 광대나 되는 게 나았겠어!" 이것이 시간의 심연을 초월하여 나의 선조들과 나 사이에 오간 찬사였다! 그러나 그들이 아무리 나를 경멸한다 해도, 그들 본성의 강한 특성들은 나의 성격에 고스란히 녹아들어 있다.

호손 가문은 그 열정적이고 강인했던 두 선조 덕분에 이 도시의 태동기부터 깊이 뿌리를 내렸고, 그 후로도 줄곧 이 마을에서 살아왔다. 가문은 언제나 명예를 지켜왔고, 내가 아는 한 어느 누구도 가문의 명성을

----

11 윌리엄 호손 판사의 판결로 교수형에 처해진 한 마녀는 자신이 무고하게 죽는 것이며, 내 죽음의 피가 호손의 후손들에게 영향을 미칠 것이라고 저주를 퍼부었다.

손상시킨 적이 없다. 반면에 첫 두 세대 이후로 기록할 만한 업적을 남기거나 대중의 주목을 받을 정도로 출세한 사람도 좀처럼 나오지 않았다. 호손 일가는 서서히 사람들의 시야에서 사라져갔다. 마치 거리 곳곳에 흩어진 오래된 집들이 새롭게 쌓이는 흙더미에 처마까지 파묻혀서 제대로 보이지 않는 것과 비슷했다.

　우리 가문은 백 년이 넘도록 아버지에서 아들로 대를 이어가며 바다를 생계의 터전으로 삼았다. 각 세대마다 머리가 백발이 된 선장이 선실을 떠나 고향 마을의 농가로 물러나면, 그의 열네 살짜리 아들이 조상들로부터 전해 내려온 돛대 앞자리를 이어받아 일찍이 아버지와 할아버지를 향해 몰아쳤던 짭짤한 파도와 거센 바람에 맞서며 선원으로 성장했다. 그 소년도 때가 되면 앞 간판에서 선원실로 자리를 옮겨 풍찬노숙하는 성년 시절을 보낸 뒤, 온 세상을 떠돌아다니는 방랑을 마치고 고향 집으로 돌아왔다. 그리고 늙어서 세상을 떠나면 그의 몸을 이루는 흙은 자신이 태어난 땅의 흙과 뒤섞여서 하나가 되었다.

　한 가문이 한 장소에서 태어나고 묻히며 맺어온 이러한 오랜 연고는 사람들과 장소 사이에 끈끈한 유대를 만들어낸다. 그런 감정은 주변의 풍경이나 그들을 둘러싼 정신적 환경이 풍기는 매력과는 무관하다. 그것은 사랑이 아니라 본능이다. 이곳에 새롭게 나타난 주민, 즉 외국에서 옮겨 왔거나 아버지나 할아버지가 이민해 온 사람은 세일럼 사람이라고 주장할 권리가 없다. 그들은 3세기에 걸쳐 대대로 가족들이 묻혀온 이 땅에, 마치 굴이 바위에 달라붙듯 뿌리박고 사는 오래된 주민들의 마음을 결코 이해하지 못한다. 이 장소가 별다른 즐거움을 안겨주지 못한다거나, 낡은 목조 가옥, 진흙과 먼지, 아무런 기복도 없는 땅과 감정, 차가운 동풍, 그보다 더 차디찬 사회 분위기가 지겹다는 것은 그리 큰 문제가 아니다. 이 모든 것과 눈으로 보거나 상상할 수 있는 모든 결점은 그리 중요하지 않다. 이곳의 마력은 여전히 살아 있고, 마치 태어난 장소가 곧 지상의 낙원인 양 강력한 힘을 발휘한다.

　나 역시 그랬다. 세일럼은 내게 피할 수 없는 운명과도 같았다. 오랜 세월 이어져온 이 마을의 얼굴들과 그들의 품성은, 내 짧은 생애 속에서도 여전히 선명하게 알아볼 수 있었다. 마치 한 가문의 사람이 세상을 떠나 무덤으로 들어가면, 곧바로 다른 이가 그 자리를 이어받아 마을 거리를 지키는 파수꾼이 되는 것처럼 말이다.

　하지만 이런 감정이 들었다는 것 자체가, 이미 해로워진 이 오랜 인연을 끊어야 할 때가 왔다는 신호였다. 인간의 본성은 감자와 비슷해서 너무 여러 세대에 걸쳐 힘을 다한 땅에 계속해서 심다 보면 번성할 수가 없다. 내 아이들은 저마다 다른 곳에서 태어났다. 내가 그들의 앞날을 통제할 수 있는 한, 그들이 낯선 땅에 뿌리내리게 할 것이다.

　낡은 목사관을 나왔을 때, 무엇보다 나의 고향 마을에 대한 기이하고 게으르고 달갑지 않은 애착 때문에 나는 미국 정부의 벽돌 건물에 생긴 자리를 채우게 되었다.[12] 어디든 다른 곳으로 갔더라면 더 좋았을 텐데 말이다. 나의 불길한 운명은 이미 정해진 셈이었다. 내가 영원히 돌아오지 않을 것처럼 세일럼을 떠난 것은 한두 번이 아니었으나, 털어내려 해도 자꾸만 돌아오는 반 푼짜리 동전처럼 번번이 고향 마을로 되돌아왔다. 마치 세일럼이 어쩔 도리 없는 내 우주의 중심이라도 되는 듯했다. 그래서 어느 화창한 날 아침, 나는 호주머니에 대통령의 임명장을 찔러 넣은 채 화강암 계단을 올라가 세관의 여러 직원을 만나게 되었다. 그들은 전결권을 가진 고위 세관 관리[13]로서 막중한 책임을 맡은 나를 보좌할 사람들이었다.

12　호손은 민주당 출신 제임스 포크 대통령에 의해 세일럼 세관의 검사감독관 자리에 임명되어 1846년 봄부터 근무했다. 당시 그의 연봉은 1,200달러였는데 2017년 기준으로 환산하면 3만 6,000달러이다. 소설가로서 아직 명성을 굳히지 못한 호손으로서는 재정적 안정을 얻을 수 있는 좋은 자리였다.

미국 정부의 어떤 관리도, 군사든 민간이든, 나처럼 원로급 직원들을 거느린 사람은 없었을 것이다. 아니, 다시 생각해보니 이는 의심할 여지도 없는 사실이었다. 직원들을 살펴보면서 최고참들이 어떻게 그토록 오래 버틸 수 있었는지 금방 알 수 있었다. 세관장직은 독립된 자리여서, 지난 20년 넘게 세일럼 세관은 정치적 변화의 소용돌이를 비켜갈 수 있었다.

세관장은 뉴잉글랜드에서 가장 이름난 장군 출신으로, 국가를 위해 용맹하게 싸웠다는 명성이라는 받침대 위에 우뚝 서 있는 사람이었다. 그는 여러 행정부의 지혜로운 관대함 덕분에 세관장 자리를 계속 지켜왔고, 세관에 여러 번 들이닥쳤던 위험하고 조마조마한 시기에 부하 직원들의 안전판이 되어주었다. 밀러 장군은 아주 보수적인 사람으로서 그의 자상한 성품에는 습관이 적지 않은 영향을 미쳤다. 장군은 낯익은 얼굴들을 다정하게 챙겼고, 변화가 분명 더 나은 결과를 가져올 때조차 익숙한 옛 방식을 놓지 않았다. 그리하여 내가 부서에 취임했을 때 부하 직원은 거의 다 나이가 지긋한 사람들이었다. 그들은 대부분 과거에 선장을 지낸 이들로, 거친 오대양을 누비며 인생의 혼란스러운 폭풍우에 맞서 싸우다가 마침내 이 아늑한 구석으로 표류해 왔다. 이곳에서는 정기적으로 돌아오는 대통령 선거라는 공포 이외에 그들을 동요시킬 것이 거의 없었고, 선거가 끝나면 하나같이 자신의 보직에서 새로운 임기를 보장받았다.

그들이라고 해서 남들보다 연로함과 질병에 유독 더 강했을 리는 없건만, 마치 그들에게는 죽음을 멀리 물리치는 특별한 부적이라도 있는

----

13 원문은 chief executive officer of Custom House로 CEO와 같은 용어이나, 당시 지금과 같은 개념은 정립되어 있지 않았다. 세관장은 Collector라는 명칭으로 쓰였다. 호손이 재직했던 직위의 정식 명칭은 Surveyor(검사감독관)인데, 요즘으로 말하면 세관 내에 있는 한 본부의 본부장 정도 되는 자리였다.

듯했다. 내가 기억하는 한 그들 가운데 두세 명은 통풍과 류머티즘을 앓고 있거나 병상에 누워 지내야 할 정도여서 한 해의 대부분은 세관에 출근할 생각을 꿈에도 하지 못했다. 그러나 그들은 동면하듯 겨울을 보낸 뒤에 햇볕이 따뜻한 5월과 6월이 오면 겨우 기어 나와서는 '업무'라고 부르는 일거리를 어영부영 해치우고는, 제 편한 대로 다시 잠자리로 쏙 들어가버리곤 했다.

나는 이런 존경할 만한 공화국의 종복 가운데 한 명 이상의 공직 생활을 단축한 죄가 있다는 것을 고백해야겠다. 그들은 나의 건의로 힘든 일에서 벗어나게 되었고, 얼마 지나지 않아 마치 자기 인생의 유일한 원칙은 국가에 열성적으로 봉사하는 것이었다고 말하려는 듯이 더 좋은 세상으로 물러났다. 내 개입으로 이들이 그간의 사악하고 부패한 관행을 참회할 시간적 여유는 얻었다는 점에서 약간의 위안을 얻는다. 사실 세관 관리는 누구나 그런 함정에 빠져들게 마련이 아닌가. 세관의 앞문이든 뒷문이든, 어느 문으로도 천국행 길은 나 있지 않으니 말이다.

나와 일하는 직원들은 대부분 휘그당[14] 지지자였다. 신임 검사감독관이 정치가가 아니라는 사실은 이 존경스러운 동료들에게는 다행스러운 소식이었다. 나는 원칙적으로 충실한 민주당원이었지만 정치 활동으로 관직을 받거나 지킨 적은 전혀 없었다.[15] 만약 사정이 그와 정반대였다면 어땠을까? 정치 활동을 적극 펼쳐온 인사가 이 영향력 있는 자리에 임명되어, 휘그당 소속 세관장을 상대로 그가 병약하여 업무를 제대로

----

14 민주당과 함께 19세기 중반 미국을 대표하던 2대 정당. 현 공화당의 전신이다. 1852년에 휘그당, 노예제도를 용납하지 않는 자유지역당, 노예제 철폐를 주장하는 북부 지역의 일부 민주당원이 뭉쳐 공화당을 결성했다. 링컨은 공화당이 배출한 첫 대통령이다. 호손은 민주당 지지자로 그의 대학 동창이자 나중에 대통령이 된 프랭클린 피어스도 민주당 소속이었다. 한편 공화당은 종교적으로 칼뱅주의(청교도주의)를 계승한 반면 민주당은 사상의 자유를 지지했다. 이는 『주홍글씨』속 종교적 갈등이 곧 정치적 갈등과도 연계될 수 있음을 보여준다.

수행하지 못한다면서 맞섰더라면? 죽음을 불러오는 천사가 세관의 계단을 오른 지 한 달도 지나지 않아 고령의 동료들은 공직 생활의 마지막 숨을 거두어야 했을 것이다. 이런 인사 문제의 관행을 그대로 따른다면, 정치가 출신 고위직은 백발 노인들의 머리를 모조리 단두대 아래 집어넣는 것을 마땅한 의무로 여겼을 것이다.

나이 든 직원들이 내 손에 그런 수모를 당할까 봐 두려워하는 기색이 역력했다. 내가 부임하자 사무실에 퍼져가는 공포를 지켜보는 일은 가슴 아프면서도 흥미로웠다. 반세기 동안 바다 풍파에 시달려 깊은 주름이 진 뺨이, 나처럼 해코지 할 생각 없는 사람의 눈길에도 잿빛으로 창백해졌고, 누군가 내게 말을 걸 때면 목소리가 가냘프게 떨렸다. 그들은 한때 확성기를 들고 선상에서 우렁찬 명령을 내려, 그 거친 목소리로 북풍의 신 보레아스조차 두려워 잠잠해지게 만든 이들이 아니던가.

이 훌륭한 노인들은 속으로 잘 알고 있었다. 이미 정해진 규칙대로라면, 더구나 그들 중 일부는 일을 제대로 처리할 능력도 없었으니, 정통파에 가까운 정치 성향을 지닌, 자신들보다 정부에 더 잘 봉사할 수 있는 젊은이들에게 자리를 내줘야 한다는 것을. 나 역시 그 사실을 알고 있었지만, 그걸 실행에 옮길 마음은 들지 않았다. 그래서 내 명예를 손상시키고 직업적 양심에도 어긋나는 일이었지만, 내가 그 자리에 있는 동안 그들은 계속해서 부두를 어슬렁거리며 세관 계단을 오르내렸다.

그들은 의자 등받이를 벽 쪽에다 기대놓은 채 익숙한 자리에서 졸며 시간을 보내는 경우가 많았다. 아침나절에는 한두 번 잠에서 깨어나 그들 사이에서 이미 암호와 답처럼 굳어진 말들, 이를테면 바다를 주름잡

----

15 1849년 휘그당 출신 재커리 테일러(1784-1850)가 대통령으로 취임하자 호손은 세일럼 세관의 검사감독관 자리에서 해고되었다. 호손은 정치와는 무관하다고 해명했으나, 현지의 찰스 어펌 목사가 이끄는 휘그당원들은 그가 실제로 적극적인 정치 활동을 펼쳤다고 주장했고, 결국 복권은 이뤄지지 않았다.

던 시절의 이야기나 진부한 농담을 골백번 넘게 주고받으며 서로를 지루하게 만들었다.

얼마 지나지 않아 새로 부임한 검사관이 별로 까다롭지 않은 사람이라는 것이 드러났다. 그래서 이 노신사들은 가벼운 마음으로, 또 조국을 위해서는 아니더라도 적어도 자신을 위해서는 유용하게 일하고 있다는 즐거운 마음으로 열심히 사무를 보는 시늉을 했다. 그들은 마치 대단한 통찰력이라도 지닌 듯, 안경을 치켜 올리고 화물선 선창을 들여다보는 게 아닌가! 사소한 일을 두고는 엄청난 소동을 벌이면서 더욱 중요한 일들은 손가락 사이로 빠져나가도록 마냥 손 놓고 있는 모습이 어찌나 둔감한지, 경이로울 지경이었다! 사고가 일어났을 때, 가령 훤한 대낮에 가치 있는 상품들이 마차에 한가득 실려 바로 코앞에서 뭍으로 밀수되었을 때 그들이 마련한 사후 대책이란 이런 식이었다. 그들은 더할 나위 없는 경계심을 보이며 신속하게 범법 행위를 저지른 선박의 모든 출입구를 테이프와 밀폐용 왁스를 가지고 이중 삼중으로 차단했다. 이미 일이 벌어지고 난 뒤였지만, 그들은 자신들의 부주의함을 질책받을 일이 아니라 오히려 조심스러운 대응을 칭찬받아 마땅하다고 여기는 듯했다. 더 이상 잘못을 바로잡을 방도가 없는 순간에도 그처럼 재빠르게 열성을 보였으니 감사하는 마음으로 인정해주어야 한다는 식이었다.

나는 사람들이 아주 불쾌한 짓을 하지 않는 한, 어리석게도 그들에게 정이 드는 습관이 있었다. 직원들의 성품에 좋은 점이 있다면 그 부분을 가장 먼저 보려 했고, 그것으로 그들이 어떤 유형인지 파악했다. 나이 든 세관 관리들은 대부분 좋은 특성을 지니고 있었고, 나는 그들을 아버지처럼 보호해주는 자리에 있었으므로 우호적인 감정이 생겨나기에 좋았다. 그리하여 나는 곧 그들 모두를 좋아하게 되었다. 여름날 오전에, 그러니까 사람들의 몸을 녹여버릴 듯이 뜨거운 열기가 나이 든 직원들의 동면에 든 몸에는 따뜻한 온기 정도로 느껴지는 때에, 그들이 평소처럼 뒷문에 일렬로 기대어 앉아 나누는 잡담을 듣는 것도 참으로 유쾌한 일이었다. 과거 세대의 얼어붙었던 재치가 더위로 녹아내렸고 그들의 입술에서는 웃음이 거품처럼 솟아 나왔다. 겉으로 볼 때 노인들의 유쾌함은 어린아이들의 즐거움과 닮은 점이 많다. 이는 지성이나 심오한 유머 감각과는 거의 관계가 없다. 노인이든 어린아이든 그것은 표면을 스치며 반짝거리는 광채로, 푸르른 가지에도 썩어가는 잿빛 나무줄기에도 똑같이 내리비쳐 밝고 생생한 기운을 불어넣는다. 다만 어린아이에게서 나오는 빛은 진짜 햇살인 반면, 노인에게서 생겨나는 빛은 썩어가는 나무가 발하는 인광에 가까웠다.

나의 훌륭한 옛 동료들을 가리켜 모두 망령이 났다고 서술하는 것은 아주 불공정한 처사가 되리라는 점을 독자들은 이해해주기 바란다. 우선 나와 함께 근무하는 검사관들이 하나같이 노쇠 증세를 보인 것은 아니었다. 개중에는 힘이 넘치고 한창때처럼 보이는 사람들도 있었다. 탁월한 능력과 활기로 다만 불운하여 접어들게 된 이 나태하고 의존적인 생활양식을 잘 극복한 이들이었다. 게다가 나이 든 직원들의 백발이 때로는 손질이 잘된 지성의 가옥에 얹은 지붕처럼 보이기도 했다. 그러나 이들 노장 군단의 대다수는, 전반적으로 한 무리의 피곤한 노인들이라고 묘사해도 그리 잘못된 처사는 아닐 것이다. 그들은 다양한 삶의 체험에서 보존할 만한 가치를 전혀 얻지 못했다. 실질적인 지혜라는 황금 알곡을 수확할 기회가 그처럼 많았으면서도 그것들은 몽땅 내던져버리고 대신 겉껍질만을 기억 속에 신중히 간직한 것처럼 보였다. 그들은 40~50년 전에 일어난 해상 난파 사건이나 젊은 시절에 목격한 세상의 경이로운 일들에는 심드렁해하면서 그날의 아침 식사나 어제와 오늘과 내일의 저녁 식사에 훨씬 더 큰 흥미와 관심을 가지고 열심히 떠들어댔다.

세관의 아버지, 그러니까 이 작은 세관 관리단의 가장일 뿐 아니라 감히 말하건대 미국 전역에 포진한 그 '고귀한' 항만 감시관 무리의 대부라 할 만한 인물이 있었다.[16] 그는 세관 제도가 만들어낸 진정한 합법적인 적자(嫡子)로서 태어날 때부터 세관원의 운명을 타고났다. 그의 아버지는 미국 독립 혁명 시대에 혁명군 대령을 지냈고 그 뒤 이 항구의 세관장이 되었는데, 세관에 자리를 하나 만들어 아들을 그곳에 앉혔다. 세관 설립 초창기의 일이라 지금 살아 있는 사람 가운데 그 일을 기억하는 사람은 거의 없다.

내가 이 검사관을 처음 만났을 때 그는 이미 여든 살 남짓 되어 보이는 노인이었는데, 평생에 걸쳐 찾아다녀도 발견하기 어려울 만큼 인생의 겨울철에 접어들었음에도 여전히 푸르름을 과시하는 놀라운 인물이었다. 두 뺨은 발그레했고 단단한 풍채에 반짝거리는 단추가 달린 푸른색 상의를 근사하게 차려입었으며 발걸음은 활기차면서도 정력적이었다. 한마디로 그는 건강하고 쾌활한 외모를 갖고 있었다. 물론 젊다고는 할 수 없었지만 마치 어머니 대자연이 노령과 질병이 건드릴 수 없도록 새로이 빚어낸 인물 같았다. 세관에 끊임없이 메아리치는 그의 목소리와 웃음소리에는 노인 특유의 불안정한 떨림이나 쉬어빠진 소리가 전혀 담겨 있지 않았고, 수탉의 울음소리나 기상나팔의 울림처럼 그의 폐부에서 힘차게 터져 나왔다.

그를 그저 동물로만 보자면(사실 달리 보기가 좀처럼 쉽지 않았다), 그는 아주 완벽한 모범이었다. 신체의 온전한 건강미와 단단함 그리고 그러한 노령에도 일찍이 목표로 삼았거나 생각해낸 인생의 거의 모든 즐거움을 누리는 능력은 과연 경이로울 정도였다. 또박또박 정기적으로 수입이 들어오는 데다가 사직당할 우려도 거의 없었기에 그는 세관에서 의

----

16 이 감독관의 실명은 윌리엄 리이다. 리의 딸들은 호손이 그들의 아버지를 이토록 가소로운 인물로 묘사한 것을 평생 용서하지 않았다. 호손은 훗날 그를 이런 식으로 경멸한 것을 후회했다고 한다.

심할 여지 없이 가뿐한 생활을 하며 세월을 보낼 수 있었다. 하지만 더욱 원초적이고 강력한 힘을 발휘한 원인은 그의 보기 드물 만큼 완벽한 동물적 본성과 적당한 정도의 지성, 거기에 아주 미미하게 보태어진 도덕성과 정신성에 있었다. 특히 이 마지막 요소들은 이 노신사가 겨우 네발 달린 짐승 신세는 면하게 해주는 정도에 불과했다.

그에게는 생각하는 힘이라든지 감정의 깊이랄 것이 없었고 골치 아픈 감수성 같은 것도 가지고 있지 않았다. 간단히 말해 평범한 수준의 본능밖에 없었는데, 그것이 단단한 신체에서 자연히 우러나오는 쾌활한 기질의 도움을 받아 진정한 마음을 대신하여 그럴듯하게 역할을 수행했고 사람들도 그다지 거부감 없이 받아들였다. 그는 세 아내의 남편이었으나 다들 오래전에 세상을 떠났다. 또한 그는 스무 명의 자녀를 둔 아버지이기도 했는데 대부분이 어린 시절이나 청년 시절에 흙으로 돌아갔다. 이런 슬픈 일이 연이어 일어나면 아무리 쾌활한 기질을 타고나더라도 아주 울적하고 감내하기 어려운 그늘이 드리워졌을 것이라고 생각하기 쉽다. 하지만 우리의 나이 든 검사관은 전혀 그렇지 않았다! 단 한 차례 짧은 한숨을 내쉬는 것만으로도 충분히 그런 울적한 추억의 부담을 모두 떨쳐낼 수 있었다. 바로 다음 순간이면 아직 바지도 입히기 이른 어린아이처럼 즐겁게 놀이를 시작할 준비가 되어 있었다. 그런 아이 같은 면모는 세관장의 어린 서기보다도 더했기에, 열아홉 살짜리 서기가 이 검사관보다 훨씬 더 성숙하고 진중해 보였다.

나는 세관에서 만난 어떤 사람보다 이 가부장적 인물에게 가장 강렬한 호기심을 느끼며 그를 관찰하고 탐구하곤 했다. 그는 정말이지 진귀하리만큼 경이로운 인물이었다. 어떤 관점에서 보면 너무나 완벽했지만 다른 여러 관점에서 보면 너무나 천박하고 기만적이고 종잡을 수 없는 순 변변치 못한 사람이었다. 그래서 나는 그에게는 영혼도 심장도 마음도 없다는 결론을 내렸다. 이미 말했듯이 그에게 남은 것은 본능뿐이었다. 하지만 그의 성격을 이루는 요소들이 너무도 교묘하게 얽혀 있어서, 그의 결핍을 발견하고도 마음이 불편하지는 않았다. 오히려 그에게서 발견한 것들로 충분히 만족스러웠다. 그가 이승에서 이처럼 세속적이고 감각적으로 살아왔으니 저승에 가서는 어떻게 지낼지 상상하기 어려웠다. 마지막 숨을 거두면 그의 이승 생활은 거기서 끝나겠지만, 사실 그가 누린 삶의 조건은 그다지 나쁘지 않았다. 그는 들판에서 내달리는 짐승들보다 높은 도덕적 책임은 지지 않으면서도 더욱 넓은 범위의 향락을 즐길 수 있었고, 그만큼 노년의 쓸쓸함과 울적함에서 자유로운 축복을 누렸다.

그가 네발 달린 형제들보다 탁월한 점이 한 가지 있었는데, 바로 맛있는 저녁 식사를 기억해내는 능력이었다. 사실 맛있는 식사는 그가 인생에서 누리는 행복의 적지 않은 부분을 차지했다. 음식을 즐기는 미식주의는 그의 아주 유쾌한 특성이었다. 구운 소고기를 소재 삼아 풀어내는 그의 이야기를 듣다 보면 피클이나 굴을 먹는 것처럼 입맛이 돌았다. 식욕 말고는 고상한 구석이라곤 찾아볼 수 없었지만, 어차피 그에게는 해칠 만한 정신적 소양도 없었으니 입맛을 즐기는 데 온 정성을 다해도 무방했다. 그래서 그가 생선이나 날짐승 고기 또는 푸줏간의 고기와 그것들을 조리하는 최상의 방법을 자세히 설명하는 이야기는 언제나 유쾌하고 흥미진진했다.

아무리 오래전 일이라 할지라도 그가 좋은 음식을 먹었던 때를 회상하는 이야기를 듣고 있노라면, 그 돼지고기나 칠면조 고기의 냄새가 나의 코끝에 감돌 듯했다. 그의 혓바닥에는 지난날에 맛보았던 음식의 풍미가 그대로 남아 있는 모양인지, 60년이나 70년은 더 흘렀어도 그 맛이 오늘 아침에 먹은 양고기 요리처럼 생생하게 되살아나는 듯했다. 나는 그가 과거에 즐겼던 저녁 식사를 떠올리며 입맛을 다시는 소리를 여러 번 들었는데, 그 식사에 참석했던 손님들은 그 자신을 제외하고는 모두 오래전에 세상을 떠났다. 지나간 식사의 유령들이 끊임없이 그의 눈앞에 떠오르는 광경은 경이로웠다. 그 유령들은 분노와 보복심을 표하려고 나타나는 것이 아니라, 그가 예전에 자신들을 그토록 맛있게 먹어준 데에 감사를 표하며 이제는 아련한 추억이 되어버린 저 일련의 감각적 쾌감을 되살려주려는 것처럼 보였다.

그는 존 애덤스 대통령 시절에 식탁을 장식했을 법한 소의 안심살, 송아지 우둔살, 돼지갈비나 특별히 마련한 닭고기, 최고급 칠면조 고기 등을 생생하게 기억했다. 그러나 그 후 우리 민족에게 벌어진 일들, 검사관 자신의 개인적 생애를 밝게 했거나 어둡게 했을 모든 사건은 마치 지나가버리면 그만인 산들바람처럼 그에게 아무런 흔적도 남기지 못했다. 내가 보기에 이 노인에게 벌어진 가장 비극적인 사건은 이런 것이었다. 20년이나 40년쯤 전의 일인데, 겉보기에는 먹음직스러워 보이던 거위 한 마리가 있었다. 그런데 막상 식탁에 올려보니 고기가 너무나 질겨서 아무리 큰 칼을 들이대봐도 살점 하나 베어낼 수가 없었고, 결국 도끼와 톱을 동원해서야 겨우 해체할 수 있었던 참담한 사건이었다.

이제 이 글을 그만 끝내야 할 때가 되었다. 이 사람에 대해 더욱 자세히 쓰고 싶은 마음이 없는 건 아니다. 내가 세관에서 알게 된 모든 사람 가운데 이 사람이야말로 세관 관리가 되기에 가장 적합한 유형이었기 때문이다. 대부분의 직원은 지면이 허락하지 않아 언급할 수 없는 이런저런 이유로 세관의 독특한 생활 방식에서 비롯된 정신적 고통을 받고 있었다. 하지만 이 늙은 검사관은 그런 고통을 느끼지 못하는 사람이었다. 만약 그가 이 세상이 끝날 때까지 세관의 자리를 지킨다 해도, 그는 지금과 마찬가지로 여전히 왕성한 식욕을 느끼면서 만찬 자리에 앉을 것이기 때문이다.

이 검사관과 아주 비슷한 사람이 하나 있다. 그의 초상이 없다면 내가 그려내고자 하는 세관의 초상화 화랑은 이상하리만큼 불완전해지고 말 것이다. 그러나 그 인물을 관찰할 수 있는 기회가 그리 많지 않았으므로 그저 대강의 윤곽만 묘사할 수 있을 뿐이다. 내가 그리려는 것은 용맹한 노장군이었던 우리 세관장의 초상화이다. 그는 혁혁한 무공을 세우고 황량한 서부 지방을 통치하다가, 20년 전에 이 세관에 부임하여 저 명예롭고 다사다난했던 삶의 쇠퇴기를 보내온 사람이다.

이 용감한 장군은 이미 나이가 일흔에 가까웠고 온갖 질병에 시달리며 지상에서의 마지막 행군을 이어나가고 있었다. 그의 군인 정신을 고무시키며 과거의 추억을 불러오는 호전적인 노랫가락조차도 이제 그의 질병을 그다지 완화해주지 못했다. 적진으로 돌격할 때면 언제나 최전선으로 나섰던 발걸음은 이제 마비된 듯 무뎌졌다. 하인의 부축을 받아 쇠난간을 짚어가며 천천히, 그리고 고통스럽게 세관의 계단을 올라가야 했고, 복도를 힘겹게 걸어 겨우 벽난로 곁 자신의 단골 의자에 다다를 수 있었다.

그는 그곳에 앉아서 다소 흐릿하면서도 평온한 표정으로 세관을 오가는 사람들을 바라보았다. 종이가 넘어가며 바스락대는 소리, 이런저런 것을 선서하는 소리, 업무 관련 논의나 사무실 내의 잡담 등에 에워싸여 있었지만 모든 소리와 상황은 그의 감각에 불분명하게 가닿을 뿐, 그의 생각이 이루어지는 내면 깊숙한 곳까지는 침투하지 못하는 것 같았다. 이처럼 쉬고 있는 그의 표정은 온화하면서도 자상했다. 누가 다가와 주의를 끌면 그의 얼굴에는 예의 바르고 흥미롭다는 듯한 표정이 떠올라서 그의 내면에 아직 빛이 남아 있다는 것을 보여주었다. 평소에도 그 빛이 밖으로 번져 나오지 못하는 것은 정신 상태를 표현해주는 외부의 기관들이 성치 못하기 때문이었다. 그의 정신세계를 더 깊이 들여다볼수록 그의 정신만큼은 더할 나위 없이 온전해 보였다. 그는 상당히 애를 써야만 말을 하거나 남의 말을 알아들을 수 있었는데, 더는 그래야 할 필요가 없어지면 그의 얼굴은 곧 방금 전의 우울하지만은 않은 고요 속으로 빠져들었다. 그런 표정을 바라보는 건 그다지 고통스럽지 않았다. 비록 흐릿하기는 하지만 쇠퇴해가는 나이에 감돌곤 하는 우둔함은 보이지 않았기 때문이다. 본래 지녔던 강인하고 단단한 본성의 틀이 아직도 무너지지 않고 있었다.

하지만 이런 상태의 그에게서 본모습을 찾아내고 이해하기란 쉽지 않았다. 마치 타이콘데로가[17] 요새의 잿빛 폐허를 보면서 그 옛날의 웅장했던 모습을 상상하고 그 흔적을 더듬어 다시 세우려 하는 것과도 같았다. 성벽의 일부가 거의 온전한 모습으로 남아 있다 해도, 나머지는 이미 형체도 알아볼 수 없는 흙더미가 되어 세월의 무심 속에 자라난 잡초들에 덮여 사라져버린 것처럼 말이다.

그럼에도 나는 그 노전사를 애정 어린 눈빛으로 바라보았다. 우리 사이에 이야기를 나눌 기회가 많지는 않았지만, 그에 대한 나의 감정은 그를 알고 지내는 모든 이들이 느끼는 것과 같은 진정한 애정이었다. 나는 그의 초상에서 중요한 부분들을 분간할 수 있었다. 장군에게는 분명히 고귀하고 영웅적인 기질이 있어 그가 그처럼 높은 명성을 얻은 것은 단순한 우연이 아니라 필연적 권리라는 것을 보여주었다.

내 생각에 그의 기상은 결코 두려움에 굴복하는 법이 없었을 것이다. 삶의 어느 순간에서든 그를 움직이게 하는 동기는 필요했겠지만, 일단 의지가 생기고 극복할 장애물과 이룰 목표가 주어지면, 그에게 포기나 실패란 있을 수 없었다. 일찍이 그의 성품에 스며든 열정은 아직도 식지 않았다. 그것은 불꽃처럼 흔들리는 것이 아닌, 용광로의 쇳물처럼 깊고 붉게 타오르는 불이었다.

내가 말하는 시기에 때아닌 노쇠가 그를 덮쳤으나 그의 평온한 태도

----

17 미국과 캐나다 국경 가까이에 있는 요새로, 프랑스가 쌓아 올렸으나 1759년 영국군이 점령했고, 1775년에는 미국군 소유로 넘어갔다.

에서는 여전히 묵직함과 단단함, 굳건함이 배어 나왔다. 하지만 그런 때 조차도 나는 이런 장군의 모습을 상상할 수 있었다. 그의 의식을 깊숙이 파고드는 어떤 자극이 생겨나서 죽은 것이 아니라 다만 동면에 들어가 있었던 그의 기력을 모두 일깨워줄 기상나팔이 크게 울려 퍼진다면, 그는 자신의 노쇠함을 병든 자의 겉옷처럼 벗어버리고 노인의 지팡이를 내버린 두 손으로 지휘관의 군도(軍刀)를 움켜잡으며 다시 한번 전사로 일어설 것이다. 그런 격렬한 순간에도 그의 태도는 여전히 침착할 것이다.

그러나 이런 모습은 오로지 상상 속에서나 그려보는 것이지 실제로 기대하거나 희망할 만한 것은 아니었다. 내가 그에게서 발견한 자질은 이미 앞에서 적절한 비유로 언급했던 타이콘데로가의 파괴할 수 없는 성벽처럼 젊은 시절에는 고집으로 비쳤을 법한 완고하고 묵직한 인내심이었다. 또한 그의 진실성은 다른 성품들처럼 무거운 것이어서, 마치 1톤짜리 철광석처럼 쉽게 바꾸거나 다룰 수 없었다.

마지막으로 자비로움에 대해 말하자면, 치페와나 포트 이리에서 착검 돌격대를 이끌고 맹렬히 진군했음에도 그의 자비로움은 당대의 논쟁적인 박애주의자들을 움직이는 동기만큼이나 진정성 있는 것이었다.[18] 내가 아는 한 그는 자기 손으로 직접 적병을 죽였다. 그의 군인 정신이 승리의 힘을 불어넣은 돌격 전투에서 적병들은 틀림없이 큰 낫에 베어지는 풀잎처럼 쓰러졌을 것이다. 비록 사정이 그러하기는 했지만 그의 마음속에는 나비 날개의 솜털을 다치게 할 만한 잔인함도 들어 있지 않았다. 나는 장군처럼 그토록 타고난 따뜻함을 믿고 의지할 수 있는 사람을

18　치페와와 포트 이리는 나이아가라 폭포 근처의 요충지로 미영전쟁 말기에 미국과 영국 간의 주요 전투가 벌어진 곳이다. 1814년 여름 밀러 장군은 치페와 고지를 점령하기 위해 영국군과 치열한 백병전을 벌였고 포트 이리 요새 습격을 이끌었다. 비록 인명 피해가 컸으나 신속하게 싸움을 끝낸 것이 오히려 자비로운 결과를 가져왔다는 뜻이 내포되어 있다.

본 적이 없었다.

이 초상에 생기를 불어넣어준 여러 특징들은 내가 장군을 만나기 전에 이미 사라지거나 흐려져 있었다. 순전히 우아한 것들은 가장 먼저 사라지기 마련이다. 자연이 타이콘데로가의 허물어진 성벽에 야생화를 피우듯, 인간의 폐허에도 쇠락의 틈새를 메우는 새로운 아름다움을 선사하지는 않는다. 그래도 장군에게는 여전히 우아함과 아름다움이 남아 있어 눈길을 끌었다. 가끔 유머의 빛이 흐릿한 장막을 뚫고 나와 우리 얼굴 위에서 즐겁게 반짝였다. 유년기나 청년기가 지나면 남성에게서 좀처럼 보기 힘든 타고난 우아함은, 꽃을 보고 향기 맡기를 즐기는 모습에서 잘 드러났다. 노병이라면 이마의 피 묻은 월계관만을 소중히 여길 것 같지만, 여기 어린 소녀처럼 꽃을 보며 감탄할 줄 아는 노장군이 있었다.

용감한 노장군은 그곳 벽난로 옆에 앉아 있곤 했다. 검사감독관은 웬만하면 그와 대화하는 까다로운 일을 피하려고 애썼지만 멀찍이 서서 조용하고 거의 잠든 듯한 장군의 얼굴을 지켜보는 것을 좋아했다. 겨우 몇 미터 떨어진 거리에 있었는데도 그는 어딘가 먼 곳에 있는 듯한 느낌을 주었다. 우리가 그의 의자 바로 옆을 지나쳐 갈 때도 초연했고 손을 뻗어 악수를 청할 때도 그는 다가갈 수 없는 곳에 있는 듯했다.

그는 세관장 사무실이라는 어울리지 않는 환경보다 자신의 생각 속에서 더 진실한 삶을 살아가는 것처럼 보였다. 병사들의 행진, 전투의 소란함, 30년 전에 들었던 영웅적인 군가의 가락 같은 모든 장면과 소리가 그의 의식 속에서 더 생생히 살아 있었을 것이다. 그러는 동안에 상인들과 선주들, 말쑥한 옷차림의 서기들과 투박한 선원들이 세관에 드나들었지만, 상업 관련 업무와 세관 생활의 소란스러움은 그의 주변에서 작은 웅얼거림으로만 메아리칠 뿐이었다. 그런 사람들이나 그들의 일은 장군과는 조금도 관련이 없는 것 같았다. 그는 오래된 군도처럼 자신과 어울리지 않는 곳에 놓여 있었다. 비록 그 칼은 부세관장의 책상 위에서 잉크

병과 서류철, 마호가니 자와 뒤섞여 있다 해도, 한때는 전장의 최전선에서 번쩍이던 것처럼 아직도 그 칼날에는 밝은 빛이 어리어 있었다.

　나이아가라 전선에서 싸웠던 강건한 군인, 진실하고 순전한 기운을 갖춘 사람의 모습을 다시금 그려내는 데 큰 도움을 준 것이 한 가지 있다. 바로 장군이 남겼다는 그 유명한 말이었다. "해보겠습니다, 사령관님!"[19] 필사적으로 영웅적인 돌격 작전을 감행하기 직전에 그가 했다는 이 말은, 뉴잉글랜드의 강건함을 간결하게 보여주는 것으로서, 모든 위험을 알면서도 그것을 기꺼이 감당하겠다는 결연한 의지의 표현이었다. 만약 우리나라에 이런 용맹을 기리는 문장을 수여하는 관습이 있었더라면, 말하기는 쉬워 보이지만 자신 앞의 위험과 영예를 모두 받아들인 장군만이 할 수 있었던 이 말이야말로 그의 방패 문장에 새길 가장 훌륭하고 적절한 문구였을 것이다.

　자기 자신과는 다른 개인들, 곧 본인이 하는 일에 그다지 관심이 없고 그들의 활동 영역과 능력을 제대로 이해하려면 내 세계에서 잠시 벗어나야만 하는 이들과 사귀는 것은 도덕적·정신적 건강에 큰 도움이 된다. 내 인생의 우연한 사건들은 종종 내게 이런 혜택을 가져다주었으나, 세관에서 생활할 때만큼 풍성하고 다양한 기회가 주어진 적은 없었다. 특히 따로 언급할 만한 사람이 있었는데, 그의 됨됨이를 관찰하면서 인간의 재능에 대한 새로운 시각을 얻게 되었다.[20]

　진정한 실무가의 재주를 지닌 그는 신속하고 예리하고 명석했다. 그

19　앞서 언급된 나이아가라 폭포 근방 치페와에서의 전투를 앞두고 당시 총사령관이었던 윈필드 스콧 장군이 밀러 장군에게 영국군 고지를 향한 돌격전을 지시하며 의사를 묻자 밀러 장군이 한 말이다.

20　재커리어 버치모어(1809-1884)를 말한다. 세일럼의 민주당 서기였으며 호손이 세일럼 세관에서 검사감독관으로 일할 때 서기로 근무했다. 호손이 정권을 차지한 공화당의 사직 요구에 맞설 때 같은 편에 섰다가 결국 호손이 세관을 떠난 직후에 서기직에서 해고되었다.

에게는 모든 복잡한 문제를 꿰뚫어 보는 눈이 있었고, 마치 마법사의 지팡이를 휘두르는 것처럼 문제를 일거에 해결하는 능력이 있었다. 어린 시절부터 세관에서 자라다시피 한 그에게 세관은 천생의 활동 영역이었다. 다른 직원들은 까다롭다고 느낄 만한 온갖 복잡한 문제가 나타날 때마다 그는 완벽하게 정리된 체계를 동원해서 어김없이 해결해냈다.

내가 보기에 그는 마치 세관을 위해 태어난 사람처럼 이 자리에 딱 맞았다. 그는 실제로 세관 그 자체였다. 아니면 적어도 기관의 여러 조직이 원활하게 돌아가도록 해주는 원동력이었다. 이런 기관에서는 업무를 수행해낼 만한 능력이 있는지는 거의 고려하지 않고 순전히 자기 이익과 편의에 따라 직원들을 임명하기 때문에, 그들은 어쩔 수 없이 자신에게 없는 재주를 다른 곳에서 찾아내야만 했다. 하지만 우리의 실무가는 자석이 쇳가루를 끌어당기듯 필연적으로 세관의 모든 직원이 부딪히는 어려운 문제를 자신의 품으로 끌어안았다.

그의 정돈된 마음으로 보기에는 범죄나 다름없었을 우리의 어리석음을 너그럽게 받아들이고 참아내면서, 그가 손끝으로 건드리기만 하면 도저히 이해가 가지 않던 문제들도 대낮처럼 명확해졌다. 그의 비법을 전수받은 우리 직원들 못지않게 상인들도 그를 높이 평가했다. 그의 성실함은 완벽했다. 그로서는 그것이 선택이나 원칙의 문제가 아니라 자연법칙과도 같았다. 또한 그처럼 놀라울 정도로 명석하고 정확한 지성을 지닌 이상 모든 행정 업무를 정직하고 성실하게 처리하는 것 말고는 다른 방법이 있을 수 없었다. 그가 맡은 직무에서 양심에 오점을 남기는 일이 생긴다면, 물론 정도는 더 심하겠지만 회계 결산에서 오류가 발견되거나 깨끗한 회계 장부 위에 잉크를 떨어뜨린 것처럼 그를 괴롭힐 것이다. 한마디로, 내 생애에서도 아주 드문 일이지만 나는 자신의 자리에 완벽하게 어울리는 사람을 만난 것이다.

바로 이런 사람들이 내가 세관에서 만나 관계를 맺게 된 인물들이었다. 나는 과거의 습관과는 전혀 관련이 없는 자리에 던져진 것을 모두 다 하나님의 뜻이라고 생각하며 좋게 받아들이고, 그곳에서 얻을 수 있는 모든 혜택을 이끌어내는 데 전력하기로 했다. 이전에 나는 브룩팜의 몽상적인 동료들과 함께 육체노동을 하고 비현실적인 계획을 세우는 일에도 동참하며 세월을 보냈다. 에머슨과 같은 지식인의 영향을 받으며 3년을 지낸 뒤에는 엘러리 채닝과 아사베스 강가에 떨어진 나뭇가지를 모아 모닥불을 피워 올리고 환상적인 몽상에 빠져드는 야성적이고 자유로운 날들을 살았다. 또 월든 호숫가의 오두막집을 찾아가 소로와 함께 소나무와 인디언의 유물들에 대한 대화를 나누었고, 힐러드의 고전적인 세련미가 깃든 교양에 한동안 심취해 까다로운 취향을 기르고, 롱펠로의 집 난롯가에서 시적 분위기에 흠뻑 취하기도 했다. 그리고 마침내 나의 본성에 감춰진 또 다른 능력을 발휘하여 그때까지 별로 구미가 당기지 않았던 음식을 나 자신의 자양분으로 삼아야 할 때가 왔다. 나는 올컷과도 알고 지냈다.[21] 그러나 이제는 저 늙은 검사관조차 식단의 새로운 변화로 삼아볼 만했다. 나는 세관 입사가 어떤 의미에서는 내가 균형 잡힌 체질을 갖춘 인간이자, 필수적인 부분이 모자라지 않은 온전한 인간이라는 것을 보여주는 증거가 되리라 생각했다. 이전에 함께했던 동료들을 기억하면서도 전혀 다른 기질을 가진 사람들과 어울리며 그러한 변화에 결코 불평하지 않았으니 말이다.

----

21 호손은 보스턴 세관에 근무하다가 세일럼으로 돌아와 낡은 목사관에서 보낸 세월을 회상하고 있다. 마지막에 언급한 에이머스 브론슨 올컷(1799-1888)은 미국의 초월주의자이자 교육자로 체벌이 아닌 대화를 강조했고 채식을 주장했다. 그의 딸 루이자 메이 올컷은 『작은 아씨들』의 작가이다. 호손은 초월주의를 주창한 랠프 월도 에머슨(1803-1882)이 거주하는 집에서 약 5킬로미터 떨어진 곳에서 살았고 유니테리언주의자인 윌리엄 엘러리 채닝(1780-1842)과 『월든』을 쓴 사상가이자 수필가 헨리 데이비드 소로(1817-1862)와도 어울렸다. 보스턴 법률가인 조지 스틸먼 힐러드(1808-1879)는 호손의 가까운 친구였다. 헨리 워즈워스 롱펠로(1807-1882)는 시인으로 보든 대학 동창생이다.

세관에 들어온 뒤로 문학을 향한 열정과 목표는 내게서 멀어졌다. 이 무렵 나는 책을 거들떠보지도 않았다. 책은 내게서 아주 멀리 떠나갔다. 인간의 본성이라는 자연을 제외하면, 하늘과 땅에 펼쳐진 대자연도 어떤 의미에서는 내게서 모습을 감추었다. 자연을 영적 세계로 승화시키며 느끼던 상상의 즐거움은 내 마음에서 완전히 사라져버렸다.[22] 내가 지닌 재주는 내 안에 그저 매달려 있을 뿐 아무런 힘도 발휘하지 못했다. 그런 능력이 이미 나를 떠나지 않았다면 말이다.

만약 과거의 소중한 것을 되찾아오는 일이 내 선택에 달려 있다는 것을 깨닫지 못했다면, 이 모든 것에 무언가 슬프고 형언할 수 없이 황량한 분위기가 감돌았을 것이다. 사실상 이러한 생활은 스스로에게 손상을 입히지 않고서는 오래 이어갈 도리가 없었다. 만약 이런 삶을 계속 살아갔더라면 나는 가치 있는 존재로 변모하는 일 없이, 영영 과거의 나와 다른 사람이 되었을 것이다. 그러나 나는 이러한 생활을 다만 일시적인 것으로 여길 뿐이었다. 내 안에는 늘 귓가에 속삭이는 예언자의 직감 같은 것이 있어서, 멀지 않은 때에 일상의 질서가 뒤바뀌어야 할 순간이 오면 반드시 변화가 찾아오리라 믿었다.

세관의 검사감독관으로 근무하는 동안, 나는 필요한 자질을 모두 갖춘 훌륭한 감독관이었다고 자부한다. 사색과 상상력, 섬세한 감수성을 가진 사람이라도, 설령 내가 지닌 것보다 열 배는 더 많은 재능을 가졌다

----

22 에머슨의 자연 인식은 세 단계로 이루어진다. 첫째, 자연의 아름다운 형태에서 오는 순수한 즐거움을 느끼는 단계다. 둘째, 자연의 아름다움 속에 더 높은 법칙, 즉 영혼의 요소가 깃들어 있음을 깨닫는 단계다. 셋째, 자연의 아름다움을 이성적 사고의 대상으로 보아 자연의 아름다움과 이성의 아름다움이 하나임을 깨닫고, 자연의 형태 자체가 곧 더 높은 법칙의 표현임을 이해하는 단계다.
에머슨은 아름다움이란 곧 하나님이 미덕에 찍어놓은 표식이라고 말했다. 그러나 선과 악의 갈등을 작품의 주제로 삼은 호손은 이러한 에머슨의 낙관적 세계관에 동의하지 않았다.

해도, 마음만 먹으면 누구나 실무를 처리하는 관리가 될 수 있다. 공무상 만나는 세관 직원들과 상인들 그리고 선장들은 나를 그저 세관 관리로 보았을 뿐, 다른 재능이 있으리라고는 짐작하지 못했을 것이다. 그들 중 누구도 내가 쓴 글을 단 한 쪽이라도 읽어보지 않았을 테고, 설혹 읽었다 하더라도 그것 때문에 나를 더 신경 쓰지는 않았을 것이다. 그런 무익한 글이 설혹 번스나 초서 같은, 마침 나처럼 세관 관리 출신 문인의 뛰어난 필력으로 쓰였다 할지라도 크게 다르지 않았을 것이다.

비록 힘들게 얻은 것이긴 하지만 그러한 깨달음은 좋은 교훈이 되었다. 문학적 명예를 꿈꾸고 세계적 문호의 반열에 당당히 오르기를 꿈꾸던 사람이, 자신의 주장을 인정해주던 비좁은 세계에서 한 걸음 벗어나 다른 세계로 들어가서 그가 지금껏 성취하고 목표로 해온 모든 일이 궁극적으로 얼마나 의미 없는 것인지를 알게 되었으니 말이다. 나는 경고가 되었든 질책이 되었든 그런 교훈이 내게 특별히 필요했는지는 알지 못하나, 그래도 결국에는 그 교훈을 뼈저리게 익힐 수 있었다. 그리고 돌이켜보니 진실을 깨달았을 때 그리 큰 고통을 느끼지도 않았고 한숨을 내쉬며 그것을 내던지지도 않았다는 점은 내게 즐거움을 안겨주었다. 물론 세관에서 문학에 얽힌 이야기를 나눈 적도 있었다. 나와 함께 들어왔다가 나보다 조금 늦게 퇴임한 해군 장교가 있었는데, 그는 좋은 동료였고 가끔 자신이 좋아하는 주제인 나폴레옹이나 셰익스피어 이야기를 꺼내 나와 토론을 벌였다. 또 세관장의 하급 서기인 젊은 신사는 약간 떨어진 곳에서 보면 마치 시처럼 보이는 것을 정부의 관용 편지지에다 끼적거린다는 소문이 돌았는데, 내가 잘 알고 있을 법한 주제라고 여겼는지 가끔 책에 대해서 말을 붙여오고는 했다. 이것이 내가 세관에서 나누었던 문학적 대화의 전부이며, 그것만으로도 충분했다.

내 이름이 책 표지에 찍혀 널리 알려지는 것은 더 이상 바라지도 신경 쓰지도 않았기에, 이제 그 이름이 다른 용도로 사용된다는 것을 알고 미소가 지어지기도 했다. 세관의 검인 직원은 내 이름이 새겨진 직인[23]에 검은 페인트를 발라서 후추 부대, 적색 염료 자루, 여송연 상자, 기타 관세가 부과되는 온갖 물품의 짐짝에다 팡팡 찍어댔다. 그것은 해당 물품이 관련 세금을 모두 납부하고 무사히 통관되었다는 표시였다. 이렇게 기이한 방식으로 이름을 날리게 된 내 이름은 짐짝에 찍힌 도장이 되어 이전에도 가본 적 없고, 앞으로도 가볼 일 없을 머나먼 항구들을 떠돌게 되었다.

그러나 과거는 쉽사리 사라지지 않았다. 아주 드물긴 하지만 그토록 잠잠하게 잠들어 있던 예전의 생기 있고 활발한 생각들이 이따금 내 머릿속에서 되살아났다. 지난날의 습관이 내면에서 깨어나 만들어낸 가장 두드러지는 결과가, 바로 지금 이 글을 문학의 격식에 맞추어 대중 앞에 내놓게 된 것이다.

세관 2층에는 커다란 방이 하나 있었는데, 벽돌 벽과 앙상한 서까래가 그대로 드러난 채 벽널이나 회반죽으로 꾸미지 않은 상태였다. 세관 건물은 항구가 번성하던 시절을 기준으로, 그리고 결국은 헛된 희망이었으나 그때의 번영이 이어지리라 기대하며 지어진 탓에 직원들이 감당하기 힘들 만큼 넓었다. 따라서 세관장 사무실 위층에 있는 이 휑한 방은 오늘날까지도 미완성 상태로 남아 있었다. 오래된 거미줄이 거무칙칙한 대들보에 매달려 있는데도 여전히 목수와 석수의 손길을 기다리고 있는 듯한 모양새였다.

방 한구석의 움푹 들어간 공간에는 공용문서 다발이 담긴 통이 켜켜이 쌓여 있었고 바닥에는 그와 비슷한 쓰레기 더미들이 잔뜩 나뒹굴고 있었다. 이런 곰팡내 나는 문서들을 작성하기 위해 여러 날, 여러 주, 여

----

23 호손의 세관 직인에는 "Salem/N. Hawthorne/Sur(veyor)/1847"이라는 글씨가 새겨져 있었다.

러 달, 여러 해에 걸친 노고가 낭비되었을 것을 생각하니 서글퍼졌다. 그런 서류들은 이제 아무도 거들떠보지 않는 짐이 되어 빈방 한구석에 방치되어 있었다. 하지만 이런 따분한 관용 문서가 아닌 창의적인 생각과 심오한 마음의 분출로 가득한 원고 더미는 또 얼마나 많이 망각의 나락으로 떨어져버렸던가. 더욱이 그 원고들은 여기 잔뜩 쌓인 문서와는 달리 당시에 아무런 실용적 목적에도 봉사하지 못했다. 무엇보다 슬픈 일은 세관 관리들은 펜대를 휘갈긴 대가로 봉급을 받아 갔지만, 그 원고를 쓴 작가들은 그들처럼 안락한 생계도 얻지 못했다는 것이다!

그러나 이 문서들은 지역의 역사 자료로는 나름의 가치가 있다. 이속에서 과거 세일럼의 상업 관련 통계가 발견될지도 모르고, 킹 더비나 빌리 그레이 또는 사이먼 포레스터 같은 뛰어난 무역상을 비롯해 당대 거상들의 기록을 찾아낼 수도 있을 것이다. 하지만 이 거상들의 분칠한 머리가 무덤 속에 묻히기도 전에 그들의 산더미같이 쌓인 부는 녹아내리기 시작했다. 지금 세일럼의 상류층이라는 사람들도, 대부분은 독립 혁명이 한참 지난 뒤에야 보잘것없는 장사치로 시작해서 여기까지 올라온 것인데, 그들의 자손들은 마치 대대로 이어져온 명문가인 양 처신하고 있다. 그 초라했던 시작부터 지금에 이르기까지의 모든 과정이 이 문서들 속에 고스란히 남아 있으리라.

혁명 이전 시대를 다룬 기록은 많지 않다. 독립 전쟁 당시에 영국군을 지원하던 왕당파들이 보스턴에서 핼리팩스로 달아날 때 세관 초기에 작성한 서류와 고문서를 대부분 가져간 모양이었다. 나로서는 참으로 아쉬운 일이다. 그 서류들에는 호민관 시대[24]까지 거슬러 올라가는 잊혀진 사람들과 여전히 기억되는 이들, 그리고 오래된 풍습에 대한 기록이 많

----

24 영국의 올리버 크롬웰 부자가 다스리던 공화정 시대(1649-1660)를 의미한다.

이 담겨 있을 것이고, 그것은 틀림없이 내가 낡은 목사관 근처의 들판에서 인디언의 화살촉을 집어 들었을 때와 같은 즐거운 발견이 되었을 테니 말이다.

그런데 어느 비 내리는 한가한 날에, 나는 운 좋게도 뜻밖의 발견을 하게 되었다. 방 한구석에 쌓인 잡동사니를 뒤지면서 고문서를 하나하나 펼쳐 보며, 오래전 바다에서 실종되었거나 부두에서 썩어버린 배들의 이름, 지금은 보스턴 거래소에서 들을 수도 없고 이끼 낀 묘비에서도 쉽게 알아볼 수 없는 옛 상인들의 이름을 읽어 내려갔다. 이미 세상을 떠난 이들의 자취를 더듬어보는 심정으로, 나는 그 기록들을 쓸쓸한 눈길로 훑어보았다. 오랫동안 쓰이지 않아 무뎌진 상상력을 동원해 그 문서들 속에서 한때 활기찼던 옛 항구 마을의 모습을 그려보려 애썼다. 인도가 새롭게 발견된 땅이었고, 세일럼 항구만이 그리로 가는 길을 알고 있던 시절이었다.

그러다가 나는 우연히 낡은 누런색 양피지에 조심스럽게 싸여 있는 자그마한 꾸러미를 발견했다. 그 겉싸개는 서기들이 지금보다 좀 더 단단한 종이에 진지하고 엄숙한 필체로 문서를 꾸미는 일에 몰두하던 과거 어떤 시대의 공식 기록이 담겨 있을 것만 같은 느낌을 주었다. 그 꾸러미에는 본능적인 호기심을 불러일으키는 뭔가가 있었고, 나는 혹시나 보물을 발견할지도 모른다는 예감 속에서 꾸러미를 단단히 묶고 있던 색이 바랜 붉은색 끈을 풀었다. 표지로 사용된 양피지의 단단히 접힌 부분을 펼치니 셜리 지사가 서명하고 직인을 찍은 임명장이 나왔다. 조너선 퓨[25]를 매사추세츠만 식민지 세일럼 항구의 검사감독관으로 임명한다는 내용이었다. 나는 펠트의 『연대기』에서 검사감독관 퓨가 약 80년 전에 사

----

[25] 조너선 퓨는 1760년 세상을 떠났다. 『주홍글씨』가 발표된 것은 1850년으로 이어지는 호손의 서술과 약간 차이가 있다.

망했다는 기사를 읽었던 기억이 떠올랐다. 또한 최근에 신문에서 성 베드로 교회의 개보수 공사를 하다가 작은 묘지에서 그의 유해가 발굴되었다는 기사도 읽은 적이 있다. 내 기억이 정확하다면, 내가 존경하는 선임자의 유물은 손상된 해골과 옷 조각 그리고 위엄 있는 곱슬머리 가발뿐이었다. 그 가발은 한때 그것이 멋지게 장식했던 머리와는 달리 아주 완벽하게 보존되어 있었다. 하지만 그 양피지 임명장이 감싸고 있던 문서들을 살펴보면서, 나는 흥미로운 사실을 발견했다. 그의 곱슬머리 가발이 감싸고 있던 두개골보다도, 이 문서들이 담고 있는 그의 내밀한 사색의 흔적들이 퓨라는 인물을 더욱 선명하게 보여주고 있었다.

간단히 말해서 그것은 공식적 문서가 아니라 개인적인 것, 적어도 개인 자격으로 쓴 자필 문서였다. 그것이 세관의 잡동사니와 뒤섞여 있었던 것은 퓨 씨의 죽음이 갑작스럽게 찾아왔기 때문이라고 설명할 도리밖에 없었다. 그가 아마도 자신의 사무실 책상 서랍에 보관해두었을 이 문서를 상속인들이 발견하지 못했거나, 아니면 그저 세무 관련 서류라고 생각했을지도 모른다. 세관 문서가 핼리팩스로 이관되는 도중에 공식 문서가 아닌 걸로 판명된 꾸러미는 그 자리에 남겨졌고, 그때 이후 개봉되지 않은 상태로 남아 있었던 것이다.

오래전에 근무했던 이 검사감독관은 세관 설립 초창기라서 공식 업무가 그리 많지 않았던 탓인지 여가 시간을 지역의 옛 풍물이나 그와 유사한 방면을 탐구하는 데 쏟았던 모양이다. 이러한 탐구는 녹이 슬 뻔했던 그의 정신에 자그마한 일거리를 안겨주었다. 그렇게 하여 퓨 씨가 발굴해낸 여러 사실은 이 책에 함께 수록될 「메인 스트리트」라는 단편을 준비하는 데 상당한 도움을 주었다.[26] 나머지 자료도 앞으로 이와 비슷한 가치 있는 목적에 쓰일 수 있으리라 생각한다. 만약 내가 고향 땅에 대한 존경심에 이끌려 고향 마을의 역사를 기록하는 경건한 과업을 맡게 된다면, 이 자료들이 그 밑바탕이 되어줄 것이다. 그러나 별다른 소득이 없는 이 작업을 내게서 가져갈 유능한 사람이 나타난다면 언제라도 자료를 넘겨줄 의향이 있다. 이도 저도 아니라면 최후의 방법으로 에식스 향토 역사학회에 기탁하는 것도 고려 중이다.

그런데 그 신비한 꾸러미에서 다른 무엇보다 나의 관심을 끈 물건은 몹시 낡고 빛이 바랜 아름다운 붉은색 천이었다. 천 둘레에는 금빛 자수가 놓여 있었는데 마찬가지로 오래되어 해어지고 표면이 마모되어 있었다. 그래서 반짝거리는 황금빛은 거의 남아 있지 않았다. 그것은 언뜻 보기에도 아주 근사한 바느질 솜씨로 수놓은 자수였다. 이런 재주를 소상히 꿰뚫고 있는 여성들에게 듣자 하니, 그것은 이미 잊힌 바느질 기술로서 실을 한 땀 한 땀 풀어가며 되짚어봐도 지금으로서는 도저히 되살릴 수 없다고 했다. 이 주홍색 천 조각은 시간이 흐르면서 자연히 낡은 데다가 괘씸한 벌레가 파먹기까지 해 넝마나 다름없었는데, 자세히 살펴보니 어떤 글씨 모양을 하고 있었다. 그것은 대문자 A였다. 꼼꼼히 치수를 재어봤더니 두 다리의 길이가 정확히 8센티미터였다. 그 글씨는 의상을 장식하려고 만든 것이 틀림없었다. 그러나 어떻게 달고 다녔는지, 과거에 그것이 어떤 계급이나 명예 혹은 권위를 상징했는지는 하나의 수수께끼였다. 이런 분야에서 세상의 유행이라는 건 아주 덧없는 것이기에 나로서는 풀어낼 희망이 없는 문제였다. 그렇지만 그 글씨는 이상하리만큼 나의 흥미를 자아냈다. 낡은 주홍글씨에 붙박인 나의 시선을 다른 곳으로 돌릴 수가 없을 지경이었다. 그 안에는 분명히 해석해볼 만한 가치가 있는 깊은 의미가 있어 보였다. 신비로운 상징에서 뿜어져 나온 어떤 의미가 나의 감수성에 은밀하게 전달되긴 했으나, 내 이성으로 분석할 수

----

26 세일럼을 주 무대로 하는 단편소설 「메인 스트리트」는 호손의 처형인 엘리자베스 파머 피바디가 편집한 『미학적 문서들』(1849)에 수록되었다. 앞서 언급했듯이 호손은 당초 『주홍글씨』와 여러 단편을 한데 묶어 출간할 생각이었다.

있는 범위를 훌쩍 벗어나는 것만 같았다.

이렇게 당혹스러운 심정으로 여러 가설을 세워보던 가운데 그 글씨가 인디언들의 시선을 끌기 위해 백인들이 고안해낸 장식품 중 하나인지도 모른다는 생각을 하면서, 나는 무심코 그 천 조각을 내 가슴에 얹어보았다. 이렇게 말하면 독자들은 아마 웃음을 짓겠지만 내 말을 의심하지는 않길 바란다. 나는 그 순간 온전히 육체적인 감각은 아닐지라도 그와 비슷한 감각, 즉 불타는 듯한 열기를 느꼈다. 마치 그 글씨가 붉은 천이 아니라 붉게 달구어진 쇠로 만들어진 것 같았다. 나는 몸을 부르르 떨면서 나도 모르게 그 조각을 바닥에 떨어뜨렸다.

주홍글씨에만 골몰해 있던 나머지 나는 그 주홍글씨와 함께 말려 있던 때 묻은 종이 두루마리를 살펴볼 생각은 미처 하지 못했다. 뒤늦게 그것을 펼쳐보니 흡족스럽게도 옛 검사감독관의 필체로 그 문제에 얽힌 사건이 꽤 온전하게 설명되어 있었다. 커다란 종이 몇 장에 헤스터 프린이라는 사람의 생애와 행적에 관한 내용이 구체적으로 기록되어 있었다. 우리 조상들의 눈에는 그녀가 특기할 만한 인물로 보였던 모양이다. 그녀는 매사추세츠 식민지 개척 시대 초기부터 17세기 말엽까지 살았던 인물이다.[27]

퓨 씨는 검사감독관 시절까지 생존해 있던 촌로들의 구두 증언을 바탕으로 이 이야기를 엮어냈다. 촌로들은 젊은 시절에 만난 그녀를, 나이는 무척 많았으나 결코 노쇠하지 않았으며 언제나 당당하고 진중한 여자로 기억하고 있었다. 아주 오래전부터 그녀는 세일럼 일대의 시골 지역

----

27 헤스터가 매사추세츠에서 지낸 기간이 대략 1640년에서 1600년대 말엽까지임을 짐작할 수 있다. 『주홍글씨』의 시작점이 1642년이고 작중에 그녀가 2년 전쯤 신대륙으로 건너왔다는 묘사가 있으니 미국에 도착한 것은 1640년경이다. 그녀의 생애는 영국의 필그림 파더스가 미국에 도착한 1620년경부터 세일럼 마녀재판이 일어난 1690년대 초반 사이에 펼쳐진 셈이다.

을 돌아다니며 자원봉사 간호사가 되어 천성처럼 온갖 선행을 베풀었다. 또한 사람들이 안고 있는 모든 문제, 특히 마음의 문제에 관해 조언해주곤 했다. 그리하여 이런 성향을 가진 다른 이들처럼 천사 같다는 칭송을 받았다. 물론 그녀를 불청객이나 귀찮은 존재로 여기는 사람도 있었을 것이다.

원고를 더욱 자세히 들여다보니 이 특이한 여자의 또 다른 행적들과 그녀가 겪었던 고난도 기록되어 있었다. 그중 대부분을 『주홍글씨』라는 제목을 붙인 작품에 옮겨놓았으니 독자들은 참고하기 바란다. 또한 잊지 말아야 할 것은 이 이야기의 주요한 사건들은 검사감독관 퓨 씨의 기록에 의해 권위를 부여받고 또 사실임을 인정받았다는 점이다. 원본 문서와 특이한 유물인 주홍글씨는 지금도 내가 보관하고 있으니, 이 이야기를 읽고 큰 흥미를 느껴서 직접 보고자 하는 사람이 있다면 누구에게나 거리낌 없이 보여줄 수 있다.[28]

하지만 다음의 사실은 양해해주기 바란다. 이야기를 전개하고 등장인물들의 열정과 동기를 상상하는 과정에서, 옛 검사감독관이 전지 대여섯 장에 남긴 이야기의 테두리를 벗어나기도 했다. 오히려 그런 부분에서는 마치 내가 직접 창작한 것처럼 상당한, 아니 전적인 자유를 누렸다고 할 수 있다. 내가 자신 있게 말할 수 있는 건 이야기의 줄거리만큼은 꾸며내지 않았다는 것이다.

육필 원고를 발견한 사건은 내 마음을 과거로 데려다 놓았다. 여기에 이야기의 씨앗이 뿌려진 것 같았다. 마치 옛 검사감독관이 백 년 전의 옷을 입고, 무덤에서도 썩지 않고 남아 있는 저 불멸의 가발을 쓴 채로 세관의 한적한 방에 나를 만나러 온 것 같았다. 그의 풍채에서는 고관

----

28 『주홍글씨』와 관련된 문서가 실제로 존재한다는 증거는 발견되지 않았다.

의 위엄이 풍겨 나왔다. 국왕의 명을 받들어 눈부시게 빛나는 왕좌의 광채를 그대로 하사받은 사람다웠다. 아, 지금의 이 비굴한 공화국 관리와는 어찌나 다른 모습인지! 이 세관 관리는 국민의 종복일 뿐, 그가 섬기는 국민들 가운데 가장 하찮은 이들과 다를 바 없으니 말이다.

흐릿하지만 위엄 있는 모습의 검사관리관은 유령 같은 손으로 내게 주홍색 상징과 그에 대한 설명이 적힌 작은 원고 두루마리를 내밀었다. 그러고는 내 업무상 선조라 할 만한 그가 유령 같은 목소리로, 자신에 대한 공경과 후손으로서의 의무를 잊지 말고 이 곰팡이 핀 벌레 먹은 육필 원고를 세상에 내놓으라고 권했다.

"이 일을 하시게." 검사감독관 퓨 씨의 유령은 인상적인 가발을 쓴 탓에 더욱 장엄해 보이는 머리를 힘차게 끄덕이며 말했다. "이 일을 하게나. 거기서 생기는 이익은 모두 자네가 갖도록 하고! 곧 그런 이익이 필요해질 거야. 우리 때에는 관직에 한번 오르면 평생 자기 자리였고 때로는 후손에게 물려주기도 했지만, 자네 시절에는 영 그렇지 못하니까 말일세. 다만 자네에게 이거 하나만은 단단히 일러두겠네. 나이 지긋한 프린 부인의 문제를 다룰 때에는 자네 선배의 공을 잊지 말아주게!" 나는 검사감독관 퓨 씨의 유령에게 대답했다. "그렇게 하겠습니다!"

그래서 나는 헤스터 프린의 이야기를 두고두고 생각했다. 내 사무실 안을 왔다 갔다 하거나 세관 정문에서 측면 입구까지 가로질러 갔다가 다시 되돌아오기를 골백번은 반복하며 그녀에 대하여 아주 오랜 시간을 생각했다. 고령의 검사관은 물론 계량관과 검량관들은 끝없이 지나다니는 나의 발소리가 무자비하게 길어져 그들의 낮잠을 훼방 놓았으니 아주 피곤하고 짜증스러웠을 것이다. 그들은 자신의 이전 습관을 떠올리며 검사감독관이 배의 후갑판을 거닐고 있다고 말하곤 했다. 그들 눈에는 제정신인 사람이 저렇게 걸어 다닐 이유가 오직 저녁 식사 전 식욕을 돋우려는 것밖에 없다고 보았을 것이다.

◆ 오래된 문서들이 가득한 세관 한편에서 너새니얼 호손이 검사감독관 조너선 퓨의 유령과 마주하고 있다. 두루마리에 새겨진 붉은 문자 'A'는 『주홍글씨』의 상징으로, 호손의 세관 근무 경험이 그의 창작에 미친 영향을 암시한다.

솔직히 말하자면, 내 지칠 줄 모르는 산책이 가져다준 유일한 소득이라곤 세관 통로를 따라 불어오는 동풍이 더욱 날카롭게 만든 식욕뿐이었다. 세관의 분위기는 상상력과 감성을 키워내기에는 너무나 척박했다. 설령 내가 대통령이 열 번 바뀌는 동안 이곳에 머물렀다 해도 『주홍글씨』를 세상에 내놓을 수 있었을지 의문이다. 내 상상력은 흐릿한 거울이 되어 있었다. 애써 떠올리려 한 인물들의 모습을 전혀 비춰내지 못하거나, 설사 비춘다 해도 한없이 희미하기만 했다.

내가 정신의 용광로에서 아무리 열을 가해도 이야기 속 인물들은 따뜻하게 달구어지지 않았고 다른 모양으로 단련할 수도 없었다. 그들은 열정의 온기나 감정의 부드러움을 거부했다. 그저 시체처럼 뻣뻣하게 굳은 채로 경멸 어린 도전적인 태도로 섬뜩한 냉소를 지으며 내 얼굴을 빤히 쳐다보았다. 그들의 표정은 이렇게 말하는 것 같았다. "당신이 우리와 무슨 상관인가요? 한때는 당신이 만들어낸 허구의 인물들에게 통했을지 모를 그 보잘것없는 재능도 이제는 사라져버렸잖아요! 하찮은 관리의 봉급과 맞바꾼 게 아닌가요? 차라리 그 봉급이나 챙기시지요!" 간단히 말해 나의 상상 속에서 도무지 생생하게 살아 움직일 기미가 보이지 않는 인물들이 나를 조롱했고, 그들에겐 그럴 만한 이유가 있었다.

정부가 요구하는 오전 세 시간 반 동안만이 아니라, 그 이후에도 이런 무감각한 상태는 계속되었다. 해변을 거닐거나 시골길을 산책할 때면 드물게나마 낡은 목사관의 문턱을 넘는 순간처럼 활기가 돋고 신선한 생각이 피어나곤 했는데, 이제는 그런 자연 속에서도 무기력함이 나를 따라다녔다. 지적인 노력을 기울일 때도 마찬가지였다. 이 무기력은 집까지 따라와서 내가 서재라 부르는 방에서도 나를 짓눌렀다. 심지어 한밤중 아무도 없는 거실에 홀로 앉아, 벽난로의 석탄불과 달빛만이 어렴풋이 비치는 순간에도 그것은 나를 떠나지 않았다. 다음 날이면 다채로운 빛깔로 묘사되어 종이 위를 반짝거리며 흘러갈 장면들을 상상해보려 했지만 마음대로 되지 않았다.

　이런 시간에도 상상력이 발휘되지 않는다면 그건 이미 끝난 것이나 다름없다. 친숙한 방에 비춰든 달빛은 양탄자 위에 그토록 새하얗게 떨어지며 뚜렷한 무늬를 드러낸다. 달빛 아래 모든 사물은 그처럼 세세하게 드러나면서도 오전이나 정오에 보는 것과는 완전히 다르게 보인다. 달빛은 로맨스[29] 작가가 자신의 환상적인 손님들과 친숙하게 교제하도록 이어주는 가장 적합한 매개체이다. 그 낯익은 방에는 소박한 가정의 풍경이 그대로 남아 있다. 제각기 독특한 개성을 지닌 의자들, 반짇고리와 책 한두 권, 불 꺼진 램프가 놓인 작은 테이블, 소파, 책장, 벽에 걸린 그림까지, 이 모든 것들이 눈앞에 선명히 보이면서도 신비로운 달빛을 받아 영적인 존재로 변모한다. 다시 말해 물질적 본질을 벗어나 정신적인 것으로 바뀌는 것이다.

　아무리 작고 사소한 사물이라도 이런 변화를 겪고 나면 위엄을 얻는다. 어린애의 구두, 버들가지를 엮어 만든 작은 유모차에 앉아 있는 인형, 목마까지, 낮에 사용하거나 가지고 놀았던 물건들이 여전히 환한 대낮에 보았을 때와 마찬가지로 생생하게 존재하고 있으면서도 기이하고 초연한 분위기를 띠게 된다. 그리하여 우리의 낯익은 방바닥은 현실 세계와 상상 세계 사이 어딘가에 있는 중립 지대가 되고, 그곳에서 현실과 상상이 만나 서로에게 저마다의 본질을 불어넣는다. 아마 유령들이 이곳으로 들어와도 우리는 별로 무서워하지 않을 것이다. 가령 우리가 주위를 돌아보다가 세상을 떠난 사랑하는 사람이 마법 같은 달빛 속에 조용히 앉아 있는 모습을 발견한다 해도, 그 모습이 이 장면에 너무도 잘 들어맞는 나머지 놀랍게 느껴지지 않을 것이다. 그가 과연 저승에서 다시

29　여기서 말하는 로맨스는 일반적인 의미의 연애 소설을 가리키는 것이 아니다. 역자 해설 중 '로맨스와 노블' 참고.

돌아온 것인지 아니면 줄곧 우리 집 벽난로 곁을 지키고 있었던 것인지 궁금해하면서 말이다.

어렴풋이 타오르는 석탄불도 이런 효과를 만드는 데 한몫한다. 그 불빛은 벽과 천장에 희미한 붉은빛을 드리우고, 가구 표면에 반짝이는 광택을 더하며, 방 구석구석을 은은한 색채로 물들인다. 이 따스한 빛이 차갑고 영적인 달빛과 어우러지면서, 상상이 빚어낸 형체들에게 인간적인 온기와 감성을 불어넣는다. 마치 눈사람을 살아 있는 남자와 여자로 바꾸어놓는 것처럼 말이다. 거울을 들여다보면 가장자리 안쪽 깊숙한 곳에서 절반쯤 꺼진 채 가물거리는 석탄의 은은한 빛, 바닥에 머무는 하얀 달빛, 그리고 그 광경 속 모든 광채와 그림자가 되풀이하여 움직이는 모습이 보인다. 이런 사물들은 현실 세계에서 한 걸음 멀어져 상상의 세계로 더 가까이 다가가고 있다. 이런 시간에 이런 장면을 눈앞에 두고 홀로 앉아 있으면서도 기묘한 것들을 꿈꾸고 그것을 진실처럼 보이도록 그려낼 수 없다면, 그는 로맨스를 쓰려는 생각을 버려야 한다.

그러나 나로 말하면, 세관에 근무하는 내내 달빛과 햇빛 그리고 난로 불빛까지 어느 쪽이 되었든 감흥이 없기는 마찬가지였다. 그 어떤 것도 촛불의 반짝임보다 더 큰 도움을 주지 못했다. 그다지 대단하거나 값진 것은 아니었을지라도, 내게 있어 가장 소중했던 온갖 감수성과 그에 따른 재능들이 완전히 사라져버린 것이다.

만약 다른 종류의 글짓기를 시도했더라면 내 재능이 그처럼 쓸모없어지지는 않았으리라고 믿는다. 가령 노련한 선장 출신의 검사관 이야기를 썼다면 내 재주가 그런대로 통했을지도 모른다. 그 검사관 이야기를 여기 풀어놓지 않는다면 배은망덕한 일이 될 터인데, 이야기꾼으로서 놀라운 솜씨를 발휘하는 그 덕분에 웃음을 터트리고 감탄하는 일 없이 지나간 날이 거의 없었기 때문이다. 그의 생동감 넘치는 묘사 방식과 이야기를 익살스럽게 윤색하는 천부적인 재주를 그대로 살려낼 수만 있다면,

나는 문학계에 새로운 것을 내놓을 수 있었을 것이다. 아니면 주저하지 않고 좀 더 진지한 일을 찾아 나설 수도 있었다.

　일상생활의 물질적인 것들이 나를 그토록 강하게 짓누르는 상황에서 다른 시대의 이야기 속으로 몸을 내던진다거나, 차가운 현실과 부딪혀 비눗방울처럼 순식간에 사라져버리는 환상적인 아름다움을 주제로 현실 같은 세계를 만들어내려 고집하는 건 어리석은 일이었다. 더 현명했다면, 현재라는 불투명한 실체 속으로 나의 생각과 상상이 스며들게 하여 현재를 더욱 밝고 투명하게 만들어야 했다. 나를 무겁게 짓누르는 일상의 부담을 영적인 것으로 만들고, 내게 친숙해진 사소하고 지루한 사건들과 평범한 인물들의 이면(裏面)에 숨어 있는 저 불멸의 가치를 단호하게 추구해야 했다. 그렇게 하지 못한 것은 내 잘못이었다. 내 앞에 활짝 펼쳐진 인생의 책장이 따분하고 평범하게 보인 것은, 오로지 내가 그 속에 담긴 심오한 의미를 꿰뚫어 보지 못했기 때문이다.

　내가 앞으로 쓰게 될 그 어떤 책보다도 좋은 책이 이미 그곳에 있었다. 시시각각 흘러가는 시간 속 현실이 바로바로 적어냈으나 기록되자마자 사라져버리는 책장들이 내 앞에 한 장 한 장 펼쳐지고 있었다. 다만 내 머리에 그것을 꿰뚫어 볼 통찰력이 없고 내 손에 그것을 재빨리 받아 적을 만한 재주가 없는 것뿐이었다. 언젠가 미래의 어느 때에 흩어진 파편 몇 개와 중간에 끊어진 문단들을 기억해내어 적어놓으면, 그 글자들이 책장 위에서 황금으로 바뀌는 것을 보게 되리라.

　이러한 인식은 너무 늦게 찾아왔다. 그 순간, 나는 과거 한때 즐거웠던 일이 이제는 희망 없는 노동으로 바뀌었다는 것을 깨달았다. 하지만 그런 상태를 한탄할 여유조차 없었다. 나는 신통치 못한 이야기와 수필을 써내는 그저 그런 작가이기를 그만두고 주어진 업무를 그런대로 해내는 세관의 검사감독관이 되어 있었다. 그게 전부였다.

　하지만 나의 지성이 점차 쪼그라들고 있다는 의심에 시달리는 것은 결코 유쾌한 일이 아니었다. 마치 에테르가 유리병에서 부지불식간에 증발되어 날아가버리듯, 살펴볼 때마다 남아 있는 것이라고는 더욱 작고 휘발성이 덜한 찌꺼기뿐이었다. 이는 분명한 사실이었다. 나 자신을 비롯한 다른 사람들을 살펴본 결과, 공직이 사람의 인품에 미치는 영향은 지금껏 다루어온 문필가의 삶과는 어울리지 않았다. 어쩌면 그런 영향을 훗날 다른 형태로 발전시킬 수 있을지도 모른다. 여기서는 오랫동안 근무해온 세관 관리가 여러 이유로 존경받을 만한 인물은 되지 못한다고만 말해두겠다. 그 이유 중 하나는 세관원이 자리를 유지하는 기간이고, 다른 하나는 그가 수행하는 일 자체의 성격이다. 나는 세관원의 일이 정직한 것이라고 믿지만, 그것은 인류의 발전을 위해 함께 노력하는 종류의 일은 아니었다.

정도의 차이는 있을지언정 세관 직원 모두에게서 보이는 또 다른 영향이 있다. 공화국의 든든한 팔뚝에 기대는 것이 습관이 되어, 자신이 원래 가진 힘을 잃어버린다는 것이다. 본래 타고난 성정이 나약한지 강인한지에 따라 자립심을 그만큼 상실하게 된다. 타고난 정력의 소유자이거나 사람의 활기를 앗아가는 이곳의 마법에 너무 오래 걸려 있지만 않다면, 빼앗긴 힘을 되찾을 수도 있을 것이다. 때마침 무정하게 쫓겨난 관리는 이 험난한 세상을 헤쳐나가 본래의 자신으로 돌아가 과거의 모습을 회복할 수 있을지도 모른다.

그러나 이런 경우는 좀처럼 생기지 않는다. 대체로 지나치게 오랫동안 자신의 자리에서 버티다가 서서히 파멸해버린다. 그 뒤로는 온몸의 기력이 쇠한 상태로 내쫓겨 험난한 인생행로를 갖은 애를 써가며 비틀비틀 나아갈 뿐이다. 잘 벼려진 강철 같은 힘과 탄력은 모두 사라져버리고 자신이 너무도 허약해졌다는 것을 알고 있기에, 무언가 기댈 수 있는 힘을 외부에서 찾으려고 언제까지나 아쉬운 표정으로 주위를 두리번거린다. 그가 간절하고도 끊임없이 희망하는 것은 여러 상황이 우연히도 행복한 일치를 이루어 가까운 시일 내에 세관으로 복직하는 일이다. 그것은 현실이 불가능하다고 계속해서 말하는데도 귀를 막아버리는 공허한 망상에 불과하지만, 살아 있는 내내 뇌리를 사로잡고 마치 콜레라가 불러오는 사후 경련처럼 숨이 끊어진 뒤에도 짧은 시간 그를 괴롭힌다. 무엇보다 이런 공허한 믿음은 그가 장차 꿈꾸는 모든 일을 실행해나갈 힘과 가능성을 빼앗아버린다. 조금만 더 버티면 정부의 강력한 팔이 그를 진흙 구덩이에서 건져줄 텐데, 무엇 때문에 힘들게 일하고 진흙탕에서 몸을 빼내려고 애쓴단 말인가? 곧 달마다 정부의 호주머니에서 나오는 번쩍거리는 금화 더미를 받으며 행복을 누릴 텐데, 뭐하러 생계를 위해 뼈 빠지게 일하거나 캘리포니아에 사금을 채취하러 간단 말인가?

참으로 서글프고 기이한 일이지만 관직에 잠시라도 몸담은 자는 가엾게도 이처럼 이상한 병에 감염되고 만다. 물론 나이 든 신사 양반 같은 정부에게 불경스러운 뜻을 표하려는 것은 아니지만, 미국 정부의 황금은 이런 점에서 악마의 보수 같은 매혹적인 분위기를 풍긴다. 그 황금에 손대는 자는 자신의 안위를 잘 돌보아야 한다. 그렇지 않으면 거래가 자신에게 불리한 쪽으로 돌아가게 되고, 영혼을 빼앗기는 것만은 면한다고 해도 영혼의 좋은 속성들, 가령 강건함, 용기와 끈기, 진실성, 자신에 대한 신뢰와 남성다운 풍모를 돋보이게 하는 모든 자질을 잃게 된다.

저 멀리서 보면 그토록 찬란한 앞날이 펼쳐져 있었건만! 그렇다고 이 검사감독관이 무언가를 깨달았다거나 자리를 계속 지키든 쫓겨나든 완전히 망가질 수도 있다는 사실을 인정했다는 것은 아니다. 그렇지만 생각하면 할수록 마음이 불편해졌다. 나는 점점 우울하고 불안해졌으며, 내 마음을 끊임없이 들여다보면서 나의 초라한 특성 가운데 어떤 것이 사라졌는지, 또 남아 있는 심성은 얼마나 손상되었는지 헤아려보게 되었다. 나는 세관에서 얼마나 더 근무할 수 있고 그러고서도 한 인간으로서 떳떳이 물러날 수 있는지 헤아려보려고 애썼다.

사실대로 고백하자면, 내가 검사감독관 자리를 계속 지키다가 늙고 쇠약해져서 결국에는 저 고령의 검사관처럼 동물이나 다름없는 상태가 되는 게 아닐까 하는 것이 나의 가장 큰 걱정거리였다. 나처럼 조용한 개인을 내모는 것은 정책 기준에도 맞지 않았고 또 공직자가 스스로 그만 둔다는 것도 본질적으로 어려운 일이었다. 나도 내 앞에 놓인 지루한 공직 생활로 세월을 보내다가 마침내 저 나이 든 검사관처럼 저녁 식사 시간을 하루 일과의 핵심으로 여기고 나머지 시간은 늙은 개처럼 햇볕이나 그늘 속에 졸면서 보내게 되는 것은 아닐까? 자신의 모든 능력과 감수성을 최대한 발휘하며 살아가는 것이 행복에 가장 걸맞은 정의라고 생각하는 사람으로서, 이것은 너무도 황폐한 미래가 아닌가!

하지만 이런 걱정은 쓸데없는 것으로 드러났다. 신의 섭리는 내가 상상할 수 있는 것보다 훨씬 더 좋은 것을 예비해두고 있었다.

내가 검사감독관으로 일한 지 3년째 되던 해에 놀라운 사건이 벌어졌다. 앞서 나온 P. P.의 어조를 빌려 말하자면, 테일러 장군이 대통령에 당선된 것이다. 공직 생활의 이점을 완벽하게 평가하기 위해서는 적대적 정부가 들어섰을 때 재직 중이던 관리의 형편이 어떻게 되는지를 반드시 살펴보아야 한다. 그 뒤로 이 가련한 관리가 차지하고 있던 곳은 가장 지독하게 신물 나고 모든 경우 가운데서도 가장 불쾌한 자리가 되고 만다. 설사 그의 앞에 나타난 최악의 상황이 나중에는 최선이었던 것으로 밝혀지더라도, 당장은 좋은 선택지가 거의 없다.

그러나 자부심과 감수성을 지닌 사람이, 자신의 운명이 자신을 사랑하지도 않고 이해하지도 못하는 사람들에게 달려 있음을 깨닫는 것은 참으로 기이한 경험이다. 반드시 한쪽을 선택해야 한다면 그들에게 혜택을 받으니 차라리 해를 입는 쪽을 택할 사람들에게 말이다. 또한 선거 기간 내내 침착한 모습을 유지해오던 사람이 승리의 순간에 이르자 점점 더 피에 갈증을 느끼는 모습을 지켜보고, 나 자신이 그 갈증의 대상이 되었음을 알아차리는 것은 얼마나 이상한 경험인가!

　인간의 본성 가운데 단지 남들에게 해를 가할 수 있는 힘을 가졌다는 이유만으로 잔인하게 변하는 경향보다 더 추악한 것은 별로 없다. 더구나 그들은 자신의 이웃보다 특별히 나쁜 구석이 있는 것도 아니었다. 만약 공직자들에게 가해지는 단두대형이 단순한 비유가 아니라 실제적 의미라면, 승리한 정당의 열성 당원들은 지극히 흥분하여 우리의 목을 모조리 날려버리고 그러한 기회를 내려준 하늘에 감사하리라고 나는 굳게 믿는다!

　패배할 때는 물론 승리할 때도 침착하고 호기심 많은 관찰자였던 내가 볼 때, 휘그당이 승리하자 드러난 이런 잔인한 악의와 복수심은 내가 소속된 민주당이 거듭 승리를 거두었을 때는 이렇듯 두드러지게 나타나지 않았다. 일반적으로 민주당원들은 공직이 필요해서 그 자리에 올랐고 오랜 세월 동안 그런 관행을 따라왔으므로, 그것이 정치 싸움의 당연한 규칙으로 자리 잡았다. 다른 제도를 선포하지 않는 한 그 법칙에 불만을 표시하는 것은 나약하고 비겁한 일이다. 게다가 민주당은 오랫동안 선거에서 승리해왔기 때문에 관대한 심성을 갖게 되었다. 그래서 때에 따라 상대를 살려줄 줄도 알았고, 그들이 휘두르는 도끼날은 날카롭기는 해도 악의의 독이 묻어나는 경우는 좀처럼 없었다. 그리고 그들에게는 방금 잘려 땅에 떨어진 머리를 비열하게 발로 걸어차는 관습도 없었다.

　간단히 말해서, 내가 처한 곤경이 불쾌하기는 했지만, 내가 승리한 당이 아니라 패배한 당에 소속되어 있다는 사실을 자랑스러워할 만한 이유가 훨씬 많았다. 지금껏 나는 열성적인 당원이 아니었으므로, 이런 위험과 역경의 시절에 이르러서야 내가 어느 당을 더 선호하는지 날카롭게 의식하기 시작했다. 가능성을 합리적으로 따져볼 때 내가 다른 민주당 동료들에 비해서 공직을 유지할 전망이 더 높다고 내다보는 것도 다소 유감스럽고 수치스럽게 느껴졌다. 그러나 누가 자기 코앞 너머 한 치

앞의 미래를 예측할 수 있으랴? 결국 내 목이 가장 먼저 떨어졌으니!

자신의 모가지가 잘려 나가는 순간은 결코 그 사람의 생애에서 아주 유쾌한 일이 될 수는 없는 노릇이다. 그러나 아무리 심각한 뜻밖의 사태라 할지라도 그로 인해 고통받는 이가 그 일을 최악으로 몰고 가기보다 최선을 다해 맞선다면, 대부분의 불행한 사건들과 마찬가지로 그에 대한 대책과 위안이 함께 따라오기 마련이다. 나의 경우 위로가 될 만한 이야깃거리가 아주 가까이 있었다. 게다가 실제로 그것이 필요해지기 훨씬 전부터 오랜 시간 깊이 궁리해왔다. 나는 이전부터 관직에 지쳐 있었고 또 막연히 그만둘 생각도 했으니 나의 불운은 마치 자살할 생각을 하던 사람이 예기치 않은 행운을 만나 남의 손에 죽임을 당한 것과 같았다.

세관에서도 나는 예전에 낡은 목사관에서 지낸 시간과 마찬가지로 3년을 보냈다. 피곤한 두뇌를 쉬게 하고 오래된 정신적 습관을 버린 후 새로운 습관을 들이기에는 충분한 시간이었다. 한편으로는 어느 누구에게도 이롭거나 즐겁지 않은 일을 하면서, 나의 내면에서 끊임없이 솟구치는 창작의 욕구를 억누르면서 그것과는 동떨어진 일을 하며 어색하게 지내기에는 너무나 긴 시간이었다.

더욱이 그처럼 무참하게 쫓겨난 일에 대해서도 이 전직 검사감독관은 휘그당원들이 자신을 적으로 간주한 사실을 그리 불쾌하게 여기지 않았다. 그가 정치 활동에 활발히 움직이지 않아 때로는 동료 민주당원들조차 과연 그가 진정한 동지인지 의심했기 때문이다. 이는 그가 한 가문의 형제들마저 갈라서야 하는 좁은 길에 스스로를 가두기보다, 인류 전체가 만날 수 있는 넓고 평화로운 들판을 자유롭게 거닐기를 더 좋아했기 때문이다. 비록 관직이라는 왕관을 쓸 머리는 이미 날아갔지만, 이제 그가 순교자의 왕관을 얻었으니 그런 의심도 풀렸으리라.

마지막으로 그다지 영웅적인 모습은 아니었지만, 자신이 줄곧 지지해온 정당의 패퇴와 더불어 패배의 구렁텅이로 함께 들어가는 것이 더욱 품위 있는 일이라고 생각했다. 그토록 많은 훌륭한 동지들이 거꾸러져갈 때 외로운 생존자로 남아 적대 정부의 자비를 구걸하며 4년을 더 연명하다가, 정치적 입장을 바꾸어 우호적인 정부에 더욱 굴욕적인 자비를 구하는 것보다는 훨씬 나았다.

그러는 사이에 언론이 내 일을 다루었고 한두 주 내내 나의 이름이 온갖 인쇄물에 오르내렸다. 목이 잘린 나의 모습은 어빙의 '목 없는 기병'[30]처럼 유령 같고 침울했으며, 정치적으로 매장당한 사람이 으레 그러하듯이 나는 어서 빨리 땅에 묻혀 사라지기를 바랐다. 이제 나 자신을 이런 비유로 묘사하는 것은 그만두자. 이 무렵까지 어깨 위에 머리가 온전히 붙어 있던 실제 인물인 나는 모든 것이 잘된 일이라는 평온한 결론에 도달했다. 그리고 잉크와 종이와 철필을 장만하고 오랫동안 사용하지 않았던 책상을 끌어내어 다시 문필가의 삶으로 돌아갔다.

바로 이때 나의 옛 선임자인 검사감독관 퓨 씨의 공들인 원고가 살아 움직이기 시작했다. 오랫동안 게으름을 부려서 녹슬어버린 나의 정신을 다시 가동해 그 이야기를 토대로 작업을 시작했고, 어느 정도 만족스러운 결과를 거두기까지는 다소 시간이 걸렸다. 온 정신을 집중하여 매달리기는 했지만, 그 이야기는 내가 보기에 너무 근엄하고 진지했다. 화창한 햇빛에 따스해지는 법도 없었다. 자연과 일상의 모든 풍경을 부드럽게 감싸고, 그런 장면들을 글로 옮길 때마다 따스함을 더해주는 햇살조차도 이 이야기의 무게감을 덜어내지는 못했다.

이처럼 울적한 분위기는 이야기의 배경이 혁명이 아직 완수되지 않아 소요가 들끓던 시대인 탓도 있었다. 그러나 이 이야기는 작가의 마음

----

30 미국 소설가 워싱턴 어빙의 단편 「슬리피 할로의 전설」에 나오는 목 없는 기병을 가리킨다. 이는 본래 유럽 전역의 민담에 등장하는 인물이었다. 호손은 훗날 슬리피 할로 공동묘지에 묻혔다.

이 우울했다는 증거가 될 수는 없다. 나는 햇빛이 들지 않는 어두운 환상 속을 헤매는 동안에도, 낡은 목사관을 떠난 이후 그 어느 때보다도 행복 했기 때문이다. 이 책에 함께 수록된 몇몇 짧은 이야기도 내가 공직 생활 의 노고와 영예에서 뜻하지 않게 물러난 뒤에 쓴 것들이다. 나머지는 아 주 오래전에 나왔던 연감과 잡지에서 추렸는데, 독자들 사이를 한 바퀴 돌아 마침내 새로운 모습으로 책 속에 자리 잡게 되었다.

방금 전에 사용한 정치적 단두대의 비유를 다시 한번 들자면, 이 책 전체를 '목 잘린 검사감독관의 유고'로 볼 수도 있겠다. 그리고 이제 마 무리 지으려는 이 글은 겸손한 사람이 생전에 출판하기에는 자전적 요소 가 너무 많긴 하지만, 목이 잘린 채 무덤 저편에서 쓴 글이라고 여긴다면 조금 더 너그럽게 봐줄 수 있으리라. 온 세상에 평화가 있기를! 내 친구 들에게 축복이 있기를! 나의 적들에게도 용서를 보낸다! 이제 나는 고요 한 영역에 들어와 있으니!

세관 생활은 마치 아련한 꿈처럼 옛일이 되어버렸다. 고령의 검사관 과 그와 함께 세관에 앉아 있던 다른 선량한 직원들은 이제 내 눈에는 그 림자나 다름없다. 안타깝게도 고령의 검사관은 얼마 전에 낙마로 세상을 떠났는데, 그 일만 아니었더라면 틀림없이 천년만년 살았을 것이다. 과 거에 나는 그들의 백발과 주름진 얼굴을 즐겨 떠올리곤 했으나 이제는 영원히 내려놓았다.

핑그리, 필립스, 셰퍼드, 업턴, 킴벌, 버트럼, 헌트 같은 거상들과 그 밖에 수많은 이름은 여섯 달 전만 하더라도 나의 귀에 더없이 익숙했고 그들 모두가 이 세상에서 중요한 지위를 차지하고 있는 것처럼 보였다. 하지만 그들과의 관계는 현실에서는 물론 기억 속에서도 놀랄 만큼 빨리 희미해졌다. 이제는 공을 들여야 겨우 몇 사람의 얼굴과 이름이 떠오를 정도였다.

마찬가지로 머지않아 나의 고향 마을도 그 주위를 자욱하게 뒤덮은 기억의 안개 속에서 희미하게 떠오르게 될 것이다. 마치 고향이 더는 이 지상의 땅이 아니라 구름 나라의 초목이 우거진 마을처럼 느껴졌다. 그곳에선 상상 속 주민들만이 목조 가옥에 살며 수수한 골목길과 볼품없고 지루한 중심가를 걸어 다닐 뿐이다. 그리하여 그곳은 더 이상 내 삶의 현실이 아니다. 나는 이제 다른 곳의 시민이 되었다. 선량한 고향 사람들은 내가 사라졌다고 해서 그리 아쉬워하지도 않을 것이다. 내가 문학으로 이루고자 하는 무엇보다 중요한 목표는 그들에게 중요한 사람으로 인식되고, 또 수많은 조상이 태어나고 자라 묻힌 이 땅에 좋은 기억을 남기는 것이다. 하지만 나의 고향에는 문필가가 마음에서 좋은 열매를 맺게 해줄 온화한 분위기가 전혀 없었다. 나는 다른 얼굴들 사이에서 오히려 더 잘 지낼 수 있을 것이다. 그리고 고향의 낯익은 얼굴들 또한 나 없이도 잘 지내리라 믿는다.

하지만 지금 세대의 증손자들이 때때로 지나간 시대의 이 보잘것없는 문필가를 호의적으로 떠올려줄지도 모른다는 생각은, 아아, 그 얼마나 황홀하고 감격스러운가! 앞으로 다가올 시대에 어떤 고증학자가 고향 도시의 인상적인 유적들을 살펴보다가 마을의 공동 우물[31]이 있던 자리를 가리키며 이 문필가를 회상해준다면 말이다.

31　원문은 The Town Pump이다. 호손은 단편 「마을 우물의 실개천」(*A Rill from the Town Pump*)에서 마을 우물을 의인화해 세일럼의 역사를 독백 형식으로 익살스럽게 풀어냈다.

제1장

감옥 문

음울한 빛깔의 옷을 입고 뾰족한 회색 모자를 쓰고 턱수염을 기른 남자들이 두건을 쓰거나 머리에 아무것도 두르지 않은 여자들과 뒤섞인 채 목조 건물 앞에 옹기종기 모여 있었다. 참나무로 만든 건물의 육중한 문에는 장식용 쇠못이 드문드문 박혀 있었다.

새 식민지의 건설자들은 본디 인간의 미덕과 행복이 넘치는 이상향을 건설하려 했지만, 미개척지의 일부를 묘지와 감옥터로 떼어놓는 것이 현실적으로 반드시 필요한 조치라는 것을 깨달았다. 이러한 규칙에 따라 보스턴의 선조들은 최초의 매장 지역을 정한 때와 거의 같은 시기에 콘힐 근처에 감옥을 세웠다. 그 매장 지구는 원래 아이작 존슨의 땅이었는데, 그의 무덤 주위로 분묘들이 들어서면서 훗날 킹스 채플 교회 마당에 조성된 공동묘지의 중심이 되었다.

보스턴에 정착촌이 들어선 지도 어느덧 15년에서 20년이 흐른 지금, 그 목조 감옥에는 비바람의 얼룩과 세월의 풍상이 고스란히 배어 있어 그 음침한 분위기가 한층 더 짙어 보였다. 참나무 문의 묵직한 철제

구조물은 녹이 슬어 신세계의 다른 어떤 것보다 더 오래되어 보였다. 범죄와 관련된 모든 시설이 그러하듯 이 감옥 건물도 청춘이었던 시절이 없는 듯했다.

보기 흉한 건물과 거리의 마차 다니는 길 사이에는 우엉과 명아주, 페루꽈리와 그 밖의 볼품없는 잡초들이 웃자란 풀밭이 있었다. 이 거친 잡초들은 문명사회의 검은 꽃인 감옥이 일찌감치 자리 잡은 땅에서 틀림없이 저들에게 꼭 어울리는 무언가를 찾아냈을 것이다. 그러나 감옥 문 한쪽에는 거의 문턱까지 뿌리를 내린 들장미 덤불이 6월을 맞이해 섬세한 보석 같은 우아한 꽃을 피우고 있었다. 그 들장미는 감옥으로 들어오는 죄수에게, 또 피할 수 없는 운명을 맞이하러 나오는 사형수에게, 마치 자연이 연민과 자비를 베풀듯 복욱한 향기와 덧없는 아름다움을 동시에 건네는 듯했다.

이 들장미 덤불은 기이한 우연으로 역사 속에 살아남았다. 당초 들장미를 제압하듯 자랐던 거대한 소나무와 참나무들이 쓰러지고 오랜 시간이 지난 뒤에도 저 엄혹한 황무지에서 살아남았던 것인지, 아니면 믿을 만한 근거가 말해주듯 성(聖) 앤 허친슨[1]이 감옥 문을 들어설 때 남긴 발자취에서 솟아 올라온 것인지, 여기서 결론 내리지는 않을 것이다. 저 흉측한 감옥 문에서 흘러나오게 될 우리 이야기의 문턱에서 들장미를 발견하였으므로, 그 꽃을 한 송이 꺾어 독자들에게 바치지 않을 수 없다. 이 한 송이 꽃이 앞으로 펼쳐질 이야기 속에서 만나게 될 도덕적 아름다움을 상징하거나, 그렇지 않더라도 인간의 연약함과 슬픔을 담은 우리 이야기의 우울한 결말을 조금이나마 달래주기를 바라는 마음이다.

----

1   앤 허친슨(1591-1643). 영국에서 국교회 목사의 딸로 태어났다. 매사추세츠로 건너온 뒤 율법 준수만을 강조하는 교회를 비판하며 가정예배를 주도했다. 분열을 일으켰다는 죄목으로 추방당한 후 로드아일랜드로 이주해 지금의 포츠머스시를 세웠다.

제2장
시장

지금으로부터 적어도 2백 년 전 어느 여름날 아침, 감옥로(路)에 있는 감옥 앞 풀밭에는 상당히 많은 보스턴 주민들이 모여 있었다. 그들의 시선은 꺾쇠로 고정해둔 참나무 대문에 단단히 묶여 있었다. 턱수염을 기른 선량한 주민들의 얼굴은 심각하고 엄숙한 표정으로 마치 돌처럼 굳어 보였다. 이러한 표정은 다른 지역 주민들이나 뉴잉글랜드 역사의 후세대에게 무슨 심상치 않은 일이 벌어지고 있음을 알리는 신호였을 것이다.

어쩌면 법정이 민심을 그대로 반영해 선고한, 악명 높은 어떤 죄인의 예견된 처형식일 수도 있었다. 그러나 아직 청교도의 엄격한 기풍이 강하게 남아 있던 초창기였으므로 그런 극악한 종류의 사건일 가능성은 낮았다. 그보다는 게으른 노예나 부모가 행정 당국에 넘긴 불량한 아이를 기둥에 묶어 매질해 교정하려는 사건이었을 것이다. 그런 게 아니라면 반율법주의자[2], 퀘이커교도 또는 다른 이교도 신자를 채찍질한 후에 마을 밖으로 추방하려는 것일 수도 있고, 백인의 위스키를 마시고 거리에서 난동을 부린 떠돌이 인디언을 채찍으로 때려 어두운 숲으로 쫓아내는 것일 수도 있었다. 그것도 아니면 치안판사를 먼저 떠나보내고 과부가 된, 성미 고약한 히빈스 노파 같은 마녀가 교수대에서 처형될는지도 모른다.

어느 쪽이든 구경꾼들의 태도는 하나같이 엄숙했다. 그들은 종교와 법률이 거의 같은 것이며 완벽하게 하나라 여기는 사람들이었기에, 공적으로 내려지는 처벌은 아무리 가벼운 것이라도 존중하고 두려워했다. 실제로 처형대에 오른 죄수가 구경꾼들에게서 얻어낼 수 있는 동정심이란 무척 미약하고 또 냉담한 것이었다. 한편 우리 시대에는 그저 조롱 섞인 경멸 정도로 치부될 만한 사소한 형벌도 당시에는 거의 사형에 가까운 엄숙한 위엄을 지니고 있었다.

우리의 이야기가 시작되는 그 여름날 아침, 군중 속 몇몇 여자들이 곧 있을 처벌에 유독 깊은 관심을 보이는 것이 눈에 띄었다. 그 시대는 아직 격식을 갖추기 이전이어서, 페티코트나 파딩게일 같은 속치마를 입은 여자들이 거리를 활보하거나 때로는 처형대와 가장 가까운 곳의 군중 속으로 그 육중한 몸집을 밀어 넣는 것을 예의에 어긋난다고 주저하지 않았다.

옛 영국에서 태어난 부인들과 처녀들은 신체적으로나 정신적으로나 예닐곱 세대 뒤에 태어난 후손들에 비하면 훨씬 더 거칠었다. 세대가 여러 번 바뀌면서 어머니들은 딸들에게 더 연한 장밋빛 혈색과 한결 더 섬세하고 간결한 아름다움, 더욱 가느다란 체격을 물려주었지만, 그렇다고 해서 성격이 더 약하고 무르다는 뜻은 아니었다. 지금 감옥 문 앞에 서 있는 여자들은 사내 같은 엘리자베스 여왕이 여성의 표상이었던 시대에

----

2   역자 해설 중 '청교도주의와 반율법주의' 참고.

서 불과 반세기도 지나지 않은 시절을 살고 있었다. 이들은 여왕이 다스리던 나라의 주민이었다. 고국의 쇠고기와 맥주 그리고 그에 못지않게 거칠고 투박한 도덕관념으로 빚어진 사람들이었다. 밝은 아침 해가 그 여자들의 넓은 어깨, 커다란 가슴, 그리고 저 멀리 떨어진 섬에서 자라나 뉴잉글랜드의 새로운 환경에서 아직 창백해지거나 마르지 않아 둥글게 올라온 붉은 뺨 위에서 빛나고 있었다. 그들 대부분이 기혼이었는데 그 목소리가 대담하고 낭랑하여 오늘날 사람들이 들었더라면 그 말투나 음량에 꽤나 놀랐을 것이다.

나이가 쉰 정도 된 인상 사나운 여자가 입을 열었다. "부인네들, 여기 좀 보세요. 내 생각을 솔직히 털어놓을게요. 우리처럼 나이도 지긋하고 교회도 착실히 다녀서 평판 좋은 여자들이 저 헤스터 프린 같은 죄인을 다스려야 옳지 않겠어요? 여러분은 어떻게 생각하세요? 저 나쁜 년이 여기 이렇게 모여 있는 우리 다섯 사람 앞에서 재판을 받았다면, 저 훌륭하신 판사 나리들처럼 가벼운 처벌을 내렸겠어요? 쳇, 어림도 없지요!"

또 다른 여인이 말했다. "사람들이 그러더군요. 저 여자의 경건한 담임 목사이신 딤스데일 목사님이 자기 교인들 사이에서 이런 추문이 생긴 걸 아주 가슴 아파하신다고요."

세 번째로 어느 중년 여인이 덧붙였다. "판사님들은 하나님을 두려워하는 양반들이라고는 해도, 정말이지 너무 자비로워요. 적어도 뜨거운 쇠붙이로 헤스터 프린의 이마에 낙인이라도 찍었어야 해요. 그래야 조금 움찔하기라도 했을 텐데. 하지만 저 건방진 여자는 자기 옷 가슴팍에 뭘 달든 조금도 신경 쓰지 않을 거예요. 어디 한번 두고 보세요. 브로치나 이교도 장신구 같은 걸로 가슴을 가리고는 전처럼 뻔뻔하게 거리를 쏘다닐걸요!"

그때 아이의 손을 잡고 있는 한 젊은 부인이 부드러운 말투로 덧붙여 말했다. "아, 그래도 그녀가 원하는 대로 저 표시를 가리게 두세요. 그

♦ 마을 광장에 모인 여인들. 당시 청교도 사회의 엄격한 도덕관과 공동체의 압박이 잘 담긴 장면이다.

래도 가슴속은 언제나 고통스러울 거예요."

그러자 이 재판관을 자청하고 나선 이들 중에서 가장 흉측하고 무자비한 또 다른 여자가 소리쳤다. "가슴에 달든 이마에 찍든 그런 표시나 낙인이 다 무슨 소용이에요? 저 여자는 우리 모두를 수치스럽게 만들었으니 죽어 마땅해요. 그런 법도 있잖아요? 성경에도, 법령집에도 분명 나와 있어요. 그걸 치안판사란 양반들이 아예 무시해버리다니. 자기 아내나 딸이 그런 짓을 저지른다면야 도움이 되겠지요!"

그 말을 듣고 군중 속의 한 남자가 외쳤다. "맙소사, 부인! 교수대가 무서워 마지못해 지키는 것 말고는 여자에게 덕이라곤 없다는 말씀이시오? 정말이지 너무 모진 말이로군요. 자, 이제 조용히들 하세요. 감옥 문자물쇠가 열리고 곧 헤스터 프린이 나올 테니."

감옥 문이 안쪽에서 힘차게 열리자, 햇빛 속으로 뛰어드는 검은 그림자처럼 허리에 칼을 차고 손에는 곤봉을 든 울적하고 소름 끼치는 형리의 모습이 먼저 나타났다. 이 인물은 청교도 법전의 음산한 엄격함을 몸소 구현한 존재로, 죄인에게 그 법을 가장 철저하게 집행하는 것이 임무였다. 왼손으로는 관장을 세워 잡고, 오른손으로는 한 젊은 여자의 어깨를 붙잡아 앞으로 밀며 나왔다. 그러나 감옥 문턱에 이르자, 그녀는 타고난 위엄과 강인한 기질을 드러내며 그의 손을 뿌리치고, 마치 자신의 의지로 나서는 듯이 탁 트인 바깥 공기 속으로 걸어 나왔다. 그녀는 양팔에 태어난 지 석 달쯤 되어 보이는 갓난아이를 안고 있었다. 아이는 강한 햇빛을 받자 눈을 깜박이며 작은 얼굴을 살짝 돌렸다. 지하 감옥의 우중충한 빛과 감방의 어스름에만 익숙해져 있었기 때문이었다.

갓난아이의 엄마인 젊은 여자는 군중 앞에 모습을 온전히 드러내자 아이를 가슴에 꼭 안고 싶은 강한 충동을 느낀 듯했다. 그것은 모성애 때문이라기보다 상의에 달린 어떤 표지를 감추고 싶어서였다. 하지만 곧 한 가지 치욕의 표지를 가린다고 해서 또 다른 수치의 표지가 가려지지는 않으리라는 걸 깨닫고는, 얼굴이 붉게 물들었음에도 아이를 품에 안은 채 오만한 미소를 지으며 부끄러울 것 없다는 듯한 눈빛으로 마을 사람들과 이웃들을 둘러보았다. 그녀가 걸친 겉옷의 가슴 부분에는 화려한 붉은색 천에 금실로 정교하게 수놓아 환상적으로 장식한 A라는 글씨가 달려 있었다. 그 글씨는 아주 예술적으로 만들어진 데다가 풍성하고 찬란한 상상력으로 장식되어, 마치 그녀의 옷에 더없이 잘 어울리는 장신구처럼 보였다. 그것은 당시의 취향에 맞는 화려함을 뽐내기는 했지만 식민지의 사치품 단속법이 허락하는 수준을 훌쩍 넘어선 것이었다.

그 젊은 여자는 키가 컸고 당당한 체격에 완벽한 우아함을 지니고 있었다. 검고 풍성한 머리카락에는 햇빛을 반사할 정도로 반짝이는 윤기가 흘렀다. 단정한 이목구비와 밝은 안색, 시원한 이마와 깊이 있는 검은 눈동자가 어우러진 아름다운 얼굴은 보는 이의 시선을 사로잡았다. 그녀에게서는 당대 귀부인다운 품위가 물씬 풍겼다.

오늘날에는 가냘프고 섬세하며 훅 불면 꺼질 것 같은 우아함을 여성미의 특징으로 삼지만, 헤스터는 그 시대가 추구하던 당당하고 위엄 넘치는 아름다움의 전형이었다. 그러나 귀부인의 고전적 의미를 그대로 따르더라도, 그녀가 감옥 문에서 걸어 나오던 바로 그 순간보다 더욱 귀부인답게 보인 적은 일찍이 없었다. 이전부터 그녀를 알고 있었던 사람들은 수치심의 먹구름에 짓눌려 어둡고 침울해진 모습을 예상했지만, 실제로 그녀를 본 순간 경악을 금치 못했다. 그녀의 아름다움은 빛처럼 환하게 퍼져 나왔고 그녀를 뒤덮은 수치와 불운마저 은은한 후광이 되어 비쳤다. 물론 세심한 관찰력을 지닌 사람이라면 그 모습에 극히 고통스러운 무언가가 깃들어 있음을 알아차렸을 것이다. 감옥에서 그녀가 손수 지은 옷에는 그녀의 내면이 고스란히 담겨 있었다. 야성적이면서도 예술적인 그 독특한 모양새는 절망 속에서도 꺾이지 않은 그녀의 도전적인 기질을 드러내는 듯했다. 그러나 모든 사람의 시선을 잡아 끌고 그리하

♦ 헤스터가 감옥에서 나와 처음으로 군중 앞에 섰다. 손수 수놓은 주홍글씨와 품에 안은 아이를 당당히
드러내는 모습에서 그녀의 강인한 성정이 엿보인다. 감옥 문 한쪽에는 들장미가 소복이 피어 있다.

여 착용자의 모습마저 바꾸어놓는 것이 하나 있었다. 그 때문에 이미 그녀를 알고 있던 사람들조차 마치 그녀를 처음 보는 듯한 느낌을 받았을 정도였다. 그것은 그녀의 가슴에 달린, 테두리가 환상적으로 수놓인 반짝이는 주홍글씨였다. 그것은 가히 마법 같은 효과를 발휘했다. 그녀를 다른 사람들과의 일상적 관계에서 홀쩍 떼어내어 그녀만의 세계로 밀어넣는 듯했다.

어느 여자 구경꾼이 말했다. "저 여자, 바느질 솜씨 좋은 거 하나는 확실하네요. 하지만 저 뻔뻔한 여자 말고도 저렇게 보란듯이 그걸 내세우는 여자가 또 있을까요? 이봐요, 저 여자 하는 짓이 우리 좋으신 판사님들을 노골적으로 비웃고 그분들이 벌로 내리신 걸 오히려 자랑스럽게 여기는 꼴이 아니고 뭐겠어요?"

노파들 가운데 가장 냉혹한 얼굴을 가진 여자가 투덜거렸다. "정말이지. 헤스터 부인의 여린 어깨에서 저 호화로운 겉옷을 좀 벗겨냈으면 좋으련만. 저 여자가 바느질로 공들여서 붙여놓은 붉은 글씨를 떼어내고 내가 류머티즘 치료용으로 쓰는 플란넬 헝겊 조각을 붙여놓아야겠어요. 그래야 더 잘 어울리지 않겠어요?"

그들 가운데 가장 젊은 여자가 속삭이듯 말했다. "자, 진정들 좀 하세요, 여러분! 그녀한테 들릴지도 모르잖아요. 저 글씨를 한 땀 한 땀 수놓을 때마다 가슴속에서 찌르는 듯한 고통을 느꼈을 거예요."

그때 무섭게 생긴 형무소 관리가 관장을 휘두르며 소리쳤다.

"자, 길을 터주십시오, 여러분, 왕의 이름으로 명합니다! 어서 길을 내요. 그럼 프린 부인이 남녀노소 모두가 잘 볼 수 있는 곳에서 저 잘난 옷을 여러분에게 보여줄 겁니다. 지금부터 정오에서 한 시간이 지날 때까지 말이오. 불의한 일을 만천하에 드러낸 정의로운 매사추세츠 식민지는 축복을 받을지어다! 자 이리로 와요, 헤스터 부인. 당신의 주홍글씨를 이 시장통에서 내보이시오!"

곧 구경꾼들 사이로 작은 길이 생겼다. 관리가 앞장섰고 그 뒤를 엄숙한 얼굴의 남자들과 표독한 얼굴을 한 여자들이 행렬을 이루어 무질서하게 따라갔다. 헤스터 프린은 처벌 장소로 정해진 곳을 향해 걸어갔다. 흥분하고 호기심으로 가득 찬 학생들은 그날 벌어질 일의 내막은 모른 채 단지 오후 수업만 한다는 사실에 신이 나 있었다. 그들은 헤스터 앞으로 내달리면서 고개를 돌려 그녀의 얼굴과 그녀의 품에 안겨 눈을 깜빡이는 갓난아이, 그리고 가슴에 달린 치욕적인 글씨를 계속 쳐다보았다.

당시 감옥 문에서 시장통까지는 그리 먼 거리가 아니었다. 그러나 죄수의 입장에서 보자면 상당히 먼 거리처럼 느껴졌을 것이다. 비록 겉으로는 오만한 기색을 내보였지만 그녀는 자신을 보려고 몰려든 사람들의 발걸음 하나하나에 엄청난 고통을 느끼고 있었다. 마치 길거리에 내동댕이쳐진 심장이 마구 짓밟히는 듯했다. 그러나 우리 인간의 본성에는 놀랍고도 자비로운 측면이 있다. 고통을 당하는 자는 지금 당장 자신이 겪고 있는 고통이 얼마나 극심한지 잘 알아차리지 못하고, 사건이 벌어진 뒤에야 비로소 가슴을 들이쑤시는 아픔에 괴로워하곤 한다. 그렇게 헤스터 프린은 거의 평온한 모습으로 시련의 순간을 견뎌내며, 시장 서쪽 끝에 있는 처형대 앞에 섰다. 그것은 보스턴 최초의 교회 처마 바로 아래 자리 잡고 있어, 마치 교회의 일부처럼 보였다.

사실 이 처형대는 처벌 도구의 일부분이었다. 두세 세대가 지난 지금에 와서는 역사적 전통 유물로 남아 있으나, 당시에는 프랑스의 공포 정치가들이 활용했던 단두대 못지않게 미풍양속을 권장하는 도구로서 큰 효력을 발휘했다. 간단히 말하면 그것은 형틀이 놓인 단(壇)이었다. 단 위에는 사람의 머리를 집어넣어 단단히 고정하고 뭇사람들에게 구경시키는 처벌 도구가 솟아 있었다. 이 나무와 쇠로 된 형구는 죄수에게 수치심을 안겨주기에 더없이 적절한 도구였다. 죄인이 무슨 죄를 저질렀든 간에 수치스러운 얼굴을 감추고 싶어 하는 인간의 본능을 가로막는 것보

♦ 군중이 모여 죄인을 평가하는 청교도 마을의 긴장된 순간. 아이들의 호기심 어린 시선부터 어른들의 엄격한 표정까지, 도덕적 판단 앞에 선 개인을 둘러싼 공동체의 무거운 시선이 생생하게 담겨 있다.

다 더한 모욕은 없을 것이다. 이 형벌의 본질이 바로 거기에 있었다.

하지만 비슷한 다른 경우처럼, 헤스터 프린의 처벌도 처형대 위에서 일정 시간을 보내되 머리를 구멍에 넣어 목을 조이는 이 형구의 잔혹한 본질은 면제받았다. 자신의 처지를 잘 아는 그녀는 나무 계단을 올라 사람 어깨높이의 단 위에 서서, 구경꾼들 앞에 모습을 드러냈다.

청교도 군중 속에 가톨릭 교도가 있었더라면, 그 화려한 자태의 아름다운 여인과 그 품에 안긴 아이를 보며 무수한 유명 화가들이 서로 앞다투어 그려냈던 성모 마리아의 형상을 연상했을지도 모른다. 하지만 실제로 그 광경은 온 세상을 구원할 아이를 낳은 죄 없는 어머니의 모습과는 정반대의 의미를 담고 있었다. 인간의 가장 거룩한 속성이 가장 깊은 죄악으로 물들어 씻을 수 없는 상처를 남겼다. 이 여인의 아름다움은 도리어 세상을 더욱 어둡게 만들었고, 그녀의 아이는 구원이 아닌 타락의 상징이 되었다.

그 광경에는 이웃 사람의 죄악과 수치를 지켜볼 때면 언제나 깃들기 마련이었던 두려움이 뒤섞여 있었다. 당시에는 사회가 아직 타락하지 않았던 것이다. 후대의 사회는 그런 광경을 보고 몸서리치는 게 아니라 오히려 빙그레 조소(嘲笑)하게 되었다. 헤스터 프린의 치욕을 지켜보는 사람들은 아직 소박한 성품을 그대로 간직하고 있었다. 그들은 설사 그녀에게 내려진 처벌이 사형이었다고 해도 가혹한 판결을 아무런 불평 없이 받아들일 정도로 엄격한 사람들이었다. 그러나 형벌을 구경거리로 삼는 오늘날의 냉혹한 사회와는 달랐다. 설사 그 처벌을 조롱거리로 여길 만한 심보를 가진 자가 있다 할지라도, 정부 고관들이 풍기는 엄숙한 분위기에 압도당했을 것이다.

현장에는 총독과 다수의 고관들, 재판관과 장군은 물론 마을의 목사들이 나와서 입회했다. 그들은 교회의 발코니에 앉거나 선 채로 아래쪽의 처형대를 내려다보고 있었다. 이렇게 지체 높은 인사들이 자신들의 위엄과 권위를 잃지 않고 그 자리에 함께했다는 사실은, 이 처벌이 얼마나 엄중하고 의미 있게 집행되었는지를 말해주었다. 군중은 근엄하고 엄숙했다. 그 불운한 죄인은 여자가 낼 수 있는 최선의 힘을 발휘하여 자기 자신을 지탱하면서 수천 개의 무자비한 눈이 주시하는 시선의 무게를 감당해야 했다. 그들의 시선은 그녀에게로, 특히 그녀의 가슴 부분으로 쏠렸다. 그것은 참으로 감내하기 어려운 것이었다. 충동적이고 격정적인 성미를 타고난 그녀는, 경멸과 모욕이 가득한 군중의 독기 어린 시선을 견뎌내고자 마음을 단단히 먹었다. 그러나 구경꾼들의 엄숙한 분위기에는 그보다 더 무서운 어떤 것이 꿈틀거렸다. 그래서 그녀는 저 경직된 표정들이 차라리 경멸의 웃음으로 일그러져 야유를 퍼부어주기를 바랐다. 저 구경꾼들, 남자들과 여자들과 새된 목소리를 가진 아이들이 저마다 커다란 폭소를 터트렸다면 헤스터 프린은 쓰디쓴 경멸의 미소를 지으면서 응수했을 것이다. 그러나 그녀가 감내해야 할 운명인 형벌 아래에서, 순간순간 차라리 폐가 찢어질 정도로 커다란 비명을 내지르며 처형대에서 땅바닥으로 몸을 던지지 않으면 즉각 미쳐버릴 것만 같은 기분이 들었다.

자신이 중심이 된 이 장면 전체가 순간순간 그녀의 눈앞에서 사라지거나 흐릿한 환영처럼 아른거렸다. 그녀의 마음, 특히 기억이 기이하게도 생생히 살아나면서, 이 변방 도시의 조잡한 거리 대신 다른 풍경들이, 그리고 뾰족모자 아래서 그녀를 내려다보는 이 얼굴들이 아닌 다른 얼굴이 끊임없이 떠올랐다. 아주 사소하고 중요치 않은 기억들, 가령 어린 시절과 학생 시절의 일들, 아이들과 놀거나 싸웠던 일들, 아가씨 시절 집에서 벌어진 사소한 일들 따위가 물밀듯이 밀려왔다. 거기에는 이후의 중대한 삶의 순간들도 간간이 섞여 들었다. 각각의 장면은 저마다 무척 생생했다. 모든 것이 비슷하게 중요한 일로 느껴지는가 하면 모든 것이 장난 같기도 했다. 아마도 이런 환상에 자꾸 빠져드는 것은, 현실의 잔혹하고 매정한 무게에서 벗어나려는 마음의 본능적인 몸부림이었을 것이다.

어찌 되었든 형구가 놓인 처형대는 헤스터 프린에게 행복한 유년 시절부터 밟아온 인생의 모든 과정을 보여주는 하나의 전망대가 되었다. 그녀는 비참한 처형대 위에 높이 서서 영국의 옛 고향 마을과 아버지와 함께 살던 집을 보았다. 가난한 몰골이 고스란히 드러나는 초라한 잿빛 돌집이었으나, 현관 위에는 그들이 유서 깊은 가문이라는 걸 보여주는 절반쯤 지워진 방패 문장이 달려 있었다. 이마가 벗겨지고 멋들어진 하얀 수염을 구식 엘리자베스풍 옷깃 위로 내려뜨린 아버지의 얼굴도 보았다. 곧이어 어머니의 얼굴도 보았다. 헤스터의 기억 속에서 어머니는 언제나 주의 깊고 걱정 어린 사랑의 표정을 짓고 있었다. 그 표정은 딸이 인생행로를 걸어가는 데 온화한 충고로 방향을 제시해주곤 했다. 헤스터 자신의 얼굴도 보았다. 소녀 같은 아름다움이 환히 빛나 그녀가 자주 들여다보던 침침한 거울 속을 온통 밝혀주었다.

거울에서 그녀는 또 다른 얼굴도 보았다. 나이가 지긋한 남자의 창백하고 수척한 학자 같은 얼굴이었다. 두 눈은 등불 아래서 어려운 책을 무수히 읽어온 탓에 흐릿하고 침침해 보였다. 하지만 인간의 영혼을 들여다볼 때면 기이하게도 상대의 마음을 꿰뚫어 보는 능력을 보였다. 헤스터 프린이 여자 특유의 상상력으로 불러내지 않을 수 없었던, 이 서재에 은둔할 것만 같은 남자는 왼쪽 어깨가 오른쪽 어깨보다 약간 더 올라간 기형적인 모습이었다. 다음으로 그 기억의 화랑에는 유럽 대륙의 한 도시에 있는 비좁고 복잡한 통로들, 높다란 회색 집들, 거창한 대성당들, 고풍스러운 건축 양식으로 지어진 오래된 공공건물들이 떠올랐다. 그 도시에서는 기형의 학자와 함께 보낼 새로운 생활이 그녀를 기다리고 있었다. 새롭다고는 해도, 무너져가는 담장에 낀 초록 이끼처럼 케케묵은 것들을 먹고 살아야 하는 생활이었다.

마지막으로, 이처럼 변화무쌍한 장면들 대신에 청교도 정착촌의 무

♦ 헤스터가 거울 앞에서 자신의 모습을 살피는 모습으로, 과거의 영광과 현재의 고립이 초상화와 장미를 통해 상징적으로 대비된다.

자비한 시장통의 광경이 눈앞에 다시 나타났다. 온 마을 사람들이 그곳에 모여 헤스터 프린, 그렇다, 바로 그녀에게 서슬 퍼런 시선을 쏟고 있었다. 그리고 두 팔로 갓난아이를 안은 채 처형대 위에 서 있는 그녀의 가슴에는 금실로 수놓은 주홍빛 글씨 A가 반짝거리고 있었다!

이게 정말 현실인 걸까? 그녀가 품 안으로 아이를 너무 거세게 끌어안는 바람에 아이가 울음을 터뜨렸다. 그녀는 시선을 떨어트려 가슴의 주홍글씨를 내려다보았고, 갓난아이와 그 수치심의 징표가 정말로 거기 있는지 확인하려고 손가락으로 그 글씨를 만져보기까지 했다. 그렇다! 이것이 그녀의 현실이었다. 나머지 것들은 모조리 사라져버렸다!

제3장

서로 알아봄

주홍글씨를 가슴에 단 그녀는 모두의
엄혹한 시선에 짓눌려 있다가, 군중의 끄트머리에서 문득 한 사람을 발
견하고서야 그 무게에서 벗어날 수 있었다. 원주민 복장을 한 어떤 인디
언이 그곳에 서 있었다. 하지만 당시 인디언은 영국 정착촌에서 그리 드
물지 않게 볼 수 있는 방문객이었으므로 그런 때에 헤스터 프린의 시선
을 끌 만한 사람은 아니었다. 그녀의 마음에서 온갖 생각을 죄다 쫓아버
릴 정도의 힘을 가진 존재는 더더욱 아니었다. 그런데 인디언 옆에는 분
명히 그와 동행하는 듯한 백인 하나가 괴상하게도 문명인과 야만인의 방
식이 한데 뒤섞인 옷을 입고 서 있었다.

그는 키가 작고 얼굴에 주름살이 많았으나 아직까지 늙은이라고는
할 수 없는 모습이었다. 그의 얼굴에는 놀라운 총기가 서려 있었는데, 마
치 그동안 정신적 측면을 너무나 갈고닦아온 나머지 그것이 신체에도 영
향을 미쳐 몸에 어김없는 증거들로 나타나는 것 같았다. 언뜻 보면 무심
해 보이는 문명과 야만이 뒤섞인 복장으로 자신의 신체적 특징을 감추려

고 애썼지만 헤스터 프린은 그 남자의 한쪽 어깨가 다른 쪽보다 약간 높게 솟아 있다는 것을 똑똑히 볼 수 있었다. 그의 마른 얼굴과 살짝 드러나는 기형적 모습을 알아차린 순간, 그녀는 자기도 모르게 갓난아이를 거세게 끌어안았고 불쌍한 아이는 또다시 고통스러운 듯 울부짖었다. 그러나 아이의 엄마는 그 소리를 듣지 못하는 것 같았다.

시장통에 도착한 그 낯선 사람은 헤스터 프린이 그를 쳐다보기 얼마 전부터 줄곧 그녀를 주시했다. 처음에는 그녀를 무심하게 바라보는 듯했다. 마음속을 들여다보는 데만 익숙하고 마음 밖에서 벌어지는 일은 자신의 마음속 무언가와 관련이 없으면 가치도 없고 중요하지도 않다고 여기는 듯한 태도였다. 하지만 그의 시선은 곧 아주 날카로우면서도 뭔가를 꿰뚫고 들어가듯 예리해졌다. 마치 뱀 한 마리가 그의 얼굴 위로 재빨리 미끄러지듯 기어가다가 잠시 멈추고는 똬리를 틀고 제 모습을 훤히 드러내는 것처럼, 꿈틀거리는 공포가 그의 얼굴을 일그러트리고 지나갔다. 그의 얼굴은 어떤 강력한 감정 때문에 어두워졌으나 곧 의지의 힘으로 감정을 억제해 단 한순간을 제외하고는 표정이 오히려 평온해 보일 정도였다. 잠시 후 그런 동요는 거의 눈에 띄지 않을 정도로 잦아들어 마침내 그의 본성 밑바닥 깊은 곳으로 가라앉았다. 헤스터 프린의 눈이 자신의 눈에 고정되고 그녀가 자신을 알아봤다는 것을 깨닫자, 그는 천천히 침착하게 손가락을 들어 올려 공중에서 손짓을 보낸 뒤 자기 입술에 가져다 댔다.

곧이어 자기 옆에 서 있던 마을 사람의 어깨를 살짝 두드리고는 정중하고 예의 바른 태도로 말을 걸었다.

"선생님, 말씀 좀 묻겠습니다. 저 여자는 누구입니까? 도대체 왜 저기 끌려 나가 군중 앞에서 수치를 당하고 있는 겁니까?"

마을 사람은 질문을 던진 사람과 그의 야만인 동행을 흥미롭다는 듯 쳐다보며 말했다. "아, 당신은 이 지방에 처음 온 타관 사람이로군요. 그렇지 않다면 헤스터 프린 부인과 그녀가 저지른 비행을 틀림없이 알고 있었을 테니까요. 거룩한 딤스데일 목사의 교회에서 엄청난 추문을 일으킨 장본인이지요."

"당신 말이 맞습니다. 저는 외부에서 온 사람입니다. 본의 아니게 그동안 이리저리 방랑하며 살아왔지요. 바다와 육지에서 엄청난 불행을 겪었고 남쪽에 있는 이교도들에게 오랫동안 붙잡혀 있었습니다. 이제야 포로 생활에서 벗어나기 위해 이 인디언을 따라 이곳으로 왔지요. 그러니 헤스터 프린의 이야기를 조금 더 들려주시겠습니까? 제가 이름을 제대로 말했는지 모르겠군요. 저 여인은 도대체 무슨 죄를 저질렀고, 무엇 때문에 저 처형대 위로 올라가게 된 겁니까?"

"물론이죠. 황야에서 온갖 고난을 당하며 묶여 있다가 마침내 이 땅으로 오셨으니 정말 기쁘시겠군요. 이 신성한 뉴잉글랜드에서는 불의를 저지르면 샅샅이 찾아내어 통치자와 백성들이 환히 보는 데서 처벌을 내리지요. 선생, 저 여자는 암스테르담에서 오래 살았다는 어떤 영국인 학자의 아내였습니다. 꽤 오래전에 그 학자가 바다 건너 이곳 매사추세츠로 와서 우리와 운명을 같이하기로 결심했다더군요. 그는 아내를 먼저 보내고 자신은 뒤에 남아 필요한 일을 처리하기로 했습니다. 그런데 말이죠, 저 여자가 이곳 보스턴에 와서 산 지도 두 해 남짓 되었는데 그 학식 있다는 남편 프린 선생에게서 아무런 소식도 없지 뭡니까. 그래서 보시다시피 젊은 아내가 혼자 남아 그릇된 길에 들어서고 만 겁니다…."

낯선 사람이 쓸쓸한 미소를 지으며 말했다. "아! 그렇군요. 알겠습니다. 당신이 말한 것처럼 그렇게 학식깨나 쌓았다면 책 속에서 이런 것들도 배웠어야 마땅할 텐데요. 그런데, 선생, 저기 저 갓난아이의 아버지는 누구입니까? 제가 보기에 태어난 지 서너 달밖에 안 된 것 같은데요. 프린 부인이 품에 안고 있는 저 아이 말입니다."

"실은, 그게 수수께끼란 말이지요. 그걸 설명해줄 다니엘 같은 예언자는 아직 나타나지 않았습니다. 헤스터 부인이 절대로 말하지 않겠다고 버티니 판사님들께서 머리를 맞대고 의논해보았자 아무 소용이 없는 노릇이지요. 어쩌면 죄지은 자가 하나님이 다 내려다보고 계신다는 것도 잊은 채 여기 우리 사이에서 남몰래 이 슬픈 광경을 지켜보고 있을지도 모릅니다."

낯선 사람이 또다시 미소를 지으며 말했다. "그 학자라는 양반이 직접 나타나서 수수께끼를 풀어야겠군요."

"아직도 살아 있다면 그렇게 해야겠죠. 저 여자는 젊고 예쁘니까 거센 유혹에 빠져 타락할 가능성이 많았지요. 게다가 그 남편이란 사람은 바다 밑바닥에 가라앉아버린 지 오래일 겁니다. 이런 사정 때문에 우리 매사추세츠 판사님들은 그녀에게 정의로운 법률에 따라 극형을 내릴 수가 없었던 거지요. 원래 저런 죄악에는 사형을 내립니다. 하지만 자비심과 관용이 넘치는 판사님들은 프린 부인에게 고작 세 시간만 저 처형대 위에 서 있게 한 겁니다. 그리고 평생 동안 그녀의 가슴에 저기 저 수치를 드러내는 표시를 달고 다니라고 처분했지요."

낯선 사람이 진중하게 고개를 끄덕이며 말했다. "아주 현명한 선고로군요! 그렇게 하면 그녀는 자기 묘비에 저 치욕스러운 글씨가 새겨질 때까지, 죄악에 대한 살아 있는 훈계로 살아가게 될 테니까요. 그렇지만 그녀와 함께 불의한 짓을 저지른 자가 적어도 처형대에 올라 저 여자 옆에 서 있지 않다는 것이 화가 나는군요. 하지만 곧 그자의 정체가 드러날 겁니다. 드러나고말고요! 반드시 그렇게 될 겁니다!"

그는 친절하게 이야기를 전해준 마을 사람에게 정중히 인사하고 인디언 동무에게 몇 마디 말을 속삭였다. 이어 두 사람은 군중 사이를 헤치고 빠져나갔다.

이런 일이 벌어지는 동안 헤스터 프린은 그 낯선 사람에게 시선을 고정한 채로 처형대 위에 서 있었다. 그처럼 한곳만 뚫어지게 바라보다

보니 온통 정신을 빼앗긴 그 순간에는 이 세상의 모든 사물이 모조리 사라지고 빈 공간에 그녀와 그 사람만 남아 있는 듯한 느낌이 들었다. 만약 그런 식으로 옆에 아무도 없이 단둘이서만 만났더라면 상황은 더 끔찍했을 것이다. 지금은 한낮의 뜨거운 햇볕이 그녀 얼굴 위로 쨍쨍 내리비추면서 치욕스러운 주홍글씨가 가슴 위에서 빛나고 죄악 속에 태어난 아이가 그녀 품 안에 있는 광경을 환하게 드러내고 있었다. 가정의 포근한 난롯가 불빛이나 교회의 베일 아래 머물러야 할 그녀의 모습을, 사람들은 구경거리라도 되는 양 떼 지어 나와 뚫어져라 바라보고 있었다.

무척 두려운 상황이었지만 그래도 그녀는 무수한 구경꾼이 있다는 게 오히려 은신처처럼 느껴졌다. 그녀와 그 사람 단둘이서 대면하는 것보다는 두 사람 사이에 그처럼 많은 사람을 두고 서 있는 게 훨씬 나았다. 말하자면 그녀는 대중에게 자신을 드러내는 것을 피난처 삼아 달아났고, 사람들의 장막이 사라져버릴 순간을 오히려 두려워했다. 이런 생각에 골몰한 나머지 그녀는 등 뒤에서 들려오는 목소리를 듣지 못했다. 그래서 그 목소리는 군중 모두에게 들릴 만큼 크고 엄숙하게 그녀의 이름을 여러 차례 불렀다.

그 목소리가 외쳤다. "내 말을 들으라, 헤스터 프린!"

앞서 언급했듯 헤스터 프린이 서 있는 처형대 바로 위에는 교회에 딸린 일종의 발코니, 즉 지붕 없는 회랑이 있었다. 그 무렵 정부의 공식 행사가 있을 때 행정 고관들이 모여 온갖 의식을 갖추고 포고를 내리는 곳이었다. 바로 이곳에 벨링엄 총독이 앉아서 방금 전에 묘사한 광경을 지켜보고 있었다. 그가 앉은 의자 주위에는 미늘창을 든 근위병 넷이 의장대 역할을 하고 있었다. 총독은 검은 깃털이 달린 모자를 썼고 가장자리를 자수로 장식한 겉옷을 입었으며 그 안에는 검은 벨벳 옷을 입고 있었다. 총독은 나이가 지긋한 신사로 얼굴의 주름살은 그가 겪어온 고난의 세월을 말해주고 있었다. 그는 공동체의 지도자이자 대표가 되기에 충분한 자격을 갖추었다. 이 공동체는 젊은이의 혈기가 아닌, 장년의 엄격한 절제와 노년의 진중한 지혜로 세워져 발전해왔다. 그리고 지나친 상상이나 욕심을 품지 않았기에 지금의 경지에 이를 수 있었다. 총독을 둘러싼 고관들은 점잖고 품위 있는 태도를 취했는데, 그것은 권력이 신의 권능이 깃든 제도로 여겨지던 시대의 산물이었다. 그들은 틀림없이 선량하고 정의롭고 현명한 사람들이었다. 그러나 잘못을 저지른 여자를 심판하는 자리에 앉아서, 그 여자의 마음에 뒤엉켜 있는 선과 악의 실타래를 풀어헤칠 만한 능력을 가진 사람들은 아니었다. 인간 사회의 현명하고 덕망 있는 이들 중에서 그들보다 더 무능한 자를 찾기는 쉽지 않을 터였다. 헤스터 프린은 이제 그 현자들의 경직된 얼굴을 향해 고개를 돌렸다. 그녀는 자신이 기대할 만한 동정심은 차라리 군중의 더 따뜻하고 관대한 마음에서 찾아볼 수 있으리라고 생각하는 듯했다. 이 불행한 여자가 발코니를 올려다보며 얼굴이 창백해지고 몸을 떨었기 때문이다.

그녀의 이름을 부른 사람은 저명한 노목사 존 윌슨이었다. 그는 보스턴에서 가장 나이 많은 목사였고 성직에 종사하던 당대의 목사가 대부분 그러했듯이 훌륭한 학자였으며 자상하고 온유한 성품을 가진 사람이었다. 하지만 그의 이러한 성정은 지적 능력만큼 발달하지 못했고, 그는 이를 자랑스러워하기는커녕 오히려 부끄럽게 여겼다. 그는 고깔모자 밑으로 회색 머리칼이 비어져 나온 채 서 있었고 서재의 흐릿한 불빛에 익숙해진 회색 눈은 쨍쨍한 햇빛에 노출된 헤스터의 갓난아이처럼 깜빡거리고 있었다. 그의 모습은 오래된 설교집 앞에 붙인 침침한 석판화 초상처럼 보였다. 마치 그 석판화들이 그러하듯이 그 목사도 지금처럼 앞에 나서서 인간의 죄악과 열정 그리고 고뇌 같은 문제에 개입할 자격이 없어 보였다.

윌슨 목사가 말했다. "헤스터 프린, 나는 여기 이 젊은 형제와 논쟁을 벌였소. 당신은 교회에 나와 그의 설교를 듣는 영광을 누려왔소." 여기서 윌슨 목사는 그의 곁에 있는 얼굴이 창백한 청년의 어깨에 손을 얹고서 말을 이었다. "나는 이 거룩한 젊은 목사에게 여기 하나님이 보시는 앞에서, 총독님과 고관들 앞에서, 그리고 만인이 듣는 가운데 당신을 잘 타일러보라고 설득하려 애썼소. 당신이 저지른 죄악의 사악함과 음험함에 대해서 말이오. 이 젊은 목사는 나보다 당신의 타고난 성정을 더 잘 알고 있을 테니, 당신의 완고함과 고집을 꺾기 위해서는 부드럽게 대해야 할지 아니면 무섭게 다뤄야 할지 더 잘 판단할 수 있을 것이라 생각했소. 그래서 당신을 이 치욕스러운 타락으로 이끈 자의 이름을 밝히도록 인도할 수도 있다고 믿었소. 하지만 그는 내 의견에 반대했소. 나이에 어울리지 않게 현명하기는 하지만 이 젊은 목사는 마음이 너무 부드러운 게 탈이오. 그는 훤한 대낮에 이렇게 많은 사람 앞에서 마음속 비밀을 털어놓으라고 강요하는 것은 여인의 본성을 모욕하는 일이라며 내 권유를 물리쳤소. 형제에게도 납득시키려 했듯이, 수치는 죄를 저지르는 데 있는 것이지 죄를 고백하는 데 있는 것이 아니오. 딤스데일 목사여, 다시 한번 묻는데 이 말을 어떻게 생각하오? 이 불쌍한 죄인의 영혼을 당신이 다루어야 할까, 아니면 내가 맡아야겠소?"

발코니를 차지한 위엄 있고 존귀한 사람들 사이에서 속삭이는 소리가 흘러나왔다. 벨링엄 총독은 권위에 넘치지만 젊은 목사에 대한 존중을 담아 한층 절제한 목소리로 좌중의 생각을 전했다.

"딤스데일 목사, 이 여자의 영혼에 대한 책임은 크게 보아 당신에게 있소. 그러니 책임을 다했다는 증명이자 결과로서 저 여자가 회개하고 고백하게 하시오."

이렇게 총독이 직접적으로 호소하자 온 군중의 시선이 딤스데일 목사에게 쏟아졌다. 그는 영국의 유명 대학 출신으로 당대의 모든 학문을 이 거친 삼림지로 가져온 사람이었고, 웅변과 종교적 열성으로 이미 목사로서 높은 명성을 얻고 있었다. 그는 빼어난 용모를 가진 남자였다. 이마는 희고 높고 당당했으며, 커다란 갈색 눈은 애수에 잠겨 있었고, 입은 꼭 다물고 있지 않을 때면 섬세한 감수성과 엄청난 자제심을 보여주는 듯이 가볍게 떨리곤 했다. 뛰어난 천부적 재주와 학자다운 학식을 갖추고 있는데도 이 젊은 목사에게는 불안하고 놀란 듯하며 겁먹은 듯한 분위기가 감돌았다. 마치 인생의 길을 잃고 어떻게 해야 할지 몰라 망설이면서 오로지 저 혼자 있을 때에만 편안함을 느끼는 사람 같았다. 그래서 그의 직분이 허락하는 한 그늘이 드리운 샛길로 다니며 단순하고 천진한 마음을 유지하려 애썼고, 필요할 때면 이슬처럼 맑고 향기로운 말로 사람들을 감동시켰다.

그리하여 윌슨 목사와 총독은 이 젊은 목사를 대중 앞에 공공연히 내세워, 모두가 지켜보는 가운데 타락했으나 아직 신성함이 남아 있는 여인의 영혼에 호소하여 그 비밀을 밝혀내고자 했다. 이런 괴로운 처지에 놓이자 그의 뺨에서 핏기가 가시고 입술이 떨려왔다.

윌슨 목사가 말했다. "형제여, 저 여인에게 말을 좀 해보십시오. 그것은 저 여인의 영혼에도 중요한 일이고, 존경하는 총독님이 말씀하신 것처럼 그녀의 영혼에 책임이 있는 당신의 영혼에도 중요한 일이오. 그녀를 설득하여 진실을 털어놓게 하시오!"

딤스데일 목사는 묵도를 올리듯 고개를 숙이더니 이윽고 앞으로 나섰다.

그는 발코니에 기대어 몸을 앞으로 숙인 채 그 여자의 눈을 뚫어지게 내려다보면서 말했다. "헤스터 프린. 당신은 이분이 방금 하신 말씀을 듣고 내가 어떤 책임을 지고 있는지 잘 알았을 겁니다. 그대가 영혼의 평화를 얻는 데 필요하다고 느끼고 또 지상에서 받는 처벌이 영혼을 구원받는 데 도움이 된다고 생각한다면, 어서 그대와 함께 죄를 짓고 고통받고 있는 그 사람의 이름을 말하세요! 그에 대한 잘못된 동정이나 배려 때문에 침묵을 지키지는 마세요. 내 말을 믿어요, 헤스터, 그가 높은 곳에서 내려와 수치의 처형대에 올라 당신 옆에 선다 하더라도, 평생 죄스러운 마음을 숨기고 살아가는 것보다는 더 나을 겁니다. 당신이 침묵한들 그에게 무슨 도움이 되겠어요? 그의 죄악에 위선을 더하도록 유혹하는 것, 아니 강요하는 것밖에 안 됩니다. 하늘은 당신에게 공개적인 치욕을 내려 숨겨진 죄와 슬픔을 극복하도록 인도하고 계십니다. 당신은 지금 입에는 쓰지만 영혼에는 이로운 잔을, 어쩌면 스스로 받아들 용기가 없을 그자에게 건네주기를 거부하고 있습니다."

젊은 목사의 목소리는 떨리면서도 아름답고 풍부하고도 깊이 있었으며 때때로 갈라져 나왔다. 목사가 하는 말의 직접적인 의미보다도 너무나 분명히 드러나는 감정이 모두의 가슴속에 메아리쳤고 청중들을 하나로 연결된 공감 속으로 이끌었다. 심지어 헤스터의 품에 안긴 가여운 갓난아기마저도 똑같은 영향을 받은 듯했다. 아이는 지금껏 허공을 향하던 시선을 돌려 딤스데일 목사를 올려다보더니 반쯤은 즐거운 듯, 반쯤은 슬픈 듯 웅얼거리는 소리를 내며 자그마한 두 팔을 들어 올렸다. 목사의 호소가 너무 강력하여 사람들은 헤스터 프린이 죄인의 이름을 밝힐 것이라고 생각했다. 아니면 죄인 스스로가 높은 자리에 있든 낮은 자리에 있든 간에 내적인 필연성에 이끌려 처형대 위로 올라갈 것만 같았다.

헤스터는 고개를 가로저었다.

윌슨 목사가 전보다 더 가혹한 목소리로 소리쳤다. "여인이여, 하늘이 베푸는 자비의 한도를 넘어서지 마시오! 저 어린아이도 당신이 방금 들은 말을 지지하고 성원하듯 목소리를 내지 않았소. 이름을 대시오! 그런 고백과 회개만이 주홍글씨를 당신의 가슴에서 떼어내게 할 거요."

헤스터 프린은 윌슨 목사가 아니라 젊은 목사의 수심에 잠긴 눈을 바라보며 말했다. "결코 그렇게는 안 될 거예요! 그건 너무나 깊이 낙인찍혔어요. 누구도 떼어내지 못할 거예요. 저는 저의 고뇌뿐 아니라 그의 고뇌까지도 견뎌내고 싶어요!"

처형대를 둘러싼 군중 사이에서 누군가가 차갑고 매몰찬 목소리로 말했다. "말하시오, 여인이여! 어서 말하시오. 당신 아이에게 아버지가 누군지 알려주란 말이오!"

헤스터는 그 차가운 목소리의 주인이 누구인지 똑똑히 알아차리고는 죽은 사람처럼 창백해졌지만, 그 목소리에 이렇게 답했다. "말하지 않겠어요! 내 아이는 천상의 아버지를 찾게 될 거예요. 지상의 아버지가 누구인지는 결코 알려주지 않겠어요!"

"이 여인은 말하지 않겠군요!" 가슴에 손을 얹고서 발코니 아래를 내려다보며 자신의 권유에 대한 반응을 기다리던 딤스데일 목사가 나지막이 말했다. 그는 기다란 한숨을 내쉬며 뒤로 물러났다. "여자의 마음이란 정말 놀라울 정도로 굳세고 또 너그럽군요! 그녀는 말하지 않을 것입니다!"

불쌍한 죄인의 마음을 도저히 꺾을 수 없다는 것을 깨달은 노목사는 이런 경우를 대비해 신중히 준비한 대로 군중에게 온갖 종류의 죄에 대해 설교하며 계속해서 저 치욕적인 글씨를 언급했다. 그는 주홍글씨의 상징을 누누이 강조하며 한 시간이 넘도록 설교를 이어갔고, 온갖 현란한 수사가 군중의 머리 위로 흘러갔다. 그 상징은 사람들의 상상 속에 새로운 공포를 심어주었으며 그 주홍 빛깔은 마치 지옥 불구덩이의 화염에서 가져온 듯했다.

한편 헤스터 프린은 멍한 눈빛으로 지치고 무관심한 기색을 내보이며 수치의 처형대 위에서 자리를 지키고 있었다. 그날 아침 그녀는 인간이 감당해낼 수 있는 모든 것을 견뎌냈다. 그녀의 성품은 기절해서 격렬한 고통을 모면하려는 것과는 거리가 멀었다. 그래서 육체의 기능은 여전히 가동되고 있었지만 그녀의 정신은 무감각이라는 차가운 껍질 속에 숨었다. 이런 상태에서 노목사의 목소리가 가차 없이 그녀의 귓가를 때려댔으나 아무런 효과도 없었다. 그녀의 고통이 극에 달했을 때, 갓난아이는 쉼 없이 울음을 터뜨렸다. 그녀는 기계적으로 아이의 울음을 달래 보려 했으나 아이의 고통을 측은히 여기는 것 같지는 않았다. 전과 똑같은 비정한 태도를 보이면서 그녀는 감옥으로 다시 끌려갔고, 꺾쇠 달린 문 안으로 들어가 사람들의 시야에서 사라졌다. 구경꾼들은 그녀의 뒷모습이 사라져가는 동안, 주홍글씨가 감옥의 어두운 통로에 마치 불꽃처럼 붉은 빛을 비쳤다고 수군거렸다.

제4장
옥중 면회

감옥으로 돌아온 뒤 헤스터 프린은 정신적으로 매우 흥분한 상태여서, 혹시 자해를 하거나 광분하여 불쌍한 아이에게 해를 끼치지는 않을지 우려되었던 탓에 끊임없이 감시를 해야 했다. 밤이 다 되도록 나무라거나 처벌하겠다고 위협하는 것만으로는 그녀의 반항적 태도를 억누를 수 없자, 간수 브래킷은 의사를 불러오는 것이 좋겠다고 생각했다. 간수는 그 의사가 기독교식 의술을 탁월하게 다룰 줄 아는 데다 숲속에서 자라는 풀과 뿌리를 약용으로 쓰는 원주민의 의술에도 정통한 사람이라고 했다. 사실 헤스터 프린만이 아니라 갓난아이를 위해서도 전문가의 도움이 절실하게 필요했다. 엄마의 가슴에서 나오는 모유를 마시며 영양분을 얻어야 할 아이가 그 가슴에 스며든 불안과 고뇌와 절망도 함께 빨아먹은 것 같았다. 고통스러워하며 몸을 비틀어대는 아이의 자그마한 몸은 헤스터 프린이 낮 동안 감내해낸 정신적 고뇌를 고스란히 드러내는 본보기와 다름없었다.

간수에게 바짝 따라붙어 음침한 감방으로 들어온 인물은 아주 기이한 모습을 드러냈다. 그는 군중 속에서 주홍글씨를 단 그녀를 유심히 바라보았던 바로 그 사람이었다. 그 역시 감방에 있었지만, 이는 죄인이었기 때문이 아니라 관리들이 인디언 추장들과 그의 몸값을 협상하는 동안 그곳이 가장 적당한 거처라 판단했기 때문이었다. 그의 이름은 로저 칠링워스라고 했다. 간수는 그를 감방에 들인 후 찾아든 갑작스러운 정적에 놀라 잠시 머물렀다. 아이는 계속 앓는 소리를 냈지만 헤스터 프린은 즉시 죽은 사람처럼 조용해졌다.

의사가 말했다. "바라건대, 환자와 단둘이 있게 해주십시오. 간수님, 약속드리지요. 이곳은 곧 평온해질 겁니다. 이제부터 프린 부인이 지금껏 보아온 모습과 달리 당국의 권위에 순순히 따르게 해드리지요."

브래킷이 대답했다. "정말 그렇게 해준다면야, 당신을 실력 있는 의사라고 인정할 수밖에 없지요. 정말이지 저 여자는 악령 들린 사람처럼 굴었어요. 채찍으로 때려서라도 저 여자에게서 사탄을 쫓아낼 수 있다면, 내가 뭔들 못 하겠어요?"

낯선 사내는 자기 직업에 충실한 사람답게 조용히 감방 안으로 들어왔다. 간수가 물러가고 단둘만 남게 되었을 때에도 그의 자세는 변함이 없었다. 이 여인이 군중 사이에 섞인 그를 뚫어져라 바라봤다는 사실은 두 사람이 범상치 않은 관계임을 보여주었다. 그는 먼저 아이를 살펴보았다. 아이는 바퀴 달린 침대에 누워서 계속 울어댔기 때문에 다른 일을 모두 제쳐두고 먼저 아이를 돌보는 것이 급선무였다. 그는 아이를 면밀히 살펴보고는 품에서 꺼낸 가죽 가방을 열었다. 가방 안에는 미리 조제한 약들이 들어 있었고 그는 그중 하나를 꺼내어 물 한 잔에 섞었다.

그가 말했다. "예전에 연금술을 공부했소. 그리고 약초의 효능을 속속들이 잘 아는 사람들 사이에서 일 년 넘도록 시간을 보냈지. 덕분에 나는 의학박사 학위를 내세우는 작자들보다 더 훌륭한 의사가 되었소. 자, 여기 있소. 이 아이는 당신의 아이지 내 아이가 아니야. 앞으로도 이 아이는 내 목소리를 들어도, 내 모습을 보아도 아버지라 여기지 않을 거요. 그러니 당신 손으로 이 약을 먹이도록 해요."

헤스터는 그가 내민 약을 물리치면서 강렬한 두려움이 서린 표정으로 그의 얼굴을 응시했다.

그녀가 속삭였다. "당신은 죄 없는 아이에게 복수할 생각인가요?"

의사가 반쯤은 냉정하게, 그러나 한편으로는 위로하듯 말했다. "바보 같은 여자로군! 이 불쌍하게 태어난 비참한 아이를 해치는 게 나한테 무슨 도움이 되겠소? 이 약은 아주 잘 듣는 약이고 설사 이 아이가 나의 아이, 그래, 당신과 나의 아이라고 할지라도 이보다 더 좋은 약을 처방할 수는 없소."

사실 심리 상태가 불안정했던 그녀가 계속 망설이자 그는 아이를 품에 안고 직접 약을 먹였다. 약은 곧 효능을 발휘해 의사의 말을 증명했다. 어린 환자의 신음은 곧 잦아들었고, 몸을 비틀며 뒤척거리는 것도 점점 덜해지더니 마침내 멈추었다. 그리고 갓난아이들이 흔히 그러하듯 고통에서 놓여나자 곧 깊고 달콤한 잠에 떨어졌다. 의사 소리를 들을 자격이 충분한 남자는 곧이어 아이의 엄마에게로 시선을 돌렸다. 그는 침착하고 주의 깊게 진찰하면서 먼저 맥박을 재고 두 눈을 들여다보았다. 그 시선은 익숙하면서도 너무나 낯설고 차가웠기에, 그녀의 가슴은 움츠러들고 두려움에 떨었다. 그는 진찰을 마치고 또 다른 약을 짓기 시작했다.

"나는 레테니 네펜시니 하는 건 잘 모르오. 하지만 황야에서 새로운 비결을 잔뜩 배웠소. 이 약도 그중 하나지. 파라켈수스 시절부터 내려온 아주 오래된 처방을 전해준 보답으로 인디언이 가르쳐준 처방이오.[3] 어

----

3 레테는 그리스 신화에 나오는 저승의 강으로, 이 강물을 마시면 모든 과거를 잊어버린다고 한다. 네펜시는 고대 이집트인들이 슬픔을 잊는 데 썼다는 약물이다. 파라켈수스는 스위스에서 태어난 연금술사이자 의학자로 본초학과 독물학을 연구했으며, 합성 화학물로 약을 제조해 화학요법의 선구자로도 불린다.

서 마셔요! 죄 없는 양심보다야 약효가 좀 덜 하겠지만 내가 그런 양심을 당신에게 줄 수는 없으니 말이오. 아무튼 이 약은 폭풍우 치는 바다에 기름을 끼얹은 것처럼 부풀어 올라 요동치는 당신의 열정을 가라앉혀줄 거요."

그가 잔을 내밀자 헤스터는 심각한 표정으로 그의 얼굴을 바라보며 천천히 잔을 받아 들었다. 그녀의 눈빛은 정확히 공포라고는 할 수 없으나 그의 의도가 무엇인지 의심하고 미심쩍어하는 기색으로 가득 차 있었다. 그녀는 또한 잠들어 있는 아이도 내려다보았다.

그녀가 말했다. "나는 죽음을 생각해왔어요. 죽었으면 하고 바라기도 했지요. 나 같은 사람에게도 기도할 자격이 있다면, 죽음을 내려달라고 기도를 올리기라도 했을 거예요. 그렇지만 이 잔에 죽음이 들어 있다면, 당신이 보는 앞에서 내가 이걸 들이켜기 전에 다시 한번 생각해보세요. 자, 보세요! 이제 잔에 입술을 갖다 댔어요."

그가 여전히 차갑고 침착한 태도로 답했다. "그럼 마시도록 해요. 헤스터 프린, 나라는 사람을 그렇게 모르오? 내 의도가 그처럼 천박할 거라고 생각하는 거요? 설사 내가 복수할 계획을 꾸민다 하더라도 당신을 살려두는 것만큼 좋은 계획이 있을 수 있겠소? 생명에 끼치는 모든 해악과 위험을 물리쳐줄 약을 주어, 당신 가슴에서 빛나며 불타오르는 그 수치의 불길을 계속 살려두는 것보다 말이오." 그는 그렇게 말하면서 기다란 검지를 주홍글씨 위에 올려놓았다. 그러자 그 글씨는 백열하는 쇳덩어리인 양 헤스터의 가슴속을 지져댔다. 그는 헤스터가 무의식적으로 움츠리는 것을 알아차리고는 미소를 지었다. "그러니 살아서 당신의 운명을 견디시오. 사람들이 훤히 보는 앞에서, 당신이 과거에 남편이라고 부르던 사람이 보는 앞에서, 또 저기 저 아이가 보는 앞에서 말이오. 자, 당신이 계속 살아갈 수 있도록 어서 이 약을 마셔요."

헤스터 프린은 더 이상 애원하지도 망설이지도 않고 그 잔을 쭉 들이켰다. 그리고 의사의 지시대로 아이가 누워 잠든 침대 위에 앉았다. 그는 방 안에 있던 하나뿐인 의자를 끌고 와 그녀 옆에 앉았다. 그녀는 모든 채비를 마친 그를 보면서 몸을 떨지 않을 수 없었다. 인간적 의무에서 건, 어떤 원칙에서건, 아니면 치밀한 잔혹함에서건, 그는 육체의 고통부터 덜어주려 했다. 이제 헤스터 프린은 돌이킬 수 없는 깊은 상처를 입은 자로서 그가 자신을 대할 것임을 직감했다.

그가 말했다. "헤스터, 나는 당신이 왜, 어떻게 그런 구렁텅이로 추락했는지 묻지 않을 거요. 어째서 당신이 내가 우연히 보았던 것처럼 그런 치욕의 처형대 위로 올라가게 되었는지도 묻지 않겠소. 그 이유는 충분히 짐작할 수 있으니까. 그건 나의 어리석음과 당신의 나약함 때문이었지. 나는 사색에 빠져 거대한 도서관에 파묻혀 사는 책벌레였소. 지식에 굶주린 꿈을 이루려고 청년 시절을 다 바쳤으니 당신을 만났을 때에는 이미 쇠약해져 있었소. 그러니 당신처럼 젊고 아름다운 여자를 어떻게 감당할 수 있었겠소. 태어날 때부터 몸이 비뚤어진 내가, 지식으로 이 불구의 몸을 가릴 수 있으리라 믿은 건 한낱 망상이었소. 사람들은 나더러 현명하다고 하더군. 하지만 만약 현자가 자신에 관한 일에도 진정으로 현명했다면, 나는 이런 사태를 미리 예견할 수 있었을 거요. 내가 광막하고 황량한 숲을 빠져나와 이 기독교인들의 정착촌에 들어섰을 때, 나의 두 눈이 가장 먼저 맞닥뜨리게 될 것이 사람들 앞에 치욕의 조각상처럼 서 있는 당신, 헤스터 프린이리라는 사실도 내다볼 수 있었을 거요. 아니, 우리가 결혼식을 올리고 저 오래된 교회 계단을 내려오던 순간부터, 우리의 길 끝에는 불타오르는 주홍글씨의 화염이 기다리고 있다는 것을 일찌감치 알 수 있었을지도 모르지!"

헤스터는 침울했지만 자신이 지닌 치욕의 징표를 슬그머니 찔러대는 마지막 말만은 견딜 수가 없었다. "당신은 알았잖아요. 당신도 내가 당신에게 솔직했다는 걸 알고 있잖아요. 난 당신에게 사랑을 느끼지 못

♦ 감옥에서 칠링워스가 헤스터와 아픈 아이를 진찰하는 첫 대면의 순간을 그린 삽화다. 어둡고 폐쇄된
  공간에서 의사와 환자로 만난 두 사람의 모습은, 실은 배신당한 남편과 불륜의 아내라는 숨겨진 비극
  을 암시한다.

했고, 사랑하는 척하지도 않았어요."

"맞아. 모두 내가 어리석었기 때문이오. 이미 그렇다고 말했잖소. 하지만 그 무렵까지 난 인생을 헛살아왔소. 세상은 내게 너무나 삭막했지! 내 마음은 많은 사람을 받아들일 만큼 충분히 넓었지만 외롭고 차가웠고 따뜻한 화롯불 하나 없었소. 나는 그저 그런 불을 하나 피우고 싶었소! 그건 그리 황당한 꿈은 아닌 것 같았지. 내가 비록 늙고 음침하고 또 기형이긴 하지만, 온 세상에 널리 퍼져 있어 누구든 주워 모을 수 있는 소박한 행복이 내게도 허락되리라고 생각했소. 헤스터, 그래서 나는 당신을 내 가슴속 가장 깊은 방에 들여서, 당신이 거기 있기에 따뜻해진 그 온기로 당신을 따뜻하게 만들어보려 했소!"

헤스터가 나직한 목소리로 말했다. "나는 당신에게 큰 잘못을 저질렀어요."

"우리는 서로에게 잘못한 거지. 먼저 잘못을 저지른 건 나요. 피어오르는 꽃봉오리 같은 당신이 이미 쇠락한 나와 거짓되고 부자연스러운 관계를 맺게 했을 때부터 말이오. 그러나 지금껏 공연히 사색하고 철학을 해온 것은 아니니, 당신에게 복수하거나 흉악한 일을 꾸미지는 않을 거요. 당신과 나 사이에서는 저울이 꽤나 팽팽히 균형을 이루고 있으니까. 하지만 헤스터, 우리 둘 모두에게 잘못을 저지른 이가 살아 있지 않소! 그자는 도대체 누구요?"

헤스터 프린이 그의 얼굴을 빤히 쳐다보며 말했다. "내게 묻지 말아요! 그건 영원히 알 수 없을 거예요!"

그가 음침하고 자신감 넘치는 교활한 미소를 지으며 되물었다. "영원히라고 했소? 영원히 그자를 알 수 없을 거라고! 내 말을 믿어요, 헤스터. 수수께끼를 풀려고 단단히 작정하고 달려드는 사람에게 감출 수 있는 것은 별로 없소. 그게 외부 세상에 있는 것이든, 어느 정도 깊이를 갖춘 보이지 않는 마음속 생각의 영역이라 할지라도 말이오. 비밀을 캐내는 걸 좋아하는 세상 사람들한테는 당신의 비밀을 감출 수 있을지도 모르오. 오늘 그랬던 것처럼 목사나 고관들한테는 그럴 수 있을지도 몰라. 그들이 당신의 가슴속에서 그자의 이름을 끌어내 당신과 함께 부정을 저지른 자를 처형대 위에 나란히 세우려 했을 때처럼 말이오. 하지만 나는 그들의 오감과는 전혀 다른 감각으로 비밀을 파헤칠 거요. 책 속에서 진리를 찾아내는 것처럼, 연금술로 황금을 얻어내는 것처럼 그자를 찾아내고 말 거요. 내게는 그자를 알아차릴 수 있는 어떤 육감 같은 감각이 있소. 나는 그자가 부르르 떠는 것을 알아볼 수 있을 거요. 나도 모르게 갑자기 그런 떨림을 느끼게 될 테지. 곧 그자는 내 손아귀에 들어오게 될 거요!"

주름살 잡힌 학자의 두 눈이 너무도 강렬하게 그녀를 응시했고, 헤스터 프린은 그가 자신의 가슴에 숨긴 비밀을 곧바로 꿰뚫어 보는 것은 아닐까 두려워하면서 가슴 위로 두 손을 꼭 모아 쥐었다.

그는 마치 운명이 자신의 편인 양 자신만만한 표정을 지으며 말을 이어갔다. "그자의 이름을 대지 않겠다고 했소? 그렇지만 난 그자가 누군지 곧 알아내고 말 거요. 그자는 당신처럼 옷에다 치욕의 글씨를 달고 다니지는 않지만, 난 그자의 가슴에 새겨진 글씨를 읽을 수 있을 거야. 하지만 그자의 신상은 걱정할 것 없소. 내가 하늘이 내릴 처벌 방식에 개입한다거나, 스스로 손해를 보면서까지 그자를 법의 심판대에 세우진 않을 테니. 내가 그자의 목숨에 무슨 위해를 가할 거라고도 생각하지 말고. 내가 추측하는 대로 그자의 명성이 상당히 드높다고 해도 그의 명성을 망가뜨릴 생각도 없소. 그자를 그냥 살려둡시다! 그가 겉으로 드러나는 온갖 명예 속에 숨을 수 있다면 숨도록 놔두자는 말이오. 어차피 그자는 내 손아귀에 들어오게 될 테니까."

헤스터가 어찌할 바를 몰라 두려워하면서 말했다. "당신은 자비로운 것처럼 행동하는군요. 하지만 당신이 하는 말을 들으면 당신이 공포스럽게 느껴져요!"

학자가 말을 이어갔다. "한 가지, 한때 나의 아내였던 당신에게 단 한 가지만 부탁하겠소. 당신은 정부인 남자의 비밀을 지켜왔지. 그러니 마찬가지로 나의 비밀도 지켜주시오! 이 땅에는 나를 알아보는 사람이 없어요. 당신이 한때 나를 남편이라고 불렀다는 사실을 누구에게도 말하지 말아주시오. 나는 지상의 이 황량한 변두리 지역에다 나의 천막을 칠 거요. 다른 곳에서는 그 어떤 인간의 관심사에서도 소외된 방랑자였지만, 이곳에는 가장 가까운 유대로 매인 한 여자와 한 남자 그리고 한 아이가 있으니까 말이오. 그게 사랑이든 미움이든, 옳든 그르든 상관없는 문제야! 헤스터 프린, 당신과 당신의 것은 모두 내 소유요. 내 집은 당신이 있는 곳이고, 그자가 있는 곳이지. 그러니 나를 배반하지 마시오!"

헤스터는 이유를 알지 못하면서도 이 은밀한 유대에 겁이 나 몸을 움츠리며 물었다. "왜 그런 걸 바라시는 거예요? 왜 당신 스스로 신분을 밝히고 나를 단박에 밀쳐내지 않는 거죠?"

"아마도, 부정한 아내를 가진 남편에게 따라붙는 불명예가 싫어서일지도 모르오. 물론 다른 이유도 있겠지. 그 이야기는 그만합시다. 내가 바라는 건 그저 알려지지 않은 채로 살다가 죽는 거요. 그러니 이 세상에 당신 남편은 이미 죽은 걸로 해두시오. 남편에게서 소식도 들은 게 전혀 없다고 하면서 말이오. 언어로도 몸짓으로도 표정으로라도 행여 나를 아는 체하지 말아요. 무엇보다도 당신이 잘 아는 그자에게는 절대 말해서는 안 돼요. 명심하시오. 그렇게 하지 않으면 그자의 명예도, 지위도, 목숨도 모두 내 손에 달리게 될 테니."

헤스터가 말했다. "제가 그의 비밀을 지키는 것처럼 당신의 비밀도 지킬게요."

그가 말했다. "맹세하시오!"

그녀는 맹세했다.

앞으로 늙은 로저 칠링워스라고 불리게 될 남자가 말했다. "그럼 이만, 프린 부인. 당신을 두고 떠나겠소. 당신 아이와 주홍글씨만 남겨두고 말이오! 어떤 것 같소, 헤스터? 잠잘 때도 그 정표를 가슴에 달고 있어야 한다니? 악몽이라도 꿀까 봐 두렵지 않나?"

그의 눈빛에 심란해하며 헤스터가 물었다. "왜 내게 그런 미소를 짓는 거예요? 당신은 우리 주변의 숲속에 출몰하는 마왕[4] 같은 사람인가요? 내 영혼을 파멸시킬 계약으로 나를 꾀어 끌어들인 건가요?"

"당신의 영혼은 아니오." 그가 또다시 미소 지으며 말했다. "아니, 당신의 영혼은 아니오!"

----

4 원어는 '블랙 맨'(the Black Man)으로 악마 혹은 사탄의 다른 이름이다. 또한 노예제도에 반항하는 흑인을 의미하는 것이기도 하다. 호손은 이러한 명칭을 통해 1640년대 청교도 사회와 1850년대 노예제 사회의 대칭 관계를 암시한다.

제5장
바느질 잘하는 헤스터

헤스터 프린의 형기가 이제 막 끝났다. 감옥 문이 열리고 그녀는 다시 햇빛 속으로 걸어 나왔다. 햇빛은 모든 이를 고루 비추었지만, 그녀의 아프고 병든 마음에는 단지 가슴에 달린 주홍글씨를 환히 드러내려 비추는 것만 같았다. 어쩌면 처음으로 호송도 없이 감옥 문을 홀로 나서는 것이 더욱 현실적인 고통을 안겨주었는지도 모른다. 앞서 묘사했던 것처럼 줄지어 따라온 뭇사람에게 손가락질을 당하며 수치스러운 구경거리가 되었을 때보다 더 견디기 힘들었다. 그때는 극도의 긴장과 타고난 반항심으로 그 굴욕을 오히려 기묘한 승리의 순간으로 만들어낼 수 있었다. 게다가 그것은 평생에 단 한 번 벌어지는 독립적인 사건이었기에, 평온한 세월 같으면 몇 년에 걸쳐서 썼을 생명의 힘을 아낌없이 최대한 쏟아부을 수 있었다.

그녀를 단죄했던 법은 그 무쇠 팔로 사람을 짓누르다가도 때로는 부축하기도 하는, 근엄한 얼굴의 거인 같은 존재였다. 그 법이 치욕스럽고 끔찍한 시련을 견디는 내내 그녀를 떠받쳐주었다. 그러나 이제 호송 간

수도 없이 혼자서 감옥 문을 나서는 순간, 매일 되풀이될 일상이 시작되었다. 이제 그녀는 평범한 일상의 힘으로만 삶을 지탱해야 했고, 그러지 못하면 그 무거운 짐에 짓눌려 쓰러질 수밖에 없었다. 더는 미래의 시간을 당겨와 현재의 고통을 견딜 수도 없었다. 내일은 내일의 시련을, 그 다음 날들도 각자의 감당하기 힘든 고통을 안고 올 것이기 때문이다. 먼 미래까지도 그녀는 이 무거운 짐을 계속 짊어지고 가야만 했고, 결코 그것을 내려놓을 수 없으리라. 세월이 흐를수록 쌓여가는 수치의 무게는 더해갈 뿐이었다.

이 긴 세월 속에서 그녀는 한 인간으로서의 개성을 잃어가고, 설교자들과 도덕주의자들은 그녀를 여인의 나약함과 죄악의 정념을 보여주는 산 표본으로 삼을 것이다. 순수한 젊은이들은 가슴에 주홍글씨를 단 헤스터 프린을 죄악의 화신이자 실체로 배우게 될 것이다. 명망 있는 가문의 딸이자 어린아이의 어머니이며, 한때는 순수했던 그녀를 그렇게 단죄하리라. 그리고 무덤 너머까지 가져가야 할 그 치욕이, 그녀의 무덤 위에 놓일 유일한 기념물이 되리라.

그녀에게는 온 세상이 열려 있었다. 그녀의 판결문에는 이 멀고 외딴 청교도 정착촌으로 주거를 제한한다는 조문이 없었다. 그러니 자유롭게 자신이 태어난 곳으로 돌아가거나 유럽의 어느 땅으로든 가서 새로운 모습으로 자신의 정체를 완전히 감추고 다시 시작할 수 있었다. 아니면 그녀 앞에 놓인 어둡고 신비한 숲속의 여러 길들을 지나 자신을 단죄한 법률과는 다른 삶을 사는 사람들과 어울려 사는 것이 그녀의 거침없는 천성에 더 잘 어울렸을지도 모른다. 하지만 이 여인이 수치의 표지로 살아가야만 할 그곳을, 그곳만을 여전히 자신의 집이라고 부른다는 것이 참으로 경이로워 보인다.

그러나 숙명이란 것이 있는 법이다. 그것은 저항할 수도 피할 수도 없는 운명의 힘으로, 인간이 그들의 한평생을 독특한 색깔로 물들이는 어떤 중대하고 결정적인 사건이 벌어진 장소를 유령처럼 배회하게 만든다. 인생을 슬프게 만드는 색채가 짙으면 짙을수록 인간은 더욱 불가항력으로 그 장소에 매달리게 되고 만다. 그녀의 죄, 그녀의 치욕은 헤스터가 그 고장 땅에 내린 뿌리 같은 것이었다. 마치 이전보다 더 강력한 힘으로 새로운 삶이 시작된 듯, 다른 이들에겐 여전히 척박한 이 땅이 헤스터 프린에겐 거칠지만 평생의 안식처가 되어 있었다. 이곳과 비교하면 다른 어떤 곳도, 심지어 순수했던 시절의 추억이 어머니의 품처럼 간직된 영국의 전원마을조차도 낯설게 느껴졌다. 그녀를 이곳에 묶어둔 쇠사슬은 그녀의 영혼 깊숙이 박혀, 고통스럽지만 결코 끊을 수 없는 것이 되어버렸다.

아마도, 아니 틀림없이 또 다른 감정이 그녀를 이토록 치명적인 장소와 통로에 머물도록 만들었을 것이다. 그녀는 자기 자신에게도 감추어둔 비밀이, 굴에서 나오는 뱀처럼 그녀의 가슴속에서 꿈틀거리며 기어 나오려 할 때마다 얼굴이 창백해졌다. 그것은 바로 이곳에 자신과 하나로 결합되어 있는 그 남자가 살아가고 있으며 이 땅에 발을 딛고 걸어 다니고 있다는 느낌이었다. 지상에서는 인정받지 못했으나 두 사람은 최후의 심판대 앞에 소환되면 그곳을 결혼의 제단으로 삼고, 영원한 천벌을 함께 받게 될 것이다.

영혼을 유혹하는 악마는 이런 생각을 헤스터의 머릿속으로 거듭 집어넣으면서, 그녀가 열정적이고 절망적인 기쁨을 느끼며 그 생각을 붙잡았다가 다시 내던지려고 애쓰는 모습을 비웃어댔다. 그녀는 그 생각을 정면으로 마주할 수가 없어 황급히 머릿속 토굴에 가둬 넣고 빗장을 질렀다. 뉴잉글랜드에 머물기로 한 그녀의 결심은 반은 진실이고 반은 자기기만이었다. 그녀는 스스로에게 되뇌었다. 여기가 죄를 지은 곳이니 이곳에서 속죄해야 한다는 것이었다. 그렇게 하면 나날이 겪는 치욕의 고통이 마침내 영혼을 정화하고, 이미 잃어버린 것과는 또 다른 순결함

♦ 안개 낀 숲속에서 딤스데일이 가슴에 손을 얹은 채 멀어져가는 동안, 아이를 품에 안은 헤스터가 그의 뒷모습을 바라보고 있다. 삭막하고 우울한 숲의 분위기는 지상에서 인정받지 못할 두 사람의 관계와 앞으로 펼쳐질 비극적 운명을 암시하듯 그려져 있다.

을 얻게 해주며, 또한 순교자처럼 고난을 겪은 결과로 훨씬 더 성스러움에 이를지도 모른다고 말이다.

그러므로 헤스터 프린은 달아나지 않았다. 보스턴 반도(半島)의 가장자리에 있는 마을 외곽, 다른 동네와 이웃하지 않는 곳에 이엉을 얹은 자그마한 오두막이 있었다. 그것은 초창기 정착자들이 지었으나 내버린 집이었다. 주위 땅이 너무 척박하여 작물을 심을 수가 없고, 비교적 외딴 곳에 있어서 이제 주민들 사이에 하나의 관습으로 굳어진 사교 활동도 전혀 할 수 없었기 때문이다. 만 건너편에 울창한 숲이 덮인 서쪽 언덕이 있었고, 바닷가의 이 오두막은 그 풍경을 정면으로 마주보고 있었다. 이곳 반도에만 자라는 관목으로 이루어진 숲은 오두막을 시야에서 가려주기보다는 여기에 숨기고 싶은, 아니 그래야만 하는 것이 있다고 알려주는 듯했다.

바로 이 작고 쓸쓸한 거주지에 헤스터 프린은 얼마 없는 돈으로 아직도 그녀에게서 감시의 눈을 거두지 않은 판사들의 허가를 받아 갓난아이와 함께 자리를 잡았다. 곧 신비한 의심의 그림자가 오두막에 들러붙기 시작했다. 이 여인이 왜 사람들의 자비가 닿는 영역에서 밀려나 이곳에서 살게 되었는지 이해하기에는 너무 어린 아이들이 살금살금 다가왔다. 그들은 그녀가 창가에서 바느질을 하거나 문간에 서 있거나 조그마한 뜰에서 밭일을 하거나 읍내로 가는 길 쪽으로 외출하는 것을 지켜보았다. 그러다가도 그녀 가슴의 주홍글씨를 보고는 이상하고 전염성 강한 공포에 사로잡혀 다른 곳으로 달아났다.

헤스터는 비록 외로운 처지에 지상에서 자신을 찾아와줄 친구가 단 한 명도 없었지만, 생활고에 시달리지는 않았다. 그녀는 자기 자신과 한창 자라나는 아이의 먹을거리를 대기에 충분한 기술을 갖고 있었다. 비록 땅이 좁아 그런 기술을 발휘할 여지가 많지는 않았지만 그래도 수요가 있었다. 그것은 그때나 지금이나 여자가 익힐 수 있는 유일한 기술인

♦ 청교도 마을의 아이들이 숲속 오두막에 사는 주홍글씨의 여인을 몰래 엿보는 장면이다. 호기심 어린
아이들의 순진한 모습과 울창한 숲의 음산한 분위기가 대비되고 있다.

바느질이었다.

　그녀는 가슴에 단 정교하게 수놓은 글씨를 하나의 견본처럼 삼아 섬세하면서도 상상력이 풍부한 솜씨를 보여주었다. 궁정의 귀부인들도 비단과 금실로 짠 옷감에다 더욱 풍성하고 영적인 장식을 더하고자 기꺼이 이용하려 할 만큼 뛰어난 솜씨였다. 사실 청교도식 복장은 전반적으로 검은색 위주의 단출한 양식이었기에 바느질 솜씨가 필요한 정교한 물건을 찾는 일이 그리 많지 않았을지도 모른다. 그러나 이런 종류의 물건을 만들 때 무엇이 됐든 정교함을 요구하던 당시의 시대적 취향은, 고국의 수많은 유행을 뒤로하고 온 우리의 근엄한 선조들에게도 영향을 미치지 않을 수 없었다. 성직 수임식이나 치안판사 임관식 그리고 새 정부가 사람들 앞에 위용을 과시할 수 있는 모든 공식 행사는, 정책상 위엄 있고 철저하게 진행되었으며 근엄하면서도 세심하게 계획된 장엄한 분위기에서 거행되었다. 널찍한 옷깃, 공들여 만든 띠, 화려하게 수놓은 장갑 등은 통치 권력을 잡은 사람들의 공식적 지위를 나타내는 필수품으로 여겨졌다. 사치 금지법은 이런 장식들을 평민에게는 엄격히 금지하면서도 지위와 재력 있는 이들에게는 관대했다. 수의와 상복, 그리고 하얀 면포로 만드는 각종 장례 의복까지, 이런 특별한 의미가 담긴 주문들이 종종 헤스터 프린의 손을 거쳐 갔다. 당시에는 아이들도 아마천으로 만든 예복을 입었기 때문에 그것 또한 보수를 받을 수 있는 또 다른 일거리가 되어주었다.

　그녀의 수예품은 차츰차츰, 꽤나 빠르게 오늘날 유행이라고 불릴 만한 것으로 자리 잡았다. 그처럼 비참한 운명에 빠진 여인에 대한 동정심 때문인지, 평범하고 무가치한 것들에도 허구적 가치를 부여하는 병적 호기심 때문인지, 그때나 지금이나 어떤 사람들 같으면 아무리 구하려 해도 얻을 수 없는 것을 누군가는 능히 가질 수 있는 이해하기 힘든 사정 때문인지, 그것도 아니면 헤스터가 아니면 채울 수 없었을 틈을 그녀가 메워주었기 때문인지는 모르나 어쨌든 그녀는 자신이 바라는 시간만큼 일하면서도 충분한 보상이 돌아오는 일거리를 언제든 얻을 수 있었다. 사람의 허영심이란 묘한 것이어서, 그녀의 죄 많은 손으로 만든 옷이라 할지라도 화려하고 위엄 있는 의식을 위해서라면 스스로에게 굴욕감을 안겨줄 수 있었는지도 모른다. 그녀가 놓은 자수는 총독의 옷깃에서도 볼 수 있었다. 군인들은 어깨에 현장(懸章)을 둘렀고 목사들도 그녀가 만든 띠를 몸에다 둘렀으며 아기들의 작은 모자도 그녀의 손길을 거쳐 장식되었다. 그녀가 만든 장식품이 망자의 관 속에 함께 갇혀 곰팡이가 슬고 서서히 썩어가기도 했다. 그러나 신부의 발그레하게 물든 순수한 얼굴을 가려줄 하얀 면사포를 수놓는 일에 그녀의 바느질 솜씨를 요청했다는 사례는 단 한 번도 기록되지 않았다. 이러한 예외는 사회가 그녀의 죄악을 언제까지고 무자비한 시선으로 바라보았다는 증거였다.

헤스터는 자신에게는 가장 검소한 생활만을 허락했고, 아이를 위해서도 소박하게나마 넉넉하게 지낼 수 있도록 뒷바라지하는 것으로 만족했다. 그녀는 가장 수수한 옷감으로 지은 칙칙한 빛깔의 옷을 입었다. 장식이라고는 그녀가 평생토록 지니고 다녀야 할 운명인 주홍글씨뿐이었다. 반면에 아이가 입는 옷은 색다른, 아니 환상적이고 교묘한 솜씨가 발휘된 것이었다. 그 옷은 어린 딸에게서 일찍이 나타나기 시작한 몽환적인 매력을 더욱 돋보이게 했고, 동시에 그보다 더욱 깊은 의미를 품고 있는 듯했다. 이에 대해서는 뒤에서 더 자세히 이야기하게 될 것이다.

헤스터는 아이를 입히는 데 들어가는 얼마 되지 않는 비용을 제외하고 남는 돈을 모두 어려운 이들에게 자선을 베푸는 일에 사용했다. 그들은 그녀보다 더 불행한 처지도 아니면서 오히려 그 도움의 손길을 모욕하곤 했다. 그녀는 자신의 솜씨를 훨씬 더 잘 살릴 수 있는 시간을 선뜻 가난한 사람들의 간소한 옷을 만드는 데 썼다. 어쩌면 이러한 방식으로 일하는 데에는 속죄하려는 뜻이 있었는지도 모른다. 아니면 자신의 솜씨

◆ 헤스터가 소박한 오두막방에서 아이의 옷을 정성스레 바느질하는 모습이 섬세하게 그려져 있다. 창가
에 놓인 화분과 따스한 실내 분위기는 그녀의 고립된 삶 속 작은 위안을 보여준다.

를 한껏 발휘할 수도 있는 시간을 일부러 소박한 옷을 만드는 데 바침으로써, 그 즐거움마저 스스로 포기하려 했는지도 모른다. 그녀는 본디 화려하고 관능적이며 동양적인 성품으로 찬란하고 아름다운 것을 좋아하는 취향을 타고났지만, 이는 아주 절묘한 바느질 작품에서나 표현될 뿐 한평생 다른 어떤 것에서도 발휘될 기회가 없었다. 여자는 바늘을 정교하게 놀리는 작업에서 남자들로서는 이해하지 못할 즐거움을 얻는다. 헤스터 프린에게 바느질은 삶에 대한 열정을 표현하는 방식이자 동시에 열정을 잠재우는 방식이었는지도 모른다. 다른 모든 즐거움과 마찬가지로 그녀는 그 열정마저 죄악시하며 물리쳤다. 사소한 일에도 병적으로 양심의 가책을 느낀다는 것은, 우려스럽게도 그녀의 회개가 참되고 확고하기보다 내부에 뭔가 수상스럽고 단단히 잘못된 것이 있음을 보여주는 징조 같았다.[5]

헤스터 프린은 이런 식으로 세상에서 자신의 역할을 부여받게 되었다. 그녀는 본디 강인한 성격과 보기 드문 능력을 타고났다. 사회는 비록 그녀의 가슴에 카인의 이마에 찍힌 낙인[6]보다 더 견디기 어려운 표시를 남기기는 했으나, 그녀를 완전히 배척할 수는 없었다. 그럼에도 그녀는 사회와 교류하면서 자신이 사회에 소속되어 있다는 느낌을 전혀 받지 못했다. 마주치는 모든 사람의 몸짓과 말, 심지어 그들의 침묵마저도 때로는 은근슬쩍, 때로는 노골적으로 그녀를 추방자로 낙인찍었다. 마치 그

----

5   헤스터의 마음속에서 선과 악이 충돌하는 현상을 암시한다. 헤스터는 선과 악의 충돌을 딸 펄을 통해 매일 겪어내야 했다. 순수한 사랑에서 태어난 아이가 어찌 죄가 될 수 있느냐는 마음과, 그런 생각조차 죄스럽게 여기며 회개하려는 마음이 그녀의 내면에서 격렬하게 부딪쳤다.

6   구약성경 「창세기」 4장 1~16절. 카인은 동생 아벨을 죽인 죄로 방랑자와 도망자의 처분이 내려졌다. 사람들이 자신을 죽이려 할지도 모른다고 그가 하나님에게 호소하자 "누가 카인을 만나더라도 그를 죽이지 못하도록 그에게 표를 찍어주셨다"(공동번역, 4장 15절).

녀는 다른 차원의 세계에 살거나, 아니면 이 세상 사람들과는 전혀 다른 방식으로 세상을 느끼는 존재처럼 철저히 고립되어 있었다.

그녀는 인간의 관심사에서 비켜나 있는 듯했지만 실은 가까이에 있었다. 마치 예전에 살던 집의 난롯가에 돌아온 유령처럼, 그녀는 그곳에 있어도 보이지도 느껴지지도 않는 존재였다. 가족들이 웃을 때 함께 기뻐할 수도 없었고, 그들이 슬퍼할 때 위로할 수도 없었다. 간혹 감히 연민을 보이려 할 때면, 그것마저도 사람들에게 두려움과 깊은 혐오만을 불러일으킬 뿐이었다. 실로 그녀가 모든 이의 마음속에서 자기 몫으로 지닌 것이라곤 이런 감정과 가장 쓰라린 경멸뿐인 듯했다.

그 시대는 서로의 감정을 세심히 살피지 않던 때였다. 헤스터는 자신의 처지를 뼈저리게 알고 있었지만, 그럼에도 사람들은 그녀의 가장 아픈 상처를 거침없이 건드려, 그때마다 마치 새로운 고통을 겪듯 자신의 처지를 다시금 실감해야 했다. 앞서 말했듯 그녀가 자선을 베풀었던 가난한 이들조차 그 도움의 손길을 비난하곤 했다. 바느질 일감으로 찾아간 귀부인들 역시 그녀의 가슴에 아픔을 한 방울씩 떨어뜨리기는 마찬가지였다. 때로 여인들은 마치 연금술사처럼 조용한 악의로 하찮은 일까지 독을 품은 말로 만들어냈고, 때로는 이미 아물어가는 상처를 거칠게 찌르듯 그녀의 무방비한 가슴에 더욱 날선 말들을 쏟아부었다.

헤스터는 오랫동안 자신을 잘 단련해왔고 그러한 공격에 일절 대응하지 않았다. 그러나 창백한 뺨에 진홍빛 홍조가 떠올랐다가 다시 가슴 깊숙한 곳으로 가라앉는 것은 억누를 길이 없었다. 그녀는 정말이지 순교자처럼 참을성이 많았지만 자신의 적들을 위해 기도를 올리지는 않았다. 그들을 용서할 수 있기를 바라면서도 축복을 비는 말이 자기도 모르게 저주의 말로 뒤틀릴까 봐 두려웠기 때문이다.

청교도 법정이 내린 판결은 결코 죽지 않고 살아 움직이며 위력을 발휘했다. 그녀는 판결이 교묘하게 만들어낸 저 무수한 고통이 끊임없이 갖가지 방식으로 밀려오는 것을 느꼈다. 목사들은 거리에서 그녀를 만나면 멈춰 서서 훈계했고, 그러면 비웃거나 찌푸린 얼굴을 한 군중이 몰려들어 죄지은 이 불쌍한 여인 주위를 둘러쌌다. 만인의 아버지인 하나님이 안식일에 짓는 미소를 자신도 함께 나눌 수 있으리라고 믿으며 교회에 들어가기라도 하면, 종종 자신을 주제로 삼은 설교가 울려 퍼지는 불행을 마주하기도 했다.

그녀는 어린아이들도 두려워하게 되었다. 어린 딸 말고는 아무도 없이 마을을 묵묵히 지나다니는 이 쓸쓸한 여인에게서 뭔가 섬뜩한 기운이 느껴진다는 부모의 막연한 생각이 아이들에게 그대로 전해졌기 때문이다. 그래서 아이들은 그녀가 먼저 지나가게 내버려두었다가 일정한 거리를 두고 뒤따라오면서 새된 목소리로 무어라 외쳐댔다. 아이들 딴에는 별 의미 없이 내뱉은 것이었지만, 무심결에 재잘거리는 그 말들이 그녀에게는 더없이 끔찍하게 들렸다. 마치 그녀의 수치가 널리 퍼져서 온 세상이 다 알고 있다는 것을 보여주는 것만 같았다. 그 어두운 이야기를 나뭇잎이 저희끼리 속삭이든, 여름 바람이 중얼거리든, 겨울 돌풍이 크게 외쳐대든 이처럼 가슴 아프지는 않았으리라!

낯선 인물의 시선도 그녀에게 또 다른 독특한 고통을 안겨주었다. 낯선 사람들이 주홍글씨를 기이하다는 듯이 바라보면 또다시 헤스터의 영혼에 낙인이 찍혔다. 지금껏 그렇게 하지 않은 사람이 아무도 없었다. 그녀는 그럴 때마다 글씨를 손으로 가리고 싶어 견디기가 힘들 지경이었지만 언제나 충동을 참아냈다. 하지만 친숙한 시선도 마찬가지로 나름의 고통을 안겨주었다. 낯익은 이가 던지는 차가운 시선은 정말 참아내기 어려웠다. 한마디로 헤스터 프린은 사람의 시선이 징표에 머물 때면 어김없이 끔찍한 고통을 느꼈다. 징표를 단 부분은 결코 무감각해지지 않았고, 오히려 나날이 가해지는 고통에 더욱 민감해지는 듯했다.

그러나 때때로 며칠 또는 몇달에 한 번씩 그녀는 어느 인간적인 시선이 치욕의 낙인 위에 머무는 것을 느끼기도 했다. 마치 그 시선이 고뇌의 절반을 나누어 짊어지기라도 한 것처럼 그녀는 일순간 고뇌가 가라앉는 것을 느꼈다. 그러나 다음 순간, 모든 고통이 더 깊은 통증을 수반하고 다시금 되돌아왔다. 그 짧은 순간 누군가와 연민을 나누었다는 것조차 그녀에게는 또 하나의 죄가 되었기 때문이다. 그러나 헤스터가 혼자서 죄를 지었던가?

헤스터의 기묘하고 고독한 삶은 그녀의 상상력에 깊은 영향을 미쳤다. 만약 그녀가 도덕적으로나 정신적으로 더 나약했다면 더 큰 영향을 받았을 것이다. 그녀와 표면적으로만 연결되어 있는 그 작은 세계를 외로운 발걸음으로 걸어 다닐 때, 헤스터는 가끔씩 주홍글씨가 그녀에게 새로운 감각을 부여했다는 생각이 들었다. 설령 공상이라 하더라도 물리칠 수가 없을 만큼 너무도 강력했다.

그녀는 그 때문에 다른 사람들의 마음속에 감추어진 죄악들을 직감적으로 알아내게 되었다는 생각이 들자 몸이 부르르 떨려왔지만 그것을 믿지 않을 도리가 없었다. 그녀는 이렇게 드러난 것들 앞에서 공포에 사로잡혔다. 대체 그것은 무엇이었을까? 그것이야말로 악한 천사의 은밀한 속삭임이 아니면 무엇이란 말인가? 그가 아직 완전히 자신의 것으로 삼지 못한, 몸부림치는 여인을 설득하려 드는 것은 아닐까? 겉으로 드러나는 순결한 외양은 거짓에 불과하고, 만약 진실이 온 천하에 드러난다면 헤스터 프린의 가슴 말고도 수많은 사람들의 가슴에서 주홍글씨가 불타오를 것이라고 말이다.

이렇듯 아주 막연하면서도 다른 한편으로는 그토록 뚜렷한 암시를 그녀는 진실로 받아들여야 하는가? 그녀가 겪어온 비참한 경험 가운데 이 감각만큼이나 무섭고 몸서리가 나는 것은 없었다. 불경하게도 그러한 감각은 시도 때도 없이 불쑥 그녀의 머릿속에 선명히 떠올라 그녀를 당혹스럽게 만들고 충격을 안겼다. 그녀가 경건함과 정의의 본보기로서 존경받는 목사님이나 관리들, 당대에 마치 천사와 친교하는 사람처럼 올려다보던 자들을 지나칠 때, 그녀 가슴 위의 붉은 치욕이 그들에게서 같은 것을 느끼기라도 한 듯이 고동치곤 했다. 그럴 때면 헤스터는 "어떤 사악한 것이 내 곁에 있는 걸까?" 하고 자문하고는 했다. 억지로 눈을 들어보면, 눈앞에는 지상의 성자들밖에 보이지 않았다!

거룩한 얼굴로 찌푸린 표정을 짓는 어떤 부인과 마주칠 때면, 이상하게도 서로가 자매라는 의식이 강하게 피어올랐다. 소문에 따르면 그 부인은 평생 가슴속에 눈처럼 차가운 정절을 지켜온 이였다. 그 부인의 가슴속 햇빛 한 번 닿지 않은 눈과, 헤스터 프린의 가슴속에서 불타오르는 수치 사이에 대체 무슨 공통점이 있단 말인가?

다시 한번 전율이 경고처럼 스쳐갔다. "보아라, 헤스터, 여기에 너의 동료가 있다!" 그리하여 고개를 들면, 수줍은 듯 비켜서서 주홍글씨를 곁눈질하던 어떤 젊은 처녀가 두 뺨에 희미하지만 냉랭한 홍조를 띠며 재빨리 고개를 돌리는 모습이 보였다. 마치 그 글씨를 잠시 쳐다보는 것만으로 자신의 순결함이 더럽혀지기라도 하는 것처럼 말이다.

오, 이 치명적인 표지를 부적처럼 휘두르는 악마여, 너는 이 불쌍한 죄인에게 젊은이든 늙은이든 존경할 만한 것을 하나도 남겨두지 않으려 하는가? 이렇듯 믿음을 잃는 것이야말로 죄악이 낳는 가장 슬픈 형벌이다. 그러나 헤스터 프린이 이웃 가운데 어느 누구도 자기와 같은 죄를 짓지 않았다고 믿으려 애쓴다는 사실이, 자신의 나약함과 인간의 가혹한 법에 제물이 된 이 불쌍한 여인이 아직 완전히 타락한 것은 아니라는 증거로 받아들여지기를 바란다.

황량하던 옛 시절, 항간에서는 언제나 그들의 상상력을 자극하는 것에 으스스한 공포를 덧입히기 좋아했다. 주홍글씨에 관해서도 섬뜩한 전설이 되기에 충분한 이야기들이 돌았다. 사람들은 그 상징을 두고 단순히 이 세상의 염색 단지에서 물들인 붉은색 헝겊이 아니라, 지옥 불로 붉

♦ 얼굴에 홍조를 띤 젊은 여인이 걸음을 재촉하는 노인 곁에서 헤스터의 주홍글씨를 곁눈질하고 있다. 헤스터가 자신을 죄악의 화신으로 여기는 사람들 사이에서 철저히 고립된 삶을 살았음을 상징적으로 보여준다.

게 달군 것이라고 단언했다. 그래서 헤스터 프린이 밤중에 밖을 돌아다
닐 때면 그 글씨가 시뻘겋게 불타오른다는 것이다. 여기서 반드시 밝혀
두어야 할 것은, 주홍글씨가 실제로 헤스터의 가슴을 너무나 깊숙이 태
워버렸기 때문에 어쩌면 그 소문에는 오늘날의 회의적인 사람들이 받아
들이려 하는 것보다 더 깊은 진실이 담겨 있었을지도 모른다는 것이다.

제6장

펄

우리는 아직까지 헤스터의 아이에 대한 이야기는 거의 하지 않았다. 이 어린아이의 순결한 생명은 신의 불가해한 섭리가 부여한 것으로, 죄 많은 열정이 극에 달해 생겨난 사랑스러운 불멸의 꽃이었다. 슬픈 여인에게는 아이가 자라면서 날마다 눈부시게 아름다워지고, 또 자그마한 얼굴 위에 햇빛이 어른거리듯 총기가 퍼져나가는 것이 얼마나 신비롭게 느껴졌을까!

그녀의 아이, 펄! 헤스터는 딸의 이름을 펄이라고 지었다. 딸아이의 용모가 같은 이름을 가진 보석에 견주어볼 만큼 평온하고 순결하고 차분한 광택을 갖고 있어서는 아니었다. 아이의 이름을 '펄'이라고 지은 것은, 그녀의 모든 것을 바쳐 얻은 더할 수 없이 귀중한 존재, 엄마의 하나뿐인 보물이었기 때문이다! 하지만 이 얼마나 기이한 일인가! 사람들은 이 여자의 죄악을 주홍글씨로 낙인찍었고, 그것은 불행을 불러오는 너무나 강력한 힘을 가지고 있었기 때문에 그녀처럼 죄를 저지른 사람이 아니고는 누구도 그녀에게 인간적인 동정을 베풀 수 없었다.

그러나 하나님은 인간들이 그런 식으로 가혹하게 벌한 바로 그 죄의 결과로 그녀에게 이 사랑스러운 아이를 내려주었다. 그 불명예스러운 가슴에 안긴 아이가 자신의 어머니를 인류와 그 후손들에게 영원히 이어주고, 마침내 천국의 축복을 받게 할 존재였다.[7] 그러나 이런 생각들은 헤스터 프린에게 희망보다는 오히려 두려움을 안겨주었다. 그녀는 자신의 행위가 악한 것이었음을 알고 있었기에, 좋은 결과가 나타나리라고는 도무지 믿을 수가 없었다. 날마다 그녀는 걱정스러운 눈길로 아이의 커져가는 본성을 들여다보았고, 아이가 태어나게 한 죄악에 걸맞은 무언가 어둡고도 거친 특성을 발견하게 되지는 않을까 두려워했다.

확실히 아이의 신체에는 아무런 결함도 없었다. 완벽한 용모와 활력, 이전에는 한 번도 써본 적이 없는 조그마한 사지를 자연스럽게 놀리는 재주 등으로 미루어볼 때 아이는 에덴동산에서 태어날 만한 자격이 있어 보일 정도였다. 세상 최초의 부모가 쫓겨난 뒤에도 그곳에 남겨 천사의 동무가 되게 하기에 손색이 없을 것 같았다. 펄은 티 없이 아름다웠을 뿐만 아니라, 아름다운 모든 것이 반드시 지니고 있지는 않은 타고난 우아함까지 갖추고 있었다. 아무리 소박한 옷을 입어도 사람들 눈에는 언제나 가장 잘 어울리는 옷을 입은 것처럼 보였다. 그러나 어린 펄이 그런 투박한 옷을 입는 일은 없었다. 장차 이해하게 되겠지만 아이의 엄마는 어떤 병적인 목적 때문에 자신이 구할 수 있는 가장 귀한 옷감을 사다가 상상력을 모두 쏟아 아이가 사람들 앞에서 입을 옷을 재단하고 장식했다.

이렇게 차려입은 아이의 자그마한 모습은 참으로 근사했다. 펄의 타

----

7 펄이 헤스터의 불명예스러운 가슴에 안겼다는 표현은 그 아이가 살아 숨 쉬는 주홍글씨라는 상징적 의미를 담고 있다. 그리고 펄이 어머니를 인류와 그 후손들에게 이어준다는 것은, 인간이 죄로 인해 낙원에서 추방되었으나 진정한 회개를 통해 다시 천국의 은총을 받을 수 있다는 기독교적 구원의 가능성을 암시한다.

고난 아름다움은 너무 화려해 여느 아이라면 오히려 그 빛을 잃게 했을 법한 옷차림으로도 찬란하게 빛났다. 아이 주위로 어두운 오두막 바닥을 환히 밝히는 완벽한 후광이 비치는 듯했다. 아이는 거칠게 노는 바람에 찢어지고 더러워진 갈색 옷을 입고 있어도 여전히 완벽한 모습이었다. 펄의 용모에는 끝없이 다채로운 매력이 깃들어 있었다. 마치 이 한 아이 안에 농가의 아이가 지닌 들꽃 같은 앙증맞음에서 어린 공주가 지닌 위엄 어린 화려함에 이르기까지, 모든 범위를 아우르는 아름다움이 들어 있는 것 같았다. 하지만 그 모든 것을 아우르는 열정적인 본질과 깊은 빛깔만은 단 한순간도 잃는 법이 없었다. 만약 그것이 어떤 변화 속에서 희미해진다거나 창백해지기라도 하면, 아이는 자기 자신을 잃어버리고 더 이상 펄이 아니게 되리라!

이러한 외면의 다양한 변화는 아이의 내면적 삶에서 드러나는 여러 특징을 그대로 보여주는 데 지나지 않았다. 아이의 성품은 다양할 뿐 아니라 깊이까지 갖추고 있는 듯했다. 헤스터의 두려움이 그녀의 눈을 속인 것인지는 모르겠으나, 아이의 천성에서는 자신이 태어난 세상에 유대감을 느낀다거나 애써 적응하려는 면을 찾아볼 수 없었다. 아이는 여러 규칙에 순응하려 들지도 않았다. 펄은 태어날 때 커다란 율법[8]을 깨트렸다. 그 결과 아이가 지닌 요소들은 아름답고 찬란하긴 했지만 모든 면에서 무질서했고, 저들만의 질서를 가진 요소들이 다양하게 배열된 가운데 일정한 중심을 찾아내기란 어렵거나 불가능해 보였다. 헤스터는 오직 아이가 영적 세계로부터 영혼을 받아들이고 물질 세계로부터 육체를 만들

----

8   영국 시인 풀크 그레빌 남작(1554-1628)에 따르면, 인간은 정신의 율법 아래 태어났으나 육체의 율법에 속박된 존재이며, 허영 속에 태어났으나 그것을 거부해야 하는 존재이고, 병든 상태로 창조되었으나 건강하게 살 것을 요구받은 모순적 존재다. 펄 역시 이러한 모순을 체현하고 있으며, 헤스터가 모든 이들 속에서 죄의 그림자를 보았던 것도 인간 본연의 이러한 모순적 조건에 대한 인식에서 비롯되었다.

어가던 중요한 시기에 자신이 어떤 상태였는지를 회상하는 것으로만 아이의 성품을, 그나마 막연하면서도 불완전하게 추측해볼 수 있을 따름이었다. 엄마의 격렬한 감정이 매개가 되어 순수한 생명의 빛이 태중의 아이에게 전달되었다. 원래 그 빛은 순백하고 맑았으나, 매개물을 통과하며 진홍빛과 황금빛으로 깊이 물들고, 불타는 광채, 검은 그림자, 누그러지지 않은 강렬한 빛을 띠게 되었다.

무엇보다도 바로 그 시기 헤스터가 겪었던 정신적 몸부림이 펄에게 영구히 각인되었다. 헤스터는 아이에게서 자신의 거칠고 절망적이고 반항적인 정서와 변덕스러운 기질, 심지어 그녀 마음에 먹구름처럼 나직이 드리운 우울과 절망까지 읽어낼 수 있었다. 지금은 어린아이다운 아침 햇살 같은 순진함에 가려 그런 기질들은 잘 보이지 않았으나, 장차 이 지상에서 살아가게 될 때 수많은 폭풍과 회오리바람을 몰고 올지도 모를 일이었다.

당시 가정의 자녀 훈육은 지금보다 훨씬 더 엄격했다. 성경의 가르침에 따라 얼굴을 찌푸리거나 가혹하게 나무라거나 매질하는 경우도 잦았다. 실제로 잘못을 저질렀을 때 다스리는 방법으로만 쓰인 것이 아니라, 아이다운 덕성을 키우고 북돋우기 위한 건전한 훈육 방식으로도 이용되었다. 하지만 홀로 외동딸을 키우는 헤스터 프린은 가혹한 교육이 초래할 수 있는 위험을 무릅쓰려 하지 않았다. 자신의 실수와 불행을 깊이 의식하면서, 자신에게 맡겨진 어린 딸의 영혼을 부드럽지만 단호하게 통제하려고 일찍부터 부단히 애를 썼다.

하지만 그것은 그녀의 능력을 벗어나는 일이었다. 헤스터는 미소를 지어보기도 하고 얼굴을 찡그려보기도 했지만 두 방식 모두 이렇다 할 효과가 없자, 결국 한 발 옆으로 물러서서 아이가 충동에 따라 움직이도록 내버려두었다. 물론 신체적으로 강제하거나 가로막는 것은 효과가 있기는 했지만 잠시뿐이었다. 다른 훈육 방식도 써보았으나 이성에 호소하든 감성에 호소하든 간에, 그때그때 펄의 변덕에 따라 먹히기도 하고 먹히지 않기도 했다.

펄이 아직 갓난아기였을 때 아이의 엄마는 딸의 독특한 표정을 알아차리게 되었다. 아무리 강요하거나 설득하거나 애원해도 아무 소용이 없을 거라고 미리 경고하는 듯한 표정이었다. 그 표정은 무척 총명했지만 불가사의한 데다 너무 심술궂고 때로는 악의를 품은 듯 보이기까지 했다. 하지만 대체로 생생한 활기가 넘쳐흘렀기에 헤스터는 그런 순간마다 과연 펄이 인간의 아이일까 의심하지 않을 수 없었다. 아이는 오두막 바닥에서 잠시 기발하고 별난 장난을 치며 놀다가 갑자기 놀리는 듯한 웃음을 띠며 홀연히 사라져버리는 대기의 요정 같았다. 그런 표정이 야성적으로 반짝이는 새카만 눈에 떠오를 때면, 아이는 이상하게도 저 멀리 떨어져 있어 닿을 수 없는 존재처럼 보였다. 마치 어디서 와서 어디로 가는지도 알 수 없는 깜박이는 빛처럼 공중에서 맴돌다가 사라져버릴 것만 같았다. 그런 표정을 보면 헤스터는 늘 그랬듯 공중으로 달아나려는 꼬마 요정을 쫓아가듯 아이에게 달려가 와락 끌어당기고는 가슴에 꼭 껴안으며 열렬한 입맞춤을 퍼부어야만 했다. 그러나 그것은 사랑이 넘쳐흘러서가 아니라 펄이 인간의 살과 피를 가진 존재이고 결코 허깨비가 아니라는 것을 확인하고 싶어서였다. 하지만 그렇게 붙잡았을 때 펄이 터트리는 웃음은 비록 즐겁고 아름다운 가락이었지만 오히려 엄마의 의구심을 더욱 키울 뿐이었다.

헤스터는 아주 값비싼 대가를 치르고 얻은, 그녀에게는 온 세상이나 마찬가지인 유일한 보물 펄과 자기 사이에서 이런 난처하고 당혹스러운 일이 그처럼 자주 벌어지는 데 상심한 나머지 때때로 격정적인 울음을 터트렸다. 그럴 때마다 펄은 그 일이 자신에게 어떤 영향을 미칠지 미처 짐작하기가 어려워서인지, 작은 주먹을 꼭 쥐고는 자그마한 얼굴을 굳히며 매섭고 매몰차게 불만스러운 표정을 떠올리곤 했다. 그러다가 인간의 슬픔이라고는 아예 느낄 수도 없고 알지도 못하는 존재인 양 전보다 더 크게 웃음을 터트리고는 했다. 또는 좀 드문 일이기는 하지만 갑자기 엄청난 슬픔에 휩싸여 부들부들 떨리는 몸으로 흐느껴 울며 엄마에 대한 사랑을 띄엄띄엄 뱉어낼 때도 있었다. 마치 마음이 부서질 듯 아프다는 것을 드러내 보이면서 자기에게도 마음이 있다고 증명하려 애쓰는 것 같았다. 하지만 헤스터는 돌풍처럼 갑작스레 찾아온 애정을 안심하고 받아들일 수가 없었다. 그것은 갑자기 찾아왔듯이 홀연히 사라져버렸던 탓이다. 이 모든 일을 곰곰이 생각해보면서, 헤스터는 마치 자신이 정령을 불러내긴 했지만 마법을 부리는 과정에서 무언가가 잘못되어 새롭고 불가사의한 정령을 마음대로 통제할 수 있는 주문을 얻지 못했다는 느낌이 들었다. 그녀가 유일하게 마음을 편히 둘 수 있을 때는 아이가 평온하게 잠들어 있는 순간뿐이었다. 그럴 때면 그 아이가 자신의 아이라는 걸 확신할 수 있을 것만 같았고, 몇 시간 동안은 적막하고 슬프면서도 감미로운 행복을 맛볼 수 있었다. 그러다가 펄이 천천히 떠오르는 눈꺼풀 사이로 그 장난스러운 눈빛을 드러내며 깨어날 때면, 그 행복도 끝이 났다.

얼마나 빨리, 정말 놀라울 정도로 빠르게 펄은 늘 자신을 반기던 엄마의 미소와 다정하지만 의미 없는 말들을 벗어나 다른 이들과 어울릴 나이가 되었던가! 헤스터 프린이 펄의 새소리같이 맑은 목소리가 다른 아이들의 소란스럽게 떠드는 목소리와 어우러지는 것을, 장난치며 뛰노는 아이들이 목청껏 떠들어대는 소리 속에서 사랑하는 펄의 목소리를 가려낼 수 있기를 얼마나 바랐을까!

하지만 그런 일은 결코 일어나지 않았다. 펄은 어린아이들의 세계에서 태어날 때부터 버림받았다. 작은 악마이자 죄악의 상징이고 그 결과인 아이는 세례 받은 아이들 사이에서 어울릴 자격이 없었다. 그 어린아이가 자신의 외로운 처지를 본능적으로 이해하고 있다는 것은 더없이 놀라운 일이었다. 아이는 자기 주위에 침범해서는 안 될 원이 그려진 운명,

요컨대 다른 아이들과의 관계에서 자신이 너무도 남다른 위치에 있다는 것을 본능적으로 파악했다.

감옥에서 풀려난 뒤로 헤스터는 아이를 두고 사람들 앞에 나선 적이 단 한 번도 없었다. 그녀가 마을을 거닐 때마다 펄도 반드시 함께였다. 처음에는 품속에 안긴 갓난아기였으나 좀 더 자라서는 엄마의 꼬마 길동무가 되었다. 아이는 엄마의 검지를 한 손 가득히 꼭 쥐고서 헤스터가 한 걸음을 옮길 때마다 서너 걸음을 부지런히 내디디며 따라갔다. 아이는 정착촌의 다른 아이들이 길가의 풀밭이나 집 문간에서, 청교도 부모들이 허용하는 만큼 험한 방식으로 놀고 있는 모습을 쳐다보았다. 아이들은 교회 가기 놀이나 퀘이커교도 괴롭히기, 인디언들과의 전쟁놀이에서 머리 가죽 벗기기, 마법을 흉내 내며 서로 겁주기 같은 장난을 치며 놀고 있었다. 펄은 그 모습을 뚫어져라 쳐다보았으나 거기에 낄 생각은 결코 하지 않았다. 누군가가 말을 걸어와도 대꾸하지 않았다. 종종 아이들이 자기 주위를 둘러싸면 펄은 끓어오르는 분노를 무섭게 폭발시키며 잔돌을 주워 아이들에게 던지면서 날카롭고 뜻 모를 소리를 질러댔다. 그것이 알 수 없는 언어로 저주를 내리는 마녀가 내는 소리인 것만 같아서, 아이의 엄마는 몸을 부르르 떨었다.

지금껏 세상에 존재했던 가장 편협한 이들의 자손인 꼬마 청교도들은 두 모녀가 무언가 괴이하고 세상과 동떨어져 보이며 일상적인 관습과는 어긋나 있다는 걸 어렴풋이 감지하고 있었다. 그래서 마음속으로 모녀를 깔보고 업신여겼으며 때때로 헐뜯기도 했다. 펄은 그런 감정을 알아차리고는 어린 마음에 사무치는 매서운 증오로 갚아주었다.

이렇게 사나운 기질을 별안간 터뜨리는 모습이 아이의 엄마에게는 가치 있게 느껴졌고 심지어는 위안을 안겨주기도 했다. 그 분노에는 아이의 행동에서 드러나 그녀를 상심케 했던 설명할 수 없는 변덕이 아니라 적어도 그녀가 이해할 수 있는 진지한 감정이 담겨 있었기 때문이다.

♦ 마을의 다른 아이들이 함께 어울려 놀고 있는 모습을 지켜보는 빨간 옷의 펄과 그녀의 엄마 헤스터

그렇지만 자신이 가지고 있던 악의 그림자가 아이에게 어렴풋이 반영되어 있다는 것을 알아차리고 그녀는 섬뜩함을 느꼈다. 펄은 이런 적개심과 격정을 헤스터의 가슴에서 결코 거부할 수 없는 유산처럼 물려받은 것이었다. 엄마와 딸은 인간 사회에서 격리된 채 동그란 원 안에 함께 서 있었다. 펄이 태어나기 전 헤스터 프린의 마음을 혼란하게 만들었던 불안정한 요소들은 모성의 부드러운 영향을 받아 누그러지기 시작했으나, 아이의 본성은 그것을 그대로 물려받아 영원히 이어가는 듯했다.

펄은 엄마의 오두막 안에서든 밖에서든 다른 친구들을 찾아 나설 필요가 없었다. 횃불이 닿는 데마다 불이 일어나듯이, 아이의 창조적 정신에서 생명의 마법이 솟아나 주변의 오만 가지 사물에 전해졌다. 막대기나 헝겊 조각, 꽃 같은 하찮은 재료들이 펄이 펼치는 마법에 따라 움직이는 인형이 되었고, 겉모습은 그대로였지만 아이의 내면세계라는 무대 위에서 자유롭게 변신했다. 펄은 어린애다운 목소리로 남녀노소 수많은 상상 속 인물을 만들어내어 그들과 대화를 나누었다. 수령이 오래된 검고 엄숙한 소나무들은 바람이 불어올 때마다 신음 소리와 구슬픈 소리를 냈지만, 별다른 변화 없이도 청교도 원로 역할을 해냈다. 마당의 가장 못난 잡초는 그들의 아이가 되었는데, 펄은 그 잡초들을 아주 잔인하게 쓰러뜨리고 뿌리째 뽑아버렸다.

아이가 온갖 궁리를 다해 만들어낸 수많은 형체는 일관성은 없었지만 정말이지 놀라웠다. 그들은 언제나 기이할 만큼 활기차게 솟구쳐 올라 춤을 추다가, 마치 격렬한 생명이 조수처럼 밀려왔다 빠져나간 듯 갑자기 생기를 잃곤 했다. 그러다가도 비슷한 야성적 생명력을 지닌 다른 형상들이 뒤이어 나타났다. 이런 다채로운 변화는 오로지 북극광의 춤추는 모습에나 비길 수 있을 정도였다. 그러나 기발한 상상력과 한창 자라나는 정신의 자유로운 움직임은 다른 영리한 아이들과 크게 다르지 않았다. 다만 펄에게는 같이 놀 수 있는 또래가 없었기 때문에 스스로 만들어낸 공상 속 인물들에게 더 기댈 수밖에 없었던 것뿐이다. 특이한 것은 아이가 자신의 지성과 감성으로 만들어낸 것을 적대적인 감정으로 대한다는 점이었다. 펄은 결코 친구를 만들어내는 법이 없었고, 마치 전설 속 용의 이빨에서 태어난 전사들과 맞서 싸우듯, 늘 자신이 만든 상상 속 존재들과 전쟁을 벌이기에 바빴다.[9] 어린아이가 세상을 그토록 끊임없이 적으로 인식하고 있는 모습을 지켜보는 것은 말로 표현할 수 없이 슬픈 일이었다. 하물며 그 원인이 자신에게 있음을 알고 있는 어미의 슬픔은 얼마나 더했을까! 아이는 마치 앞으로 닥칠 투쟁에서 자신의 정당함을 입증하려는 듯, 그토록 맹렬하게 자신의 생명력을 단련하고 있었다.

펄을 바라보던 헤스터 프린은 종종 바느질 일감을 무릎 위에 떨어뜨린 채 감추고 싶었던 고통을 이기지 못하고 말소리와 신음 소리가 뒤섞인 소리로 울부짖었다. "오, 하늘에 계신 아버지, 당신이 아직도 내 아버지시라면, 제가 지상에 내보낸 이 아이는 대체 어떤 존재란 말입니까!" 그러면 펄은 엄마의 외침을 들었는지 아니면 조금 더 미묘한 어떤 감각으로였는지, 그 생생하고 아름다운 작은 얼굴을 엄마에게 돌려 요정처럼 신비한 미소를 지어 보이고는 다시 놀이에 빠져들곤 했다.

펄의 특이한 면모 중에는 더 주목할 만한 것이 있었다. 이 아이가 태어나 처음 알아본 것이 무엇이었을까? 다른 아기들처럼 엄마의 따뜻한 미소가 아니었다. 보통의 아기라면 엄마의 미소에 답하듯 작은 입술을 살짝 움직여 희미하게나마 미소를 지었을 것이다. 그리고 그 순간이 진정한 첫 미소였는지를 두고 나중에 가족들과 정겨운 이야기꽃을 피웠을 테지만, 펄은 달랐다. 아이가 맨 처음 알아본 것은 헤스터의 가슴에 달린

----

9 그리스 신화의 영웅 카드모스 이야기에 등장한다. 페니키아의 왕자 카드모스가 용과 결투를 벌인 뒤 아테나 여신의 조언에 따라 죽은 용의 이빨을 땅에 뿌리니 거기서 무장한 병사들이 생겨났다. 그중 다섯만이 살아남아 훗날 카드모스가 세운 테베의 명문가 조상이 되었다.

주홍글씨였다. 엄마가 요람 위로 몸을 숙였을 때, 아기의 눈은 주홍글씨를 둘러싼 금빛 자수에 고정되었고, 작은 손을 뻗어 그것을 움켜잡았다. 그때 펄의 표정은 마치 훨씬 나이 든 아이처럼 단호하고 의미심장한 미소를 띠고 있었다.

그 순간 헤스터는 숨이 막혀왔다. 본능적으로 가슴의 글씨를 움켜쥐며 떼어내려 했지만, 뭔가 아는 듯한 펄의 손길은 헤스터에게 끝 모를 고통을 안겨주었다. 그러나 엄마의 고뇌에 찬 몸짓이 아이에게는 단지 장난을 거는 것처럼 느껴졌는지, 펄은 엄마의 눈을 들여다보고는 또다시 방긋 미소를 지어 보였다! 이때부터 헤스터는 아이가 잠든 시간을 제외하고는 단 한순간도 아이를 평온한 마음으로 바라보며 기뻐할 수 없었다. 물론 펄이 한동안 주홍글씨에 관심을 보이지 않을 때도 있었다. 하지만 그것은 마치 예고 없는 죽음처럼, 전혀 예상치 못한 순간에 다시 찾아왔다. 그럴 때마다 아이는 이상한 감정이 어린 특유의 미소를 지었다.

어느 날, 헤스터는 다른 엄마들처럼 자신의 모습이 아이의 눈동자에 비치는 걸 보며 미소 짓고 있었다. 그때 펄의 눈에 그 신비롭고 예측할 수 없는 빛이 다시 어렸다. 외로움과 걱정으로 지친 여인들이 흔히 그렇듯, 헤스터는 순간 이상한 환상에 사로잡혔다. 펄의 까만 눈동자에 비친 얼굴이 자신의 것이 아닌 것 같았다.

그것은 악의가 가득한 미소를 짓고 있는 악마 같은 얼굴이었으나, 그녀가 아주 잘 아는 이의 모습을 닮아 있었다.[10] 하지만 그 얼굴은 좀처럼 웃지 않았고 악의를 품지도 않았다. 마치 악령이 아이의 정신을 사로잡고 조롱하듯이 바깥을 내다보는 것만 같았다. 그 뒤로도 헤스터는 비

----

10 이 얼굴은 누구의 얼굴인가? 아마도 남편 아닌 남자와 열정적인 사랑에 빠지고 혼자서 모든 것을 감당해야 했던 헤스터 자신의 과거 얼굴일 것이다. 여기서 우리는 헤스터가 어린 딸에게서 열정 가득했던 자신의 모습을 발견할 뿐만 아니라, 더 나아가 자신의 심리 상태를 딸에게 의탁하고 있다고 추론할 수 있다.

록 이전처럼 생생하지는 않았지만 여러 번 같은 환상에 빠져 지독한 고통에 시달렸다.

펄이 뛰어다닐 수 있을 정도로 자란 어느 여름 날 오후였다. 아이는 야생화를 한 손 가득 꺾어서 엄마의 가슴에다 하나씩 던지며 주홍글씨를 맞힐 때마다 꼬마 요정처럼 춤추듯이 위아래로 깡충거리며 즐거워했다. 처음에 헤스터는 꼭 모아 쥔 두 손으로 자신의 가슴을 가리려 했다. 하지만 자존심 때문이었을까, 아니면 체념 때문이었을까, 혹은 이런 고통이야말로 최선의 속죄라 여겼기 때문이었을까. 그녀는 그 충동을 억누르고 창백한 얼굴로 꼿꼿이 앉아, 펄의 야생적인 눈빛을 슬픈 표정으로 바라보았다.

수많은 꽃이 계속해서 날아와 표적을 정확히 맞추었고, 엄마의 가슴은 온통 상처로 뒤덮였다. 그녀는 이 세상에서 상처를 다스릴 약을 찾지 못했고 다른 세상에서도 찾을 길이 없었다. 마침내 탄환처럼 날아오던 꽃잎들이 다 떨어지자 아이는 고요히 서서 헤스터를 응시했다. 아이의 바닥 모를 심연 같은 새카만 눈 속에서는 자그마한 악마의 웃는 얼굴이, 빠끔히 밖을 엿보는 듯했다. 실제로 그랬는지는 알 수 없으나 펄의 엄마는 그렇게 생각했다.

엄마가 소리쳤다. "얘야, 넌 대체 누구니?"

아이가 대답했다. "저는 엄마의 귀여운 펄이에요!"

하지만 그렇게 대답하면서도 펄은 웃음을 터트렸고 춤추듯이 깡충거리며 뛰어다니기 시작했다. 마치 꼬마 악마의 장난스러운 동작 같았는데 당장이라도 굴뚝 위로 날아오를 것만 같았다.

헤스터가 물었다. "너… 정말 내 아이가 맞지?"

그녀는 아무 뜻 없이 질문을 던진 게 아니라 그 순간만큼은 진심을 담아 진지하게 물었다. 놀라울 정도로 총명한 펄이 지금껏 알지 못했던 자신의 존재에 얽힌 비밀스러운 마법을 알아차리고는 바로 이 순간 자신의 모습을 드러내려는 것은 아닐까 미심쩍은 생각이 들었던 것이다.

아이가 계속해서 장난질을 하며 대답했다. "맞아요, 나는 엄마의 귀여운 펄이에요!"

"넌 내 애가 아니야! 나의 펄이 아니야!" 엄마는 반쯤 장난스럽게 말했다. 깊숙한 고통에 잠겨 있을 때에도 그녀에게는 때때로 장난기 어린 충동이 불쑥 엄습해오곤 했기 때문이다. "그럼 내게 말해주렴, 네가 누구인지, 누가 널 이곳으로 보내주셨는지 알고 있니?"

아이가 헤스터에게 다가와 그녀의 무릎에 몸을 바싹 갖다 대며 진지하게 말했다. "엄마가 말해줘요! 엄마가 말해달란 말이에요!"

헤스터가 대답했다. "하늘에 계신 아버지가 너를 보내주셨단다."

하지만 대답 전의 짧은 망설임을 영리한 아이는 놓치지 않았다. 그저 변덕 때문이었을까, 아니면 어떤 악령이 부추긴 것일까. 아이는 작은 검지를 들어 주홍글씨를 살짝 가리키며 단호하게 외쳤다.

"하나님이 보낸 게 아니에요! 저에게는 하늘에 계신 아버지가 없어요!"

헤스터는 새어 나오려는 신음을 억누르며 대답했다. "조용, 펄, 조용히 해! 그렇게 말하면 못써! 그분이 우리 모두를 이 세상에 보내셨단다. 네 엄마인 나도 보내주셨어. 하물며 너는 어떻겠니! 이 이상하고 요정 같은 꼬마야, 그렇지 않으면 너는 어디에서 왔니?"

펄은 더 이상 진지하지 않은 태도로 웃으면서 방 안을 깡충깡충 뛰어다녔다. 그러고는 같은 말을 되풀이했다. "말해줘! 말해줘요! 엄마가 나한테 말해줘야 해!"

하지만 헤스터는 자신도 깊은 의혹의 미로에 빠져 있었기에, 이 수수께끼의 답을 알려줄 수 없었다. 그녀는 때로는 미소 짓고, 때로는 두려움에 떨며 마을 사람들의 소문을 떠올렸다. 그들은 펄의 아버지를 다른 곳에서 찾으려다 실패하자, 아이의 특이한 면모들을 꼬투리 삼아 이 불쌍한 펄이 악마의 자식이라고 수군거렸다.

가톨릭 시대부터 내려오는 이야기가 있었다. 엄마의 죄를 통해 이 세상에 나타난 악마의 자식들이 잔혹하고 사악한 목적을 이루려 한다는 것이었다. 심지어 루터조차도, 그를 반대하는 수도사들의 비방에 따르면 그런 악마의 자식이었다고 했다. 뉴잉글랜드의 청교도들 가운데 이처럼 불길한 혈통을 가진 아이가 펄 하나만은 아니었던 것이다.

제7장

총독 저택의 홀

어느 날 헤스터 프린은 장갑 한 짝을 들고 벨링엄 총독의 저택을 찾아갔다. 중요한 공식 행사에서 착용할 수 놓은 장갑을 전달하기 위해서였다. 지난번 총독 선거의 결과가 좋지 않아 이 전임 통치자가 가장 높은 자리에서 한두 단계 내려앉기는 했지만, 그래도 여전히 식민지 행정부에서 명예롭고 큰 영향력을 가진 지위를 차지하고 있었다.

하지만 헤스터가 그를 찾아간 진짜 이유는 따로 있었다. 당시 정착촌의 주요 사안들을 좌우하던 이 고위 인사를 만나 얘기를 나누고 싶었던 것이다. 그녀의 귀에 유지급 인사 몇몇이 종교와 정부의 원칙을 좀 더 엄격하게 적용해야 한다면서, 어린 딸을 그녀에게서 빼앗으려 한다는 이야기가 들려왔다. 앞서 말했듯 이 선량한 사람들은 펄이 악마의 자식이라는 것을 전제로 그들 나름의 합리적인 주장을 폈다. 기독교도로서 이 어머니의 영혼에 관심을 기울여야 하며, 그녀가 나아가게 될 길에 놓인 걸림돌을 없애야 마땅하다는 것이다. 또한 만일 그 아이가 도덕적으로나 종교적으로 성장할 능력이 있고 궁극적으로 구원받을 만한 자질을 갖추었다면, 헤스터보다 더 현명하고 훌륭한 보호자 밑에서 자라는 것이 아이를 위해 더 좋을 거라고 했다. 벨링엄 총독이 바로 이 계획을 가장 적극적으로 추진하는 인물이라고 했다.

이런 사건이 이상하고 적잖이 우습게 여겨질지도 모른다. 후대에는 기껏해야 시 복지위원회 수준에서 처리했을 사건을 당시에는 공개적 논의 사항으로 삼아 고위 정치가들이 찬반을 논했다니 말이다. 하지만 그 원시적이고 단순했던 시절에는, 헤스터 모녀의 처우보다도 훨씬 사소한 일들까지 법적 심의 대상이 되었다. 얼마 전만 해도 돼지 한 마리의 소유권 분쟁이 식민지 의회를 뒤흔들어 의원 구성까지 바꿔놓은 적이 있을 정도였다.

헤스터 프린의 마음은 걱정으로 가득했다. 그러나 한편으로는 자신의 권리를 너무도 잘 자각하고 있었기에, 공권력과 인간 본성에 깃든 동정심에 지원을 받는 한 외로운 여인 사이의 싸움이라고 해서 아주 불공평하지만은 않은 것처럼 느껴지기도 했다. 그렇게 헤스터 프린은 펄과 함께 그녀의 외딴 오두막을 나섰다. 아이는 이제 엄마 옆에서 가볍게 뛰어다니며 해가 뜰 때부터 질 때까지 지치지도 않고 움직일 수 있는 나이가 되어 있었다. 엄마가 가야 할 거리보다 훨씬 더 먼 길도 갈 수 있을 만큼 자랐다. 그런데도 펄은 정말 안기고 싶어서라기보다는 변덕을 부리고 싶어져서 자꾸만 엄마에게 안아달라고 했다가 곧 다시 내려달라고 떼를 썼다. 그러고는 풀이 무성한 길을 따라 헤스터보다 앞서 달려갔다. 여러 번 걸려 넘어지기는 했지만 다치지는 않았다.

앞서 말했듯 펄은 아름답고 화사한 생기가 넘치는 아이였다. 아이의 용모는 깊고 선명한 색채로 빛났다. 생기 있는 낯빛에 두 눈은 강렬한 깊이와 광채를 갖추었고, 이미 짙고 윤기가 도는 갈색 머리카락은 앞으로 몇 년 더 지나면 새카만 흑발에 가까워질 듯했다. 아이의 내면과 온몸에는 온통 불길이 일렁이고 있었다. 아이는 열정의 순간이 예기치 않게 만들어낸 존재인 듯했다. 아이 엄마는 화려한 상상력을 마음껏 구사하여 독특하게 재단하고 환상적인 황금빛 자수를 가득 수놓은 진홍빛 벨벳 웃옷을 딸에게 입혔다. 다른 아이였다면 그 강렬한 색채 때문에 오히려 창백해 보였을 테지만, 아름다운 펄에게는 놀랍도록 잘 어울렸다. 마치 이 땅에서 춤추었던 그 어떤 불꽃보다도 밝게 빛나는 작은 불길 같았다.

하지만 이런 옷차림이나 아이의 전체적인 모습에서 두드러지는 특징 때문에, 이를 바라보는 사람들은 어쩔 수 없이 필연적으로 헤스터 프린이 운명처럼 늘 가슴에 달고 다녀야 하는 주홍글씨를 떠올리게 되었다. 아이는 다른 형태의 주홍글씨, 즉 살아 움직이는 주홍글씨였다! 수치스러운 주홍빛이 헤스터의 머릿속을 너무나 깊이 태워 들어간 나머지, 그녀가 하는 모든 생각이 그 수치의 형상을 띠게 된 듯했다. 그리하여 수많은 시간을 쏟아부어 가히 병적이라 할 만큼 교묘한 창의성을 발휘한 끝에 자신이 가장 사랑하는 대상을 죄악과 고통의 상징과 유사하게 만들어내고 말았다. 그러나 사실 펄은 애정의 대상이면서 죄악과 고통의 상징이었고, 바로 그 둘의 동질성 때문에 헤스터는 그처럼 완벽하게 아이의 외양에 주홍글씨를 구현해낼 수 있었던 것이다.

두 여행자가 마을 가까이에 다다르자, 청교도의 음울한 말썽꾸러기 꼬마들이 그들 사이에서 놀이라고 부르는 것을 하다가 두 모녀를 쳐다보더니 진지한 목소리로 이런 말을 주고받았다.

"얘들아, 저기 좀 봐. 주홍글씨를 단 여자가 지나간다. 게다가 살아 움직이는 주홍글씨가 그 옆에서 깡충거리고 있네! 가자, 가서 저들한테 진흙이나 던져주자!"

그러나 두려움을 모르는 아이인 펄은 얼굴을 찌푸리고 발을 구르고 작은 손을 흔들어대며 온갖 위협적인 몸짓을 하다가 갑자기 적들을 향해 달려들어서 모두를 내빼게 만들었다. 아이들을 맹렬하게 쫓아가는 모습은 마치 자라나는 세대의 죄악을 징벌하러 온 성홍열 같은 전염병이나, 아직 날개도 미처 다 자라지 않은 심판의 천사 같아 보였다.[11] 펄은 엄청나게 큰 목소리로 괴성을 내며 소리를 질렀고 그 바람에 달아나던 아이들은 공포에 질렸다. 승리를 거둔 펄은 조용히 돌아와 미소를 지으며 엄마를 올려다보았다.

모녀는 그 뒤로 별다른 모험 없이 벨링엄 총독의 저택에 도착했다. 그 집은 유서 깊은 마을에 가면 아직도 표본이 남아 있을 법한 전형적인 양식으로 지어진 커다란 목조 건물이었다. 오늘날 이 건물은 이끼로 뒤덮인 채 무너져가고 있다. 어두운 내부에서는 그동안 일어났던 수많은 일들, 아직도 기억되거나 이미 잊혀진 슬픔과 기쁨의 순간들이 만들어낸 침울한 기운이 배어 나온다. 하지만 당시만 해도 이 건물은 세월이 가져다주는 신선한 생명력으로 가득했고, 죽음의 그림자 한 번 드리운 적 없는 듯, 햇살 가득한 창문으로 생기가 반짝이며 흘러나왔다.

실제로 건물은 눈부시게 밝았다. 외벽은 회반죽을 바르고 깨진 유리조각을 박아놓아서, 햇빛이 비스듬히 비치면 마치 다이아몬드를 두 움큼 뿌려놓은 듯 찬란하게 빛났다. 이런 화려함은 나이 지긋한 청교도 통치자의 집보다는 알라딘의 궁전에 더 어울릴 법했다. 게다가 당시의 특이한 취향을 반영한 신비로운 문양들로 장식되어 있었는데, 벽토와 함께 굳어진 이 장식들은 후대 사람들의 감탄을 자아내곤 했다.

펄은 이처럼 밝게 빛나는 경이로운 집을 쳐다보면서 깡충깡충 뛰어다니더니 건물 전면에 가득 빛나는 햇빛을 떼어내어 자기가 가지고 놀 수 있게 해달라고 떼를 썼다.

----

11 구약성경 「사무엘하」 24장 15~16절에서 영감을 얻은 장면이다. "이에 여호와께서 그 아침부터 정하신 때까지 전염병을 이스라엘에게 내리시니 (⋯) 천사가 예루살렘을 향하여 그의 손을 들어 멸하려 하더니 여호와께서 이 재앙 내리심을 뉘우치사 백성을 멸하는 천사에게 이르시되 족하다 이제는 네 손을 거두라 하시니⋯."

엄마가 말했다. "그건 안 돼, 펄! 네가 가지고 놀 햇빛은 네가 직접 모아야 해. 난 네게 나눠줄 햇빛이 없단다!"

마침내 모녀는 문 앞에 이르렀다. 아치형 문 양옆에는 비좁은 탑 또는 돌출부라 할 만한 것이 붙어 있었고, 여기에는 필요할 때 여닫을 수 있는 나무 덧문이 달려 있었다. 헤스터 프린은 정문에 매달려 있는 쇠망치를 들고서 문을 두드려 사람을 불렀다. 곧 총독의 노예 가운데 한 명이 문 앞에 나타났다. 그는 영국에서 자유민으로 태어났으나 지금은 7년 기한으로 노예 생활을 하고 있는 자였다. 이 기간 동안 그는 주인의 재산이나 다름없어서, 황소나 조립식 걸상처럼 주인 마음대로 판매할 수 있는 물건 같은 존재였다. 그는 오래전부터 영국의 유서 깊은 저택 홀에서 하인들이 입어온 푸른색 상의를 입고 있었다.

헤스터가 물었다. "벨링엄 총독 각하께서 안에 계신지요?"

하인이 눈을 동그랗게 뜨고 주홍글씨를 쳐다보며 대답했다. 그는 이 고장에 새로 온 사람이어서 전에는 그런 글씨를 한 번도 본 적이 없었다. "예, 그렇습니다. 총독 각하께서는 안에 계십니다. 하지만 목사님 한두 분과 의사 한 분이 와 계셔서 지금은 만나 뵙지 못할 겁니다."

헤스터 프린이 "그래도 들어가야겠어요" 하고 대답했다. 하인은 그녀의 단호한 태도와 가슴 위에서 반짝거리는 글씨를 보고는 이 고장의 귀부인이라고 여겨서였는지 더는 맞서지 않았다.

그리하여 헤스터와 어린 펄은 입구의 홀로 안내되었다. 벨링엄 총독은 새 집을 지을 때 고국에 있는 큰 부를 일군 신사들의 저택을 본뜨려 했으나 건축 자재의 특성과 기후 차이, 서로 다른 사교 생활 방식을 감안하여 많은 변화를 시도했다. 그래서 널따랗고 천장이 꽤 높은 홀을 마련했는데, 이 홀은 저택 전체를 깊숙이 가로지르며 뻗어 있어서 다른 방들과 직간접적으로 이어지는 통로 역할을 했다.

홀의 넓은 공간은 양쪽 끝의 탑 창문으로 들어오는 빛 덕분에 환했다. 입구 쪽의 두 탑은 건물 바깥으로 돌출되어 있었다. 홀 반대편에는 옛 서적에서나 볼 법한 아치형 창문이 있었다. 일부는 커튼으로 가려져 있었지만 그래도 환한 햇빛이 쏟아져 들어왔다. 그 앞에는 푹신한 방석이 깔린 의자가 있었고, 그 위에는 2절판 크기의 큰 책이 놓여 있었다. 아마도 『영국 연대기』 같은 귀한 책이었을 것이다. 마치 오늘날 응접실 탁자에 손님용으로 장정이 화려한 책을 놓아두는 것과 같았다.

홀의 가구들은 대부분 엘리자베스 시대나 그 이전 것들로, 등받이에 떡갈나무꽃 화환을 정교하게 새긴 묵직한 의자 몇 개와 같은 양식의 탁자가 전부였다. 이것들은 총독이 아버지의 집에서 가져온 가보들이었다. 탁자 위에는 영국의 환대 전통을 잊지 않았음을 보여주듯 큰 주석잔이 놓여 있었다. 헤스터나 펄이 들여다보았다면 잔 바닥에 방금 마신 맥주 거품이 남아 있는 것을 볼 수 있었을 것이다.

벽에는 벨링엄 가문의 조상을 그린 초상화들이 잇따라 걸려 있었다. 어떤 인물은 전시에 입는 갑옷을 착용하고 있는가 하면 다른 인물들은 평시에 착용하던 장중한 옷깃이 달린 예복을 입고 있었다. 오래된 초상화가 으레 그러하듯이, 그림 속 인물들은 엄숙하면서도 단호한 모습이었다. 그것은 작고한 위인들이라기보다는 유령의 초상화처럼 보였는데, 마치 살아 있는 사람들이 추구하는 일과 거기서 얻는 즐거움을 가혹하고 비난이 담긴 시선으로 응시하는 듯했다.

홀 벽을 따라 주욱 둘러댄 떡갈나무 판자들의 한가운데쯤에는 갑옷이 한 벌 걸려 있었다. 초상화와 다르게 조상들이 물려준 유물이 아니라 최근 들어 만들어진 물건으로, 벨링엄 총독이 뉴잉글랜드로 건너온 바로 그해에 런던의 숙련된 갑옷 제작자가 만든 것이었다. 강철 투구, 흉갑, 목 가리개, 정강이받이가 걸려 있고 그 아래에는 장갑 한 쌍과 칼이 매달려 있었다. 모든 것이 빛났지만 투구와 흉갑은 유난히 지극정성으로 닦아놓아 백열처럼 번쩍거리며 홀 바닥에 빛을 골고루 흩뿌리고 있었다.

이 밝게 빛나는 갑옷 일습은 단지 겉치레하려고 전시해둔 것이 아니라 총독이 여러 엄숙한 사열식이나 연병장에 나갈 때 직접 갖춰 입었던 것이다. 더구나 피쿼트 전쟁에서 연대를 지휘해 무공을 올릴 적에도 총독은 이 휘황하게 번쩍거리는 갑옷을 입었다. 원래 법률가로 자랐고 베이컨, 코크, 노이, 핀치 같은 동료들의 이름을 언급하곤 했으나, 벨링엄 총독은 이 새로운 국가의 긴급한 요청에 응하여 정치가이자 통치자일 뿐만 아니라 군인으로 변모하기도 했던 것이다.

저택의 반짝반짝 빛나는 정면 못지않게 반짝거리는 갑옷이 마음에 들었던지 펄은 광택이 나는 거울 같은 흉갑을 한참이나 들여다보았다.

아이가 소리쳤다. "엄마! 여기서 엄마가 보여요. 봐요! 여기 좀 보세요!"

헤스터는 아이에게 장단을 맞춰줄 생각으로 갑옷을 바라다보았다. 그러나 볼록거울이 빚어내는 특수한 효과 때문에 주홍글씨가 확대되어 기괴할 정도로 크게 비쳤고, 그녀의 겉모습에서 단연 두드러지는 특징이 되었다. 실제로 그녀는 글씨 뒤에 완전히 감추어진 듯했다. 펄은 위쪽에 있는 투구에 비친 그와 비슷한 모습을 가리키면서 엄마를 향해 꼬마 요정처럼 영악한 얼굴로 미소 지었는데, 그건 아이의 작은 얼굴에 자주 떠오르곤 하던 아주 낯익은 표정이었다. 그처럼 장난기 어린 즐거운 얼굴도 마찬가지로 갑옷에 어찌나 크고 강렬하게 비쳤던지 헤스터 프린은 그것이 자신의 아이가 아니라 펄의 모습으로 변신하려는 작은 악마의 모습처럼 느껴졌다.

헤스터가 딸을 잡아끌며 말했다. "자, 이리 와, 펄! 이리 와서 저 예쁜 정원 좀 보렴. 저쪽에 있는 꽃을 볼 수 있을지도 몰라. 숲에서 본 것보다 더 예쁜 꽃들 말이야."

그러자 펄은 홀의 반대편 끝에 있는 활 모양 창문으로 달려가서 정원에 난 산책길을 쭉 둘러보았다. 정원에는 바싹 깎은 잔디가 융단처럼 깔려 있었고 산책길 가장자리에는 아직 잘 가다듬어지지 않은 덜 자란 관목들이 늘어서 있었다. 하지만 정원의 주인은 이 척박한 신대륙의 땅에서 생존을 위해 고군분투하는 와중에, 영국식 정원을 가꾸려는 시도를 포기한 듯했다.

양배추가 훤히 보이는 곳에서 자라고 있었고 조금 떨어진 자리에 뿌리를 내린 호박 덩굴은 길게 뻗어 홀 창문 바로 밑에다 커다란 호박을 하나 매달아두었다. 마치 총독에게 이런 황금 덩어리 같은 채소가 뉴잉글랜드 땅이 내어줄 수 있는 가장 풍성한 장식물이라고 일러주려는 듯했다. 그러나 그곳에는 몇몇 장미 덤불과 사과나무 여러 그루도 자라고 있었는데, 어쩌면 이들은 이 반도에 최초로 정착한 블랙스톤 목사가 심었다는 나무의 후예일지도 모른다. 그는 우리의 초기 역사에서 황소를 타고 다녔다는 전설적인 인물이었다.

펄은 장미 덤불을 보더니 붉은 장미꽃을 한 송이 따달라며 소리를 지르기 시작했고 아무리 달래도 수그러들 줄을 몰랐다.

엄마가 안타까운 목소리로 말했다. "조용히, 애야, 조용히 하렴! 소리 지르면 못써! 정원에서 사람들 목소리가 들리는구나. 총독님이 오고 계시는 모양이야. 다른 신사분들도 함께 오시려나 보구나!"

실제로 정원 오솔길을 따라 여러 사람이 저택을 향해 걸어오고 있는 것이 보였다. 펄은 자신을 달려래는 엄마의 노력에도 아랑곳하지 않고 섬뜩한 비명을 지르더니 일순간 조용해졌다. 엄마의 말에 따라야겠다는 생각을 한 것이 아니라, 새로운 사람들의 등장이 아이가 기질적으로 타고난 민감하고 변덕스러운 호기심을 자극했기 때문이었다.

제8장

꼬마 요정과 목사

벨링엄 총독은 노신사들이 집에서 편히 지낼 때 즐겨 입는 넉넉한 겉옷과 편안한 모자를 쓰고 맨 앞에 서서 걸어왔다. 그는 자신의 저택을 자랑하며 앞으로 어떻게 개선해나갈 것인지 계획해둔 것을 세세히 설명하고 있는 듯했다. 그의 회색 턱수염 아래로는 제임스 왕 시절의 고풍스러운 방식으로 정교하게 만든 널따란 주름깃이 목둘레를 감싸고 있었다. 그 때문에 그의 머리는 마치 쟁반에 얹은 세례자 요한의 머리[12]처럼 보였다. 그의 용모는 아주 강직하고 엄격해 보였으며, 인생의 가을인 초로기를 넘겨 서릿발이 앉은 듯한 모습이었다. 그래서인지 그가 자기 주변에 마련해둔 온갖 세속적 즐거움의 수단과는 썩 어울리지 않아 보였다.

----

12   신약성경 「마가복음」 6장 14~29절에 나오는 내용이다. 세례자 요한은 헤롯왕이 배다른 형제의 아내 헤로디아를 취한 일을 비판하다 감옥에 갇혔다. 그에게 원한을 품은 헤로디아는 왕의 생일잔치가 열리자 자신의 딸에게 춤을 추게 했고, 그 상으로 세례자 요한의 목을 쟁반에 담아 가져다 달라고 청하여 결국 그의 목을 얻었다.

물론 우리의 근엄한 선조들은 인생이란 단지 시련과 투쟁의 연속이라고 생각하고 말하는 데 익숙했고, 의무를 위해서라면 재물과 목숨까지도 기꺼이 바칠 준비가 되어 있었다. 하지만 그들이 정당한 위안과 사치까지 양심의 문제로 거부했다고 생각하는 것은 잘못이다. 예를 들어 벨링엄 총독의 어깨 너머로 눈발처럼 하얀 턱수염을 드러낸 존경받는 존 윌슨 목사는 그런 교리를 가르친 적이 없었다. 그는 배와 복숭아도 뉴잉글랜드 기후에 적응해 뿌리 내릴 수 있을 것이고, 자줏빛 포도도 햇빛이 잘 드는 정원 담벼락을 타고 자랄 수 있으리라고 이야기하고 있었다. 영국 교회의 풍족한 품속에서 자란 이 늙은 목사는 선하고 안락한 모든 것을 즐기는 세련된 취향을 지니고 있었다. 설교단에 서거나 헤스터 프린의 죄와 같은 범법 행위를 공개적으로 질책할 때는 엄격한 모습을 보였지만, 일상에서는 다정하고 자애로워 그 어떤 목사보다도 깊은 애정을 받고 있었다.

　총독과 윌슨 목사 뒤로는 다른 손님 둘이 따라왔다. 그중 한 명은 독자들이 기억하고 있을 아서 딤스테일 목사로 헤스터 프린이 수치를 겪을 때 마지못해 잠시 역할을 떠맡았던 인물이었다. 그의 옆에 바싹 붙어 오는 사람은 뛰어난 의술을 갖춘 로저 칠링워스 노인으로 두세 해 전 마을에 정착했다. 이 박식한 남자는 젊은 목사를 돌보는 주치의이자 친구였다. 목사는 최근 들어 성직자로서 짊어진 일과 의무에 자신을 아낌없이 바친 나머지 건강을 크게 해친 상태였다.

　방문객들보다 앞서서 걷던 총독이 계단을 한두 걸음 올라 커다란 홀의 창문을 열어젖히자 바로 뒤에 서 있던 어린 펄의 모습이 나타났다. 커튼의 그림자가 드리워지는 바람에 헤스터 프린의 모습은 살짝 가려져 잘 보이지 않았다.

　"아니, 이 아이는 누구지?" 벨링엄 총독이 눈앞의 작은 주홍빛 모습을 놀란 눈으로 바라보며 말했다. "내가 장담하건대, 허영심 가득했던 제

♦ 17세기 뉴잉글랜드 청교도 사회의 지도자들이 총독 저택 정원을 거닐며 대화를 나누는 장면이다. 긴 외투와 주름 깃의 격식 있는 차림새로 묘사된 모습에서 당시 종교 지도자들의 위엄을 엿볼 수 있다.

임스 왕 시절 이후로 이런 모습은 처음 보는군. 그때는 궁정 가장무도회 초대를 큰 영광으로 여겼지. 축제 때면 이런 요정 같은 아이들이 무리 지어 다녔는데, 그들을 '무질서의 주인'[13]의 자식이라 불렀다네. 그런데 이런 손님이 어떻게 내 집 홀에 들어왔는지 모르겠구먼."

선량한 윌슨 목사가 소리쳤다. "그러게 말입니다! 이 주홍색 깃털을 가진 작은 새는 누구일까요? 어디선가 이런 모습을 본 적이 있는 듯합니다. 화려하게 채색된 창문으로 햇살이 비춰 들어와 바닥에 황금색과 진홍색 형상을 그대로 그려놓았을 때인 것 같군요. 하지만 그건 고국에 있을 때 이야기지요. 아이야, 넌 누구냐? 네 엄마는 무슨 심란한 일이 있어서 네게 이처럼 이상한 옷을 입혔지? 너는 기독교를 믿는 집의 아이가 맞느냐, 응? 교리문답은 알고 있고? 아니면 즐거웠던 고국에서 가톨릭의 다른 유물들과 함께 뒤로하고 떠나왔다고 생각했던 그 장난꾸러기 요정들 중 하나란 말이냐?"

주홍빛 아이가 대답했다. "저는 우리 엄마 딸이에요. 그리고 제 이름은 펄이고요!"

"펄이라고? 그보다는 루비나 산호, 아니면 적어도 붉은 장미가 더 어울리겠구나. 네 색깔을 보면 말이다!" 늙은 목사가 이렇게 대답하며 손을 내밀어 어린 펄의 뺨을 토닥이려 했으나 허사였다. "그런데 네 엄마는 어디에 계시니? 아! 이제 알겠구나." 목사가 덧붙여 말하고는 벨링엄 총독에게 고개를 돌리고 이렇게 속삭였다. "이 아이가 바로 우리가 방금 함께 논의했던 그 아이입니다. 그리고 여기에 아이의 엄마인 불행한 여인, 헤스터 프린이 있군요!"

총독이 소리쳤다. "그렇소? 그러니까 이런 아이의 어머니라면 주홍

----

13 15~16세기 영국에서 크리스마스를 비롯한 연회 때 사회를 보던 사람을 이르는 말.

빛 여인, 바빌론의 여인이 분명하겠군![14] 그녀가 때마침 나타났으니, 문제를 즉각 해결 짓도록 합시다."

벨링엄 총독은 유리문을 지나 홀 안으로 들어왔고 손님 세 명도 그 뒤를 따랐다.

총독은 주홍글씨를 단 여인을 엄중한 시선으로 바라보며 말했다. "헤스터 프린. 최근에 당신을 두고 많은 논의가 오고 갔소. 우리처럼 권위와 영향력을 가진 자들이 저처럼 불멸의 영혼을 지닌 아이를, 한때 세상의 유혹에 빠졌던 이에게 맡겨두는 것이 과연 양심에 비추어 옳은 일인지를 놓고 말이오. 아이의 엄마인 당신이 한번 말해보시오! 아이를 당신의 보호에서 거두어 점잖은 옷을 입히고 엄격하게 훈육하고 하늘과 땅의 진리를 가르치는 것이 아이가 현세에서 누릴 행복뿐 아니라 영원한 행복을 위해서도 더 좋지 않겠소? 이런 일에서 당신이 아이를 위해 어떤 일을 해줄 수가 있겠소?"

헤스터 프린이 붉은 징표에 손가락을 얹으며 대답했다. "어여쁜 펄에게 제가 여기에서 배운 교훈을 가르칠 수 있습니다!"

근엄한 행정관이 말했다. "여인이여, 그건 당신의 수치를 드러내는 표지요! 우리가 아이를 다른 사람 손에 맡기려 하는 건 바로 그 글씨가 가리키는 오점 때문이란 말이오."

아이의 엄마는 얼굴이 점점 창백해지면서도 차분한 목소리로 말했다. "그렇지만 이 표지는 저에게 교훈을 가르쳐왔습니다. 매일같이 가르쳐주었고, 지금도 가르치고 있지요. 비록 제게는 아무런 쓸모가 없다고

----

14 '주홍빛 여인'과 '바빌론의 여인'은 신약성경 「요한계시록」 17장 4~5절에서 유래한 것으로, 우상을 숭배했던 바빌론의 방탕함을 비난하는 표현이다. "그 여자는 자줏빛과 붉은빛(scarlet) 옷을 입고 금과 보석과 진주로 꾸미고 손에 금잔을 가졌는데 가증한 물건과 그의 음행의 더러운 것들이 가득하더라. 그의 이마에 이름이 기록되었으니 비밀이라, 큰 바벨론이라, 땅의 음녀들과 가증한 것들의 어미라 하였더라."

해도, 제 아이는 이 교훈을 깨우쳐 앞으로 더 현명하고 훌륭하게 자랄 것입니다."

벨링엄이 말했다. "우리가 신중하게 판단해서 어떻게 해나가야 할지 잘 살펴볼 것이오. 윌슨 목사님, 이 펄이라는 아이를, 아이의 이름이 그렇다고 하는군요, 부디 잘 살펴봐주십시오. 그리고 또래 아이들이 익혔을 만한 기독교 교육을 제대로 받았는지 알아봐주시지요."

노목사는 안락의자에 앉아 펄을 부드럽게 끌어당겨 무릎 사이에 앉히려 했다. 그러나 엄마 말고는 다른 사람과 서로 닿거나 친밀하게 지내는 데 익숙하지 않았던 아이는 열린 창문을 통해 밖으로 나가더니 계단 위에 우뚝 섰다. 아이는 마치 풍성한 깃털을 갖춘 야생의 열대조(熱帶鳥)처럼 보였고 곧 날개를 펴고서 공중으로 날아가버릴 듯했다. 윌슨 목사는 이런 갑작스러운 상황에 적잖이 놀랐는데, 마음씨 좋은 할아버지 같은 그를 평소 아이들이 무척 반겨주었기 때문이다. 그래도 그는 계속해서 아이를 평가해보려 했다.

그가 아주 엄숙한 목소리로 말했다. "펄, 너는 가르침에 주의를 기울여야만 한단다. 그래야 때가 되었을 때 네 가슴에 아주 값진 진주를 달게 될 거란다. 애야, 누가 너를 만드셨는지 말해주겠니?"

사실 펄도 이제는 누가 자신을 만들었는지 충분히 잘 알고 있었다. 경건한 집안의 딸인 헤스터 프린이 아이와 하늘에 계신 아버지에 대한 이야기를 나눈 뒤부터 꾸준히 진리를 가르쳐주었기 때문이다. 아무리 어린 나이일지라도 그러한 진리에는 대단한 흥미를 느끼는 법이다. 아이는 3년 동안 살아오며 아주 많은 것을 배웠으므로 뉴잉글랜드 교리 입문서나 웨스트민스터 교리문답[15]의 첫머리 정도를 다루는 시험이라면, 비록

----

15 이 두 책은 모두 기본적인 기독교 교리를 담은 문답서이다. 뉴잉글랜드 교리 입문서는 1687~1690년경에 출간된 어린이용 교과서이고, 웨스트민스터 교리문답은 1647년

이런 유명한 책이 어떻게 생겼는지는 몰라도 거뜬히 치러낼 수 있었을 것이다.

하지만 모든 아이가 그렇듯 펄에게도 변덕이 있었고, 그것도 보통 아이의 열 배는 되었다. 그래서 가장 부적절한 순간에 입을 다물어버리거나 엉뚱한 말을 내뱉곤 했다. 아이는 버릇없게도 손가락을 입안에 넣은 채 윌슨 목사의 질문에 답하지 않고 여러 차례 입을 다물더니, 마침내 자기는 누가 만든 것이 아니라 엄마가 감옥 문 옆에 무성히 자란 들장미 덤불에서 따 온 것이라고 말했다.

이런 공상으로 답한 것은 아마도 펄이 창밖에 서 있을 때 총독 저택 정원의 붉은 장미가 바로 가까이에 피어 있었기 때문일 것이다. 또한 이곳으로 오는 길에 지나친 감옥에 피어 있던 장미 덤불이 떠오르기도 했을 것이다.

늙은 로저 칠링워스는 얼굴에 미소를 띠며 젊은 목사의 귀에다 뭔가를 속삭였다. 헤스터 프린은 그 의사를 쳐다보았고, 자신의 운명이 어떻게 결정될지 모르는 바로 그 순간에도 그의 모습이 크게 달라졌다는 것을 알아차리고는 놀라지 않을 수 없었다. 그는 전보다 훨씬 더 추악해졌고, 안 그래도 좋지 못했던 안색은 전보다 더 어두워졌으며, 신체의 기형은 더욱 두드러져 보였다. 과거에 그녀가 알고 있었던 익숙한 모습과는 너무도 많은 것이 달라져 있었다. 헤스터는 잠시 동안 그와 눈이 마주쳤으나 곧바로 지금 일어나고 있는 일에 모든 주의를 기울여야 했다.

펄의 대답을 듣고 소스라치게 놀란 총독이 마음을 가까스로 추스르고는 큰 소리로 외쳤다. "이렇게 끔찍할 데가! 세 살이나 되었는데 누가

영국 교회의 통합을 이루기 위해 웨스트민스터 회의에서 만든 교리서다. 이야기 속 시점이 1645년이므로, 작가는 이 두 책을 당시 기본적인 종교 교육의 상징으로 언급한 것이다.

♦ 교리문답을 가르치는 윌슨 목사와 청교도 아이들의 한 장면이다. 평소 아이들의 사랑을 한 몸에 받던 그였기에 펄의 거부감은 더욱 특이한 것이었다.

자기를 만드셨는지도 모르다니! 그렇다면 자신의 영혼이나 현재의 타락, 장래의 운명에 대해서도 전혀 알지 못할 게 아니오! 여러분, 내 생각에 이 문제는 더 이상 살펴볼 필요도 없을 듯하오."

헤스터는 펄을 세차게 끌어안으며 사나운 눈빛으로 늙은 청교도 관리를 노려보았다. 세상에서 외면당해 홀로 살아가는 그녀에게, 이 아이는 삶의 유일한 보물이자 의미였다. 그녀는 세상의 어느 누구도 빼앗을 수 없는 권리를 지키기 위해 목숨을 걸고 싸울 준비가 되어 있었다.

그녀가 울부짖었다. "하나님이 제게 이 아이를 주셨어요! 여러분이 제게서 빼앗아 간 모든 것에 대한 보상으로 이 아이를 주신 거예요. 이 아이는 저의 행복이에요! 물론 저의 고통이기도 하지만요! 제가 이렇게 살아 있을 수 있는 것도 다 펄 덕분이에요! 펄은 저를 벌하기도 해요! 이 애가 살아 있는 주홍글씨라는 걸 모르시겠어요? 오로지 사랑받아야만 하는 존재이고, 그래서 저의 죄를 수백만 배로 돌려줄 수 있는 힘을 가졌다는 것을요! 이 아이를 절대로 빼앗아 가지 못하실 거예요. 그 전에 제가 먼저 죽어버릴 테니까요!"

"불쌍한 여인이여. 아이를 소중히 돌보겠소! 이 아이는 당신이 해줄 수 있는 것보다 더 나은 보살핌을 받게 될 거요." 인정 많은 노목사가 말했다.

헤스터 프린이 비명을 지르듯이 목청을 높이며 말했다. "하나님이 저 아이를 보살피라고 제게 맡기셨어요. 저는 이 애를 포기하지 않겠어요!" 이때 그녀는 갑작스러운 충동이 일었는지, 지금껏 눈 한 번 마주치지 않았던 젊은 목사 딤스데일 쪽으로 돌아서서 외쳤다. "제 대신 말씀해주세요! 당신은 제 목사님이셨고, 제 영혼을 보살펴주셨으니 이분들보다 저를 잘 알고 계시잖아요. 저는 이 아이를 포기하지 않겠어요! 저 대신 말씀해주세요! 목사님은 여기 이분들에게는 없는 동정심을 갖고 계시니까요! 제 마음속에 무엇이 들어 있는지, 엄마의 권리가 어떤 것인지, 아이와 주홍글씨밖에 없는 이 처지에서 그 권리가 얼마나 강한지를요! 부디 제 마음을 잘 헤아려주세요! 저는 이 아이를 절대 포기하지 못해요! 제발 도와주세요!"

이처럼 거칠고 격정적인 호소는 헤스터 프린이 자기가 처한 상황 때문에 거의 미칠 지경이 되었다는 것을 보여주었다. 젊은 목사는 창백한 얼굴로 가슴에 한 손을 얹은 채 앞으로 나섰다. 가슴에 손을 얹는 동작은 아주 예민한 그의 기질이 혼란에 빠질 때마다 늘 따라오는 반응이었다. 그는 헤스터가 사람들이 보는 앞에서 수치를 당했던 현장에 있을 때보다 더욱 근심스럽고 수척해 보였다. 건강이 악화한 탓인지 아니면 다른 원인 때문인지는 몰라도, 그의 깊고 검은 눈동자에는 너무나 괴롭고 우울한 고통이 어른거리고 있었다.

목사가 말하기 시작했다. 그의 목소리는 감미롭게 떨리고 있었지만 강력한 힘을 지니고 있어 홀이 울리고 속이 텅 빈 갑옷까지 진동하는 듯했다. "그녀의 말에는 진실이 담겨 있어요. 헤스터가 하는 말과 그녀의 가슴에 사무치는 감정에는 진실이 담겨 있습니다! 하나님은 그녀에게 저 아이를 내려주셨고, 다른 아이에게서는 찾아보기 힘든 특별한 본성을 직감적으로 이해하는 능력도 주셨습니다. 게다가 이 모녀의 관계에는 대단히 신성한 무언가가 깃들어 있지 않습니까?"

총독이 그의 말을 가로막으며 말했다. "어찌 그렇다는 거지요, 딤스데일 목사? 더 분명하게 말씀해주시오."

목사가 말을 이어갔다. "그럴 수밖에 없습니다. 만약 그렇지 않다고 생각한다면, 만물의 창조자이신 하나님 아버지께서 죄악의 행위를 무심하게 바라보시고, 무분별한 욕정과 거룩한 사랑의 차이를 전혀 중요하게 여기지 않으신다고 말하는 꼴이 되지 않겠습니까? 아버지의 죄와 어머니의 수치 사이에서 태어난 이 아이는 저 여인의 가슴에 많은 방식으로 영향을 미치기 위해 하나님의 손에서 나온 겁니다. 방금 저렇게나 간절히, 저다지도 비통한 마음으로 아이를 보살필 권리를 간청한 저 여인에게 말입니다. 저 아이는 그녀 인생에 단 하나의 축복으로 내려주신 것입니다. 또한 아이의 엄마가 우리에게 말한 것처럼 벌을 내리기 위해 주어진 것이기도 하지요. 전혀 생각지도 못한 순간에 가해지는 고문인 셈입니다. 불안한 기쁨 속에 찾아드는 괴로움이자 찌르는 듯한 아픔이고 끊임없이 되풀이되는 고뇌인 것입니다! 그녀는 이런 생각을 가여운 아이의 옷으로 표현하지 않았습니까? 그녀의 가슴을 지져대는 붉은 상징을 우리에게 이처럼 강력하게 상기시켜주니 말이지요."

선량한 윌슨 목사가 큰 소리로 말했다. "참으로 훌륭한 말씀입니다! 난 저 여자가 자기 아이를 광대로 만들려는 생각인 줄 알고 걱정했소."

딤스데일 목사가 계속해서 말했다. "아닙니다, 결코 그렇지 않습니다! 저를 믿으세요. 그녀는 하나님이 아이의 존재를 통해 내려주신 엄숙한 기적을 잘 알고 있습니다. 그리고 제가 진리라 여기는 것 또한 생생히 느끼고 있으리라 생각합니다. 하나님이 주신 은총은 무엇보다도 어머니의 영혼을 살아 있게 하고, 일찍이 사탄이 빠뜨리려 했던 죄악의 검은 심연으로부터 그녀를 지키기 위한 것임을 말입니다. 그러므로 영원한 기쁨이자 슬픔이 될 불멸의 아이를 맡기는 것은 저 불쌍하고 죄 많은 여인에게 좋은 일입니다. 아이가 올바른 길을 가도록 훈육하며 매 순간 자신의 타락을 상기하게 될 테니까요. 또 하나님의 신성한 약속에 따라 아이를 잘 가르쳐서 천국에 올라가게 한다면, 아이 역시 엄마를 천국으로 인도하리라는 것도 가르칠 수 있겠지요. 이러한 이유로 죄지은 어머니가 죄지은 아버지보다 더 행복할 것입니다. 그러니 헤스터 프린을 위하여 또 불쌍한 아이를 위하여, 저 모녀를 하나님이 적절하다고 판단하신 그대로 놔둡시다!"

늙은 로저 칠링워스가 그를 향해 미소 지으며 말했다. "목사님, 이상할 정도로 열띤 목소리로 말씀하시는군요."

윌슨 목사가 덧붙였다. "더구나 젊은 형제가 한 말에 아주 중요한 뜻이 담겨 있군요. 벨링엄 총독 각하, 어떠십니까? 그가 저 불쌍한 여인을 훌륭히 대변했다고 생각하지 않으십니까?"

"정말 그렇군. 저렇게 정연한 논리를 제시해주었으니, 이 문제는 이대로 놔두도록 합시다. 저 여인이 더 이상 문제를 일으키지만 않는다면 말이오. 그렇지만 아이가 장차 목사님이나 딤스데일 목사에게 가서 교리 문답 시험을 치르도록 조치해주십시오. 그리고 때가 되면 학교와 교회에 다니게끔 하라고 마을 관리들에게 일러두어야겠지요."

젊은 목사는 말을 마치고 몇 걸음 뒤로 물러서서 창문의 커튼 자락 뒤에 얼굴을 반쯤 감춘 채 서 있었다. 햇빛이 비쳐 들어 바닥에 드리운 그의 그림자는 방금 전 열띤 웅변을 한 탓인지 약간 떨리고 있었다. 그때 야성적이고 변덕스러운 꼬마 요정 펄이 목사에게 살금살금 다가가 양손으로 그의 손을 잡더니 자기 뺨 위에 올려놓았다. 동작이 어찌나 부드럽고 신중했던지 그 모습을 지켜보던 엄마는 이렇게 중얼거렸다. "저게 정말 내 아이 펄이 맞는 걸까?" 하지만 그녀는 아이의 마음에 사랑이 담겨 있다는 것을 잘 알고 있었다. 평소에는 늘 열정적으로만 표현되었지, 이처럼 온화하게 드러난 적은 없었지만.

오랫동안 사모해온 여인의 관심을 제외하면, 아이의 순수한 애정보다 더 달콤한 것은 없다. 그것은 영혼의 본능에서 자연스레 우러나오는 것이기에, 우리가 진정 사랑받을 자격이 있다는 증거가 되기 때문이다. 목사는 주위를 둘러보더니 아이의 머리에 손을 얹고서 잠시 망설이다가 이마에 입을 맞추었다. 여느 때와 다르게 유독 부드러웠던 펄의 감정은 그리 오래가지 못했다. 아이는 와락 웃음을 터트리더니 홀을 따라 깡충거리며 날아갈 듯 가벼운 몸짓으로 뛰어갔다. 노목사 윌슨은 아이의 발끝이 과연 바닥에 닿긴 했는지 의심스러워했다.

그는 딤스데일 목사에게 말했다. "저 장난꾸러기 꼬마는 마치 마법사 같군요. 공중으로 날아오르는 데 늙은 마녀의 빗자루 같은 건 필요 없겠어요!"

늙은 로저 칠링워스가 말했다. "참 이상한 아이로군요! 저 아이가 어머니를 닮았다는 건 쉽게 알아볼 수 있지요. 여러분, 저 아이의 본성을 분석하고 기질과 외형을 살펴서 아버지가 누구인지 짐작해보는 것은 어떨까요? 학자의 연구 영역을 넘어서는 일이라고 보십니까?"

윌슨 목사가 말했다. "그건 안 됩니다. 이런 문제에서 세속적 원리를 단서로 삼는 건 죄악입니다. 그보다는 금식을 하고 기도를 드리는 게 나을 겁니다. 그보다 좋은 것은 수수께끼를 그대로 놔두는 것이고요. 하나님의 섭리가 그것을 저절로 드러낼 때까지 말입니다. 그러니 모든 선량한 기독교인들은 저 버림받은 불쌍한 아이에게 아버지의 자상함을 베풀 자격이 있겠지요."

이렇듯 일이 아주 만족스럽게 마무리되자 헤스터 프린은 펄과 함께 총독 저택을 나섰다. 어떤 이들이 말하기를, 모녀가 계단을 내려가고 있을 때 창에 달린 격자 덧문이 활짝 열리더니 벨링엄 총독의 성질 고약한 누이 히빈스 부인이 환한 햇빛 속으로 얼굴을 불쑥 내밀었다고 한다. 그녀는 그로부터 몇 년 뒤에 마녀로 지목받아 처형된 인물이었다.

그녀가 "쉿, 여길 좀 봐요!" 하며 시선을 끌었다. 부인의 불길한 얼굴은 쾌적하고 신선한 기운이 감도는 저택에 어두운 그림자를 드리우는 듯했다. "오늘 밤 우리와 함께 가지 않으실라우? 숲속에서 즐거운 모임이 열릴 거랍니다. 마왕에게 아리따운 헤스터 프린이 우리와 한패가 될 거라고 거의 약속하다시피 했거든."

헤스터 프린이 의기양양한 미소를 지으며 말했다. "괜찮으시다면, 못 간다고 말씀 좀 전해주세요! 전 집에 계속 머무르면서 어린 펄을 돌봐야 해요. 만약 저분들이 내게서 아이를 빼앗아 갔다면 기꺼이 당신을 따라 숲속으로 가서 마왕의 명부에다 내 이름을 적어 넣었을 거예요. 그

♦ 총독 저택을 나서는 헤스터와 펄에게 창문으로 히빈스 부인이 말을 거는 장면이다. 창가의 불길한 모습
과 아이를 움켜쥐는 헤스터의 자세는 모성애가 악마의 유혹을 이겨내는 순간을 상징적으로 보여준다.

것도 내 피로 말이죠!"

"어차피 우린 곧 그곳에서 만나게 될걸!" 하며 마녀 같은 부인은 잔뜩 찌푸린 얼굴을 다시 집어넣었다.

만약 히빈스 부인과 헤스터의 이 만남이 단순한 이야기가 아닌 실제 사건이었다면, 이는 타락한 어머니와 그 타락의 결실인 딸을 떼어놓아선 안 된다던 젊은 목사의 주장이 옳았음을 증명하는 셈이다.[16] 펄은 이처럼 어린 나이에 이미 어머니를 악마의 유혹으로부터 구해낸 것이다.

16　화자는 히빈스 부인의 존재가 실제인지 비유인지 모호하게 처리하고 있다. 모녀 관계가 유지되면 악마의 유혹에 넘어가지 않을 것이지만, 그렇지 않을 경우 악마의 모임에 동참했으리라는 이야기는 모녀 관계를 끊으면 악마의 유혹에 빠져 더욱 타락할 것이라는 목사의 논리를 보강하는 것이다.

제9장

의사[17]

독자는 로저 칠링워스라는 이름 아래 그가 두 번 다시 불리기를 원치 않는 또 다른 이름이 숨어 있다는 것을 기억할 것이다. 앞서 언급했듯이 헤스터 프린이 공개적인 수치를 겪을 때, 그 모습을 바라보던 군중 한복판에는 위험한 황무지에서 이제 막 돌아와 여행으로 지친 나이 든 남자 하나가 서 있었다. 그는 자신의 따뜻하고 행복한 가정을 이뤄줄 것이라 믿었던 여인이, 이제는 죄의 상징으로 만민 앞에 전시되어 있는 광경을 목격했다. 헤스터가 정숙한 부인으로서 지녀야 할 명예는 무수한 사람의 발에 짓밟혔다. 시장통에는 그녀를 둘

----

17 원문의 'leech'는 의사를 가리키는 고어로 호손이 살던 시대에도 이미 쓰이지 않게 된 표현이었다. 본뜻은 거머리였으나, 과거에 치료 목적으로 환자의 피를 뽑을 때 거머리를 사용하던 것에서 유래해 의사를 가리키는 말로 전용되었다. 한편 거머리에는 다른 사람에게 달라붙어서 이익을 얻으려 드는 사람이라는 뜻도 담겨 있다. 호손은 칠링워스에게 이런 이미지를 부여하고자 일부러 이 고어를 선택한 것으로 보인다. 반면에 14장의 제목 「헤스터와 의사」에는 'physician'이라는 단어를 사용했다.

러싼 치욕스러운 소문이 흘러넘쳤다.

　　만약 이 소식이 그녀의 친족이나 과거의 지인들에게 전해진다면, 그들마저 그녀의 불명예로 인해 세간의 손가락질을 피할 수 없게 될 것이었다. 불명예란 그런 것이어서, 과거의 관계가 깊고 신성할수록 더욱 짙게 물들기 마련이었다. 그렇다면 이제 선택은 그의 몫이었다. 타락한 여인과 가장 깊은 인연을 맺었던 그가, 어찌 이런 불명예스러운 유산을 자신의 것이라 주장하겠는가? 그는 결심했다. 수치의 단상 위에 선 그녀와 함께 조롱거리가 되지는 않을 것이다. 헤스터 프린 외에는 누구에게도 자신의 정체를 밝히지 않기로 했다. 그녀의 침묵이라는 자물쇠의 열쇠를 손에 쥔 채, 자신의 옛 이름을 인류의 기록에서 완전히 지워버리기로 한 것이다.

　　예전에 맺은 인연과 이해관계도 마치 바다 밑바닥에 가라앉은 것처럼 삶에서 모조리 지워버릴 생각이었다. 안 그래도 그가 바다에 수장되었다는 소문이 나돌고 있었다. 일단 이런 목적을 달성하고 나니 곧바로 새로운 관심사가 나타났고 마찬가지로 새로운 목적 또한 불쑥 모습을 드러냈다. 그것은 죄스러운 일은 아니었지만 음험한 것으로서, 그의 모든 힘을 동원해야 할 만큼 강력한 것이었다.

　　이런 결심을 실제로 수행하기 위해서 그는 로저 칠링워스라는 새로운 이름으로 청교도 마을에 자리를 잡았다. 보통 이상의 학식과 지성을 갖추었다는 것 외에는 자신에 대해 어떤 것도 알리지 않았다. 그는 지난날 학문에 몰두하며 당대의 의학 지식을 폭넓게 쌓아왔기 때문에 의사로 행세했고 사람들도 그를 의사로 받아들였다. 식민지에는 의술과 외과 기술을 능숙히 다루는 사람이 아주 귀했기 때문이다. 다른 이주민들이 종교적 열망에 이끌려 대서양을 건너온 것과는 달리, 의사들은 영적인 갈망보다는 현실적인 이유로 이주를 택한 듯했다. 아마도 인체를 연구하는 과정에서 이들의 예리하고 섬세한 통찰력이 자연스레 물질적인 것에 기울게 된 것인지도 모른다. 그들은 인체라는 경이로운 장치를 파고들수록 그 속에 생명의 모든 비밀이 담겨 있다고 여기게 되었고, 그러다 보니 존재의 영적 차원을 놓쳐버린 것이리라.

그래서였을까. 당시 보스턴의 의료는 나이 지긋한 교회 집사이자 약제사인 한 노인의 손에 맡겨져 있었다. 그에게는 의학 학위 같은 것이 없었지만, 경건한 신앙심과 독실한 품행이야말로 그 어떤 자격증보다 더 강력한 신임장이 되어주었다. 외과 의사라고는 면도칼 다루는 일을 생업으로 삼으면서 틈틈이 고귀한 의술을 베푸는 이발사가 고작이었다.

이런 의료 전문가 집단에 로저 칠링워스는 그야말로 소중한 자산이었다. 그는 곧 예부터 전해 내려오는 무게와 위엄을 갖춘 의료 기술에 통달했음을 증명해 보였다. 그는 매번 마치 불로장생약이라도 만들려는 것처럼 이질적으로 보이는 온갖 성분을 정교하게 배합하여 약을 조제했다. 게다가 인디언에게 포로로 잡혀 있는 동안 토종 약초의 특성에 대해서도 많은 지식을 얻었다. 그는 유럽의 권위 있는 의사들이 오랜 세월 연구하고 다듬어온 약재들도 좋지만, 자연이 이 무지한 원주민들에게 내려준 토착 약초들 역시 그에 못지않은 효험이 있다고 환자들에게 숨김없이 말했다.

이 높은 학식을 갖춘 낯선 사내는 적어도 겉으로 보기에는 모범적인 신앙생활을 하고 있었고, 마을에 정착하자마자 자신의 정신적 안내자로 딤스데일 목사를 선택했다. 젊은 목사는 옥스퍼드에서도 촉망받는 학자로 명성이 자자했고, 그를 열렬히 숭배하는 신자들은 목사를 하늘이 내린 사도로 여기며 높이 받들고 있었다. 또한 그들은 젊은 목사가 타고난 수명을 모두 누리면서 목회 활동을 할 수만 있다면, 아직 여린 새싹 같은 뉴잉글랜드 교회를 위해 초기 기독교 시대의 교부들에 견줄 만한 업적을 이룩하리라 믿어 의심치 않았다.

그러나 이 무렵 딤스데일 목사의 건강이 눈에 띄게 나빠지기 시작했다. 그의 생활 습관을 잘 아는 사람들은 젊은 목사의 뺨이 저토록 창백해지는 데에는 다 이유가 있다고 보았다. 그가 신학 공부에 지나치게 몰두하고 목회 활동을 빈틈없이 수행하려 드는 데다가, 무엇보다도 이 세속의 때가 영혼의 등불을 꺼트리거나 어둡게 만들지 못하도록 금식과 철야 기도를 너무 많이 하기 때문이라는 것이다. 어떤 사람은 만약 딤스데일 목사가 정말로 죽음에 이르게 된다면, 그것은 이 세상이 그처럼 순결한 영혼이 머물기에는 너무도 더럽혀진 곳이기 때문이리라 말했다. 하지만 정작 목사 자신은 타고난 겸손함으로, 만약 하나님이 그를 이 세상에서 거두어가기로 결정하신다면 그것은 자신이 이 땅에서 가장 하찮은 소임조차 감당하기에 부족한 사람이기 때문일 것이라 말했다.

그가 쇠약해지는 원인을 두고서는 이처럼 여러 의견이 나돌았지만, 그가 아프다는 사실만큼은 분명했다. 그의 몸은 수척해졌다. 목소리는 여전히 깊고 감미로웠지만 어쩐지 스러져갈 것만 같은 우울한 기운이 감돌았다. 무언가에 놀라거나 뜻밖의 일이 생기면 그는 가슴을 부여잡곤 했는데, 순간 붉어졌다가 이내 창백해지는 얼굴빛은 그가 겪는 고통을 고스란히 드러냈다.

로저 칠링워스가 이 마을에 도착한 것은 젊은 목사의 건강 상태가 이처럼 위중하여 이제 막 동트기 시작한 생명의 불꽃이 너무 일찍 꺼져버릴지도 모를 절박한 시점이었다. 그가 맨 처음 마을에 나타났을 때 그가 어디서 왔는지 아는 사람은 아무도 없었다. 하늘에서 뚝 떨어졌는지 아니면 땅에서 솟아올랐는지, 그의 신비로운 등장은 곧 기적적인 일로 받아들여졌다. 그는 어느덧 의료 기술을 가진 사람으로 알려지게 되었다. 그는 약초와 들꽃을 모으고 풀뿌리를 캐고 숲속의 나뭇가지를 수집하곤 했는데, 보통 사람들에게는 쓸모없어 보이는 것들에 숨겨진 가치를 알아보는 듯했다.

소문에 따르면 그는 케넬름 딕비 경을 비롯해 초자연적인 과학적 업적을 이룬 저명인사들과 교분이 있다고 했다. 학계의 거물이 왜 이런 작은 마을에 온 것일까? 대도시에서 활약할 만한 인물이 이 황무지에서 무엇을 찾는 것일까? 이에 대한 답으로 지식인들조차 믿게 된 터무니없는 소문이 퍼졌다. 하나님이 기적을 행하셔서 독일의 어느 명망 높은 의학박사를 공중으로 데려와 딤스데일 목사의 서재 문 앞에 내려놓으셨다는 것이었다! 심지어 기적 같은 극적인 효과 없이도 하나님의 뜻은 이루어진다고 믿는 분별력 있는 신자들조차, 로저 칠링워스의 때맞춘 등장에는 분명 하나님의 섭리가 작용했으리라 믿고 싶어 했다.

게다가 그 의사가 젊은 목사에게 깊은 관심을 보인다는 사실이 이런 생각을 더욱 단단히 뒷받침해주었다. 의사는 교구 신자로서 목사에게 애착을 가졌으며, 천성적으로 말이 없고 신경이 예민한 목사에게서 다정한 관심과 신임을 얻으려고 애썼다. 그는 목사의 건강 상태를 보고 큰 우려를 표하며 곧바로 치료를 시도하고자 했고 만약 서둘러 치료에 들어간다면 좋은 결과를 얻을 가망이 아주 없지는 않다고 생각하는 듯했다. 젊은 목사가 이끄는 신자들 가운데 장로와 집사, 자상한 어머니 같은 부인들과 젊고 아름다운 처녀들은 한결같이 의사가 숨김없이 제안하는 의료 기술을 시도해보아야 한다고 간청했다. 그러나 딤스데일 목사는 그들의 간청을 온유하게 물리쳤다.

"저에게는 약이 필요 없습니다."

안식일마다 그의 두 뺨은 더욱 창백해지고 수척해져갔으며 목소리는 갈수록 떨려오는데도 젊은 목사는 어떻게 그리 말할 수 있단 말인가? 이제는 가슴을 부여잡는 것이 가끔 하는 동작이 아니라 일상적 습관이 되었는데 말이다. 자신의 일에 지치고 만 것인가? 그는 죽기를 바라는 것인가? 보스턴의 원로 목사들과 그의 교회 집사들은 엄숙한 어조로 딤스데일 목사에게 이런 질문들을 제기했다. 그들의 표현을 빌리자면 하나님이 그처럼 분명하게 내민 손길을 거절하는 것은 죄악이라며 '그를 설

♦ 딤스데일 목사의 모습은, 겉으로는 위엄 있는 성직자이면서도 내면의 고통을 감춘 채 쇠약해져가는 그의 이중적 처지를 보여준다.

득했다'는 것이다. 목사는 묵묵히 듣고 있다가 마침내 의사와 상담해보 겠다고 약속했다.

이 약속을 지키려고 로저 칠링워스를 만나 조언을 구할 때 딤스데일 목사는 이렇게 말했다. "하나님의 뜻이 그러하시다면, 내 수고와 슬픔과 죄악과 고통이 곧 내 생명과 함께 끝나서 그중 세속적인 것은 무덤에 묻 히고 영적인 것은 나와 더불어 영원한 곳으로 떠나게 되겠지요. 저는 그 것으로 족하니, 저를 위해 의술을 증명해 보이지 않으셔도 좋습니다."

로저 칠링워스는 억지로 꾸민 것인지 아니면 자연스러운 것인지, 그 의 행동에서 늘 뚜렷하게 드러나는 침착함이 배어 있는 어조로 말했다. "아, 젊은 목사님들은 그렇게 말씀하곤 하시지요. 젊은 사람들은 아직 뿌 리를 깊이 내리지 못했기 때문에 인생을 쉽게 포기하려 듭니다. 지상에 서 하나님과 함께 걷고 있는 거룩한 이들은 기꺼이 하늘로 올라가 새 예 루살렘의 황금 길을 그분과 함께 걷고 싶어 하지요."

젊은 목사가 가슴에 손을 얹으며 말했다. 그의 이마에 고통의 빛이 언뜻 스쳐 지나갔다. "아닙니다. 내가 그곳에서 거닐 자격이 있다면 오히 려 이곳에서 일하는 편이 더 좋겠습니다."

의사가 말했다. "선한 분들은 항상 자기 자신을 너무 엄격하게 대하 지요."

이와 같이 신비한 인물인 로저 칠링워스 노인은 딤스데일 목사의 담 당 의사가 되었다. 의사는 목사의 질병에만 관심을 둔 것이 아니라 환자 의 성품과 특성을 알아보고 싶다는 마음이 컸다. 두 사람은 나이 차이가 크게 났지만 서서히 함께 보내는 시간이 많아졌다. 치료용 약초를 구하 러 나선 두 사람은 해변과 숲을 거닐었다. 바위에 부서지는 파도 소리와 나무 우듬지 사이로 울려 퍼지는 웅장한 바람 소리를 벗 삼아, 그들은 깊 이 있는 대화를 나누었다. 종종 한 사람이 다른 이가 은둔하는 곳이나 서 재로 찾아가기도 했다.

목사는 이 과학자와 함께 지내는 데 매료되었다. 그에게서 깊고 폭넓은 지식과 함께, 다른 성직자들에게서는 찾아보기 힘든 자유로운 사고를 발견했기 때문이다. 사실 목사는 의사의 이런 면모에 충격까지는 아니더라도 적잖은 놀라움을 느꼈다. 딤스데일은 진정한 성직자요 독실한 신앙인이었다. 경건한 태도를 잘 갖추었을 뿐 아니라, 신념이 가리키는 길을 철저히 따르는 정신력의 소유자였다. 세월이 흐를수록 그 길은 그의 내면에 더욱 깊이 새겨졌다. 그는 어떤 사회에서도 이른바 자유사상가가 되지는 못했을 것이다. 신앙은 그를 쇠창살처럼 단단히 가두었지만, 동시에 그를 지탱해주는 힘이 되었고, 그는 그 울타리 안에서 평안을 찾았다. 그럼에도 그는 평소 대화를 나누던 이들과는 다른 관점으로 세상을 바라보는 데서 때때로 위안을 얻었다. 그것은 전율을 동반한 즐거움이었다. 마치 창문을 열어젖히고 좁고 후텁지근한 서재로 더욱 신선한 공기를 맞아들이는 것과 비슷했다. 서재의 등불과 희미한 햇빛 그리고 감각적인 것이든 정신적인 것이든 책에서 풍겨 나오는 퀴퀴한 냄새 속에서 그의 삶은 소모되고 있었다. 하지만 그 공기는 너무 신선하고 차가웠기 때문에 오랫동안 편안하게 호흡할 수는 없었다. 그래서 목사와 의사는 다시 교회가 정한 울타리 안으로 돌아왔다.

이렇게 로저 칠링워스는 자신의 환자를 세심히 관찰했다. 목사가 자신의 신념 안에서 평소처럼 살아가는 일상의 모습과, 예기치 못한 상황에서 문득 드러나는 그의 또 다른 면모를 주의 깊게 살폈다. 그는 환자에게 처방을 내리기 전에 먼저 그 사람을 잘 파악해야만 한다고 생각하는 듯했다. 감성과 지성을 지닌 자라면, 육체에 나타나는 질병은 그런 특성들과 긴밀히 연관되어 있기 마련이다. 아서 딤스데일의 경우에는 생각과 상상이 왕성하게 솟아나는 데다가 감성이 아주 예민했기 때문에 육체의 질병은 그런 것들에 기반을 두고 있을 가능성이 높았다. 그래서 숙련된 의술을 갖춘 자상하고 다정한 의사인 로저 칠링워스는 어두운 동굴에서 보물을 찾는 사람처럼 환자의 가슴속으로 깊숙이 들어가 그의 원칙을 파헤치고 그의 기억들을 들추어보며 아주 조심스럽게 모든 것을 살펴보려 했다. 이런 탐구를 수행할 기회와 권리를 가진 데다가 그것을 끝끝내 추적할 수 있는 능력을 갖춘 탐구자에게서 비밀을 지키기란 불가능했다. 따라서 마음속에 무거운 비밀의 짐을 지고 있는 사람은 특히 의사와 친밀해지는 것을 피해야 한다.

만약 의사가 천성적으로 현명하고 딱 집어서 말하기 어려운 어떤 것, 즉 직관을 가진 사람이라면, 또한 지나치게 고집을 부리지도 않고 불쾌할 정도로 눈에 띄는 성격을 가진 사람도 아니라면 어쩔 수 없이 둘은 친해지기 마련이다. 게다가 환자의 마음 깊은 곳으로 살며시 다가가 무의식중에 비밀을 털어놓게 하는 묘한 능력이 있고, 그렇게 드러난 비밀을 소란 없이 받아들이며, 많은 말보다는 고요한 침묵과 따뜻한 숨결, 때로는 작은 맞장구만으로도 깊은 공감을 표현할 줄 아는 데다가 여기에 신뢰받는 친구이자 의사라는 지위까지 더해진다면, 언젠가는 괴로움에 짓눌린 영혼이 스스로 녹아내려, 한 방울 한 방울 감춰두었던 어둡고도 맑은 비밀을 모두 흘려보내고 말 것이다.

로저 칠링워스는 이런 능력을 상당 부분 갖추고 있었다. 시간이 흘러 두 지식인 사이에는 친밀감이 자라났고, 그들은 인간의 사색과 탐구가 미치는 모든 영역을 아우르며 대화를 나눴다. 윤리와 종교는 물론 공적인 일과 사적인 문제 등 모든 화제에 대하여 논의했다. 그들은 서로 자신의 개인적 문제에 대해서도 많은 이야기를 주고받았다. 그러나 의사가 분명 그 어딘가에 있을 것이라고 짐작했던 비밀이 목사의 의식 밖으로 슬며시 빠져나와 의사의 귀로 들어가는 일은 없었다. 오히려 의사는 딤스데일 목사가 자신의 병증조차 제대로 털어놓지 않는다고 느꼈다. 실로 이상할 만큼 조심스러운 태도였다.

얼마 뒤 딤스데일 목사의 친구들은 로저 칠링워스의 조언대로 두 사람이 한 집에서 살 수 있도록 조치해주었다. 그리하여 목사를 걱정하고 아끼는 의사가 그의 생명이 조수처럼 밀려갔다가 다시 밀려오며 성쇠를 겪는 모습을 지켜볼 수 있게 하려는 것이었다. 온 마을 사람들은 열렬히 바라던 일이 실현되자 다들 기뻐했다. 그것이 젊은 목사의 건강을 위한 최선의 조치라고 생각했다. 물론 스스로 조언할 자격이 있다고 여긴 이들은 교회의 헌신적이고 꽃다운 여신도들 중에서 아내를 택하라며 거듭 권했지만, 딤스데일은 마치 독신이 교회의 핵심 신조라도 되는 듯 그런 제안들을 하나같이 물리쳤다. 현재로서는 아서 딤스데일이 이런 권유를 받아들일 가망은 전혀 없었다. 그래서 딤스데일 목사는 자신의 선택으로 평생 남의 식탁에서 맛없는 음식을 먹고, 남의 벽난로 곁에서 추위를 달래야 하는 운명이었다. 그런 상황에서 이 현명하고 노련하며 자비로운 노의사는 마침 젊은 목사에게 부모와 같은 사랑과 신자다운 존경심을 동시에 가지고 있었으므로, 모든 사람 가운데 목사의 가장 가까이에서 도움을 줄 수 있는 사람으로 보였다.

두 친구의 새로운 거처는 사회적 지위가 높고 독실한 어느 과부의 집이었는데, 이곳은 훗날 킹스 채플이 들어서게 될 부지를 대부분 차지하고 있었다. 한쪽에는 원래 아이작 존슨의 집터였던 묘지가 있었다. 목사와 의사라는 각자의 직업에 어울리는 묵상의 장소로 제격이었다. 마음씨 착한 과부는 어머니 같은 자애로움으로 딤스데일 목사에게 햇빛이 잘 드는 앞쪽 방을 내어주었는데, 필요할 때에는 두터운 커튼을 쳐서 한낮에도 그늘을 만들어낼 수 있었다. 벽에는 성경에 나오는 다윗과 밧세바 그리고 예언자 나단의 이야기를 짜 넣은 고블랭 직물 제작소에서 만든 태피스트리가 빙 둘러 걸려 있었다. 그 빛깔은 아직도 바래지 않았고 그 장면 속 아름다운 여인 밧세바는 재앙을 예고하는 예언자만큼이나 무시무시한 모습으로 생생히 묘사되어 있었다. 이곳에서 창백한 목사는 양피지로 장정한 초기 교부들의 2절판 책과 유대 율법학자들이 전승해온 지식, 여러 수도자들의 박식한 지식이 담긴 저서 등 장서를 쌓아나갔다. 개신교 목사들은 이런 부류의 저자들을 비난하면서도 종종 그 저작들을 참고할 수밖에 없었다. 집의 반대편에는 로저 칠링워스가 자신의 서재 겸 실험실을 마련했다. 근대의 과학자들이 보기에 완벽한 공간은 못 되었지만, 증류 도구와 약물과 화학 약품을 조제할 수 있는 기구를 갖춰두었다. 노련한 연금술사는 이 도구들을 목적에 따라 이용하는 방법을 잘 알고 있었다. 이렇게 두 학자는 각자의 공간을 차지하고, 서로의 방을 편하게 드나들며 상대의 일을 호기심 어린 눈으로 들여다보았다.

앞서 언급했듯이, 딤스데일의 친구들 중 분별력 있는 이들은 이 모든 일이 신의 섭리라 믿었다. 수많은 사람들이 공개적으로나 은밀하게 기도했던 대로, 젊은 목사의 건강을 되찾게 해주시려는 하늘의 뜻이라고 본 것이다. 하지만 여기서 짚고 넘어가야 할 점은, 일부 주민들이 딤스데일 목사와 수수께끼 같은 노의사의 관계를 독특한 시각으로 바라보기 시작했다는 사실이다.

무지한 대중이 그들의 눈으로 사태를 파악하려 들면 길을 잃기 쉽상이다. 그러나 그들이 평상시처럼 관대하고 따뜻한 마음의 직관에 따라 판단을 내릴 때면, 그 끝에 얻은 결론은 흔히 아주 심오하고 오류 없이 정확해서 초자연적으로 계시된 진리의 성격을 지니기도 한다. 이번 경우에도 사람들은 로저 칠링워스에 대한 편견을 가지고 있었는데, 합당한 사실이나 진지하게 반박할 만한 논거를 내세운 것은 아니었다. 사실 그로부터 약 30년 전, 토머스 오버베리 경의 피살 사건[18]이 벌어졌을 때 런던에 살았던 나이 든 수공업자가 있었다. 비록 지금 이야기를 전하는 화

----

18 토머스 오버베리(1581-1613) 경은 자신의 피후견인이었던 로체스터 자작이 음란한 에식스 백작 부인 프랜시스 하워드와 결혼하는 것을 반대했다가 백작 부인의 음모에 휘말려 런던탑에서 독살되었다.

♦ 설교단의 목사와 회중석의 신도들이 각자의 자리에서 예배에 임하는 엄숙한 순간을 포착하고 있다.

자는 그 이름을 잊어버렸으나, 수공업자는 저 의사가 당시에는 다른 이름을 쓰고 있었으며 그가 오버베리 사건에 연루된 유명한 마술사인 포먼 박사[19]와 함께 있는 것을 보았다고 증언했다. 몇몇 사람들이 그 의사가 인디언에게 붙잡혀 있던 시기에 야만인 사제들의 주술에 참여해 의학 지식을 키웠다는 이야기를 넌지시 언급하기도 했다. 그 사제들은 악마의 검은 마법으로 기적적인 치유를 한다고 알려진 강력한 주술사들이었다. 또한 많은 사람이 로저 칠링워스의 용모가 이 마을에서 사는 동안 크게 변했고 특히 딤스데일 목사와 함께 살면서 더욱 눈에 띄는 변화를 겪었다고 주장했다. 그들 중 대다수는 냉정한 판단력과 실질적인 관찰력을 갖추고 있어서 다른 분야에서도 존중받을 만한 의견을 내곤 했다. 그들은 의사의 얼굴이 처음에는 침착하고 사색적이고 학자다웠으나 이제는 전에 보지 못했던 추악하고 사악한 것이 어른거리고 있으며 그를 볼 때마다 그런 면모가 점점 더 눈에 띄게 드러난다고 했다. 항간에는 그의 실험실에서 사용하는 불은 지하 세계에서 가져온 것이고 지옥의 연료를 땔감으로 쓰기 때문에 그의 얼굴이 연기에 그을려 거무스름해졌다는 이야기가 떠돌았다.

요약하자면 아서 딤스데일 목사가 기독교의 모든 시대에 걸쳐 나타난 남다른 거룩함을 지녔던 인물들과 마찬가지로, 로저 칠링워스의 모습으로 둔갑한 사탄 혹은 사탄의 대리인에게 시달리고 있다는 의견이 널리 퍼져 있었다. 이 악마의 대리인은 하나님의 허가를 받아 한동안 목사와 친밀한 사이가 되어 그의 영혼을 상대로 음모를 꾸미고 있는 것이라고들 했다. 분별 있는 자라면 어느 쪽이 승리를 거둘 것인지 의심할 여지가

----

19 사이먼 포먼(1552-1611). 점성가로 마술을 사용했다는 혐의를 받아 투옥되기도 했으며, 면허 없이 의사 행세를 하다가 훗날 정식 의사 면허증을 받았다. 오버베리 경 피살 사건의 공범인 앤 터너와 가까운 사이였다.

없다는 말도 돌았다. 사람들은 흔들리지 않는 희망을 품은 채, 목사가 그 싸움을 이겨내고 틀림없이 거두게 될 영광을 통해 변모한 모습을 볼 수 있기를 고대했다. 그렇지만 그가 승리를 향해 힘겹게 분투하는 동안 겪게 될 참혹한 고통을 생각하면 참으로 슬플 따름이었다.

아아! 가여운 목사의 두 눈에 어른거리는 우울과 공포로 미루어볼 때, 그 싸움은 아주 치열한 것이었고 승리는 결코 확실하지 않았다.

제10장

의사와 그의 환자

늙은 로저 칠링워스는 한평생 차분한 기질을 유지해왔고 따뜻한 애정 같은 것은 없을지 몰라도 친절했으며 세상 사람들과 관계를 맺는 일에는 언제나 순수하고 올바른 사람이었다. 그는 자신을 오로지 진실만을 원하는 준엄하면서도 공정한 재판관이라 여기며 탐색을 시작했다. 그에게 이 일은 인간의 감정이나 자신이 입은 상처와는 무관한, 허공에 그려진 기하학의 선과 도형을 다루는 것과 같았다.

하지만 탐색이 깊어질수록 끔찍한 매혹, 일종의 광기 어린 집착이 노인을 사로잡았다. 그 힘은 목적을 이루기 전까지는 그를 놓아줄 것 같지 않았다. 그는 이제 광부가 금맥을 찾듯 불쌍한 목사의 마음을 파고들었다. 아니, 차라리 무덤을 파헤쳐 망자의 가슴에 묻힌 보석을 찾으려는 도굴꾼에 가까웠다. 하지만 그가 발견할 것이라고는 썩어 문드러진 시신뿐일 터였다. 아, 그가 찾는 것이 그런 것이라면 그의 영혼은 얼마나 불쌍한가!

때때로 의사의 눈에서는 불길하게 번쩍이는 푸른색 빛이 타올랐다. 마치 용광로에서 반사되는 빛 같기도 하고, 버니언이 묘사한 언덕 기슭의 무시무시한 입구에서 뿜어져 나와 순례자의 얼굴에 어른거리는 괴이한 불빛 같기도 했다.[20] 어쩌면 이 음울한 광부가 굴착하는 땅이 가끔씩 그를 부추기는 흔적을 내보였을지도 모른다.

그런 순간에는 이렇게 혼잣말을 하기도 했다. "사람들은 그가 순수하다 믿고, 실제로도 겉보기에는 영적인 존재 같지만, 부모에게서 강한 동물적 본성을 물려받았군. 이 광맥을 좀 더 깊이 파봐야겠어!"

그는 오랫동안 목사의 어두운 내면을 뒤지며 몇 가지 보물을 발견했다. 인류의 복지를 바라는 고결한 염원, 영혼에 대한 따뜻한 사랑, 순수한 감정, 그리고 사색과 계시로 더욱 깊어진 타고난 신앙심까지. 하지만 이 광부에게는 그 황금과도 같은 가치들이 모두 쓸모없는 돌멩이에 불과했다. 실망한 그는 곧 다른 방향으로 탐색을 이어갔다.

그는 마치 도둑처럼 조심스러운 걸음걸이로 경계하는 눈길을 던지며 은밀하게 더듬더듬 앞으로 나아갔다. 반쯤 잠이 든, 아니 어쩌면 완전히 깨어 있는 사람이 소중하게 여기며 지키고 있는 보물을 훔치러 그의 방에 들어가는 것만 같았다. 사전에 치밀하게 준비했음에도 바닥은 가끔씩 삐걱거렸고 그의 옷자락은 바스락거렸으며 너무 가까이 다가간 나머지 그의 그림자가 희생자의 몸 위로 길게 드리워졌다. 달리 말하면 딤스데일 목사는 아주 예민한 감각의 소유자였으므로 종종 자신의 평화를 방해하는 무언가가 그에게 다가오고 있음을 어렴풋이 의식했다. 그러나 늙은 로저 칠링워스 또한 거의 직관에 가까운 감각을 갖고 있었다. 목사가 놀란 눈으로 그를 쳐다볼 때면 의사는 친절하고 주의 깊고 공감을 표할

----

20 존 버니언의 알레고리 소설 『천로역정』에서 주인공 크리스천은 파괴의 도시에서 천상의 도시로 가던 길에 언덕에서 나오는 불빛을 만난다.

줄 알면서도 결코 남의 생활에 끼어들려고 하지 않는 친구의 모습으로 그곳에 앉아 있었다.

병든 마음이 빠지기 쉬운 의심 때문만 아니었다면, 딤스데일 목사는 칠링워스의 본성을 더 정확히 꿰뚫어 볼 수 있었을 것이다. 하지만 목사는 누구도 친구라고 믿지 않았기 때문에 정작 적이 실제로 눈앞에 나타났을 때조차 그가 적인지를 알아보지 못했다. 그래서 그는 계속하여 의사와 친교를 나누며 매일 그를 자신의 서재에 들였을 뿐 아니라, 그의 실험실로 찾아가 기분 전환 삼아서 약초가 강력한 약물로 변화하는 과정을 지켜보기도 했다.

어느 날 목사는 묘지 쪽으로 난 창틀에 팔꿈치를 얹고 손으로 이마를 받친 채 로저 칠링워스와 대화를 나누고 있었다. 늙은 의사는 보기 흉한 약초 더미를 뒤적이며 대화에 응했다. 목사가 약초 더미를 곁눈질하면서 말을 꺼냈다. 이 무렵 그는 사람이든 사물이든 어떤 대상을 똑바로 쳐다보지 않고 곁눈질하는 버릇이 들었다. "친절하신 의사 선생님, 어디에서 이렇게 거무스름하고 잎이 축 늘어진 약초들을 뽑아 오셨나요?"

그는 하던 일을 계속하며 대답했다. "마침 저기 가까운 묘지에 있더군요. 처음 보는 약초예요. 무덤에서 자라는 걸 발견했는데, 묘비도 없고 망자를 기리는 기념물도 없고 그를 기억해주는 것이라고는 이 추한 잡초밖에 없더군요. 망자의 가슴에서 자라난 이 풀은 그와 함께 묻혀버린 끔찍한 비밀을 상징하는 건지도 모릅니다. 생전에 비밀을 다 털어놓고 갔더라면 좋았을 텐데 말입니다."

딤스데일 목사가 대답했다. "어쩌면 간절히 고백하고 싶었지만 그럴 수 없었는지도 모르지요."

의사가 되물었다. "왜일까요? 왜 그러지 못했을까요? 자연의 모든 힘이 죄를 고백하라고 그토록 간절히 요구했는데 말입니다. 보세요. 저 땅에 묻힌 가슴에서 이 검은 풀이 솟아났다는 것이 고백하지 못한 죄악

◆ 묘지가 보이는 창가의 서재에서 딤스데일 목사와 칠링워스가 약초와 서적을 두고 대화를 나누고 있다. 두 사람 사이에 흐르는 숨겨진 긴장감이 드러난다.

을 분명히 보여주고 있지 않습니까?"

"선생님, 그것은 선생님의 상상일 뿐입니다. 제가 짐작하기로는, 하나님의 자비 외에는 죽은 자의 가슴속에 묻힌 비밀을 어떤 방식으로도 드러낼 수 있는 힘은 없습니다. 그러한 비밀을 품은 죄인의 가슴은 모든 것이 밝혀지는 심판의 날까지 그것을 간직할 수밖에 없을 것입니다. 저는 심판의 날에 이루어질 비밀의 폭로가 죄인을 징벌하기 위한 것이라는 식으로 성경을 해석하지 않습니다. 그것은 너무나 피상적인 생각이지요. 아니, 결코 그렇지 않습니다. 제 생각이 틀리지 않다면, 그러한 비밀의 폭로는 단지 이 삶의 어두운 수수께끼가 마침내 밝혀지기를 기다려온 모든 지적 존재의 궁금증을 해소하기 위한 것일 뿐입니다. 그 문제를 완벽하게 해결하려면 인간의 마음을 환히 알아야 할 겁니다. 그리고 제 생각으로는 선생님이 말씀하신 그런 비참한 비밀을 품고 있는 사람은 최후의 날이 오면 망설이지 않고 형언할 수 없는 즐거움을 느끼면서 비밀을 밝힐 겁니다."

로저 칠링워스가 목사를 조용히 곁눈으로 바라보면서 물었다. "그렇다면 어째서 지상에서는 그 비밀을 밝히지 않는다는 말입니까? 어째서 죄지은 자들이 형언하기 어려운 위로를 더 일찍 얻으려 하지 않는 거지요?"

목사는 마치 끊임없이 욱신거리는 고통에 시달리는 것처럼 가슴을 꽉 움켜쥐며 말했다. "대부분은 그렇게 합니다. 많은, 정말 많은 가련한 영혼이 저에게 비밀을 털어놓았습니다. 임종을 눈앞에 둔 병상에서만이 아니라 기운이 넘치고 높은 명성을 누릴 때에도 고백을 해왔지요. 그런데 그런 식으로 비밀을 쏟아내고 나면, 아아, 그 죄지은 형제들은 어찌나 깊이 안도하던지요! 마치 오랫동안 자신의 오염된 호흡에 숨통이 막힌 채 살아오다가 마침내 깨끗한 공기를 들이켜는 것처럼 말입니다. 그럴 수밖에 없지 않겠습니까? 가령 살인을 저지른 비참한 죄인이 왜 곧바로 시체를 밖으로 내던져 세상이 알아서 처리하도록 내맡기지 않고, 자기 가슴속에 묻어두려고 하겠습니까!"

차분한 의사가 말했다. "하지만 어떤 사람들은 비밀을 그렇게 묻어두기도 하지요."

"맞아요. 그런 사람들도 있지요. 더 분명한 이유 때문이 아니라 어쩌면 타고난 본성 때문에 침묵을 지키게 되었을지도 모릅니다. 혹은 이렇게 상상할 수 있지 않을까요? 그들은 죄를 짓기는 했지만 하나님의 영광과 사회의 이익을 위한 마음으로 사람들 앞에서 어둡고 더러운 자신의 모습을 드러내는 걸 주저하는지도 모릅니다. 그 뒤로는 아무런 선한 일도 할 수 없고, 봉사에 더욱 힘써서 과거의 죄악을 속죄할 수도 없으니까요. 그래서 방금 내린 눈처럼 순결해 보이는 모습으로 이웃 사람들 사이를 돌아다니지만 실은 형언할 수 없는 고통을 겪고 있는 거지요. 그들의 마음은 스스로 지울 수 없는 죄로 온통 얼룩지고 더럽혀진 것입니다."

로저 칠링워스가 검지를 살짝 흔들면서 평소보다 강한 어조로 말했다. "그들은 자기 자신을 속이고 있는 겁니다. 당연히 감당해야 할 수치를 떠안는 걸 두려워하는 겁니다. 인간에 대한 사랑이나 하나님의 영광을 드높이려는 열망 같은 거룩한 충동은, 그들이 스스로 문을 열어 맞이한 죄악과 공존할 수 있을지 의문입니다. 그 죄악은 필연적으로 그들 안에 악의 씨앗을 퍼뜨릴 테니까요. 만약 정말 하나님의 영광을 위한다면, 그 더러운 손을 하늘로 들어선 안 됩니다! 이웃을 위해 봉사하고 싶다면, 먼저 참회하고 진정한 양심의 힘을 보여야 합니다! 목사님, 설마 거짓된 겉모습이 하나님의 진실보다 낫다고 말씀하시는 건가요? 그게 하나님의 영광과 인류의 복지에도 더 좋은 길이라고 말하려는 겁니까? 제 말을 믿으세요, 그런 자들은 자기 자신을 속이고 있는 겁니다!"

젊은 목사는 불편한 주제를 물리치려는 것처럼 무심하게 대답했다. 그는 실제로 자신의 예민한 신경을 자극하는 화제가 나오면 어김없이 교묘하게 빠져나가곤 했다. "아마 그럴지도 모르지요. 그런데 노련하신 나의 의사 선생님께 묻고 싶습니다. 이런 허약한 몸을 자상하게 치료해주셨는데 차도가 좀 보인다고 생각하십니까?"

로저 칠링워스가 대답을 채 하기도 전에 어린아이의 맑고도 격렬한 웃음소리가 들려왔다. 인근 묘지에서 나는 소리였다. 한여름이라 열려 있던 창문 밖을 무심코 내다보니, 헤스터 프린과 어린 펄이 울타리 둘린 땅을 가로질러 난 길을 따라 지나가고 있는 모습이 보였다. 펄은 밝은 한낮처럼 아름다웠지만 지나치게 들뜬 모습이었다. 그럴 때면 아이는 마치 이 세상 사람이 아닌 것처럼, 누구와도 공감하거나 어울릴 수 없는 존재가 되어버리곤 했다.

아이는 이 무덤에서 저 무덤으로 버릇없이 깡충깡충 뛰어다니다가, 어쩌면 아이작 존슨의 것일지도 모르는 어느 고인이 된 저명인사의 문장이 새겨진 널따랗고 평평한 묘비에 다다르자 그 위에 올라가 춤을 추기 시작했다. 엄마가 제발 좀 얌전하게 굴라고 명령하기도 하고 간절히 부탁하기도 하자 그에 응답하듯, 어린 펄은 잠시 멈춰 서서는 무덤 옆에 높다랗게 자란 우엉 가시로 뒤덮인 열매를 땄다. 열매를 한 줌 모으더니 펄은 그것들을 엄마의 가슴에 장식된 주홍글씨의 테두리를 따라 빙 늘어놓았다. 가시 돋힌 열매는 본래의 성질대로 가슴에 착 달라붙어 떨어지지 않았다. 헤스터는 그것을 떼어내지 않았다.

이때쯤 로저 칠링워스가 창가로 다가와 음울한 미소를 지으며 아래쪽을 내려다보았다.

그러고는 이렇게 말했는데, 그것은 상대방에게 하는 말 같기도 하고 그에 못지않게 자기 자신에게 하는 말 같기도 했다. "저 아이의 기질에는 법도 없고, 권위에 대한 존경도 없고, 옳건 그르건 간에 인간의 명령이나 의견을 존중하는 자세도 없습니다. 지난번에 저 아이가 스프링레인의 가축 여물통에서 총독님에게 물을 끼얹는 것을 보았습니다. 도대체 저 아이의 정체는 뭘까요? 저 꼬마 요정은 정말이지 악마라도 되는 걸까요? 저 아이에게도 애정이란 게 있을까요? 아니면 어떤 원칙이라도 찾아볼 수 있을까요?"

딤스데일 목사는 조용한 목소리로 마치 그 문제를 속으로 가만히 생각해왔던 것처럼 말했다. "없습니다. 규율을 무시하는 자유 말고는 아무것도요. 저 애가 선한 일을 할 수 있을지 없을지, 저도 모릅니다."

펄은 아마도 그들의 말을 엿들은 것 같았다. 즐거움과 영리함이 뒤섞인 밝고 장난기 어린 미소를 지으며 창문을 올려다보더니 가시 달린 우엉 열매 하나를 딤스데일 목사를 향해 던졌기 때문이다. 예민한 목사는 긴장하면서 겁먹은 듯 가볍게 던져 올린 씨앗을 피해 몸을 움츠렸다. 목사의 감정을 읽은 듯 펄은 아주 재미있어서 죽겠다는 듯이 작은 손으로 박수를 치며 즐거워했다. 헤스터 프린도 엉겁결에 위를 올려다보았다. 그렇게 늙고 젊은 네 사람 모두가 침묵 속에서 서로를 바라보았다. 마침내 아이가 크게 웃음을 터트리며 소리쳤다. "가요, 엄마! 빨리 가요. 저기 늙은 마왕이 엄마를 잡아가려고 하잖아요! 마왕이 이미 목사님을 붙잡았어요. 빨리 가요, 엄마, 안 그러면 엄마까지 잡아갈 거예요! 하지만 마왕도 펄을 잡지는 못할 거예요!"

그러고는 엄마의 손을 잡아끌며 죽은 이들의 무덤 사이를 춤추듯 깡충거리며 환상적으로 뛰어다녔다. 마치 오래전에 묻힌 세대와는 아무런 공통점도, 혈연관계도 없는 존재처럼. 완전히 새로운 물질로 새롭게 태어난 듯했고, 그래서인지 자신만의 삶을 살아가며 스스로의 법이 되어도 좋을 것 같았다. 그 독특한 행동조차 죄로 여길 필요가 없어 보였다.

로저 칠링워스가 잠시 침묵하더니 다시 입을 열었다. "저기 한 여인이 가는군요. 자신의 죄가 무엇이었든, 목사님께서 그토록 무거운 짐이라 여기시는 그런 숨겨진 비밀 따위는 전혀 없어 보이는 여인입니다. 헤스터 프린은 가슴에 달고 있는 저 주홍글씨 때문에 덜 비참할 거라고 생각하십니까?"

목사가 대답했다. "그렇게 믿습니다만 내가 그녀 대신 답할 수는 없는 노릇이지요. 그녀의 얼굴에는 고통의 빛이 어려 있더군요. 그 표정을 보지 않았더라면 더 좋았겠습니다. 하지만 저는 여전히 고통받는 자가 그것을 자유롭게 드러내는 것이 더 낫다고 생각합니다. 자기 가슴에 고통을 다 묻어두는 것보다는 말입니다. 저 가여운 헤스터라는 여인이 그렇게 하고 있지요."

또다시 정적이 흘렀다. 의사는 수집해 온 약초를 다시 살펴보며 정리하기 시작했다.

의사가 한참 뒤에 말했다. "조금 전에 내게 물어보셨지요. 목사님의 건강에 대한 나의 소견 말입니다."

"그랬지요. 정말 알고 싶습니다. 삶과 죽음의 문제라 해도 있는 그대로 말씀해주십시오."

의사는 여전히 약초를 다듬으면서도 딤스데일 목사를 주의 깊게 살펴보며 말했다. "그렇다면 탁 터놓고 솔직하게 말씀드리겠습니다. 병세가 좀 이상합니다. 병 자체나 겉으로 드러나는 것들이 이상하다는 뜻은 아닙니다. 적어도 제가 이제껏 관찰해온 증상들을 보면 말이지요. 목사님을 날마다 살펴보고 겉으로 드러나는 징후를 눈여겨본 지 벌써 몇 달이 되어가는데, 그로 미루어보면 심히 아픈 사람이라고 말할 수밖에 없습니다. 하지만 노련하고 세심한 의사가 고치지 못할 정도는 아닌 듯해요. 뭐라고 말해야 할지 잘 모르겠지만, 그 병이 뭔지 알 것 같으면서도 통 모르겠습니다."

얼굴이 창백한 목사가 창밖을 힐끗 내다보며 말했다. "수수께끼 같은 말씀을 하시는군요, 의사 선생님."

의사가 말을 이었다. "그럼 좀 더 분명하게 말씀드리지요. 양해해주십시오, 목사님. 어쩔 도리가 없어서 말씀드리는 것이지만, 용서를 구해야 할 일이라면 말입니다. 목사님의 친구로서, 또 하늘의 뜻에 따라 당신의 목숨과 육체의 건강을 책임지고 있는 사람으로서, 이렇게 물어보고 싶습니다. 목사님은 이 질병에 관한 모든 것을 정직하게 드러내고 말씀해주셨습니까?"

"어떻게 그런 질문을 하십니까? 물론이죠. 의사를 불러놓고 병세를 숨긴다는 것은 어린애들 장난 같은 짓이 아닙니까!"

로저 칠링워스가 목사의 얼굴에 시선을 고정시킨 채 천천히 말했다. 의사의 두 눈은 강렬하면서도 한껏 날카로운 지성으로 빛나고 있었다. "그럼 제가 모든 것을 다 알고 있다고 말씀하시려는 겁니까? 좋습니다. 하지만 한 가지 더 여쭙겠습니다. 겉으로 드러난 증상만 보는 의사는 흔히 병의 절반도 제대로 보지 못합니다. 우리는 육체의 병이 그 자체로 완전한 것이라 생각하지만, 사실은 영혼의 병이 밖으로 드러난 징후일 때가 많죠. 실례가 되는 말씀일지 모르지만, 목사님은 제가 아는 그 누구보다도 영과 육이 긴밀하게 연결되어 하나를 이룬 분이십니다."

목사가 다소 황급하게 의자에서 일어나며 말했다. "그럼 더 이상 부탁드리지 말아야겠군요. 제가 보기에 선생님은 영혼을 치료하는 사람은 아닌 것 같으니까요!"

로저 칠링워스는 목사의 말에 크게 개의치 않으며 여전히 차분한 어조를 유지한 채 자리에서 일어나 작고 거뭇하고 기형적인 몸으로 수척하고 창백한 뺨을 가진 목사에게 다가서며 말을 이어갔다. "병이라는 것은, 그러니까 다시 말해 목사님 영혼의 아픈 곳은 말이지요, 즉각적으로 육체에 그에 상응하는 증상으로 드러나게 되어 있습니다. 목사님은 의사에게 겉으로 드러난 육체의 질병만 고치라는 것입니까? 목사님이 먼저 영혼 속의 상처나 문제를 밝히지 않고서야 어떻게 육체의 고장을 고칠 수 있겠습니까?"

"아니요! 당신 같은 세속의 의사에게는 절대 안 됩니다!" 딤스데일 목사가 불타오르는 눈빛으로 칠링워스를 매섭게 노려보며 격정적으로 외쳤다. "당신에게는 결코 안 됩니다! 이것이 영혼의 병이라면, 나는 오직 한 분, 영혼의 의사이신 그분께만 맡기겠습니다! 그분이 원하신다면 고치실 것이고, 아니면 죽음을 내리실 것입니다! 그분의 정의와 지혜로 판단하시는 대로 하시면 됩니다. 하지만 당신은 누구이기에 이 일에 끼어드는 겁니까? 어떻게 감히 고통받는 자와 그의 하나님 사이에 끼어들려는 것입니까?"

목사는 극도로 흥분한 듯 격한 몸놀림으로 방을 뛰쳐나갔다.

로저 칠링워스가 목사의 뒷모습을 바라보며 음침한 미소를 띠고 중얼거렸다. "그럴 줄 알았지. 이렇게 하길 잘했어. 우린 곧 다시 친구가 될 테니 손해 볼 것도 없지. 저걸 좀 봐. 저렇게 감정에 휘둘려 자제력을 잃어버리는군. 한 가지 감정이 그러하듯 다른 감정도 마찬가지겠지! 저 경건하다는 딤스데일 목사가 마음의 뜨거운 정열에 휩싸여 전에도 저런 격렬한 짓을 벌였을 게 틀림없어!"

두 사람이 이전과 같은 친밀한 관계를 회복하는 것은 그리 어렵지 않았다. 젊은 목사는 몇 시간 동안 혼자 시간을 보내고 나서 자신이 극도의 정신적 긴장을 느낀 나머지 꼴사납게 분노를 터뜨리고 말았다는 것을 깨달았다. 의사가 한 말에는 그러한 행동을 유발하거나 부추길 만한 것도 전혀 없었다. 의사로서는 마땅히 해야 할 조언을 한 것뿐이고, 게다가 목사 자신이 그토록 분명하게 조언을 청하지 않았던가. 거기에 응했을 뿐인 자상한 노인을 거칠게 밀어내다니, 스스로도 무척 놀랐다.

이처럼 후회스러운 마음이 들자 딤스데일 목사는 곧바로 친구에게 깊이 사과하고 치료를 이어가달라고 간청했다. 비록 그 치료 덕분에 건강을 완전히 회복하지는 못했어도 자신의 허약한 생명을 이때까지 이어가게 해준 공로가 분명 있었다. 로저 칠링워스는 기꺼이 동의하고 목사의 건강을 계속해서 돌봐주었다. 그는 목사를 치료하는 일에 성실히 최선을 다했지만 의사로서 진찰을 끝내고 방을 나설 때에는 언제나 입가에 비밀스럽고 수수께끼 같은 미소를 띠고 있었다. 그 야릇한 표정은 딤스데일 목사가 보는 앞에서는 드러나지 않았지만, 의사가 문턱을 넘는 순간 강렬히 나타났다.

그가 중얼거렸다. "희귀한 사례야! 좀 더 깊이 파고들어봐야겠어. 영혼과 육체 사이의 신비한 교감이라! 의술의 발전을 위해서라도 이 문제를 밑바닥까지 철저히 파헤쳐야 해!"

앞에서 이야기한 장면이 펼쳐지고 얼마 지나지 않아 딤스데일 목사는 한낮에 의자에 앉은 채로 자기도 모르는 사이 깊디깊은 잠에 빠져들었다. 그의 앞에 놓인 탁자에는 커다란 고딕체 활자로 된 책이 펼쳐져 있었다. 틀림없이 졸음을 부르는 놀라운 힘이 있는 작품이었을 것이다. 목사가 그토록 깊은 잠에 빠져들었다는 것은 더욱 놀라운 일이었다. 평소에 그는 나뭇가지 위에서 종종거리며 뛰어다니다가 깜짝 놀라 달아나는 작은 새처럼 잠이 얕아, 조그만 소리에도 쉽게 깨곤 했기 때문이다. 그러나 그의 정신이 그때만큼은 평소답지 않게 너무나 깊숙이 물러나 있었던 탓에, 늙은 로저 칠링워스가 별달리 주의를 기울이지 않고 방 안에 들어섰는데도 의자에서 미동도 하지 않았다. 의사는 곧장 환자 앞으로 다가가 그의 가슴에 손을 얹고, 그때까지 의사조차 보지 못하게 항상 가슴을 가려왔던 앞섶을 옆으로 풀어 헤쳤다.

그러자 딤스데일 목사는 몸을 떨더니 살짝 뒤척였다.

잠시 그대로 굳어 있던 의사는 이내 자리를 떴다.

하지만 그의 얼굴에는 경탄과 환희와 공포가 뒤섞인 야만적인 표정이 서려 있었다. 그 광적인 기쁨은 눈과 얼굴만으로는 다 담을 수 없어 추악한 몸 전체로 터져 나왔다. 급기야 그는 두 팔을 하늘로 치켜들고 마룻바닥을 쿵쿵 구르며 기괴한 춤사위로 기쁨을 표출했다. 만약 누군가 이 순간의 칠링워스를 보았다면, 귀한 영혼이 천국에서 쫓겨나 사탄의

♦ 한 영혼의 비밀을 들여다보려는 의사 칠링워스의 손길이 잠든 목사의 가슴을 향해 뻗어간다.

왕국으로 떨어질 때 사탄이 어떤 표정을 짓는지 굳이 묻지 않아도 됐을 것이다.

다만 의사의 환희에는 사탄의 그것과는 다른 점이 하나 있었으니, 바로 그 안에 깃든 엄청난 경이로움이었다.

제11장
어떤 마음의 내부

앞에서 서술한 사건이 벌어진 뒤에도 목사와 의사의 관계는 겉으로 보기에는 다를 바 없었으나 실제로는 이전과 다른 양상을 띠게 되었다. 로저 칠링워스의 머릿속에는 앞으로 나아갈 길이 순탄하게 펼쳐져 있었다. 비록 처음 계획했던 길은 아니었지만. 평온하고 감정의 동요도 없어 보이는 이 불행한 노인의 마음 깊숙이 숨어 있던 악의가 마침내 그 모습을 드러내기 시작했다. 그는 그 누구도 시도한 적 없는 가장 친밀한 방식의 복수를 결심했다. 목사에게 신임받는 단 하나의 친구가 되어 두려움과 후회와 고뇌와 헛된 회개 그리고 아무리 물리치려 해도 되살아나는 죄스러운 생각까지, 모든 것을 낱낱이 털어놓게 만들 작정이었다! 자비로운 세상 사람들이라면 눈감아줬을 죄를, 하필이면 가장 매정하고 무자비한 자신에게 고백하게 할 셈이었다! 마음속 깊이 감춰놓은 어두운 보물과도 같은 비밀을 다른 이도 아닌 바로 자신에게 털어놓게 하는 것, 이보다 더 완벽한 복수가 있으랴!

예민하고 수줍은 목사의 신중함이 종종 이런 계획을 좌절시켰지만,

칠링워스는 크게 개의치 않았다. 하나님은 복수하는 자와 희생되는 자 모두를 당신의 뜻대로 쓰시되, 가장 엄한 벌을 내려야 할 자리에 오히려 자비를 베푸시는 것처럼 보였기 때문이다. 그는 이 상황이 자신의 음험한 계략이 아닌 신의 섭리라 여겼다. 그는 자신에게 하나의 계시가 주어졌다고 생각했다. 자신의 목적을 이루기 위해서라면 계시가 천상에서 온 것이든, 다른 지역[21]에서 온 것이든 상관없었다. 계시의 도움을 받아 의사는 그 뒤부터 딤스데일 목사와의 모든 관계에서 목사의 겉모습만이 아니라 내면의 가장 깊숙한 곳에 자리한 영혼까지도 눈앞에 끌려 나온 듯 모든 움직임을 살펴보고 이해할 수 있었다. 그는 이제 가여운 목사의 내면세계를 그저 옆에서 관찰하는 구경꾼이 아니라 그 무대에 직접 참여하는 주연 배우가 되었다. 의사는 자기 좋을 대로 목사를 조종할 수 있었다. 목사에게 극심한 고통을 불러일으키고 싶은가? 희생자는 이제 영원히 고문대 위에 올라간 셈이었다. 고문대를 제어하는 장치만 다룰 줄 알면 그만이었다. 의사는 그 방법을 너무도 잘 알고 있었다! 목사가 갑작스러운 공포로 소스라치게 하고 싶은가? 마술사가 지팡이를 한 번 흔드는 것처럼 간단했다. 순식간에 무시무시한 유령이, 죽음이나 그보다 더 끔찍한 수치의 형상을 한 온갖 유령들이 우르르 몰려나와 목사를 에워싸고 저마다 그의 가슴을 손가락질했다!

이 모든 것이 너무나 은밀하게 진행되어 목사는 어떤 사악한 기운이 자신을 감시하고 있다는 것을 희미하게 느낄 뿐 그 실체를 알지는 못했다. 물론 그는 의심스러운 눈빛으로, 심지어 때로는 공포와 쓰라린 증오가 섞인 눈빛으로 의사의 기형적인 모습을 바라보곤 했다. 목사에게는 의사의 몸짓과 걸음걸이, 희끗희끗한 턱수염, 사소한 행동이나 옷매무새

----

21 구체적으로 언급하지 않았으나 악마의 세계를 가리킨다.

조차도 모조리 혐오스러워 보였다. 그것은 목사의 마음속에 그가 인정하려 드는 것 이상의 깊은 반감이 자리 잡고 있음을 은연중에 나타내는 확실한 징표였다. 하지만 이런 불신과 혐오의 이유를 좀처럼 찾을 수 없었기에 딤스데일 목사는 병든 가슴 한구석에서 흘러나온 독이 가슴 전체를 감염시키고 있다고 생각하며 자신의 모든 육감도 여기서 비롯된 것이라고 여겼다. 목사는 로저 칠링워스에게 악감정을 품는 자기 자신을 질책하고 그 육감에서 마땅히 끌어냈어야 할 교훈을 무시하며 악감정을 뿌리 뽑으려고 최선을 다했다. 비록 그러한 노력은 실패로 돌아갔지만 그는 자신의 원칙에 따라 노인과 친교를 유지했다. 이로써 의사는 자신의 목적을 더욱 완벽하게 이룰 기회를 계속 얻게 되었지만 이 복수자야말로 가련하고 쓸쓸한 존재이자 자신의 희생자보다 더 비참한 처지였다.

딤스데일 목사는 육체적 질병으로 고통받고 영혼의 어두운 번민으로 갉아먹히는 고문을 당하면서 가장 치명적인 적의 계략에 무방비로 노출되어 있었지만, 성직자로서는 눈부신 명성을 누리고 있었다. 사실 그런 명망은 대체로 그가 지닌 슬픔 덕분에 얻은 것이었다. 타고난 지성과 예리한 도덕적 통찰력, 자신이 체험한 정서를 전달하는 능력은 그가 일상적으로 겪는 가책과 고뇌 때문에 초자연적인 힘을 지속적으로 발휘했다. 그의 명성은 여전히 날로 높아져 이미 몇몇 걸출한 동료들의 평판을 뛰어넘을 정도였다. 그들 중에는 딤스데일 목사가 살아온 것보다 더 오랜 세월에 걸쳐 성직과 연관된 심오한 학문을 연마해왔기에 견고하고 귀중한 학식 면에서는 젊은 목사보다 한결 깊이 있는 사람들도 있었다. 또한 그보다 강인한 정신력과 강철이나 화강암처럼 예리하고 단단한 이해력을 갖춘 사람들도 있었다. 이런 이해력에 상당한 양의 교리적 지식이 적절히 더해지면 대단히 존경스럽고 유능하나 다소 거리감이 느껴지는 성직자가 되곤 했다.

또 다른 한편에는 참된 성자와도 같은 교부들이 있었다. 그들은 책과 씨름하며 지친 몸을 이끌고 묵묵히 사색하는 가운데 자신의 재능을 갈고닦았고, 더욱이 저 높은 세상과 영적으로 교감하면서 한층 고양되었다. 순결한 삶을 살았기에 비록 육신의 옷을 입은 채로도 그들은 이미 천국의 문턱에 한 발을 들여놓은 듯했다. 이들에게 부족한 것이라고는 오순절 때 선택된 사도들의 머리 위로 내려온 '불의 혀'[22]라는 은사뿐이었다. 이는 외국어를 구사하는 능력이 아닌, 마음이라는 자연의 언어로 모든 인류와 소통할 수 있는 힘을 상징했다. 이 교부들은 그토록 사도다운 면모를 지녔으나, 하늘이 성직자에게 내리는 마지막이자 가장 귀한 증표인 불의 혀는 갖추지 못했다. 설령 그것을 꿈꾸었다 해도, 가장 높은 진리를 일상의 언어와 형상이라는 가장 낮은 수단으로 전하려는 시도는 결국 허사로 돌아갔을 것이다. 그들의 목소리는 그들이 늘 머물던 높은 곳에서 아득하고 희미하게 들려올 뿐이었다.

어쩌면 딤스데일 목사는 천성적으로 성자와 같은 부류였을지도 모른다. 운명처럼 짊어진 죄와 고뇌의 무게만 아니었다면, 그는 신앙과 거룩함의 정상에 올랐을 것이다. 천사들도 귀 기울여 화답했을 그 천상의 목소리를 타고났건만, 바로 그 짐의 무게에 짓눌려 가장 낮은 곳에 머물러 있었다! 하지만 죄지은 형제들과 그토록 깊이 공감할 수 있는 능력 역시 그 무게가 준 것이었다. 목사의 심장은 그들의 심장과 맥을 같이하며 고동쳤고, 그들의 고통을 자신의 고통으로 받아들여 애절하면서도 설득력 있는 웅변으로 수천의 가슴에 전달했다. 그의 말씀은 언제나 감동적이었고, 때로는 두려울 만큼 강렬했다.

사람들은 무엇이 자신들을 그토록 움직이는지 알지 못했다. 그들은

----

22 신약성경 「사도행전」 2장 1~4절. "오순절 날이 이미 이르매 (…) 마치 불의 혀처럼 갈라지는 것들이 그들에게 보여 각 사람 위에 하나씩 임하여 있더니 그들이 다 성령의 충만함을 받고 성령이 말하게 하심을 따라 다른 언어들로 말하기를 시작하니라."

젊은 목사를 하늘이 내린 기적이라 믿었고, 지혜와 훈계와 사랑의 말씀을 전하는 하늘의 대변인으로 여겼다. 그들 눈에는 그가 밟는 땅조차 거룩해 보였다. 교회의 처녀들은 그의 곁에만 서도 얼굴이 하얗게 질렸다. 그들은 자신의 뜨거운 마음이 온전히 종교적 감정이라 믿었고, 그 순결한 열정을 가슴에 품은 채 교회의 제단에 가장 어울리는 제물로 바치고자 했다. 나이 든 신도들은 자신들의 병약하면서도 질긴 목숨과 달리 딤스데일 목사가 먼저 하늘나라로 갈 것이라 여겼는지, 자녀들에게 자신의 늙은 몸을 젊은 목사의 거룩한 무덤 가까이 묻어달라고 간청했다. 그러는 동안 가련한 딤스데일 목사는 자신의 무덤을 떠올리며 과연 그곳에 풀이나 자랄 수 있을지 의문스러워했을 것이다. 저주받은 자가 묻힐 곳이니 말이다!

신도들의 이런 공공연한 숭배는 그에게 말로 할 수 없는 고통을 안겼다. 그는 오로지 진리만을 높였고, 생명 중의 생명인 신성한 본질을 지니지 않은 것은 모두 가치가 전혀 없는 그림자 같은 것으로 여겼다. 그렇다면 그는 도대체 무엇이었는가? 실체였는가? 아니면 모든 그림자 가운데서도 가장 어두운 그림자였는가? 그는 자신의 설교단에서 있는 힘껏 목청을 높여 신도들에게 외치고 싶었다. "이 성직자의 검은 예복을 입은 제가, 이 거룩한 설교단에 올라 창백한 얼굴을 하늘로 들어 여러분을 대신해 전지전능하신 주님과 교통하는 제가, 날마다 에녹의 거룩함으로 살아간다고 여기시는 제가, 제 발걸음이 남기는 빛이 뒤따르는 순례자들을 축복의 땅으로 인도할 거라 믿으시는 제가, 여러분의 자녀들에게 세례를 베풀고, 임종을 맞은 여러분의 벗들을 위해 마지막 기도를 올려 저 세상에서 희미한 아멘 소리가 들리게 한 제가, 여러분이 그토록 존경하고 신뢰하시는 이 목사가, 실은 완전히 더럽혀진 거짓된 인간입니다!"

딤스데일 목사는 몇 번이고 이러한 말을 하지 않고서는 결코 계단을 내려오지 않으리라 마음먹으며 설교단에 올랐다. 몇 번이고 목소리를 추스르고 떨려오는 호흡을 길게 고른 뒤, 다시 숨을 내쉴 때는 자신의 영혼에 깊숙이 감추어둔 검은 비밀을 쏟아내려고 했다. 그리고 몇 번이나, 아니 골백번도 더 실제로 말했다! 그는 신자들에게 자신은 가장 비열한 자보다도 더 비열한 인간이자 더할 나위 없이 악한 죄인이고 혐오스러운 자이며 상상할 수조차 없을 정도로 불의한 인간이라고, 신자들이 자신의 비참한 육체가 전능하신 하나님의 불타는 분노에 말라 시들어가는 것을 눈앞에서 보고도 알지 못하다니 참으로 놀랍다고 털어놓았다!

과연 이보다 더 분명한 설교가 있을 수 있단 말인가? 그렇다면 신자들은 일제히 자리에서 벌떡 일어나 그가 더럽힌 설교단에서 그를 끌어내렸어야 마땅했다. 그러나 그런 일은 벌어지지 않았다! 그들은 모든 것을 듣고서도 목사를 더욱 존경했다. 자책하는 그의 말에 어떤 치명적인 의미가 도사리고 있는지 전혀 짐작하지 못했다. "참으로 경건한 젊은이가 아닌가!" 그들은 자기들끼리 이렇게 말했다. "이 지상의 성자로군! 저분이 자신의 순백한 영혼에서 저런 죄악을 가려낸다면, 그대나 나의 영혼에서는 얼마나 무서운 광경을 보게 되시겠는가!"

목사는 자신의 애매모호한 고백이 어떤 방식으로 비칠지 잘 알고 있었다. 교묘한 위선자로다! 양심의 가책을 느끼면서도 이렇게 자신을 속이다니! 그는 죄책감을 고백함으로써 자신을 속여보려 했으나 또 하나의 죄를 지었다는 수치스러움만 얻었을 뿐, 자기를 속여 맛볼 수 있는 일시적 위안마저도 얻지 못했다. 그는 진실을 말했지만 동시에 그것을 비할 데 없는 거짓으로 만들고 말았다.[23] 그러나 그의 본성은 다른 이들보다 유달리 진실을 사랑하고 거짓을 혐오했다. 그래서 그는 무엇보다 비참한 자기 자신을 혐오했다!

----

[23] 자신을 죄인이라고 고백했으면 죄인 대접을 받아야 하는데, 오히려 신자들로부터 성인 대접을 받았으니 거짓이 된 셈이다.

내면의 번뇌는 목사를 그가 자란 교회의 밝은 빛으로부터 멀어지게
했고, 오히려 그를 타락했다는 옛 로마 교회의 관행으로 이끌었다. 자물
쇠로 잠긴 딤스데일 목사의 비밀 벽장[24]에는 피 묻은 채찍이 하나 있었
다. 이 청교도 목사는 채찍으로 자기 자신의 어깨를 종종 후려쳤다. 그러
는 동안 스스로를 통렬하게 비웃었고, 그 비웃음 때문에 더욱 사정없이
자신을 내리쳤다. 또한 다른 독실한 청교도들처럼 그도 습관적으로 금식
을 했다. 그러나 그들처럼 육체를 정화하여 천상의 빛을 전달하기에 더
적절한 매개체가 되려는 것이 아니라, 다리가 후들거릴 정도로 극심하게
단행하는 회개 행위에 가까웠다. 게다가 그는 밤마다 철야 기도를 했다.
때로는 완전한 어둠 속에서 때로는 깜빡거리는 등불에 의지해 기도를 드
렸고, 가끔씩은 가장 강한 빛을 밝혀놓고 거울 속에 비친 자기 얼굴을 들
여다보면서 기도하기도 했다. 그는 이런 식으로 자기 자신에게 고문을
가하며 끊임없는 내적 성찰의 표본이 되었지만 자신을 정화할 수는 없었
다. 이러한 철야 기도가 길어지면 머리가 빙빙 돌았고 눈앞에 헛것이 스
쳐 지나가기도 했다. 그런 허깨비들은 저 멀리 어두운 방 한구석에서 희
미한 빛을 내며 흐릿하게 드러나거나, 그의 바로 옆에 있는 거울 속에서
좀 더 뚜렷하게 보이기도 했다. 어떤 때에는 악마의 형상을 한 무리가 이
를 드러내고 웃으며 창백한 목사를 조롱하고는 그들과 함께 가자고 손짓
했다. 어떤 때는 환히 빛나는 천사의 무리가 슬픔에 겨운 듯 무거운 몸짓
으로 날아올랐지만 위로 올라갈수록 공기처럼 가벼운 존재가 되었다. 어

----

24 원문의 'secret closet'은 문자 그대로의 비밀 벽장일 수도 있고, 마음속 은밀한 공간을
    의미하는 은유일 수도 있다. 가장 금욕적인 청교도들 사이에서도 이런 극단적 자기
    처벌은 매우 드물었다. 대표적 청교도 코튼 매더(1663-1728)의 경우 일 년에 60번의
    금식과 20번의 철야 기도를 했지만, 자신의 몸을 직접 채찍질하는 행위는 하지 않았
    다. 따라서 이 구절은 실제 물리적 공간이 아닌, 목사의 내면 깊숙이 숨겨진 자기 처
    벌적 욕망을 상징하는 것으로 해석할 수 있다.

떤 때는 어린 시절에 죽은 친구들, 성자처럼 얼굴을 찌푸린 하얀 턱수염이 난 아버지, 곁을 지나가면서 고개를 돌리는 어머니가 나타나기도 했다. 어머니의 유령, 그 가장 희미한 환영만은 아들을 향해 연민 어린 눈길을 보냈으리라. 그리고 어떤 때는 이런 기괴한 생각들로 무시무시한 공간이 된 방 안을 주홍빛 옷을 입은 헤스터 프린이 어린 펄을 데리고 미끄러지듯 지나갔다. 헤스터는 검지를 들어 올려 먼저 자기 가슴에 달린 주홍글씨를 가리켰고, 이어서 목사의 가슴을 가리켰다.

이러한 허깨비 가운데 어느 것도 그를 완전히 속여 넘기지는 못했다. 그는 의지의 힘으로 안개 같은 허상들 속에서도 실체를 분간할 수 있었고, 그 허깨비들은 저기 놓여 있는 무늬를 아로새긴 참나무 탁자나 가죽을 씌우고 놋쇠 걸쇠를 단 크고 네모진 신학 서적처럼 단단한 실체가 아님을 잘 알았다. 그럼에도 그 허깨비들은 어떤 의미에서 보면 가여운 목사가 현재 대면하고 있는 가장 진실하고 참된 현실이기도 했다. 그의 삶처럼 거짓된 삶은 이루 말할 수 없이 비참한 것이어서, 하늘이 영혼의 기쁨과 양분으로 주신 우리 주변의 모든 실재에서 알맹이와 실체를 앗아가 버린다. 거짓된 자에게는 온 세상이 허위요 실체 없는 것이 되어, 손에 잡으려 하면 모두 허상이 되고 만다. 또한 그 자신도 거짓된 빛을 비춰 모습을 내보이는 한, 그림자가 되거나 더 이상 존재하지 않게 된다. 이 지상에서 딤스데일 목사에게 실체적 존재감을 안겨주는 유일한 진실은 그의 영혼 깊숙한 곳에 자리 잡은 채 그의 얼굴에 있는 그대로 드러나는 고뇌뿐이었다. 만약 그가 단 한 번이라도 미소를 띠고 즐거운 표정을 지을 힘을 되찾았다면, 그는 더는 존재하지 않았을 것이다![25]

우리가 어렴풋이 암시하기만 하고 세세하게 묘사하지는 못한 이렇

----

25 그가 지닌 진실은 고뇌뿐이기 때문에 미소를 짓는 것은 그와 어울리지 않고, 따라서 결코 그런 힘을 되찾을 수 없다는 뜻이다.

듯 험한 어느 날 밤에, 목사는 의자에서 벌떡 일어섰다. 뭔가 새로운 생각이 떠올랐던 것이다. 그 안에서 잠시나마 평화를 찾을 수 있을지도 몰랐다. 그는 마치 예배를 드리러 가는 것처럼 정성껏 옷을 차려입고, 계단을 조용히 내려와 문을 열고 밖으로 나갔다.

제12장

목사의 철야 기도

몽유병 환자처럼 혼곤한 발걸음으로 딤스데일 목사는 그곳에 도착했다. 오래전에 헤스터 프린이 처음으로 군중 앞에서 치욕을 견뎌낸 곳이었다. 지난 7년 동안 비바람과 햇볕으로 검게 얼룩진 처형대는 그 이후로도 그곳에 오르내린 숱한 죄인의 발걸음으로 닳긴 했으나 여전히 교회의 발코니 아래에 우뚝 서 있었다. 목사는 그 계단을 올랐다.

5월 초의 어느 어두컴컴한 밤이었다. 하늘 꼭대기에서 지평선까지 빽빽한 구름이 온 하늘을 뒤덮고 있었다. 헤스터 프린이 형벌을 받는 동안 목격자로 서 있던 군중이 지금 이 순간 이곳에 불려 나왔대도, 한밤중의 짙은 어둠 때문에 처형대 위에 오른 이의 얼굴은 물론이고 사람의 윤곽조차 알아보지 못했을 것이다. 마을 사람들은 모두 잠들어 있어 누군가에게 발각될 위험도 없었다. 목사가 바란다면 새벽이 다가와 동녘이 붉게 물들 때까지 거기 서 있더라도 축축하고 오싹한 밤공기가 몸속에 스며들어 관절을 뻣뻣하게 만들고, 감기와 기침으로 목이 잠겨 내일 있을 기도와 설교를 기다리던 신자들의 기대를 저버리게 되는 것 외에는 위험할 건 없었다. 아무도 그를 볼 수 없을 것이다. 목사가 비밀 벽장에서 피 묻은 채찍을 휘두르는 것을 지켜본, 영원히 깨어 있는 그분을 제외하고는 말이다.

그렇다면 그는 왜 여기에 왔는가? 또다시 회개하는 흉내를 내려는 것인가? 흉내야 낼 수 있겠지만 그건 그의 영혼을 우습게 여기는 짓이었다! 그런 짓을 하면 천사들은 얼굴을 붉히며 눈물을 흘리고, 악마들은 기뻐하고 조롱하며 웃음을 터트릴 것이다. 어디로 가든 그를 끈덕지게 따라다니는 후회의 충동 때문에 이곳으로 내몰렸다. 그렇지만 회한의 자매이자 긴밀하게 연결된 동반자인 비겁함은 정반대되는 충동이 그를 자백하기 직전까지 몰고 갔을 때면 어김없이 떨리는 손으로 그를 붙잡아 뒤로 잡아당겼다. 참으로 가련하고 비참한 자여! 그처럼 연약한 사람이 죄라는 무거운 짐을 질 자격이 있을까? 죄악은 그것을 견뎌내거나 너무 심하게 내몰리면 맹렬하고 야만적인 힘을 발휘해 그것을 즉시 떨쳐내는 길을 택할 정도의 무쇠 같은 신경을 가진 자에게나 어울리는 법이다! 그러나 연약하고 지나치게 예민한 목사는 이를 견뎌내지도, 떨쳐버리지도 못한 채 그 사이를 끝없이 방황했다. 하늘을 거역한 죄책감과 헛된 회개의 고통은 풀 수 없는 매듭이 되어 더욱 단단히 조여들었다.

이처럼 처형대 위에 서서 공허한 속죄의 흉내를 내는 동안, 딤스데일 목사는 거대한 공포에 휩싸였다. 온 우주가 그의 심장 바로 위, 맨가슴에 새겨진 주홍색 징표를 응시하는 듯했다. 실제로 그 자리에서는 오래전부터 독을 품은 이빨이 파고드는 듯한 육체적 고통이 느껴졌다. 그는 자제력을 잃고 의지와는 상관없이 큰 비명을 지르고 말았다. 비명 소리는 밤공기를 타고 퍼져나가 이 집 저 집을 두드려가며 울리다가 마침내 마을 뒤쪽의 언덕에 부딪혀 메아리쳤다. 마치 악마의 무리가 그 비명에 담긴 엄청난 고통과 공포를 알아채고는, 그것을 노리개 삼아 이리저리 집어던지며 노는 것 같았다.

"이제 끝이로구나!" 목사는 두 손으로 얼굴을 가린 채 중얼거렸다. "마을 사람들이 모두 깨어나 달려 나와 나를 발견하겠지!"

하지만 실제로는 그렇지 않았다. 아마도 공포에 질린 그의 귀에 비명 소리가 실제보다 크게 들렸을 것이다. 마을 사람들은 평온한 잠에서 깨어나지 않았다. 설령 누군가가 깨어났다 해도, 아직 잠에 취해 그 소리를 악몽 속 환영이나 마녀의 울음소리로 여겼을 것이다. 당시엔 마녀들이 사탄과 함께 하늘을 날아다니며 마을과 외딴집 위를 지나가는 소리가 종종 들린다고들 했다.

어디서도 사람들의 동요하는 기색이 느껴지지 않자, 목사는 손을 내리고 주위를 살폈다. 멀리 다른 길가에 있는 벨링엄 총독의 저택 침실 창가에 총독의 모습이 보였다. 그는 등불을 들고 흰 수면 모자를 쓴 채 기다란 흰 가운을 걸치고 있었는데, 마치 때 아닌 때에 무덤에서 불려 나온 유령 같았다. 분명 비명 소리에 놀라 잠에서 깬 듯했다. 저택의 또 다른 창가에는 총독의 여동생 히빈스 부인이 역시 등불을 들고 서 있었는데, 멀리서도 그녀의 짜증스럽고 불쾌한 표정이 읽혔다. 그녀는 창밖으로 고개를 내밀고 하늘을 애타게 올려다보았다. 틀림없이 이 유명한 마녀는 딤스데일 목사의 절규와 그 메아리를 악마들과 밤의 마녀들이 떠드는 소리로 여겼을 것이다. 히빈스 부인이 그들과 함께 숲속을 헤맨다는 소문은 이미 널리 퍼져 있었다.

노부인은 벨링엄 총독의 등불에서 흘러나오는 빛을 보자 재빨리 자기 등불을 끄고 사라져버렸다. 아마 그녀는 구름 사이로 올라갔을지도 모른다. 목사는 부인이 움직이는 모습을 더는 보지 못했다. 총독은 어둠 속을 주의 깊게 응시했으나 그것은 마치 맷돌 속을 들여다보려는 것과도 같아서 곧 단념하고 창문에서 물러났다.

목사는 점차 평정을 되찾았다. 그러나 곧 반짝거리는 작은 불빛이 처음에는 멀찍이 떨어져 있다가 점점 길을 따라 이쪽으로 다가오는 것이 그의 시야에 들어왔다. 그것은 여기저기 빛을 던져 사물들의 모습을 드러냈다. 여기저기 놓인 기둥과 정원 울타리, 창살 달린 창문이 보였고 이어서 물이 가득 찬 물통과 나란히 놓인 마을 우물, 쇠고리가 달린 아치형 참나무 문과 거친 통나무로 만든 문간의 계단을 비추었다. 딤스데일 목사는 발걸음 소리가 다가올 때마다 자신의 파멸이 슬금슬금 다가오는 것 같았다. 이제 곧 등불 빛이 자신을 비추면 오랫동안 숨겨온 비밀이 밝혀질 거라 확신하면서, 그는 주변의 모든 세세한 것들을 놓치지 않고 지켜보았다.

불빛이 가까이 다가오자 동그랗게 비추는 빛 속에서 동료 목사의 모습이 보였다. 그의 선배이자 아주 소중한 친구인 윌슨 목사였다. 딤스데일 목사는 그가 죽어가는 사람의 머리맡에서 기도해주고 돌아오는 길이라고 짐작했다. 실제로 그랬다. 선량한 노목사는 방금 전 이 세상을 떠나 하늘로 올라간 윈스럽 총독의 방에서 막 나온 참이었다. 이제 노목사는 어두운 죄악의 밤 한가운데서 옛 성인들처럼 그를 영광스럽게 빛내는 찬란한 후광에 둘러싸인 채, 마치 세상을 떠난 총독이 영광을 물려주기라도 한 듯, 또는 승리의 순례자가 천국 문 안으로 들어가는 것을 바라보면서 천상 도시의 먼 빛을 나누어 받기라도 한 듯 걸어오고 있었다. 한마디로 선량한 윌슨 목사는 등불의 불빛에 의지해 발걸음을 내디디며 집으로 향하는 참이었다! 깜박이는 빛을 보고 이처럼 허황된 생각을 떠올리던 딤스데일 목사는 미소를 지었다. 아니, 그렇게 우스운 생각을 한 자신을 비웃었다. 문득 자신이 미쳐가고 있는 게 아닐까 하는 생각이 들었다.

윌슨 목사가 한 손으로는 제네바식 외투를 바싹 당겨 몸에 두르고 다른 손으로는 등불을 가슴 앞쪽으로 든 채 처형대 바로 옆을 지나가자, 목사는 말을 걸고 싶은 충동을 억누르기가 힘들었다.

"존경하는 윌슨 목사님, 좋은 밤입니다! 이리 올라오셔서 저와 함께

♦ 처형대 위에 선 딤스데일, 그리고 곁을 지나가는 윌슨 목사. 속죄와 고백의 충동, 그리고 이를 억누르는 비겁함 사이에서 흔들리는 영혼의 고통스러운 순간을 담아냈다.

이야기라도 나누시지요!"

세상에! 정말로 딤스데일 목사가 이런 말을 했단 말인가? 순간 그는 이 말이 정말 자신의 입 밖으로 튀어 나갔다고 생각했다. 하지만 그것은 머릿속에서만 맴돌았을 뿐이었다. 윌슨 목사는 발아래 진흙 길을 조심스럽게 살피며 계속해서 천천히 걸어갔고 처형대 쪽으로는 단 한 번도 고개를 돌리지 않았다. 등불의 가물거리는 빛이 완전히 사라지자, 딤스데일 목사는 비로소 정신이 아찔해지는 것을 느꼈다. 그제야 그는 방금 전 무의식중에 섬뜩한 장난을 저지르려 했던 순간이 얼마나 위험했는지 깨달았다.

얼마 지나지 않아 다시금 몸서리나는 익살스러움이 그의 머리를 채운 엄숙한 환상들 사이로 비집고 들어섰다. 익숙하지 않은 한밤의 추위 때문에 사지가 뻣뻣해져서 과연 처형대의 계단을 내려갈 수나 있을지 의문이 들었다. 곧 아침이 밝아오면 온 세상이 그가 그곳에 있는 것을 발견할 것이다. 동네 사람들이 잠에서 깨기 시작한다. 가장 먼저 깨어난 사람이 희부연 새벽빛을 받으며 밖으로 나와 수치의 처형대 위에 우뚝 서 있는 자의 희미한 윤곽을 발견하고는 경악과 호기심 사이에서 어찌할 바를 몰라 미친듯이 집집마다 문을 두드려대며 이미 죽어버린 어떤 죄인의 유령을, 유령이라고 생각할 수밖에 없을 그 모습을 좀 보라고 사람들을 모조리 불러내리라. 그러면 그 침울한 소란은 날개를 펄럭이듯 이 집에서 저 집으로 퍼져나갈 것이다.

이어서 아침 햇살이 점점 강해지면 나이 지긋한 가장들은 플란넬 가운을 그대로 걸친 채 서둘러 일어나고, 노부인들은 잠옷을 벗을 새도 없이 잠자리를 벗어날 것이다. 이제껏 머리카락 한 올도 흐트러진 적 없는 예의 바른 사람들도 악몽에서 막 깨어나기라도 한 듯 헝클어진 모습으로 사람들 앞에 황급히 뛰쳐나올 것이다. 나이 든 벨링엄 총독은 제임스 왕 시절의 높다란 옷깃을 비뚜름히 달고 엄숙한 표정으로 등장할 것이고,

히빈스 부인은 지난밤 공중을 날아다니느라 거의 한숨도 자지 못한 바람에 한층 시큰둥해진 얼굴로 치맛자락에 숲속의 나뭇가지를 매단 채 밖으로 나올 것이며, 임종을 지키느라 밤을 거의 다 지새우고 겨우 잠이 들어 영광스러운 성인들의 꿈을 꾸던 윌슨 목사도 그처럼 일찍 깬 것을 못마땅해하며 밖으로 나올 것이다.

마찬가지로 딤스데일 목사의 장로들과 집사들은 물론, 목사를 우상처럼 떠받들며 마음속에 그를 위한 신전을 지어 올린 젊은 아가씨들은 너무 혼란스럽고 급히 서두른 나머지 숄로 몸을 가릴 새도 없이 이곳으로 오게 되리라. 한마디로 모든 사람이 문지방에 걸려 비틀거릴 정도로 황급히 모여들어 놀라움과 두려움으로 물든 얼굴로 처형대를 올려다볼 것이다. 그들이 그곳에서 발견하게 될, 이마에 동녘의 붉은 빛이 비친 그자는 과연 누구인가? 몸은 얼어붙어 죽기 직전이고, 수치스러워 몸 둘 바를 모르는 채로, 헤스터 프린이 서 있던 바로 그 자리에 서 있는 아서 딤스데일 목사가 아니면 누구이겠는가!

이런 기괴하고 무서운 광경을 떠올리며 공포에 휩싸인 목사는 자기도 모르게 커다란 웃음을 터트리고는 스스로 몹시 놀랐다. 그의 웃음소리에 화답하듯 곧바로 가볍고 경쾌한 어린애의 웃음소리가 들려왔다. 목사는 극심한 고통인지 예리한 기쁨인지 분간하지 못할 정도로 심장이 세차게 뛰는 것을 느꼈으나 어린 펄의 목소리임을 금방 알아챘다.

"펄! 귀여운 펄!" 그가 잠시 뜸을 들였다가 소리쳤다. 이어서 목소리를 낮추며 말했다. "헤스터! 헤스터 프린! 당신 거기 있나요?"

"네, 헤스터 프린이에요! 저와 귀여운 펄이에요." 그녀가 놀란 목소리로 대답했다. 목사는 그녀가 걷고 있던 길에서 벗어나 처형대 쪽으로 다가오는 소리를 들을 수 있었다.

목사가 물었다. "어디서 오는 길인가요, 헤스터? 무슨 일로 여기까지 왔어요?"

헤스터 프린이 말했다. "임종을 지켜보고 오는 길이에요. 윈스럽 총독님께서 돌아가셔서 예복을 지으려고 치수를 재고 이제 막 집으로 돌아가고 있었어요."

딤스데일 목사가 말했다. "이리로 올라와요, 헤스터, 펄도 같이요. 둘다 전에 여기 올라온 적이 있었지만, 난 당신들과 함께하지 못했지요. 여기로 한 번만 더 올라와요. 우리 셋이서 함께 섭시다!"

그녀는 아무 말 없이 계단을 올라와 어린 펄의 손을 잡고서 처형대위에 섰다. 목사는 아이의 다른 손을 더듬어 찾아 꼭 잡았다. 손을 잡는 순간, 자기의 생명이 아닌 또 다른 새로운 생명이 격류처럼 심장 속으로 밀려들어 온 혈관으로 세차게 퍼져나가는 느낌이 들었다. 마치 그 엄마와 아이가 반쯤 멈춰버린 그의 육신에 따스한 생명의 기운을 불어넣어주는 것 같았다. 세 사람은 마치 전류가 흐르는 하나의 사슬이 된 듯했다.

어린 펄이 속삭였다. "목사님!"

딤스데일이 물었다. "얘야, 무슨 말을 하고 싶니?"

펄이 물었다. "내일 한낮에도 여기에 엄마하고 나랑 함께 서주실래요?"

"아니, 그건 안 된단다, 펄!" 목사가 대답했다. 그처럼 새로운 활기를 건네받은 순간, 지난 세월 그토록 오랫동안 그를 괴롭혀온, 사람들 앞에 드러나게 될지도 모른다는 두려움이 다시 몰려왔기 때문이다. 그는 지금 자신이 맺고 있는 결합에 기이한 기쁨을 느끼기는 했지만 이미 두려움으로 떨고 있었다. "그건 안 돼, 얘야. 다른 날에는 네 엄마하고 너하고 정말로 여기에 같이 서 있을 거야. 그치만 내일은 안 된단다."

펄은 웃음을 터트리며 손을 빼내려고 했다. 하지만 목사는 손을 더 꼭 잡았다.

목사가 말했다. "얘야, 조금만 더!"

펄이 물었다. "그럼 약속해주실래요? 내일 낮에 내 손이랑 엄마 손을 잡아주시겠다고요."

목사가 말했다. "그때는 안 돼, 펄. 다른 때로 하자꾸나."

펄이 고집스레 물었다. "다른 때 언제요?"

"위대한 심판의 날에 말이다!" 하고 목사는 속삭였다. 이상하게도 진리를 가르치는 목사로서의 본능이 아이에게 이런 대답을 하게 만들었다. "그때가 오면 그곳 심판의 자리 앞에 너희 엄마와 너 그리고 내가 함께 서야만 할 거야. 하지만 이 세상의 환한 빛 아래에서는 우리 셋이 만나는 모습을 보일 수 없단다!"

펄은 다시 웃음을 터트렸다.

그런데 딤스데일 목사가 말을 채 끝내기도 전에 한 줄기 빛이 구름 덮인 하늘 저 멀리까지 드넓게 비추며 번쩍거렸다. 밤하늘을 올려다보는 사람들 눈에 종종 띄곤 하는, 하늘의 빈 허공을 가로지르며 불타오르다가 사라지는 유성이 내는 빛이 틀림없었다. 너무도 강렬한 그 광채는 하늘과 대지 사이에 두텁게 낀 구름을 환히 비추었다. 넓디넓은 아치형 하늘이 마치 거대한 등불의 둥근 지붕처럼 빛났다. 그 광채는 거리의 낯익은 풍경을 마치 한낮인 양 뚜렷이 드러내 보였는데, 낯선 빛이 낯익은 사물을 비출 때면 늘 그러하듯 어딘지 오싹한 느낌을 안겨주었다. 층층마다 비쭉이 튀어나온 데다 괴상한 박공이 달린 목조 건물들과 때 이른 풀이 돋아난 현관 계단과 문지방, 흙을 새로 갈아엎어 거무튀튀한 정원, 시장통에서도 양쪽 가장자리에 풀이 자라 있는 얕게 패인 마찻길까지 모든 것이 뚜렷하게 보였다. 그 빛 때문에 이 세상의 사물들이 이전과는 다른 새로운 정신적 의미를 부여받은 것처럼 독특한 모습을 띠었다.

목사는 자기 가슴에 손을 얹고서, 헤스터 프린은 가슴에 매단 테두리를 수놓은 글씨가 반짝거리는 채로, 그리고 펄은 스스로가 하나의 상징이자 두 사람을 연결해주는 고리가 되어 그곳에 서 있었다. 마치 모든 비밀을 밝혀줄 빛처럼, 서로에게 속한 세 사람을 하나로 연결해줄 동터

오는 새벽[26]처럼 그들은 불가사의하고도 장엄한 광채에 휩싸인 그 한낮 속에 서 있었다.

어린 펄의 눈에는 마법이 깃들어 있었고 목사를 올려다보는 얼굴에는 아이를 종종 그토록 요정처럼 보이게 만들었던 장난기 어린 미소가 떠올랐다. 아이는 딤스데일 목사의 손에서 자기 손을 빼내고는 길 건너편을 가리켰다. 그러나 목사는 가슴 앞에서 두 손을 꽉 쥔 채 하늘 꼭대기를 올려다보았다.

당시에는 해와 달이 뜨고 지는 것과 달리 불규칙적으로 발생하는 모든 자연 현상들, 가령 유성의 출현 같은 것을 초자연적인 계시라고 여기는 일이 아주 흔했다. 따라서 한밤중에 하늘에 나타나는 불타는 창이나 타오르는 칼, 활이나 화살 다발은 인디언들과의 전투를 예고하는 것이었다. 소나기처럼 쏟아져 내리는 진홍색 빛은 전염병을 알리는 전조였다. 식민지 개척 시대부터 독립 혁명 시대에 이르기까지 뉴잉글랜드에 흉사든 경사든 커다란 사건이 발생할 적마다, 이 지역 주민들이 그것을 예견하는 기이한 자연 현상을 보지 않은 적이 없었다 해도 과언이 아니다. 수많은 사람이 그런 현상을 동시에 목격하는 것도 드문 일은 아니었다. 그러나 해석의 진위는 혼자뿐인 목격자의 믿음에 달려 있었다. 그 목격자는 경이로운 현상을 실제와 다르게 채색하고 크게 확대하기도 하고 왜곡하기도 하는 등 상상력이라는 매개를 통해 바라본 뒤, 이런저런 생각을 덧붙여 형태를 더욱 뚜렷하게 만들어내곤 했다. 국가의 운명이 밤하늘의 천장에 그처럼 무시무시한 상형문자로 계시된다는 것은 참으로 장엄한 생각이었다. 하나님이 한 민족의 운명을 적어 내려가려 한다면, 천

----

26 여기서 동터오는 새벽은 다음 날 아침을 말하는 것이 아니라, 모든 것이 드러나는 최후 심판의 날을 가리킨다. 앞에서 딤스데일 목사가 심판의 자리 앞에 셋이 함께 설 것이라고 말한 것과 호응한다. 또 뒤에 나오는 유성이 밤하늘을 비추고 땅의 모습을 드러내 헤스터와 목사에게 최후의 심판을 떠올리게 했다는 표현과도 어울린다.

궁이라는 널따란 두루마리도 그리 크다고는 할 수 없을 것이다. 우리 선조들은 이제 막 발전하기 시작한 공화국이 천상의 보호자에게 유난히 친밀하고 엄중한 보호를 받고 있다는 징표로 그러한 믿음을 자주 내보이곤 했다. 하지만 어느 한 사람이 거대한 두루마리에서 오로지 자신만을 향한 계시를 발견했다고 한다면, 우리는 어떻게 받아들여야 할까? 그런 경우는 극도로 혼란스러운 정신 상태가 빚어낸 증상으로 볼 수밖에 없으리라. 오랫동안 지독하고 은밀한 고통을 견뎌내며 병적으로 자기 내면만을 들여다봐온 사람이라면, 자기 중심적인 생각을 광막한 자연 세계 전체로 확장한 끝에 결국 하늘 자체를 오로지 자기 영혼의 역사와 운명을 알려주기 위한 책장으로밖에 볼 수 없게 되는 법이다.

그래서 우리는 목사가 밤하늘에서 보았다는 붉은 테두리의 거대한 문자 A를, 그의 병든 마음이 만들어낸 환영으로밖에 볼 수 없다. 실제로는 구름 장막을 뚫고 희미하게 타오르는 유성이 그 모습을 드러냈을 뿐이리라. 하지만 그것은 목사의 죄책감이 덧칠한 환영과는 전혀 다른 것이었고, 그 형체가 뚜렷하지 않았기에 다른 죄인이 보았다면 전혀 다른 상징으로 읽어냈을 것이다.

그 순간 딤스데일 목사의 독특한 심리 상태를 보여주는 이상한 일이 벌어졌다. 밤하늘을 올려다보는 동안에도, 목사는 어린 펄이 늙은 로저 칠링워스를 가리키고 있다는 것을 또렷이 의식하고 있었다. 의사는 처형대에서 그리 멀리 떨어지지 않은 곳에 서 있었다. 목사는 밤하늘의 기적 같은 글씨를 알아본 것과 똑같은 시선으로 의사를 바라보는 듯했다. 유성의 빛을 받은 다른 사물들처럼 의사의 얼굴에도 새로운 표정이 어렸다. 아니면 의사가 평소와 달리 자신의 희생양인 목사를 바라보는 눈빛에서 악의를 감추려 애쓰지 않았는지도 모른다.

만약 유성이 밤하늘을 비추고 땅의 모습을 드러내어 헤스터와 목사에게 최후의 심판을 떠올리게 했다면, 두 사람은 로저 칠링워스에게서

♦ 당시 사람들의 종교적 세계관 속에서 예측할 수 없는 천체의 출현은 곧 신의 계시로 받아들여졌다.

악마의 모습을 보았을 것이다. 그는 일그러진 얼굴에 음험한 미소를 띤 채, 마치 이들이 자신의 소유라도 된 듯 그곳에 서 있었다. 의사의 표정이 너무나 생생했기에, 또는 목사가 그 표정을 너무나 강렬히 인식했기에, 유성이 사라지고 거리와 모든 사물이 한꺼번에 어둠에 묻힌 순간에도 악마의 표정은 어둠에 새겨진 그림처럼 그대로 남아 있었다.

딤스데일 목사가 공포에 사로잡혀 숨을 헐떡이며 말했다. "저 사람은 대체 누구요, 헤스터? 저 사람만 보면 온몸에 소름이 돋아요! 당신은 저자가 누군지 알고 있어요? 난 저자를 증오해요, 헤스터!"

그녀는 자신의 맹세를 기억하고서 침묵을 지켰다.

목사가 다시금 중얼중얼 말을 이어갔다. "저 사람을 보면 영혼까지 떨려와요! 저자는 누구인가요? 대체 누굽니까? 당신은 나를 위해 아무것도 해줄 수 없나요? 나는 저 사람이 이상하게 두려워요!"

그때 어린 펄이 말했다. "목사님, 저 사람이 누군지 나는 말해줄 수 있어요!"

목사가 아이의 입술에 귀를 바싹 갖다 대며 말했다. "얘야, 그럼 빨리 말해보렴! 어서 빨리! 아주 작은 소리로."

펄은 목사의 귀에다 대고 뭔가 중얼거렸다. 그러나 사람 말처럼 들리기는 했지만 그것은 어린아이들이 즐겁게 놀며 몇 시간이고 조잘거릴 수 있는 별뜻 없는 말에 불과했다. 아무튼 그 말이 로저 칠링워스에 대한 비밀 정보를 알려준 것이었다고 해도, 학식이 풍부한 목사로서도 알아들을 수 없는 말이었기에 그의 마음만 더욱 혼란스럽게 만들 뿐이었다. 꼬마 요정은 이어서 큰 소리로 웃음을 터뜨렸다.

목사가 말했다. "지금 나를 놀리는 거니?"

아이가 대답했다. "목사님은 용감하지 않아요! 솔직하지도 않고요! 내일 낮에 내 손하고 엄마 손을 잡아주겠다고 약속하지도 않았잖아요!"

"존경하는 딤스데일 목사님!"

어느새 처형대 바로 밑까지 다가온 의사가 말했다. "이거 정말 목사님이 맞습니까? 이거 이거, 정말이군요! 책 속에 고개를 처박고 공부만 하는 우리 학자들은 이래서 철저히 보살펴줘야 한다니까요! 깨어 있을 때는 꿈을 꾸고 잠자는 동안에는 걸어 다니니 말이지요. 자, 친애하는 목사님, 부디 저와 함께 집으로 돌아가십시다!"

목사가 공포에 질린 목소리로 물었다. "내가 여기 있는 것을 어떻게 알았습니까?"

로저 칠링워스가 대답했다. "진심으로, 여기 계실 줄은 전혀 몰랐습니다. 지난밤 내내 존경하는 윈스럽 총독님 곁에서 제가 가진 부족한 기술로나마 고통을 조금이라도 덜어드리려고 애를 썼지요. 그분은 이제 더 좋은 세상에 있는 고향으로 가셨고, 저도 집으로 돌아가던 길에, 괴상하게 빛나는 불빛이 보이지 뭡니까. 제발 저와 같이 가시지요, 목사님. 그리하지 않으면 내일 안식일 의무를 제대로 다하기 힘드실 겁니다. 아하! 이걸 좀 보세요, 책이란 게 얼마나 사람 머리를 괴롭혀대는지! 그놈의 책 말이지요! 목사님, 이제 공부는 줄이고 다른 소일거리라도 좀 하셔야 합니다. 계속 이러다가는 밤중의 기행이 훨씬 심해질 겁니다."

딤스데일 목사가 말했다. "함께 가시지요."

악몽에서 깨어난 사람처럼 맥이 다 빠진 목사는 깊은 낙담에 빠져 의사에게 몸을 내맡기고 집으로 이끌려 갔다.

그러나 안식일인 다음 날, 그는 이제껏 그의 입에서 흘러나온 설교 가운데 가장 감명 깊고 힘차고 천상의 영감으로 가득한 설교를 했다. 여러 신도가 그 감동적인 설교를 듣고 성령의 진리 앞으로 인도되었고, 앞으로도 오랫동안 딤스데일 목사에 대한 경건한 감사의 마음을 간직하겠다고 가슴속 깊이 다짐했다. 하지만 목사가 설교단 계단을 내려오자 잿빛 수염이 난 교회지기가 다가와 검은 장갑 한 짝을 내밀었다. 목사는 그것이 자신의 장갑임을 금방 알아보았다.

교회지기가 말했다. "오늘 아침에 이걸 찾았습니다. 죄인들이 사람들 앞에서 수치를 당하는 그 처형대 위에서 말이지요. 사탄이 목사님을 모욕하려고 일부러 그곳에 떨어뜨린 것이 분명합니다. 하지만 참, 언제나 그렇듯이 악마란 눈이 먼 데다가 어리석지 뭡니까. 순결한 손은 장갑으로 감출 필요가 없는데 말입니다!"

목사는 엄숙한 목소리로 "고맙습니다" 하고 말했지만, 내심 깜짝 놀랐다. 기억이 너무 혼란스러운 나머지 지난밤의 사건이 환상으로 여겨질 지경이었기 때문이다. "그래요, 정말 제 장갑이 맞는 것 같군요!"

나이 든 교회지기가 엄중한 미소를 지으며 말했다. "그래도 사탄이 감히 그걸 훔쳐 갈 생각을 했으니, 목사님께서는 앞으로 그놈을 인정사정 봐주지 말고 호되게 다루셔야 합니다. 그런데 목사님, 지난밤에 나났다는 징조에 대한 이야기는 들으셨습니까? 하늘에 거대한 붉은색 글씨가, A라는 글씨가 나타났다는데 저희는 그걸 천사(Angel)를 뜻한다고 생각했습니다. 존경하는 윈스럽 총독님께서 지난밤 하늘로 올라가 천사가 되셨으니, 거기 그런 표시가 나타나는 건 당연한 일이니까요!"

목사가 대답했다. "아니요, 그런 얘기는 듣지 못했습니다."

제13장

헤스터의 또 다른 모습

헤스터 프린은 먼젓번에 딤스데일 목사와의 기이한 만남 이후 목사가 그처럼 쇠약해진 모습을 보고 큰 충격을 받았다. 그는 기력이 완전히 소진된 것처럼 보였다. 지적 능력은 여전했고 오히려 병이 가져다준 이상한 예민함마저 있었지만, 그의 정신은 아이보다도 연약해져 무기력하게 쓰러져 있었다. 다른 모든 이에게 감추어진 일련의 사정을 잘 알고 있는 헤스터는 마땅히 작용해야 할 목사 자신의 양심적 가책 외에도 끔찍하리만큼 초월적인 힘이 딤스데일 목사의 건강과 평안을 위협하고 있음을 직감했다. 이 가련하고 타락한 남자가 과거에 어떤 사람이었는지 잘 알고 있었기에, 그녀의 온 영혼은 몸서리쳐지는 공포에 사로잡혀 도움을 청해오는 그의 모습에 깊은 동요를 느꼈다. 그는 본능적으로 알아차린 적수에 맞설 수 있도록 도와달라고 자신에게, 세상에서 내쳐진 여인인 그녀에게 호소하고 있었다.

더욱이 헤스터는 목사가 자신에게 최대한의 도움을 얻을 권리가 있다고 생각했다. 오랫동안 사회에서 고립되어 지낸 그녀는 외부의 기준에 따라 옳고 그름을 판단하는 일에 익숙하지 않았다. 그러나 헤스터는 이 세상의 다른 사람들은 몰라도 목사에게만큼은 자기가 맡아야 할 책임이 있다고 생각했다. 그녀와 사람들을 연결하던 모든 끈은, 그것이 꽃이든 비단이든 황금이든, 그 무엇으로 만들어졌든 모두 끊어졌다. 하지만 둘이 함께 저지른 죄라는 쇠사슬만은 여전히 남아 있어 어느 누구도 끊어낼 수 없었다. 다른 모든 관계와 마찬가지로 여기에는 지켜야 할 의무가 따랐다.

헤스터 프린은 이제 수치를 겪었던 초창기와는 사뭇 다른 위치에 있었다. 여러 해가 흘러갔다. 펄은 어느덧 일곱 살이 되었다. 환상적인 자수로 번쩍거리는 주홍글씨를 가슴에 단 펄의 엄마는 마을 사람들에게 벌써 오랫동안 익숙해진 인물이었다. 세상 속에서 눈에 띄는 존재이면서도 공적으로나 사적으로나 누구의 이해관계도 건드리지 않는 이에게 흔히 그렇듯이, 사람들은 자연스레 헤스터 프린을 애정 어린 눈으로 바라보게 되었다. 이기심이 개입하지 않는 한, 인간은 본래 미움보다는 사랑을 선택하게 마련이다. 원래의 적대감이 계속해서 부채질되지 않는다면, 증오는 서서히 그리고 조용히 사랑으로 바뀌기도 한다.

헤스터 프린의 경우에는 사람들을 자극하거나 성가시게 굴지 않았다. 그녀는 사람들과 싸우는 법이 없었고 세상이 아무리 가혹하게 대해도 아무런 불평 없이 받아들였다. 자신이 겪은 고통을 보상해달라며 무언가를 요구하지도 않았다. 세상의 동정을 바라며 부담을 안기지도 않았다. 게다가 세상에서 격리되어 수치를 견뎌온 세월 동안 흠잡을 데 없이 순결하게 살아온 것도 그녀에게 유리하게 작용했다. 이제는 잃을 것도, 얻고 싶은 희망도 없어 보이는 이 불쌍한 방랑자가 다시 미덕의 길을 걷게 된 것은, 사람들이 보기에 오직 미덕 그 자체를 진심으로 사모했기 때문이었다.

헤스터는 세상에서 누릴 수 있는 가장 소박한 권리조차 요구하지 않았다. 같은 하늘 아래에서 숨 쉬며, 정직한 노동으로 딸과 자신의 끼니를 이어가는 것으로 만족했다. 하지만 누군가를 도울 기회가 있을 때면 언제나 자신이 인류의 한 일원임을 기꺼이 인정했다. 그녀만큼 가난한 이들에게 자신의 얼마 안 되는 재산을 아낌없이 나누는 이도 없었다. 심지어 그녀가 매일같이 문 앞에 가져다 놓은 음식이나, 왕의 예복도 수놓을 수 있는 손으로 지어준 옷에 대한 답례가 악의 어린 조롱이었을 때조차 그러했다. 전염병이 마을을 휩쓸었을 때 헤스터처럼 헌신적으로 구호에 나선 사람도 없었다. 개인에게든 집단에게든 참혹한 일이 벌어지면 이 추방된 여인은 곧바로 자신이 도울 자리를 찾아냈다. 그녀는 고통으로 어두워진 집안에 손님이 아닌 가족처럼 들어섰다. 마치 그 어둠을 자신의 동료인 인간들과 소통하는 매개로 삼는 듯했다. 그럴 때마다 그녀가 수놓은 글씨는 이 세상의 것이 아닌 듯한 빛을 뿌리며 위안을 주듯 반짝거렸다. 다른 곳에서는 죄악의 징표였으나, 환자들이 신음하는 방에서는 촛불이 되었다. 그것은 환자가 생의 막다른 시점에 도달했을 때에도 이승과 저승의 경계를 넘어서는 빛을 비추었다. 그 빛은 이승의 빛이 점점 어두워지고 영원의 빛이 그에게 닿기 전에, 그가 발 내디딜 곳을 비춰주었다.

이런 위기의 순간에 헤스터의 내면에 깃든 따스함과 너그러움이 온전히 드러났다. 도움이 필요한 곳이라면 어디든 달려가고, 아무리 큰 것을 구해도 마르지 않는 인정의 샘이었다. 그녀의 가슴에는 수치의 상징이 달려 있었지만, 쉴 곳이 필요한 이들에게는 그저 부드러운 베개가 되어주었다. 그녀는 자비의 수녀가 되었다. 아니, 어쩌면 세상도 그녀도 바라지 않았건만, 세상의 가혹한 손길이 그녀를 그 자리에 세웠다고 해야 할지도 모른다.

주홍글씨는 그녀의 소명을 보여주는 상징이 되었다. 그녀는 그렇게 도움을 베풀었다. 타인을 돕고 이해하는 힘이 넘쳐났기에, 사람들은 주

♦ "그녀는 고통으로 어두워진 집안에 손님이 아닌 가족처럼 들어섰다."

홍글씨 A를 본래의 뜻으로 읽기를 거부했다. 여인의 이름 헤스터 프린이 지닌 강인함을 보며, 사람들은 이제 그 글자가 '유능함'(Able)을 뜻한다고 말하기 시작했다.

헤스터 프린이 발을 들일 수 있는 곳은 어둠이 드리운 집뿐이었다. 햇빛이 다시 비쳐 들었을 때 그녀는 이미 그곳에 없었고, 그녀의 그림자는 어느덧 문지방 너머로 사라진 뒤였다. 그토록 성심껏 도와준 사람들이 고마워했지만, 가족처럼 돌보아준 그녀는 마땅한 감사의 표시도 받지 않고 그곳을 떠났다. 길에서 그들을 만나더라도 고개를 들어 인사를 받으려 하지 않았다. 설혹 그들이 단단히 결심을 하고 다가와도, 그녀는 손가락을 주홍글씨에 갖다 대면서 그냥 지나쳐 갔다. 그것은 자만으로 비칠 수도 있으나 사실 일종의 겸손이었고, 사람들의 가슴속에 겸손이 지닌 부드러운 감동을 남겼다. 대중은 폭군과 비슷한 기질을 지니고 있어서, 당연한 권리조차도 너무 당연한 듯 요구하면 거부하려 든다. 그러나 폭군들이 그렇게 즐기듯 오로지 그들의 관대함에 기대어 호소하면 정의를 넘어서는 것까지도 기꺼이 베푸는 법이다. 헤스터 프린의 행동을 이러한 호소로 받아들인 사회는, 과거 자신들이 희생시켰던 그녀에게 그녀가 바라거나 받을 자격이 있는 것 이상의 자비를 베풀었다.

마을의 지도자들과 학식 있는 인사들은 헤스터의 선한 품성이 미치는 영향을 인정하는 데 일반 주민들보다 더딜 수밖에 없었다. 그들이 주민들과 공유하던 편견은 철저한 논리의 틀 속에 더욱 단단히 갇혀, 그것을 떨쳐내기가 훨씬 더 어려웠다. 그럼에도 날이 갈수록 그들의 냉엄하고 굳은 표정은 조금씩 누그러져, 세월이 흐르면서 마침내 자비로운 기색이 되어갔다. 대중의 도덕을 지켜야 할 높은 자리에 있는 이들조차 그러했다.

그러는 사이 서민들은 헤스터 프린의 과오를 용서했다. 아니, 그보다 더 나아가서 주홍글씨를 그토록 오랜 회개의 증표가 아니라, 단죄된

♦ "그럼에도 날이 갈수록 그들의 냉엄하고 굳은 표정은 조금씩 누그러져, 세월이 흐르면서 마침내 자비로운 기색이 되어갔다."

이래 그녀가 행한 수많은 선행의 증표라고 보기 시작했다.[27] "수놓은 글자를 달고 있는 저 여인을 보셨습니까?" 그들은 타관 사람에게 이렇게 말하곤 했다. "우리 헤스터, 우리 마을의 헤스터지요. 가난한 이들에게 더없이 친절하고, 병든 사람을 도와주고, 고통받는 사람을 위로하는 데는 그녀만 한 이가 없지요!" 그러면서도 인간의 본성에는 자기 안에 담긴 가장 나쁜 구석이라도 다른 사람에게 나타났을 때에는 이야깃거리로 삼으려는 경향이 있어서, 지나간 시절의 추문을 놓고 수군수군 떠들곤 했다. 하지만 그렇게 이야기하는 바로 그 사람에게조차 주홍글씨는 수녀의 가슴 위에 매달린 십자가와 다를 바 없어 보였다. 주홍글씨는 그것을 달고 있는 이에게 일종의 성스러움을 안겨주어 온갖 위험 속에서도 안전하게 지켜주었다. 설사 도적의 소굴에 떨어진다 해도 그 글씨가 그녀를 보호했을 것이다. 세간에는 어떤 인디언이 글씨를 향해 화살을 날렸는데 글씨를 맞히기는 했지만 아무런 해도 입히지 못하고 땅에 떨어졌다는 얘기가 돌았고, 많은 사람이 그 소문을 믿었다.

헤스터의 마음속에서 그 표지는, 아니 그보다는 그 표지가 상징하는 사회적 위치가 특별한 힘을 발휘했다. 그녀의 본성이 지닌 화사하고 우아한 면모는 그 불덩이 같은 낙인에 말라 오래전에 떨어져 나가고, 앙상하고 거친 가지만이 남았다. 그녀를 보고 불편함을 느낄 친구나 동료가 있었다면 견디기 힘든 모습이었을 것이다. 그녀의 아름다운 용모마저 비슷한 변화를 겪었다. 일부러 소박한 옷을 입은 탓도 있었고, 또 어쩌면 그 어떤 것도 드러내 보이려 하지 않는 태도 때문이기도 했다. 풍성하고

----

27 주홍글씨 A는 천사(Angel)의 의미를 갖게 되었다. 허먼 멜빌은 『모비 딕』에서 "천사는 자기 내면의 상어를 잘 다스리는 존재"라는 표현을 썼는데, 과오를 딛고 선행하는 사람이 원래부터 선한 사람보다 더 강력한 선인이 된다는 뜻이다. 악에 대한 저항력이 더 강하다는 뜻이기도 하다. 멜빌은 악과 천사의 개념에 대하여 호손에게서 많은 가르침을 받은 후배 소설가였다.

윤기 나던 머리카락은 모자 속에 완전히 감추어져, 한 번도 햇살 아래 찬란히 흩날린 적 없다는 것도 슬픈 일이었다.

헤스터의 얼굴에는 더 이상 사랑이 깃들 자리가 없어 보였다. 위엄 있고 조각상 같던 그녀의 몸도 이제는 열정이 끌어안고 싶어 할 만한 것이 되지 못했다. 그녀의 가슴속에도 애정이 쉴 만한 포근한 곳이 없는 듯했다. 이는 앞서 말한 모든 변화 때문이기도 했지만, 그보다 더 깊은 이유가 있었다. 여자로 남기 위해 반드시 필요한 어떤 본질이 그녀에게서 사라진 것이다.

견디기 힘든 시련을 겪은 여인의 성정과 모습은 흔히 이런 운명을 맞이하고, 이처럼 냉혹하게 변모한다. 그저 부드러운 면모만 지니고 있었다면 그녀는 죽고 말았을 것이다. 죽지 않고 살아남으려면 부드러움을 완전히 몰아내버리거나 겉으로는 똑같아 보이더라도 가슴속 깊숙한 곳에 가라앉혀 다시는 드러나지 않도록 해야 했다. 후자가 아마도 실상에 가장 가까울 것이다. 한때 여성이었으나 여성다운 면모를 잃어버렸다고 해도, 변모를 재촉하는 마법의 손길이 닿기만 하면 언제든지 다시 여성으로 되돌아갈 수 있다. 헤스터 프린에게 그러한 마법의 손길이 닿아 그녀가 변모할지, 우리는 앞으로 알게 될 것이다.

헤스터의 인상이 대리석 조각상처럼 차가운 것은, 그녀 인생의 상당 부분이 열정과 감정에서 사상으로 옮겨간 탓이었다. 그녀는 이 세상에 혼자 서 있었다. 사회에 의지할 수도 없는 데다 혼자 어린 펄을 가르치고 보호해야 했다. 자신의 위치를 되찾는 것이 바람직하다고 여기지도 않았지만 그럴 수 있다는 희망조차 잃어버린 그녀는 부서진 사슬[28]의 파편을 내던져버렸다. 세상의 법칙은 이제 더는 그녀의 마음이 따르는 법칙이

----

28 바로 뒤에 나오는 세상의 법과 유대를 끊었다는 뜻이다. 간음의 죄를 저질렀으나 헤스터는 내심 그것을 인정하지 않으려 한다는 뉘앙스를 풍긴다.

아니었다.

이 무렵은 새롭게 해방된 인간의 지성이 수 세기 전보다 더욱 적극적으로 폭넓은 범위에서 위력을 발휘한 시대였다. 칼은 든 사람들이 귀족과 왕들을 전복시켰다. 이들보다 더 과감한 사람들은 현실이 아닌, 그들의 진정한 영토인 이론의 영역에서 오래된 원칙들과 오랜 편견의 체계를 완전히 뒤엎고 새판을 짰다. 헤스터 프린은 이러한 사상을 들이마셨다. 그녀는 당시 대서양 건너편에서는 이미 널리 퍼져 있던 사상의 자유를 받아들였다.[29] 우리의 조상들이 그 사실을 알았다면 주홍글씨로 낙인찍은 죄악보다 더 큰 죄악으로 여겼을 것이다. 바닷가의 외로운 오두막에 사는 그녀에게 뉴잉글랜드의 다른 거주지에는 감히 발도 붙이지 못할 이런 사상들이 찾아왔다. 그처럼 수상쩍은 손님이 그녀의 오두막 문을 두드리는 모습이 목격되었다면 사람들은 그것을 악마만큼 위험한 손님이라고 여겼을 것이다.

가장 대담한 사상을 품고 있는 사람들이 사회의 외부 규제에 가장 완벽하게 순응하기도 한다는 것은 참으로 놀라운 일이다. 그들은 사상만으로도 만족했고 거기에 살을 붙여 현실적 행동에 나서지는 않았다. 헤스터 또한 마찬가지였다. 그러나 어린 펄이 정신세계로부터 그녀에게 오지 않았더라면 사정은 크게 달라졌을 것이다. 펄이 없었더라면 그녀는 앤 허친슨과 나란히 손을 잡고 한 종파의 창시자로 역사에 기록되어 후

----

29 자유사상은 17~18세기에 프랑스와 영국을 중심으로 생겨난 사상으로 개인의 시민적 자유와 정치·경제·종교의 자유를 주장했다. 정치적 자유는 민주주의를, 경제적 자유는 자본주의를 지향했으며 종교의 자유는 자유로운 성경 해석을 격려했다. 이러한 자유는 곧 개인 권리의 자유로 확대되어 근대 시민사회의 발달을 가져왔다. 프랑스 대혁명 이전에는 왕의 신하인 신민만 존재했으나 대혁명 이후에는 근대사회의 주인인 시민의 개념이 형성되었다. 서구 사회에서는 이러한 개인의 자유를 바탕으로 종교와 정치, 즉 성(聖)과 속(俗)을 서로 분리하여 바라보게 되었다. 반면에 헤스터 프린이 속한 당시 보스턴 청교도 사회는 종교와 정치가 하나인 신정 체제였다.

대에 전해졌을 것이다. 어쩌면 인생의 어느 시점에서 예언자가 되었을 수도 있다. 그랬다면 청교도 사회의 근간을 흔들었다는 죄목으로 그 시대의 엄한 법정에서 사형을 선고받았을 것이다.

하지만 아이를 키우는 일은 어머니의 열정적 사상이 흘러 나갈 출구가 되어주었다. 하나님은 헤스터에게 어린 딸을 보내어, 온갖 역경 속에서도 소중히 키워 그 안에서 여성성이 꽃피우게 하라는 사명을 맡기신 것이다. 모든 것이 그녀에게 불리했다. 세상은 적대적이었고, 아이의 본성에는 어머니의 방종한 열정의 결실로 잘못 태어났다는 징후가 끊임없이 드러났다. 헤스터는 종종 쓰라린 마음으로 저 아이의 탄생이 축복인지 저주인지 자문하곤 했다.

실제로 그녀의 마음속에서는 여성 전체에 대해서도 이와 같은 암담한 질문이 솟아오르곤 했다. 여성들 가운데 가장 행복한 여성이라 할지라도, 여성으로 존재하는 것은 과연 받아들일 만한 가치가 있는 것인가? 그녀 개인의 존재에 대해서는 이미 오래전에 그럴 가치가 없다는 판단을 내렸고 그 문제는 끝난 것으로 간주했다. 깊이 생각하는 성향은, 남자든 여자든, 평온함과 동시에 슬픔을 가져다준다. 그녀는 자신 앞에 놓인 과제가 희망 없는 것임을 깨달았다. 첫 번째 단계로 사회의 전반적 제도를 허물고 완전히 새로 짜야 했다. 그런 다음 남성의 본성과, 거기서 비롯되어 거의 본성처럼 되어버린 오랜 습관을 근본적으로 바로잡아야 했다. 그렇게 해야만 여성은 비로소 정당한 자리를 얻을 수 있다. 마지막으로 이런 어려움이 모두 제거되었다 할지라도, 여성은 이런 선도적 개혁의 혜택을 곧바로 누릴 수 없다. 그에 앞서 여성 스스로가 그보다 더 엄청난 변화를 겪어야 하기 때문이다. 그 과정에서 여성은 지금까지 자신의 본질이라 여겨온 모든 것들이 흔적도 없이 증발해버리는 것을 깨닫게 될 것이다.

여성은 이성만으로는 이런 난제들을 결코 해결할 수 없다. 이는 그대로 남겨두거나 단 하나의 방법으로만 해결될 수 있었다. 여성의 마음이 가장 높은 곳에 이르면, 이 모든 문제는 저절로 사라질 것이다. 그리하여 생기를 잃은 가슴을 안은 채 헤스터는 마음의 어두운 미로를 실마리도 없이 헤맸다. 넘을 수 없는 절벽 앞에서 길을 잃고, 깊은 심연 앞에서 물러서곤 했다. 사방에는 황폐한 풍경뿐이었고, 어디에도 가정의 따스함은 없었다. 때로는 무서운 의심이 그녀의 영혼을 덮쳤다. 펄을 하늘나라로 보내고 자신은 영원한 정의의 심판이 정하는 대로 저승으로 가는 것이 낫지 않을까 하는 생각이 들었다.

주홍글씨는 그 임무를 완수하지 못했다.

하지만 그날 밤 뜬눈으로 지새우며 딤스데일 목사를 만난 일은, 헤스터에게 새로운 깨달음을 주었고 어떤 희생을 치르더라도 이루고 싶은 새로운 목표를 가져다주었다. 그녀는 목사가 신음하는 모습을, 아니 더 정확히 말하자면 이미 신음할 기력조차 잃어버린 처참한 모습을 똑똑히 목격했다. 그녀는 그가 미치기 직전이라는 것을 알았다. 어쩌면 이미 문턱을 한 발 넘어섰는지도 몰랐다.

회개의 은밀한 고통이 어떤 치유의 효험이 있다 하더라도, 그의 고통을 덜어주겠다며 내민 손길이 오히려 더 치명적인 독을 퍼뜨렸음은 분명했다. 친구이자 조력자로 위장한 숨은 적이 그의 곁을 떠나지 않으며, 틈만 나면 딤스데일 목사의 예민한 영혼을 마음대로 조종해왔던 것이다.

헤스터는 자문했다. 목사가 이토록 암울한 조짐만 가득할 뿐 희망의 빛조차 보이지 않는 처지에 놓인 것이, 애초 자기 자신에게 진실성과 용기, 진심이 부족했기 때문은 아니었을까? 그녀가 내세울 수 있는 변명이라고는, 칠링워스의 정체를 숨기는 것만이 목사를 더 큰 절망에서 건져낼 유일한 길이었다는 것뿐이었다. 그때는 순간의 판단으로 그런 선택을 했지만, 돌이켜보니 두 갈래 길 중에서 더 비참한 쪽을 택한 셈이었다.

이제라도 자신의 잘못을 바로잡아야겠다고 그녀는 결심했다. 혹독한 시련의 세월이 그녀를 단련시켰다. 이제는 더 이상 죄의 짐에 짓눌리고 아직도 생생한 수치심에 정신이 혼미한 채 로저 칠링워스와 감옥에서 대화를 나누던 그날처럼 무력하지 않았다. 그때 이후로 그녀는 한 걸음 더 높이 올라섰다. 반면 노인은 치졸한 복수심에 사로잡혀 그녀가 있는 자리까지, 아니 어쩌면 그보다 더 밑으로 떨어져 있었다.

결국 헤스터 프린은 전남편의 손아귀에서 헤어나지 못하는 목사를 구하기 위해, 그와 마주하여 온 힘을 다해 맞서기로 단단히 마음먹었다. 기회는 생각보다 빨리 찾아왔다. 어느 날 오후, 펄과 함께 반도의 한적한 곳을 거닐다가 그녀는 노의사를 발견했다. 그는 한쪽 팔에 바구니를 끼고 다른 손에는 지팡이를 짚은 채, 허리를 깊이 숙여 약재로 쓸 풀뿌리와 약초를 찾아다니고 있었다.

♦ "기회는 생각보다 빨리 찾아왔다. 노의사는 한쪽 팔에 바구니를 끼고 다른 손에는 지팡이를 짚은 채, 허리를 깊이 숙여 약재로 쓸 풀뿌리와 약초를 찾아다니고 있었다."

제14장

헤스터와 의사

헤스터는 펄에게 저기 약초 캐는 사람과 잠시 이야기를 나누려 하니 물가로 달려가서 조개와 헝클어진 해초를 가지고 놀라고 말했다. 그러자 펄은 새처럼 날아가 자그마하고 하얀 발을 드러낸 채 바닷가에서 찰박거리며 뛰놀았다. 아이는 가끔 멈춰 서서 썰물이 남기고 간 물웅덩이를 거울 삼아 호기심 어린 눈길로 들여다보았다. 거기엔 검은 곱슬머리가 반짝이고 눈가엔 요정 같은 미소를 띤 어린 소녀의 얼굴이 있었다. 친구 하나 없던 펄은 거울 속 그 소녀에게 자기 손을 잡고 함께 달려보자고 말을 건넸다. 그러나 거울 속 어린 소녀는 이렇게 말하는 듯했다. "여기가 더 좋은 곳이야! 네가 이 안으로 들어와!" 그래서 펄은 물이 다리 중간까지 올라오는 웅덩이로 들어가 바닥에 있는 자신의 하얀 발을 내려다보았다. 더욱 깊은 곳에서 흔들리는 물결에 조각조각 흩어진 미소가 희미하게 반짝거리며 이리저리 떠다니고 있었다.

그러는 사이 아이의 엄마는 의사에게 다가갔다.

그녀가 말했다. "당신에게 하고 싶은 말이 있어요. 우리 두 사람과 깊이 관련된 문제예요."

그가 수그렸던 허리를 펴면서 대답했다. "아하! 헤스터 부인께서 이 늙은 로저 칠링워스와 한 말씀 하고 싶으시다? 얼마든지! 그런데 온 사방에서 당신에 대한 좋은 소식이 들리더군! 바로 어제저녁에도 현명하고 거룩한 치안판사 한 분이 당신 문제를 두고 이야기하다가 슬쩍 일러주기를, 헤스터, 의회에서 당신 가슴의 주홍글씨를 떼어줘도 공공의 안녕에 피해가 없겠는지 논의했다는 거요. 그래서 말이지 헤스터, 이 내가 존경하는 판사님께 한시 바삐 떼어달라고 간청을 했소!"

헤스터가 침착하게 대답했다. "이 표지를 떼어내는 건 치안판사님들이 마음대로 할 수 있는 일이 아니에요. 제게 그럴 자격이 생긴다면 저절로 떨어져 나가거나, 아니면 다른 의미를 가지는 무언가로 바뀌겠지요."

그가 대꾸했다. "그래, 그렇게 하는 게 좋으면 계속 달고 있으면 되겠지. 여자가 자기 몸을 치장하는 건 본인 뜻대로 하는 법이니까. 그 글씨는 화사하게 수놓인 데다 당신 가슴에 썩 잘 어울리는군!"

이런 대화가 오가는 중에도 그 늙은 남자를 계속해서 바라보던 헤스터는 지난 7년 동안 그에게 어떤 변화가 일어났는지 알아차리고는 깜짝 놀라 큰 충격에 사로잡혔다. 그가 그동안 폭삭 늙었다는 것은 아니었다. 나이 든 흔적이 보이기는 했지만 비교적 세월을 잘 견디었고, 강건한 활력과 민첩함은 예전 그대로인 듯했다. 그러나 그녀가 가장 또렷하게 기억하는, 지적이고 학구적인 사람의 차분하고 조용한 모습은 완전히 사라졌고, 대신 그 자리에는 열렬히 무엇인가를 찾는 듯한 사람의 무척 사나우면서도 경계심 어린 표정이 자리 잡고 있었다. 그는 미소를 지어 그런 표정을 감추려는 듯했다. 하지만 좀처럼 마음대로 되지 않는지 얼굴 위로 지독한 비웃음 같은 것이 스쳐 지나가서 오히려 지켜보던 사람들에게 그의 음험함이 더욱 도드라져 보였다. 게다가 가끔씩 그의 눈에서 붉은 섬광이 번쩍였는데, 마치 노인의 영혼에 불이 붙어 가슴속에서 타다 만

잉걸불처럼 음울하게 그을어가다가, 예기치 않은 격정이 풀무질을 하여 갑작스레 거센 불길로 타오르는 듯했다. 그는 그 불길을 황급히 억누르면서 아무 일도 없다는 듯 보이려고 애를 썼다.

한마디로 늙은 로저 칠링워스는 인간이 상당한 시간 동안 악마 노릇을 하려고 들면 자기 자신을 악마로 만들 수 있음을 극명하게 보여주는 산 증거였다. 이 불행한 남자는 지난 7년 동안 그렇게 변해버렸다. 고뇌하는 영혼을 끊임없이 분석하고, 그로부터 즐거움을 얻고, 희희낙락하다가 마침내 악마가 되어버린 것이다.

주홍글씨는 헤스터 프린의 가슴 위에서 불타오르고 있었다. 그러나 여기에 또 다른 파멸이 있었다. 그녀는 이런 사태에 얼마간 책임이 있다고 느꼈다.

의사가 물었다. "내 얼굴에 뭐가 있길래 그렇게 빤히 보시오?"

그녀가 대답했다. "저를 울고 싶게 만드는 무언가요. 제게 아직도 그에 어울릴 만큼 서러운 눈물이 남아 있다면 말이에요. 하지만 이 얘기는 그만해요! 저는 저 가여운 분에 대해서 이야기하고 싶어요."

"그 남자 말이오?" 하고 로저 칠링워스가 열띤 목소리로 외쳤다. 그 화제가 마음에 드는 데다 속 시원히 속내를 털어놓을 수 있는 유일한 상대와 그 이야기를 할 수 있게 되어 기쁜 것 같았다. "사실대로 말하자면, 헤스터 부인, 요즘 내 머릿속은 그 사람 생각으로 아주 바쁘다오. 그러니 마음 놓고 말해봐요. 시원하게 대답해드릴 테니."

헤스터가 말했다. "벌써 7년 전 일이지만 지난번에 만나서 마지막으로 이야기했을 때, 당신과 내가 이전에 무슨 관계였는지 비밀로 하라는 약속을 받아 갔지요. 그때는 그분의 목숨과 명예가 당신 손에 달려 있었기 때문에 나로서는 당신이 요구하는 대로 침묵하는 것 말고는 선택의 여지가 없었어요. 하지만 그렇게 약속하면서도 무거운 불안감이 마음을 짓눌렀어요. 다른 사람에 대한 의무는 다 끊어버렸는지 몰라도 그분에 대한 의무는 여전히 남아 있었기 때문이지요. 마음속에서 당신의 요청을 지키겠다고 맹세한 건, 그분에 대한 의무를 저버리는 일이라는 속삭임이 들려왔어요. 그날 이후로 당신만큼 그에게 가까이 있는 사람은 없었어요. 당신은 그의 모든 발걸음을 따라다니지요. 잠들었을 때나 깨어 있을 때나 곁에서 그의 생각을 들춰보고, 마음을 파헤치고 곪게 하면서요! 당신이 그의 숨통을 움켜쥐고 날마다 산 채로 죽음을 맛보게 하는데도, 그는 아직도 당신이 누구인지 몰라요. 이런 일이 벌어지게 놔둔 저는, 진실하게 대해야 할 유일한 남자에게 잘못을 저지른 거예요!"

로저 칠링워스가 말했다. "당신에게 달리 무슨 선택의 여지가 있었겠소? 내가 그자를 지목했더라면 그는 설교단 아래 지하 감옥으로 굴러떨어지고, 그다음엔 교수대로 가게 됐을지도 모르지!"

헤스터 프린이 말했다. "차라리 그편이 나았을 거예요!"

로저 칠링워스가 되물었다. "내가 그 사람에게 무슨 나쁜 짓이라도 했나? 헤스터 프린, 분명히 말하지만 이 불쌍한 목사를 위해 내가 쏟아부은 정성은 이 세상 어떤 왕이 의사에게 지불한 보수로도 감당할 수 없을 만큼 값진 것이었소! 나의 도움이 없었더라면 그의 생명은 그와 당신이 죄를 저지르고 나서 두 해도 채 못 되어 고뇌 속에 불타버렸을 거요. 왜냐하면 헤스터, 그는 정신력이 강한 사람이 아니오. 당신처럼 주홍글씨 같은 짐을 견디어낼 정도로 강하지가 못해요. 아, 내가 그 잘난 비밀을 밝힐 수만 있다면! 이 얘기는 이쯤 합시다! 아무튼 내가 가진 의료 기술을 그에게 모두 쏟아부었소. 그가 지금도 숨을 쉬면서 지상을 기어다닐 수 있는 건 순전히 내 덕분이란 말이오!"

헤스터 프린이 말했다. "차라리 그때 죽었더라면 더 좋을 뻔했어요!"

늙은 로저 칠링워스가 가슴속에 담아둔 괴이한 불길을 헤스터의 눈앞에 터트리며 말했다.

"그래 당신, 말 한번 잘했소! 즉각 죽어버렸다면 더 좋았을 거요! 어떤 인간도 이 남자가 겪어온 고통을 결코 견뎌내지 못했을 테니까! 게다가 하필 최악의 적 앞에서 말이지! 그는 나를 꾸준히 의식해왔어요. 무언가가 항상 저주처럼 맴돌며 자신에게 영향을 끼치고 있다는 걸 느꼈을 거요. 그자는 영적 감각으로, 자신의 심장을 쥐고 흔드는 것이 우호적인 손길이 아니라는 것도, 죄악만을 찾아 헤매는 호기심 어린 눈길이 자신을 들여다보다 마침내 그 죄를 찾아냈다는 것도 알아차렸을 테요. 그토록 예민한 사람은 창조주께서도 일찍이 만든 적이 없었을 거니까! 하지만 그 눈길과 손길이 나의 것이란 건 전혀 알지 못했소! 동료 목사들 사이에 퍼진 미신에 사로잡힌 채, 자신이 악마의 손에 넘겨져 밤마다 무서운 꿈을 꾸고 절망적인 생각과 회한이 안겨주는 고통과 용서받을 길 없다는 절망에 시달리며 무덤 너머 저승에서 자신을 기다리는 운명을 미리 겪고 있다고 여기는 거요. 하지만 그건 계속해서 곁을 맴도는 내가 드리운 그림자였소! 그가 가장 지독한 잘못을 저지른 그 남자가 가장 가까운 곳에 있었던 거요! 이제는 처절한 복수라는 영원한 독으로만 살아가게 된 자 말이오! 그래, 정말 그렇군! 그의 짐작은 틀리지 않았소! 악마가 바로 그의 옆에 붙어 있었으니까! 한때는 인간의 마음을 지녔던 평범한 사람이 이제는 그에게 각별한 고통을 안기는 데 열중하는 악마로 변해버린 거지!"

불행한 의사는 이렇게 말하면서 공포에 질린 표정으로 두 손을 공중으로 들어 올렸다. 마치 그가 알아볼 수 없는 어떤 끔찍한 형상이 거울에 비친 그의 모습을 밀쳐내고 그 자리를 대신 차지하려 드는 모습을 본 것만 같았다. 그것은 몇 년에 한 번 드물게 벌어지는 일로, 인간의 정신적 형상이 당사자의 마음의 눈앞에 분명히 드러나는 순간이었다. 아마도 노의사는 자기 자신을 지금처럼 또렷하게 들여다본 적이 없었을 것이다.

헤스터가 노의사의 표정을 주시하며 말했다. "당신은 그를 충분히 괴롭히지 않았나요? 이미 그분은 당신에게 진 빚을 다 갚지 않았나요?"

"아니, 그렇지 않소! 오히려 갚아야 할 빚이 늘어났을 뿐이오!" 의사는 이렇게 대답하고 말을 이어갔으나 그의 태도에 깃든 사나움은 점차 사라지고 우울하게 가라앉았다. "헤스터, 9년 전의 나를 기억하오? 그때도 나는 이미 노년에 접어들었지만, 내 삶은 진지하고 학구적이며 사색적이고 평온한 세월로 채워져 있었소. 폭넓은 학식을 쌓는 데 온전히 바친 세월이었고, 비록 학문을 좇다 우연히 얻어진 것이긴 했지만 인류의 복지를 향상시키는 데도 충실히 기여했소. 내 삶만큼 평온하고 순수한 삶도 드물었을 거요. 그토록 많은 축복을 누리며 살아온 이도 많지 않았을 테고. 그때의 나를 기억하오? 비록 당신은 나를 냉정하다 여겼을지 모르지만, 나는 남을 배려하고 나 자신을 위해서는 욕심이 없는 사람이었소. 친절하고 진실되고 정의로웠으며, 비록 따스하진 못했어도 한결같은 애정을 보이지 않았소? 내가 그런 사람이 아니었던가?"

헤스터가 말했다. "그랬어요. 그보다 더 나았지요."

"그런데 지금의 나는 뭐란 말이오?" 그가 헤스터의 얼굴을 쳐다보며 따지고 들었다. 그의 내부에 있는 모든 사악함이 얼굴에 글씨처럼 선명히 나타났다. "난 이미 당신에게 내가 무엇인지 말해주었소! 난 악마요! 누가 나를 이렇게 만들었지?"

헤스터가 전율하며 말했다. "내가 그랬어요! 그 사람 못지않게 내게도 책임이 있어요. 왜 내게는 복수하지 않으시는 거예요?"

로저 칠링워스가 대답했다. "당신은 주홍글씨에 맡기지 않았소. 그 글씨가 나 대신 복수를 해주지 않았다면 내가 뭘 더 바랄 수 있겠소?"

그는 미소를 지으며 손가락을 주홍글씨에 얹었다.

헤스터 프린이 대답했다. "그건 당신의 복수를 충분히 대신해주었어요!"

의사가 말했다. "나도 그렇게 생각하오. 그런데, 지금 저 남자와 관련하여 내게 뭘 바라는 거요?"

헤스터 프린이 단호하게 답했다. "나는 그 비밀을 밝혀야겠어요. 그는 당신의 정체가 뭔지 반드시 알아야 해요. 결과가 어떻게 될지 나는 알지 못해요. 하지만 이처럼 오랫동안 그의 신뢰를 저버리는 빚을 졌으니, 지금껏 나는 그분에게 파멸의 원인과 파멸을 안겨준 거예요. 이제 그 빚을 갚아야겠어요. 그분의 높은 명성과 지위, 어쩌면 목숨까지도 모두 잃을지 아니면 지킬 수 있을지는 오로지 당신의 손에 달려 있지요. 하지만 주홍글씨는 내가 진실에 충실하도록 단련시켰어요. 비록 내 영혼 깊숙이 파고드는 불붙은 쇠막대 같은 진실이었지만 받아들였지요. 나는 그분이 그런 황량하고 공허한 삶을 더 살아가도록 두는 건 결코 좋은 일이 아니라고 생각해요. 그러니 당신에게 자비를 구걸하는 따위의 행동은 하지 않겠어요. 그 사람에 대해선 당신 좋을 대로 하세요! 이건 그에게도 좋지 않고, 내게도 좋지 않고, 당신에게도 좋을 게 없어요! 어린 펄에게도 좋은 일이 아니에요! 이 암담한 미로에서 우리가 빠져나가도록 인도해줄 길은 없다고요!³⁰"

"여인이여, 참으로 당신이 안타깝구려!" 로저 칠링워스는 감탄스러운 전율을 억누르지 못하고 말했다. 그녀가 방금 보여준 절망감에는 숭고한 기운이 어려 있었던 것이다. "당신은 정말 뛰어난 품성을 지녔소. 당신이 과거에 나보다 더 나은 인연을 만났더라면 이런 사악한 일은 겪지 않았을 거요. 당신의 그런 좋은 품성을 지금껏 낭비해왔다니 정말 안됐다고 생각하오."

헤스터 프린이 대답했다. "당신이 더 가슴 아파요. 증오심 때문에 현

----

30 헤스터는 여기서 이런 황량한 삶이라면 차라리 죽어버리고 말겠다는 단호한 결단을 말하고 있다. 이것은 13장에 나오는 "주홍글씨는 그 임무를 완수하지 못했다"라는 문장과 호응한다. 자신의 죄를 뉘우치고 회개하여 새로 거듭나 환난 속에서도 하나님이 주신 삶을 계속 살아가는 것이 주홍글씨가 가르치는 교훈인데, 그 가르침을 따르지 않고 세상을 저버린다면 임무를 완수하지 못하는 셈이다.

명하고 공정한 사람이 악마로 변해버렸으니까요! 지금이라도 증오심을 내버리고 다시 한번 인간이 될 수는 없나요? 그를 위하는 일은 하지 못하겠다면, 더 중요한 당신 자신을 위해서요! 용서하세요, 그리고 그 이상의 징벌은 그 일을 주관하시는 하나님께 맡기세요. 제가 말했지요, 지금 이대로는 그에게도 좋지 않고, 당신에게도 내게도 좋을 게 없다고요. 우리는 지금 악의 암담한 미로 속을 함께 헤매고 있어요. 걸음을 내디딜 때마다 우리가 길에 흩뿌려놓은 죄에 걸려 넘어지면서요. 그러고 보니 그렇지 않군요! 당신에게만, 오로지 당신에게만은 좋을 일이 있을지도 몰라요. 당신은 큰 피해를 입었고, 당신만이 의지를 발휘해서 용서할 수 있으니까요. 그 귀중한 특권을 포기하실 건가요?"

노인이 음울하고 진지한 얼굴로 말했다. "그만하시오, 헤스터, 그만! 용서할 수 있는 힘은 내게 주어지지 않았소. 내게는 당신이 말하는 그런 힘이 없어요. 잊어버린 지 오래인 나의 옛 신앙[31]이 되돌아와, 우리가 한 모든 일과 우리가 당한 모든 고통을 설명해주는구려. 당신이 첫걸음을 잘못 내디딘 순간 당신은 악의 씨앗을 심어놓은 것이오. 그러나 그 순간부터는 모든 것이 어두운 필연이었소. 나에게 피해를 입힌 당신들도 전형적인 착각에 빠졌을 뿐, 죄를 지은 것은 아니오. 나 또한 악마의 손에서 악마의 일을 빼앗아 왔지만 악마 같은 자는 아니오. 이건 우리의 운명이오. 검은 꽃은 피고 싶은 대로 피라고 둡시다! 자, 이제 당신 길로 가서 저 남자를 당신 뜻대로 하시오."

그는 손을 내젓고는 다시 약초 캐는 작업으로 돌아갔다.

----

31 네덜란드로 이주한 영국인 청교도들이 받아들인 칼뱅주의 교리를 가리킨다. 뒤이어 언급되는 어두운 필연은 칼뱅의 예정설을 암시한다. 역자 해설 중 '청교도주의와 반율법주의' 참고.

제15장
헤스터와 펄

그리하여 로저 칠링워스는 헤스터 프 린을 떠나 멀어져갔다. 사람들의 기억에 지울 수 없이 각인된 얼굴을 한 그 기형의 노인은, 몸을 구부정하게 숙인 채 땅을 살피며 걸었다. 그는 여기저기서 약초를 뜯거나 풀뿌리를 뽑아 팔에 걸친 바구니에 집어넣었 다. 기다시피 나아가는 그의 회색 턱수염이 거의 땅에 닿을 지경이었다.

헤스터는 한동안 그를 바라보면서 이상한 상상에 잠겼다. 그의 발이 디디고 지나간 자리마다 초봄의 여린 풀이 시들어버리는 바람에, 산뜻한 푸른 초원을 가로질러 바싹 마른 갈색 발자국이 구불구불 길을 내는 것 은 아닐까? 저 노인이 저토록 열심히 수집하는 풀이 과연 어떤 종류일까 궁금하기도 했다. 그의 불길한 눈빛을 받은 대지가, 마치 그의 사악한 뜻 을 알기라도 한 듯 손길이 닿는 곳마다 이름 모를 독초들을 피워 올려 그 를 반기는 것은 아닐까? 아니면 그는 온갖 이로운 풀들이 자신의 손길에 닿아 유해한 독초로 변하는 것을 보며 만족해하는 것일까? 어디서나 밝 게 비치는 햇빛이 과연 그에게도 내리쬘까? 아니면 짐작되듯, 그가 어디로 발걸음을 옮기든 그의 기형적인 모습을 따라다니는 불길한 그림자가 원을 그리며 맴돌고 있었던 걸까? 그는 지금 어디로 가고 있는 걸까? 갑자기 땅속으로 꺼져서 무엇도 자라지 못하고 시들어버리는 메마른 자리만 남기는 것은 아닐까? 그리고 때가 되면 그곳에서 벨라도나와 층층나무와 사리풀, 그 밖에 이 땅이 만들어낼 수 있는 모든 독초가 무성하게 자라나지는 않을까? 아니면 그가 박쥐 같은 날개를 펴고서 공중으로 날아올라 하늘 높이 올라갈수록 더욱 흉측해지는 것은 아닐까?

"이게 죄가 되든 말든, 난 저 사람이 싫어!" 헤스터 프린은 그의 뒷모습을 바라보며 쓰라린 목소리로 말했다.

그녀는 그런 감정을 품는 자기 자신을 꾸짖었지만 도무지 그것을 이겨내거나 누그러뜨릴 수는 없었다. 미워하는 감정을 억누르려고 애쓰면서 그녀는 머나먼 땅에서 보낸 까마득한 옛날을 회상했다. 서재에 틀어박혀 있다가 저녁이 되어서야 나와 가정의 벽난로 앞에 앉아 아내의 미소 짓는 얼굴을 바라보곤 하던 그였다. 그는 그토록 오랜 시간을 책들 사이에서 홀로 보내는 동안 마음속에 배어든 한기를, 그녀의 미소를 쬐며 녹여야 한다고 말했다. 그런 순간들이 한때는 순수한 행복으로만 보였지만, 이후의 삶을 돌아보니 그것은 가장 추악한 기억으로 변해버렸다. 그녀는 어떻게 그런 순간들을 견뎌낼 수 있었는지 의아할 따름이었다. 어떻게 그와의 결혼을 결심했는지 이해할 수 없었다. 그의 미지근한 손길을 받아들이고, 그의 입술과 눈가에 맺힌 미소에 자신의 미소가 섞여들게 했던 것이야말로 가장 후회스러운 죄악이라 여겼다. 아무것도 모르던 시절, 로저 칠링워스가 그녀를 속여 그의 곁에 있는 것이 행복이라고 믿게 만든 것이, 그 이후 그가 저지른 어떤 잘못보다도 더 흉악한 범죄로 느껴졌다.

헤스터는 아까보다 더 쓰라린 목소리로 되뇌었다. "그래, 나는 저 사람을 증오해! 저 사람이야말로 나를 배신한 거야! 내가 그에게 한 것보다 더 큰 잘못을 나에게 저지른 거야!"

여인에게서 결혼의 허락을 얻어내고도 그 마음속 타오르는 정열을 사로잡지 못한 남자들은 떨어야 하리라! 그렇지 않으면 칠링워스와 같은 비극적 운명이 그들을 기다릴 테니. 진정한 열정이 그녀의 영혼을 깨우고 나면, 그녀는 깨닫게 되리라. 남자들이 따스한 실체라 믿게 만든 그 평온한 만족이, 대리석처럼 차가운 행복의 허상에 지나지 않았음을.

헤스터는 오래전에 이런 부당한 처사를 끝냈어야 마땅했다. 그녀가 그런 생각을 했다는 건 무엇을 뜻하는가? 주홍글씨의 고통에 시달리며 보낸 7년이라는 세월 동안 그토록 많은 비참함을 겪었는데도 진정한 회개를 이끌어내지 못했다는 뜻인가?

로저 칠링워스의 비뚤어진 모습을 바라보며 서 있던 그 짧은 순간의 상념이 헤스터의 머릿속에 어두운 빛을 던져, 그녀 스스로는 인정하기 꺼렸을 많은 것을 드러냈다. 칠링워스가 떠나자 그녀는 아이를 다시 불렀다.

"펄! 귀여운 펄! 어디에 있니?"

늘 생기가 흘러넘쳐 지치는 법이 없는 펄에게는 엄마가 늙은 약초 수집가와 이야기를 나누는 내내 놀거리가 끊이지 않았다. 앞에서 말한 것처럼 처음에는 물웅덩이에 비친 자신의 모습을 상대로 기발한 장난을 쳤다. 그 그림자더러 밖으로 나오라고 불러도 나오려 들지 않자, 만질 수 없는 땅과 닿을 수 없는 하늘이 만나는 그곳으로 들어가는 통로를 찾아보았다. 그러나 곧 자기나 물속 모습 중 하나는 실체가 아니라는 것을 깨닫고 더 좋은 오락거리를 찾아 다른 곳으로 향했다.

아이는 자작나무 껍질로 작은 배들을 만들고 달팽이 껍질을 실어서 뉴잉글랜드의 그 어떤 상인보다 더 먼 바다로 모험을 떠나보냈다. 하지만 그중 여러 척이 해안가에서 가라앉고 말았다. 이어서 살아 있는 참게 뒷다리를 잡고 놀거나 불가사리를 몇 마리 잡기도 하고 해파리를 잡다가 따뜻한 햇빛에 녹아내리게 펼쳐두기도 했다. 그러고는 밀려오는 밀물이 줄을 긋듯 남기고 간 하얀 물거품을 잡아채어 산들바람 속으로 내던진 뒤, 커다란 눈가루들이 땅에 떨어지기 전에 잡으려고 날듯이 달리기도 했다. 해안을 따라 파닥이며 먹이를 먹는 바닷새 무리를 발견하자 이 장난기 많은 아이는 앞치마에 작은 돌을 한가득 담고서 자그마한 바닷새를 쫓아 이 바위 저 바위로 기어오르며 날렵하게 돌을 던져댔다. 하얀 가슴을 가진 자그마한 회색 새 한 마리는 분명 돌에 맞아서 날개가 부러진 것 같았는데 그대로 날아가버렸다. 그러자 이 꼬마 요정은 한숨을 내쉬며 놀이를 그만두었다. 바닷가의 산들바람처럼, 펄 자신처럼 야생의 존재인 작은 새에게 해를 끼친 것이 마음 아팠기 때문이다.

마지막 놀이는 다양한 해초를 모아다가 목에 두를 목도리와 겉옷, 머리 장식을 만들어 작은 인어로 변신하는 것이었다. 아이는 엄마에게 옷을 만들고 멋지게 두를 줄 아는 재주를 물려받았다. 인어 차림을 마무리하기 위해 펄은 거머리말을 가져다가 엄마에게서 익히 보았던 장식을 최대한 비슷하게 흉내 내어 자기 가슴에 달았다. 그것은 하나의 글씨, 주홍색이 아니라 신선한 초록빛 A였다! 아이는 턱을 가슴 쪽으로 숙이고 이상하리만큼 관심을 기울여 이 장식을 찬찬히 뜯어보았다. 마치 그 아이가 이 세상에 온 유일한 목적이 그 글씨의 숨겨진 의미를 알아내는 것인 양 말이다.

펄은 '엄마가 이게 무슨 뜻이냐고 물어볼까?' 하고 생각했다.

바로 그때 엄마의 목소리가 들려왔다. 펄은 작은 바닷새처럼 가볍게 날아오르듯 헤스터 프린 앞에 나타나 자기 가슴의 장식을 손가락으로 가리키며 웃음을 터트리고 춤을 추었다.

잠시 아무 말이 없던 헤스터가 입을 열었다. "내 귀여운 펄, 그 초록색 글씨는 네 어린 가슴에 달아봐야 아무런 의미도 없단다. 그런데 너는 엄마가 달고 다녀야만 하는 이 글씨가 무얼 의미하는지 알고 있니?"

아이가 말했다. "알아요, 엄마. 대문자 A예요.[32] 엄마가 글씨판으로 가르쳐주셨잖아요."

헤스터는 딸의 작은 얼굴을 물끄러미 바라보았다. 딸의 검은 눈에는 늘 보이던 그 특유의 표정이 어려 있었지만, 펄이 그 상징을 진정 어떻게 이해하고 있는지는 충분히 가늠할 수 없었다. 그녀는 바로 그 점이 병적으로 알고 싶어졌다.

"얘야, 너는 엄마가 왜 이 글씨를 달고 있는지 그 이유를 아니?"

펄이 엄마의 얼굴을 바라보며 밝은 얼굴로 말했다. "잘 알아요! 목사님이 가슴에 손을 올려두는 것과 같은 이유잖아요."

헤스터는 아이가 내뱉은 터무니없고 엉뚱한 말에 미소를 지으며 "그래, 그럼 그 이유는 뭔데?" 하고 물었다가, 그 말을 다시 곱씹어보고는 얼굴이 창백해졌다. "이 글씨가 내 가슴 말고 다른 사람의 가슴하고는 무슨 상관이 있다는 거니?"

펄이 평소보다 심각한 말씨로 대답했다. "아니에요, 엄마, 내가 알고 있는 건 다 말했어요. 방금 얘기했던 저기 가는 할아버지에게 물어보세요! 아마 저분은 아실 거예요. 그런데 엄마, 진짜로 이 주홍글씨는 무슨 뜻이에요? 엄마는 왜 가슴에 그걸 달고 있는 거예요? 그리고 목사님은 왜 가슴에 손을 올려두는 거고요?"

아이는 두 손으로 엄마의 손을 잡고, 그 야성적이고 변덕스러운 성정에서는 좀처럼 보기 힘든 진지한 표정으로 엄마의 눈을 응시했다. 헤스터의 마음속에 깨달음이 스쳤다. 어쩌면 펄이 순진한 믿음과 어린 지혜를 모아 엄마와 자신의 마음이 만날 수 있는 그 미묘한 지점을 찾아 헤매고 있다는 생각이 들었다.

----

32 청교도 시대의 글씨판에서는 A를 "In Adam's fall, we all sinned"(아담의 타락으로 우리 모두는 죄인이 되었다)라는 문장으로 설명했다.

펄에게서 평소와는 다른 모습이 드러났다. 이제껏 헤스터는 엄마로서 아이를 유일한 사랑으로 강렬히 사랑해왔으면서도, 4월의 산들바람처럼 변덕스러운 응답 말고는 더 이상을 바라지 말자고 스스로를 다잡아왔다. 바람결처럼 펄은 한순간 장난스럽다가도 알 수 없는 열정에 휩싸여 돌풍이 되었고, 기분 좋아하다가도 갑자기 심술을 부렸으며, 품에 안아도 따뜻이 안기기는커녕 오히려 차갑게 굴곤 했다. 때로는 못되게 군 보상이라도 하려는 듯, 무슨 속셈인지 새삼스럽게 애정을 담아 뺨에 입을 맞추거나 머리카락을 부드럽게 매만지기도 했다. 그러다가도 가슴속에 꿈결 같은 기쁨을 남긴 채 다른 일에 정신이 팔려 유유히 떠나갔다.

하지만 이것은 엄마가 자기 자식의 기질을 두고 내린 평가였다. 다른 이들이라면 아이에게서 그다지 호감이 가지 않는 특성만을 발견하고는 그것을 더욱 어둡게 바라봤을지도 모른다. 그러나 이제 헤스터의 머릿속에는 놀라울 만큼 조숙하고 영리한 펄이 이미 엄마의 친구가 되어줄 수도 있고, 서로에게 부담을 주지 않고도 엄마의 슬픔을 있는 그대로 털어놓고 또 그것을 나눌 만한 나이에 이르렀다는 생각이 강하게 들었다. 펄의 성격은 비록 조금 혼란스러울지는 몰라도 그 안에서는 물러서지 않는 용기, 누구도 억누를 수 없는 의지, 잘 다스리면 자부심으로 발전하게 될 강한 자존심, 깊숙이 들여다보면 거짓으로 물들어 있는 온갖 것들에 대한 쓰디쓴 경멸 같은 확고한 원칙들이 생겨나고 있을지도 모른다. 아니, 어쩌면 태어나면서부터 지니고 있었을 수도 있다. 그리고 펄에게도 애정이 있었다. 비록 아직까지는 덜 익은 과일처럼 시고 떫은 맛이 나기는 해도 나름대로 깊은 풍미를 지니고 있었다. 한편으로 헤스터는 이런 모든 훌륭한 자질을 가졌음에도 장차 이 꼬마 요정이 자라서 고귀한 여성으로 성장하지 못한다면 그것은 아이가 엄마로부터 물려받은 악한 자질이 너무 큰 탓일 거라고 생각했다.

펄이 주홍글씨의 비밀을 파헤치려 드는 것은 마치 아이의 본성에 새겨진 운명과도 같았다. 철이 들기 시작할 무렵부터 이 수수께끼를 풀어내는 것이 자신의 사명인 양 행동했다. 헤스터는 가끔 하나님이 아이에게 이런 뚜렷한 성향을 심어주신 것이 정의와 징벌을 위한 계획이 아닐까 생각했다. 하지만 지금까지 그 계획 속에 자비와 은총의 뜻도 함께 있지 않을까 하고 생각해본 적은 단 한 번도 없었다. 어쩌면 펄이 단순한 아이가 아닌 하늘이 보낸 전령이라면? 그렇다면 저 아이의 소명은 어머니의 가슴을 무덤으로 만든 얼어붙은 슬픔을 녹여주는 것이 아닐까? 또 한때 그토록 뜨겁게 타올랐고 지금도 죽지도 잠들지도 않은 채 무덤 같은 가슴속에 갇혀 있는 열정을 극복하게 돕는 것은 아닐까?

헤스터의 마음은 이처럼 생생한 상념들로 가득했고, 그것들은 마치 그녀의 귓가에 속삭이는 것만 같았다. 그러는 동안 어린 펄은 엄마의 손을 두 손으로 꼭 잡은 채 고개를 들어 무언가를 캐내려는 듯한 질문을 한 번, 또 한 번, 그리고 또다시 던졌다.

"엄마, 주홍글씨는 무슨 뜻이에요? 왜 그걸 가슴에 달고 다니는 거예요? 그리고 왜 목사님은 가슴에 손을 올려놓고 계세요?"

헤스터는 마음속으로 생각했다. '뭐라고 대답해야 할까? 안 돼! 아이의 마음을 얻기 위해 치러야 할 대가[33]라고 해도, 그런 값을 치를 수는 없어.'

이어서 그녀는 큰 소리로 말했다.

"바보 같으니라고, 펄. 무슨 그런 질문이 다 있니? 이 세상에는 아이들이 알 수 없는 일이 아주 많이 있단다. 엄마가 목사님의 마음을 어떻게 알 수 있겠니? 그리고 이 주홍글씨는 금실 장식이 예뻐서 달고 다니는

----

[33] 주홍글씨의 진정한 의미를 알려주는 것을 뜻한다. 주홍글씨는 표면적으로는 죄악의 표시이나, 그 깊은 의미는 작품 전체의 주제이기도 하다. 역자 해설 중 '주홍글씨의 다양한 의미' 참고.

거란다."

지난 7년 동안 헤스터 프린은 자기 가슴 위의 상징에 대하여 거짓을 말한 적이 단 한 번도 없었다. 그것은 냉엄하고 가혹하지만 그래도 그녀를 보살피는 수호신의 부적과도 같았다. 그러나 이제 그 수호신마저 그녀를 버린 듯했다. 그토록 그녀의 마음을 철저히 지켜보았건만, 어느새 새로운 악이 스며들었거나, 아니면 오래된 악이 영영 떠나지 않았음을 깨달은 것이다. 어린 펄의 얼굴에서는 아까 보여주었던 진지함이 곧 사라지고 말았다.

하지만 펄은 그 문제를 그대로 내버려두지 않으려 했다. 엄마와 함께 집으로 돌아오는 길에도, 저녁 식사 시간에도, 헤스터가 자신을 침대에 누일 때도 두세 번씩 물어댔고, 마침내 깊이 잠든 줄 알았을 때도 검은 두 눈에 장난기가 가득한 채로 갑자기 위를 쳐다보며 물었다.

"엄마, 주홍글씨는 무슨 뜻이에요?"

그리고 다음 날 아침, 펄은 잠에서 깨어났다는 것을 알리듯이 베개에서 고개를 불쑥 쳐들며 또 다른 질문을 했다. 주홍글씨에 대해 알아내려는 아이가 어찌 된 일인지 그 질문을 주홍글씨와 연결 지은 것이었다.

"엄마! 엄마! 왜 목사님은 가슴에 손을 올려두시는 거예요?"

헤스터는 전에 없이 매서운 목소리로 말했다. "입 좀 다물지 못하겠니, 버릇없는 것 같으니! 엄마 좀 그만 괴롭혀. 안 그러면 어두컴컴한 벽장에 가두어놓을 테야!"

제16장
숲속의 산책

헤스턴 프린은 딤스데일 목사에게 살며시 다가와 어느덧 그와 친밀해진 남자의 진짜 정체가 무엇인지 알리겠다는 결심을 굳게 지키고 있었다. 당장 겪게 될 고통이나 나중에 들이닥칠 결과가 무엇이든 결행할 생각이었다. 그녀는 여러 날 동안 목사가 생각에 잠긴 채 산책하는 사이 말을 걸 기회를 노렸으나 뜻대로 되지 않았다. 그녀는 목사가 반도의 해안가나 근처 울창한 숲속을 걸어 다니는 습관이 있다는 것을 알고 있었다. 사실 그의 서재를 찾아가도 추문이 일거나 목사의 높은 명성과 순결한 품성이 위태로워질 일은 없었을 것이다. 이전에도 많은 사람들이 그곳을 찾아와 그녀의 주홍글씨만큼이나 짙은 죄를 고백했었으니까. 하지만 칠링워스가 드러내놓고 혹은 몰래 끼어들 것이 두려웠고, 의심받을 만한 일이 전혀 없는데도 그녀의 조심스러운 마음이 스스로 그림자를 만들어내는 것 같았다. 게다가 목사와 단둘이 이야기를 나눌 만한 넓은 공간이 필요했다. 이런 여러 이유로 헤스터는 답답하고 은밀한 공간이 아닌, 열린 하늘 아래에서 그를 만나고자 했다.

마침 헤스터는 딤스데일 목사가 기도를 올려주려고 찾아온 적이 있는 어떤 병자의 방에 들러 간호를 하다가, 목사가 전날 인디언 개종자들 사이에서 선교 활동을 하는 사도 엘리엇[34]을 만나러 갔다는 사실을 알게 되었다. 그는 아마도 내일 오후 특정한 시간까지는 돌아올 모양이었다. 그래서 다음 날 일찍부터 헤스터는 어린 펄을 데리고 길을 나섰다. 펄이 곁에 있는 것이 아무리 번거로워도 그녀는 모든 여정에 아이를 꼭 길동무로 데려갔다.

두 여행자가 반도에서 본토로 들어서자 길은 좁은 오솔길로 변했다. 그 길은 신비스러운 원시림 속으로 구불구불 뻗어나갔다. 어둡고 울창한 원시림이 양옆으로 들어서 있어 길은 아주 비좁았고, 위쪽의 하늘도 가려져서 거의 보이지 않았다. 그 광경을 보자 헤스터의 마음속에는 그녀가 그토록 오랫동안 방황해온 정신적 황무지가 떠올랐다. 날씨는 춥고 을씨년스러웠다. 머리 위로는 회색 구름이 두텁게 깔려 있었는데, 미풍이 불어와 구름을 살짝 흔들 때면 햇빛이 간간이 새어 들어와 길을 따라 어른거리며 맴도는 것이 보였다. 하지만 이 생기 넘치는 햇빛조차 숲을 가로질러 보이는 멀리 저편에서만 맴돌 뿐이었다. 장난스레 비치던 햇빛조차 그날의 침울한 기운 때문인지 힘없이 맴돌다가, 그들이 다가서자 자취를 감추어버렸다. 밝으리라 기대하며 찾아간 자리마다 오히려 더 깊은 그늘만 드리워져 있었다.

어린 펄이 말했다. "엄마, 햇빛은 엄마를 좋아하지 않나 봐요. 엄마 가슴에 있는 뭔가가 무서우니까 도망가서 숨는 거예요. 저기 보세요! 저쪽 멀리 떨어진 데서 장난치고 있잖아요. 엄만 그냥 여기 서 있어보세요.

----

34 존 엘리엇(1604-1690). 1626년 케임브리지 대학을 졸업하고 영국 국교회의 목사가 되었으나 후에 비국교도가 되어 신대륙 이주를 결심했다. 1631년 보스턴에 도착하여 인디언들을 상대로 선교 활동을 펼쳤다.

내가 달려가서 붙잡을게요. 나는 아직 어린애니까 나한테서는 도망치지 않을 거예요. 아직 가슴에 아무것도 달고 있지 않잖아요!"

헤스터가 말했다. "얘야, 앞으로도 영원히 달지 말아야지."

펄이 막 달려 나가려다가 멈추어 서며 물었다. "왜 달면 안 돼요, 엄마? 내가 다 큰 어른이 되면 저절로 생기는 거 아니에요?"

엄마가 대답했다. "빨리 달려가야지, 얘야. 가서 햇빛을 잡아 오렴! 곧 사라져버릴 테니까."

펄은 아주 빠르게 달려갔고, 헤스터는 아이가 실제로 햇빛을 따라잡고는 그 한가운데 서서 웃는 모습을 보고 미소를 지었다. 아이는 햇빛의 찬란함으로 환히 빛났고 재빨리 움직인 탓에 생기로 가득 차서 반짝거리고 있었다. 빛은 함께 놀 동무가 반가운 듯 외로운 아이 주위에 머물렀고, 아이 엄마가 그 마법의 동그라미 안으로 들어설 만큼 가까이 다가올 때까지 계속 거기에 있었다.

펄이 고개를 저으며 말했다. "햇빛이 이제 곧 가버릴 거예요!"

헤스터가 미소 지으며 대답했다. "이거 좀 보렴! 이렇게 손을 뻗어서 잡을 수도 있단다."

그러나 헤스터가 정말 손을 뻗으려 하자 햇빛은 사라져버렸다. 펄의 얼굴에서 춤추는 듯한 생기로 미루어 보면, 아이가 그 햇빛을 온통 자기 안에 담아두었다가, 그들이 더 짙은 그늘로 들어설 때 자신의 걸음걸이마다 다시 비춰내려는 듯했다. 펄의 본성 중에서 그 어떤 것도 이처럼 시들 줄 모르는 정신의 활기, 그 누구에게서도 물려받지 않은 새로운 생명력만큼 헤스터의 마음을 사로잡는 것은 없었다. 요즘 아이들은 대개 조상들의 시련과 함께 연주창[35]처럼 슬픔이라는 병을 타고나지만, 펄은 그

----

35 목의 림프절이 결핵균에 감염되어 부어오르는 병으로 흔히 어린아이들이 잘 걸린다.

렇지 않았다. 어쩌면 이 정신적 활기야말로 또 다른 형태의 병일지도 모른다. 헤스터가 펄을 잉태하기 전, 자신의 슬픔과 맞서 싸우던 그 야성적인 기운이 그대로 투영된 것일 수도 있었다. 그것은 분명 아이의 성격에 단단한 쇳빛 광채를 부여하는, 어딘가 불안한 매력이었다. 헤스터는 펄이 언젠가 진정한 슬픔을 경험하기를 바랐다. 그런 슬픔만이 영혼을 깊이 흔들어 인간을 더욱 인간답게 만들고, 타인의 아픔을 이해하게 하는 법이니까. 물론 어떤 이들은 평생토록 얻지 못하는 것이기도 했다. 그러나 어린 펄에게는 아직 충분한 시간이 남아 있었다.

헤스터가 여전히 햇빛 속에 서 있는 펄의 주위를 둘러보며 말했다. "이리 오렴, 얘야! 숲속으로 좀만 더 들어가서 앉아 쉬자꾸나."

펄이 대답했다. "난 피곤하지 않아요, 엄마. 하지만 이야기를 들려줄 거면 앉아서 쉬어도 좋아요."

헤스터가 말했다. "이야기라니, 얘야! 무슨 이야기 말이니?"

펄이 엄마의 겉옷을 붙들고서 반쯤은 진지하게 또 반쯤은 장난스럽게 엄마의 얼굴을 올려다보며 대답했다. "응, 마왕 이야기 말이에요. 마왕이 명부[36]를 들고서 이 숲속을 자주 돌아다닌대요. 쇠 자물쇠가 달린 크고 무거운 명부 말이에요. 그리고 그 보기 흉한 마왕은 숲속에서 만나는 모든 사람한테 명부랑 쇠로 만든 펜을 내민대요. 사람들은 자기 피로 이름을 써야 한댔고요. 그러면 마왕이 그 사람들 가슴에다 자기 사람이라는 표시를 새긴대요! 엄마도 혹시 이 마왕을 만난 적 있어요?"

헤스터는 그 무렵 흔히 떠돌던 미신이라는 걸 알아차리고 물었다. "펄, 누가 네게 그런 얘기를 해주었니?"

----

36 이 명부에 자신의 피로 서명한 이들은 마녀나 마술사임을 나타내는 표지가 몸에 새겨진다고 했다. 실제로 세일럼의 마녀재판 때는 피고인의 몸에 이런 표지가 있는지를 찾아보는 검사까지 했다. 지금 보면 허황된 미신에 불과하지만, 1640년대 보스턴 식민지에서는 많은 사람들이 이를 진실로 믿었다.

"엄마가 어젯밤에 간호해주었던 그 집 있잖아요, 난롯가에 앉아 있던 늙은 할머니가 말해줬어요. 하지만 할머니는 그 말을 하면서 내가 잠들었다고 생각했나 봐요. 수많은 사람들이 이 숲속에서 마왕을 만났고 책에다 글씨를 쓰고 마왕의 표시를 받았대요. 저 성미 고약한 여자 있죠, 그 히빈스 부인도 그중 하나랬어요. 그리고 그 할머니가 그러는데, 이 주홍글씨는 마왕이 엄마한테 남긴 표시래요. 엄마가 이 어두운 숲속에서 한밤중에 마왕을 만나면 글씨가 붉은 불꽃처럼 빛난댔어요. 엄마, 그게 정말이에요? 엄마는 정말 밤중에 마왕을 만나러 가는 거예요?"

헤스터가 물었다. "잠에서 깼을 때, 엄마가 없는 걸 본 적 있니?"

아이가 말했다. "그런 기억은 없어요. 만약에 우리 오두막에 나를 두고 가는 게 무서우면, 같이 데리고 가도 돼요. 난 기쁜 마음으로 따라갈 거예요! 그치만 엄마, 이제 나한테 말해주세요! 진짜로 그런 마왕이 있어요? 그 마왕을 만나본 적은요? 이건 마왕이 찍어준 표시예요?"

헤스터가 물었다. "엄마가 한 번 말해주면, 앞으로 엄마 좀 편히 놔둘 수 있겠니?"

펄이 대답했다. "그럴래요, 몽땅 다 말해주면요."

아이의 엄마가 말했다. "나는 평생 딱 한 번 마왕을 만났단다! 이 주홍글씨가 그의 표지야!"

이런 이야기를 나누면서 모녀는 오솔길을 걸어가는 행인들의 눈에 띄지 않을 만큼 숲속으로 깊숙이 들어갔다. 그들은 무성한 이끼 더미가 핀 곳에 앉았다. 그곳은 한 세기 전쯤, 뿌리와 줄기는 어둠에 묻힌 채 그 우듬지만을 하늘을 향해 높이 뻗었을 거대한 소나무였으리라. 그들이 자리 잡은 곳은 작은 골짜기였다. 양쪽으로는 낙엽 덮인 비탈이 높이 솟아 있고, 그 사이로 시냇물이 흘렀다. 물바닥에는 낙엽이 가라앉아 있었다. 시내 위로 뻗은 나뭇가지들이 간간이 물길을 가로막아 물살을 좁혔고, 이곳저곳에 소용돌이와 깊은 물웅덩이를 만들어냈다. 물살이 더 빠르고

♦ "난롯가에 앉아 있던 늙은 할머니가 말해줬어요. 수많은 사람들이 이 숲속에서 마왕을 만났고 책에다 글씨를 쓰고 마왕의 표시를 받았대요. 이 주홍글씨는 마왕이 엄마한테 남긴 표시래요."

힘차게 흘러가는 곳에서는 조약돌과 반짝거리는 갈색 모래가 깔린 물길이 나타나기도 했다.

흘러가는 물길을 눈으로 좇으면 숲속의 그리 멀지 않은 곳에서 시냇물에 반사되는 빛을 볼 수 있었다. 그러다가 무성한 나무줄기와 덤불 그리고 회색 이끼로 덮인 채 여기저기 흩어져 있는 커다란 바위들에 가려져 흔적 없이 사라져버렸다. 이런 커다란 나무와 바위들은 이 작은 시냇물의 흐름을 하나의 신비로 만드는 데 열중하고 있는 듯했다. 결코 멈추는 법 없이 떠들어대는 그 시냇물이 자신이 흘러나온 오래된 숲의 심장부에 감춰둔 이야기들을 속삭이거나, 물웅덩이의 매끄러운 표면에다 그 비밀을 드러내 비출까 봐 두려워하는 것 같았다. 실제로 이 작은 시냇물은 슬그머니 흘러가며 다정하고 부드럽게, 또 위로하듯 속삭이면서도 어딘가 쓸쓸한 소리로 끊임없이 속삭였다. 마치 즐거운 어린 시절을 누리지 못하고 슬픈 사람들과 어두운 사건들에 둘러싸여 자라난 탓에 웃음을 잃어버린 아이의 목소리 같았다.

시냇물의 조잘거림을 잠시 들어주던 펄이 소리쳤다. "아이, 시냇물아! 바보 같고 피곤한 시냇물 같으니! 넌 왜 그렇게 슬퍼하니? 힘 좀 내봐. 그렇게 늘 한숨 쉬고 투덜거리지 말고!"

그러나 시냇물은 숲속의 나무들 사이를 흘러가는 그 짧은 생애 속에서 너무나 심각한 체험을 해온 탓인지 그것을 재잘거릴 수밖에 없고, 또 그 외에는 할 말도 달리 없는 모양이었다. 펄은 그 작은 시냇물을 닮았다. 아이의 인생도 신비한 샘물에서 솟아나 깊은 그림자가 드리운 곳들을 지나왔으니까. 다만 시냇물과는 달리, 펄은 춤추고 반짝이며 자신의 길을 따라 경쾌하게 흘러갔다.

펄이 물었다. "엄마, 저 슬픈 시냇물은 뭐라고 말하고 있는 거예요?"

헤스터가 대답했다. "네게 너만의 슬픔이 있다면 시냇물은 네게 그 이야기를 들려줄 거야. 마치 내게 나의 슬픔을 이야기해주는 것처럼! 그런데 펄, 가지들을 헤치고 오솔길을 걸어오는 발소리가 들리는구나. 잠시 다른 곳에서 놀다 오렴. 엄마는 저기서 오는 분과 이야기를 좀 나누려고 한단다."

펄이 물었다. "저분이 마왕인가요?"

헤스터가 다시 말했다. "얘야, 저기 가서 좀 놀다 올래? 하지만 너무 깊이 들어가지는 말고. 내가 부르면 곧바로 달려와야 해."

펄이 대답했다. "알았어요, 엄마. 그치만 만약 저분이 마왕이라면 잠깐 여기 있다가 겨드랑이에 커다란 명부를 끼고 있는 걸 좀 보고 가면 안 될까요?"

헤스터가 조바심을 내며 말했다. "자, 어서 가, 바보 같은 소리 말고! 마왕이 아니잖니! 이제 나무 사이로 보이지, 저건 목사님이셔."

아이가 말했다. "아, 정말 그렇네! 근데 엄마, 저분은 가슴에 손을 얹고 있어요! 목사님이 명부에다 자기 이름을 적고, 마왕이 그 자리에 자기 표시를 찍어서 그런 거예요? 그치만 저분은 왜 엄마처럼 가슴에 그걸 달지 않았어요?"

헤스터 프린이 소리쳤다. "이제 얼른 가보렴, 얘야. 나중에도 얼마든지 엄마를 괴롭힐 수 있잖니. 하지만 너무 멀리 가지는 마. 시냇물이 재잘거리는 소리가 들리는 곳에 있으렴."

아이는 노래를 부르며 시냇물의 흐름을 따라갔고 그 우울한 소리에 좀 더 가벼운 가락을 엮어 넣으려 애썼다. 하지만 작은 시냇물은 펄에게서 어떤 위로도 얻지 못한 채로 옛날에 이 음울한 숲속에서 벌어졌던 애달프고 불가사의한 사건에 얽힌 이해할 수 없는 비밀을 계속 중얼거리며, 앞으로 일어날 어떤 일을 예언하듯 탄식하기도 했다. 그래서 얼마 되지 않는 인생살이에서 그림자가 드리운 일이라면 지겹도록 겪어본 펄은 이 불평만 늘어놓는 시냇물과 관계를 완전히 끊어버리기로 결심했다. 그래서 펄은 제비꽃과 아네모네 그리고 높다란 바위 틈새에서 자라는 주홍

♦ "네게 너만의 슬픔이 있다면 시냇물은 네게 그 이야기를 들려줄 거야. 마치 내게 나의 슬픔을 이야기해 주는 것처럼!"

색 매발톱꽃을 모으기 시작했다.

꼬마 요정이 놀러 나가자, 헤스터 프린은 숲속의 오솔길 쪽으로 한두 걸음을 떼었으나 여전히 삼림의 깊은 그늘 속에 있었다. 그녀는 목사가 길섶에서 꺾은 나뭇가지에 몸을 기대며 혼자서 길을 따라 걸어오는 것을 보았다. 그는 몹시 수척해 보였고, 온몸에서 무기력한 절망이 배어나왔다. 마을에서 사람들과 마주칠 때는 한 번도 드러낸 적 없는 모습이었다. 이 깊고 적막한 숲속에서 그의 절망은 애처로울 만큼 선명했다. 이런 어둑한 분위기 속에 홀로 있는 것조차 그의 영혼을 무겁게 짓누르는 듯했다.

그의 발걸음에는 무기력함이 스며들어 있었다. 마치 더 이상 걸음을 내디뎌야 할 이유를 찾지 못하고, 그렇게 할 의욕도 느끼지 못하는 것처럼 보였다. 그가 무언가에 기쁨을 느낄 수만 있다면, 가장 가까운 나무뿌리에 몸을 내던지고 영원히 그곳에 누워 있는 것을 가장 기뻐했으리라. 그러면 그 아래 생명이 있든 없든 잎사귀들이 그를 덮어줄 것이고, 흙이 서서히 몸 위에 쌓여 작은 봉분을 이룰지도 모른다. 그러나 죽음은 너무도 명확하게 결정되어 있어서 미리 바랄 수도 피할 수도 없는 것이었다.

헤스터가 보기에 딤스데일 목사에게서는 확실하고 또렷한 고통의 조짐이 전혀 비치지 않았다. 단지 어린 펄이 말한 것처럼, 그저 가슴에 끊임없이 손을 얹고 있을 뿐이었다.

◆ "그는 몹시 수척해 보였고, 온몸에서 무기력한 절망이 배어 나왔다. 이 깊고 적막한 숲속에서 그의 절망
은 애처로울 만큼 선명했다. 이런 어둑한 분위기 속에 홀로 있는 것조차 그의 영혼을 무겁게 짓누르는
듯했다."

제17장

목사와 그의 신자

목사는 천천히 걸음을 옮기고 있었지만, 헤스터가 그를 부를 용기를 내기도 전에 그냥 지나쳐 갈 듯했다. 마침내 그녀는 입을 열었다.

"아서 딤스데일!" 처음에는 가느다란 목소리로 불렀다가 이윽고 좀 더 큰 소리를 내었으나 쉰 목소리가 흘러나왔다. "아서 딤스데일!"

목사가 대답했다. "거기 누구십니까?"

그는 재빨리 정신을 다잡고 자신의 모습을 들키고 싶지 않은 사람처럼 깜짝 놀라며 몸을 더욱 반듯하게 세웠다. 소리가 난 쪽으로 초조한 시선을 던지자 나무 밑에 서 있는 어떤 흐릿한 형체가 보였다. 너무 칙칙한 옷을 입고 있어서인지, 대낮인데도 구름 낀 하늘과 무성한 나뭇잎 때문에 어스레한 석양이 드리운 듯 어두워진 주위 풍경과 구분이 되지 않았다. 그 형체가 여자인지 그림자인지조차 알 수 없었다. 어쩌면 그는 인생길을 걸어오는 내내 이처럼 자기 생각 속에서 몰래 빠져나온 유령들에게 계속 시달려왔는지도 모를 일이었다.

그가 한 걸음 더 다가서자 주홍글씨가 보였다.

그가 말했다. "헤스터! 헤스터 프린! 당신인가요? 정말 살아 있는 당신이 맞아요?"

그녀가 대답했다. "그렇고 말고요! 지난 7년을 버텨온 이 모습 그대로예요! 아서 딤스데일, 당신도 아직 살아 계신 거죠?"

이렇듯 그들이 서로가 실체가 있는 존재인지 물어보고, 심지어 자신의 존재마저 의심하는 것은 그리 이상한 일이 아니었다. 그들이 이 어두운 숲속에서 만난 방식이 너무도 기이해서, 마치 이승에서는 서로 친밀하게 연결되어 있었던 두 영혼이 무덤 너머 세상에서 처음으로 만나 서로를 두려워하며 떨고 있는 것만 같았다. 그들은 마치 갓 세상을 떠난 영혼들처럼 자신들의 모습을 어색해했고, 서로를 마주한 순간 전율했다. 더욱 놀라운 것은 자기 자신 앞에서도 떨고 있다는 사실이었다. 이 순간의 충격이 그들의 의식을 날카롭게 깨우며, 각자의 가슴 깊이 묻어두었던 모든 기억과 상처를 끄집어냈기 때문이었다. 이는 인생에서 이처럼 숨 막히는 순간이 아니고서는 결코 일어나지 않는 일이었다.[37] 그들의 영혼은 짧은 순간 스쳐 가는 거울 속에서 자신의 모습을 보았다. 아서 딤스데일은 두려움과 전율에 사로잡힌 채, 운명에 이끌리듯 마지못해 주검처럼 차가운 손을 천천히 내밀어서 똑같이 차가운 헤스터 프린의 손을 잡았다. 비록 꼭 쥔 손은 차가웠지만 이 만남에서 가장 침울했던 순간을 깨뜨려주었다. 그들은 이제 적어도 자신들이 같은 세계에서 살아가는 주민이라는 것을 느낄 수 있었다.

----

37 사람이 죽음과 직면한 위기의 순간에는 흔히 의식 속에서 그의 전 생애가 주마등처럼 아주 빠르게 지나간다고 한다. 헤스터 프린과 아서 딤스데일이 숲속에서 만난 것은 그런 위기의 순간에 비견될 만한 사건이며, 그들의 의식 속에 그들이 겪은 모든 일이 순식간에 떠올랐다는 의미이다. 뒤이어 나오는 거울 이야기 또한 이러한 현상을 가리킨다.

그들은 더 이상 아무 말도 하지 않지만 누가 먼저랄 것도 없이 무언의 동의를 한 것처럼 아까 헤스터가 빠져나온 숲속의 그림자 속으로 돌아가 그녀와 펄이 앉아 있던 이끼 더미 위에 앉았다. 마침내 다시 입을 열었을 때 두 사람은 지인을 만나면 할 법한 말들, 가령 하늘이 흐리다거나 곧 폭풍이 올 것 같다거나 하는 이야기를 나누고 서로 건강은 어떤지 물을 뿐이었다. 이런 식으로 그들은 한 걸음씩 차근차근 마음속 깊은 곳에 품고 있던 주제들을 향해 나아갔다. 운명과 여러 상황 때문에 너무 오랫동안 서로 떨어져 있었으므로 가볍고 사소한 이야기를 주고받으며 교제의 문을 열어야 했다. 그런 다음에야 그들의 진정한 생각이 문지방을 넘어올 것이다.

잠시 뒤 목사는 헤스터 프린을 뚫어지게 쳐다보며 말했다.

"헤스터, 당신은 마음의 평화를 찾았나요?"

그녀는 자기 가슴을 내려다보며 쓸쓸히 미소 짓고는 되물었다.

"당신은 어때요?"

"평화라니! 절망뿐이었지요! 나 같은 자가 이런 삶을 살아가면서 무엇을 더 바랄 수 있겠어요? 내가 무신론자라면, 양심도 없고 조잡하고 노골적인 본능만 가진 비참한 자라면 오래전에 평화를 찾았을지도 몰라요. 아니, 애초에 평화를 잃어버리지도 않았겠지요! 하지만 내 영혼이 이런 모양이 된 지금, 원래 내게 있던 훌륭한 능력이 무엇이었든 간에 하늘이 내려주신 가장 좋은 재주가 이제는 내 영혼을 괴롭히는 도구가 되고 말았어요. 헤스터, 나는 더할 수 없이 비참한 자입니다!"

헤스터가 말했다. "사람들은 당신을 존경해요. 당신은 그들 사이에서 선행을 베풀고 있는 게 틀림없어요! 그게 당신에게는 아무런 위안도 되지 못하나요?"

목사가 쓸쓸한 미소를 지으며 말했다. "더 비참해요, 헤스터! 오히려 더욱더 비참해질 뿐입니다! 내가 지금 행하는 것처럼 보이는 선행을 나 자신도 믿지 못하니까요. 그저 허상일 뿐입니다. 나처럼 망가져버린 영혼이 어떻게 다른 영혼을 구원할 수 있겠어요? 어떻게 이 타락한 영혼이 그들을 정화할 수 있겠어요? 사람들이 나를 존경한다니, 차라리 그게 경멸과 증오로 바뀌었으면! 헤스터, 이걸 위로라고 할 수 있겠어요? 설교단에 서면 나를 올려다보는 수많은 눈동자를 마주해야 합니다. 마치 설교단에서 천상의 빛이 뿜어져 나오는 것처럼 바라보는 그 눈을요! 진리에 목마른 내 신자들이 마치 오순절의 불의 혀가 말하기라도 하는 것처럼 내 말에 귀를 기울이면, 그러면 나는 내 속을 들여다보면서 그들이 우상처럼 받드는 자가 사실은 얼마나 어두컴컴한 자인지 또 한 번 깨닫곤 합니다! 겉으로 보이는 나와 실제 나 사이에 어찌나 큰 차이가 있는지 씁쓸하고 괴로운 마음에 웃음이 나올 지경이지요! 사탄도 그걸 보고 비웃을 겁니다!"

헤스터가 부드럽게 말했다. "그렇다면 아주 잘못 생각하고 계신 거예요. 당신은 진정으로, 아주 쓰라리게 회개했어요. 당신의 죄는 이미 오래전에 옛날 일이 되었어요. 정말이지 당신이 살아가는 삶은 신자들의 눈에 비치는 것 못지않게 거룩해요. 선행으로 증명된 회개가 헛된 것이라 하시니, 어째서 그것이 당신에게 평안을 주지 못한다는 말씀이신가요?"

목사가 대답했다. "아니에요, 헤스터, 그렇지 않아요! 거기엔 실체가 없어요! 죽은 것과 같아서 저에게 아무런 도움도 되지 않아요. 고행은 충분히 했지만, 진정한 회개는 하지 못했습니다. 그랬더라면 진작에 이 거짓된 성직자의 옷을 벗어던지고, 최후의 심판 때 사람들이 보게 될 제 참모습을 드러냈어야 했습니다. 헤스터, 주홍글씨를 공공연히 가슴에 달고 다니는 당신은 차라리 행복한 겁니다! 내 글씨는 은밀히 불타오르고 있으니까요! 지난 7년간 위선자로 사는 고통을 겪어왔는데, 나의 본모습을 아는 이의 눈을 들여다보는 것이 얼마나 큰 위안이 되는지 당신은 모를 겁니다! 설령 최악의 적이라 해도 좋으니, 단 한 사람의 친구라도 있어서 다른 이들의 칭찬이 견딜 수 없을 때 찾아가 제가 죄인 중의 죄인임을 고백할 수만 있다면, 그것만으로도 제 영혼은 버텨낼 수 있을 텐데. 그만큼의 진실만으로도 구원받을 수 있었을 텐데! 하지만 지금 저에게는 모든 것이 거짓이고 허상이고 죽음일 뿐입니다!"

헤스터 프린은 그의 얼굴을 들여다보면서도 말하기가 망설여졌다. 그렇지만 오래도록 억눌러왔던 감정을 그처럼 격렬하게 토로하는 그의 말들이 오히려 그에게 하고자 마음에 품고 온 말을 꺼내기에 꼭 알맞은 상황을 마련해주었다. 그녀는 두려움을 억누르고 입을 열었다.

"당신이 방금 말씀하신 그런 친구가, 당신의 죄를 두고 함께 울 수 있는 친구가 바로 저잖아요. 그 죄에 동참한 자 말이에요!" 이렇게 말한 그녀는 또다시 망설였으나 애써서 그 말을 끄집어냈다. "그리고 말씀하신 최악의 적은, 이미 오래전부터 당신과 같은 지붕 아래 살고 있어요!"

목사는 자리에서 일어나 숨을 헐떡이며 마치 가슴에서 심장을 뜯어내기라도 할 것처럼 가슴을 움켜쥐면서 울부짖었다.

"아니, 지금 뭐라고 했어요? 적이라니! 게다가 같은 지붕 아래 있다니! 그게 대체 무슨 소리예요?"

헤스터 프린은 이제야 자신이 이 불행한 남자에게 얼마나 큰 상처를 안긴 것인지 온전히 깨달았다. 그토록 오랫동안, 아니 단 한순간이라도 순수한 악의 외에는 다른 뜻이라곤 없는 자의 손아귀에 그를 내버려두다니. 그 적이 어떤 가면을 쓰고 있든, 그저 곁에 있다는 것만으로도 딤스데일처럼 예민한 영혼의 자기장을 뒤흔들기에 충분했다.

헤스터가 이 문제를 살피는 데 다소 둔감했던 시기가 있었다. 어쩌면 그녀 자신의 고통으로 극심한 염증을 느낀 나머지, 자신의 운명보다는 더 견딜 만해 보이는 그의 고난을 그저 지켜보기만 했는지도 모른다. 그러나 한밤중의 만남 이후로 그에 대한 동정심은 더욱 부드럽고 강해졌다. 이제는 목사의 마음을 좀 더 정확하게 읽을 수 있었다. 로저 칠링워스가 목사 곁에 끊임없이 머물며 그에게 주어진 부당한 기회들을 잔인한 목적에 쓰고 있는 것이 분명했다. 그는 악의라는 은밀한 독으로 목사 주위의 모든 공기를 오염시키고, 의사라는 권한을 악용하여 목사의 육체와 정신의 병에 개입했다. 그 때문에 이 고통받는 자의 양심은 끊임없는 가책 속에 놓였고, 그 가책은 건전한 고통으로 치유의 길을 열어주기는커녕 오히려 그의 영적 건강을 무너뜨리고 타락시켰다. 그 결과 현세에서는 필연적으로 정신이상을 겪게 되고, 내세에서는 선하고 진실하신 하나님으로부터 영원히 멀어질 것이다. 그의 정신이상은 아마도 그 운명의 예고편일 터였다.

헤스터가 한때, 아니 지금도 여전히 열렬히 사랑하는 그 남자에게 안긴 파멸이 바로 이러한 모습이었다! 헤스터는 과거에 자신이 선택했던 길[38]보다, 이미 로저 칠링워스에게 말한 대로 목사의 명예를 잃게 하거나 심지어 죽음에 이르게 하는 편이 차라리 나았으리라 생각했다. 하지만 지금 이 치명적인 잘못을 고백하느니 차라리 숲속 낙엽 위에 쓰러져 아서 딤스데일의 발치에서 죽어버리고 싶은 심정이었다.

그녀가 소리쳤다. "오, 아서! 저를 용서해주세요! 저는 다른 모든 일에 진실하려고 노력해왔어요! 진실은 온갖 극단적인 어려움 속에서도 굳게 지켜온 단 하나의 미덕이었어요. 다만 당신의 행복, 당신의 생명, 당신의 명성이 위태로웠던 때를 빼놓고요! 그때 저는 기만에 동의하고 말았어요. 하지만 거짓말은 결코 좋은 게 아니지요. 설령 죽음이 기다리고 있더라도요! 이제 제가 하려는 말을 짐작하지 못하시겠어요? 그 노인, 그 의사 말이에요! 사람들이 로저 칠링워스라고 부르는 그 사람! 그

----

38 아이의 아버지가 목사라는 사실을 숨기고, 로저 칠링워스의 위해가 두려워서 그의 정체를 밝히지 않기로 맹세해 의사가 목사와 함께 살도록 방치한 것을 말한다.

자가 제 남편이었어요!"

목사는 잠시 동안 아주 사나운 격정이 소용돌이를 일으키는 듯한 표정으로 그녀를 쳐다보았다. 그러나 그의 고귀하고 순수하며 부드러운 천성이 그 격정에 뒤섞여 여러 모습으로 얼굴에 드러났다. 그동안 악마는 목사의 그런 성정에 파고들어 그의 존재 전체를 차지하려 해왔다. 헤스터는 일찍이 그보다 더 험악하고 무섭게 일그러진 얼굴을 본 적이 없었다. 하지만 그런 격렬한 변화도 잠시뿐이었다. 고통으로 너무나 쇠약해진 그의 성정은 그런 격정조차 순간의 발작으로 그치게 만들었다. 그는 땅에 털퍼덕 주저앉더니 얼굴을 양손에 파묻었다.

그가 중얼거렸다. "알아차릴 수도 있었을 텐데. 아니, 나는 알고 있었어요! 그 사람을 처음 보았을 때나 그 뒤로 만날 때마다 자연스럽게 움츠러들던 내 마음이 그 비밀을 말해준 것이나 다름없었건만, 왜 알아보지 못했을까? 오, 헤스터 프린, 당신은 이 일이 얼마나 끔찍한지 전혀, 조금도 알지 못할 거예요! 얼마나 수치스럽고 모욕적이고 끔찍이도 추악한지를! 이처럼 병들고 죄스러운 마음을, 그 꼴을 보며 더없이 흡족해할 그자의 눈앞에 모조리 드러내고 말았다니! 여보시오, 헤스터, 이 일은 당신 책임입니다! 나는 당신을 용서할 수가 없어요!"

헤스터가 그의 옆에 쌓인 낙엽 더미에 몸을 내던지며 울부짖었다. "용서해주셔야 해요! 벌하는 건 하나님께 맡기세요! 당신은 저를 용서해주셔야 해요!"

갑작스럽게 절박한 애정에 사로잡힌 헤스터는 양팔로 그를 감싸안고 그의 머리를 자기 가슴에 끌어당겼다. 그의 뺨이 주홍글씨에 닿아도 개의치 않았다. 그는 품에서 벗어나려고 했으나 소용없었다. 헤스터는 그가 자신을 엄하게 바라볼 것이 두려워서 그를 놓아주려 하지 않았다. 지난 7년 동안 온 세상이 이 외로운 여인을 보며 눈살을 찌푸려왔지만, 그녀는 모든 것을 감당하며 자신의 단호하면서도 슬픈 시선을 결코 옆으로 돌린 적이 없었다. 하늘 또한 마찬가지로 그녀에게 눈살을 찌푸렸으나 그녀는 죽지 않았다. 그러나 이 창백하고 허약하고 죄 많고 슬픔에 겨운 남자가 그녀에게 얼굴을 찌푸린다면, 헤스터는 그것을 견딜 수도 계속해서 살아나갈 수도 없으리라!

그녀가 거듭해서 말했다. "이제 저를 용서해주시겠어요? 저를 보고 얼굴을 찌푸리지 않으실 거지요? 용서해주시는 거지요?"

목사가 마침내 말했다. 슬픔의 심연에서 흘러나오는 듯 깊숙한 어조였으나 분노의 기색은 조금도 없었다. "헤스터, 당신을 용서합니다. 이제 당신을 아무 조건 없이 용서합니다. 하나님께서 우리 두 사람을 용서해주시기를! 헤스터, 우리는 이 세상에서 가장 큰 죄인은 아닙니다. 타락한 목사보다 더 나쁜 사람도 있으니까요! 저 노인의 복수는 나의 죄보다 더 음울한 것입니다. 그는 악랄하게도 인간의 마음속 신성함을 훼손했어요. 헤스터, 당신과 나는 결단코 그런 짓을 저지른 적은 없어요!"

그녀가 속삭였다. "한 번도 없었지요, 단 한 번도요! 우리가 저지른 일에는 나름대로 신성한 면이 있었어요. 우리는 그렇게 느꼈잖아요! 또 서로에게 그렇다고 말했잖아요! 그걸 당신은 잊어버리셨나요?"

아서 딤스데일이 땅에서 일어서며 말했다. "그만, 헤스터! 아닙니다, 결코 잊지 않았어요!"

그들은 손을 꼭 잡고 이끼가 낀 쓰러진 나무 그루터기에 다시금 나란히 앉았다. 삶은 그들에게 이보다 어두운 시간을 가져다준 적이 없었다. 이것이야말로 그들이 아주 오랫동안 따라온 인생행로가 다다른 마지막 지점이었다. 그 길은 갈수록 점점 어두워지고 있었다. 하지만 여기에는 그들이 떠나기를 망설이도록 만들고 조금만 더, 조금만 더 하면서 더욱 오랜 시간을 머물고 싶게 만드는 마력이 깃들어 있었다. 그들을 둘러싼 숲은 이미 어두워졌고 그곳을 지나가는 돌풍 때문에 요란한 소리가 났다. 나뭇가지들이 그들의 머리 위에서 묵직하게 흔들렸다. 어느 엄숙해 보이는 오래된 나무 한 그루는 마치 그 아래 앉아 있는 두 사람의 슬픈 이야기라도 들려주듯이, 혹은 앞으로 닥쳐올 악운을 예고라도 하듯이 다른 나무를 향해 구슬피 신음하고 있었다.

그럼에도 그들은 그 자리에 계속해서 머물렀다. 정착촌으로 되돌아가는 숲속의 소로(小路)가 어찌나 황량해 보였는지! 그곳에서 헤스터 프린은 치욕의 짐을 다시 짊어지고 목사는 선한 목자라는 공허한 조롱을 감당해야 하리라. 그래서 그들은 조금 더 머물렀다. 어떤 황금빛도 이 깊은 숲의 어둠만큼 소중하지 않았다. 오직 목사만이 보는 이곳에서는 주홍글씨가 타락한 여인의 가슴을 불태울 필요가 없었고, 헤스터만이 지켜보는 이곳에서는 하나님과 인간을 배반한 아서 딤스데일도 비록 한순간이나마 진실된 모습으로 있을 수 있었다.

목사는 갑자기 떠오른 생각에 소스라치게 놀라며 소리쳤다.

"헤스터, 또 다른 두려움이 하나 생겼군요! 로저 칠링워스는 그의 정체를 밝히겠다는 당신의 계획을 알고 있을 텐데, 그가 우리의 비밀을 계속 지키려 들까요? 앞으로 그는 어떤 식으로 복수하려 할까요?"

헤스터가 생각에 잠긴 채 대답했다. "그 사람에게는 뭐든 비밀로 남겨두려는 묘한 천성이 있어요. 은밀한 복수를 꿈꾸다 보니 그런 면이 더 굳어진 것 같고요. 제 생각에 그 사람이 비밀을 폭로할 것 같지는 않아요. 틀림없이 자신의 흉악한 열정을 충족시켜줄 다른 수단을 찾으려 들 거예요."

아서 딤스데일은 몸을 잔뜩 움츠리고 이제는 무의식적인 습관이 되어버린 듯, 떨리는 손을 자신의 가슴에 얹으며 소리쳤다. "그럼 나는! 앞으로 그 끔찍한 적과 같은 공기를 마시며 어떻게 살아갈 수 있겠어요? 헤스터, 나를 위해 생각을 좀 해줘요. 당신은 강한 사람이니 나를 위해 결단을 내려줘요!"

헤스터가 천천히 그러나 단호하게 말했다. "당신은 이제 더 이상 그 사람과 같이 살아서는 안 돼요. 더 이상 당신의 마음을 그 사악한 눈앞에 드러내서는 안 돼요!"

목사가 대답했다. "그건 죽음보다 더 끔찍한 일이에요! 하지만 어떻게 그걸 피할 수 있단 말인가요? 내가 선택할 수 있는 길이 뭐가 있겠어요? 당신이 그자의 정체를 말해주었을 때처럼, 이 낙엽 더미 위에 다시 드러누워야 할까요? 그 속으로 가라앉아 당장 죽어버려야 할까요?"

헤스터의 두 눈에서 눈물이 솟구쳤다. "아, 이렇게 비참한 지경에 이르셨다니! 그런 나약한 마음 때문에 죽어버리시겠다고요? 달리 더 절실한 이유도 없이요?"

양심의 가책에 시달려온 목사가 답했다. "내게 하나님의 심판이 내려진 거예요. 너무 강력해서 도저히 맞설 엄두가 나지 않아요."

헤스터가 말했다. "하나님은 자비를 베푸실 거예요. 당신에게 그 자비를 활용할 힘만 있다면요."

그가 대답했다. "나를 위해 강한 사람이 되어줘요! 어떻게 해야 좋을지 내게 가르쳐줘요."

"그럼 좋아요. 세상이 그토록 비좁던가요?" 헤스터 프린은 목사의 얼굴에 시선을 고정한 채 소리 높여 말했다. 이제는 설 힘마저 잃어버린 듯한 그의 영혼에, 그녀는 본능적으로 생명력을 불어넣듯 말했다. "세상이 저 정착촌 울타리 안에서만 끝나던가요? 얼마 전까지만 해도 저 마을은 우리가 지금 있는 이곳만큼 낙엽들로 뒤덮인 황량한 곳이 아니었던가요? 저기 숲속 오솔길은 어디로 이어지던가요? 정착촌으로 되돌아가는 길이라고 당신은 말씀하시겠지요! 맞아요. 하지만 앞으로 계속 나아갈 수도 있어요! 깊이, 더 깊이 황무지 속으로 가다 보면 발걸음을 옮길수록 사람들의 눈에 띄지 않게 될 거고, 거기서 몇 킬로미터만 더 가면 백인들의 발자국이 전혀 찍혀 있지 않은 누런 낙엽에 덮인 땅이 나올 거예요. 그곳에서 당신은 자유로운 몸이 될 거예요! 그토록 짧은 여정만으로도 당신은 가장 비참했던 곳에서 여전히 행복을 누릴 수 있는 곳으로 가게 될 거예요! 이 한없이 넓은 숲속에 당신 마음을 로저 칠링워스의 시선에서 감춰줄 그늘 하나 없겠어요?"

목사가 슬픈 미소를 지으며 대답했다. "그래요, 헤스터. 하지만 오직 낙엽 더미 아래에나 있겠지요!"

헤스터가 계속 말했다. "그렇다면 바다라는 넓고 큰 길이 있잖아요! 그 바다가 당신을 여기로 데려왔지요. 그러니 당신이 원한다면 원래 있던 곳으로 다시 데려다줄 수도 있어요. 우리 고국의 외진 시골 마을이나 드넓은 런던, 아니면 독일이든 프랑스든 유쾌한 이탈리아든 어디론가 가기만 하면 당신은 그의 힘과 감시를 훌쩍 벗어나게 되는 거예요! 그러면 이 냉혹한 자들과 그들의 의견 따위가 당신과 무슨 상관이 있겠어요? 그들은 당신의 좋은 성품을 이미 너무 오랫동안 가두어놓았어요!"

목사는 마치 꿈을 실현하라는 부름을 받은 사람처럼 귀 기울여 듣다가 대답했다. "그렇게는 안 돼요! 나는 여기서 떠날 힘이 없어요. 나는 죄를 지은 비참한 몸이지만, 하나님이 나를 놔두신 곳에서 이 지상의 생활을 계속 끌고 가는 것 말고는 다른 생각을 해본 적이 없어요. 내 영혼은 길을 잃었어도 다른 영혼을 위해 내가 할 수 있는 일을 계속 이어갈 겁니다! 비록 충실하지 못한 파수꾼이지만 내 초소를 벗어날 생각은 없어요. 비참한 파수꾼 역할이 끝나는 날 죽음과 불명예를 확실한 보상으로 받게된다 해도 말이지요!"

헤스터가 자신의 힘으로 목사의 힘을 북돋아주겠다고 단단히 작정하고서 말했다. "당신은 지난 7년 동안 짊어져온 비참함의 무게에 완전히 짓눌려 있어요. 하지만 이제 그 모든 것을 뒤에 버리고 가야 해요! 숲속 오솔길을 걸어갈 때 그것들이 당신의 걸음을 방해해서는 안 돼요. 바다를 건너기로 마음먹었다면 배에다 그 무거운 짐을 실어서는 안 돼요. 당신의 파멸은 그 일이 벌어진 이곳에 남겨두고 더 이상 신경 쓰지 마세요. 완전히 새롭게 시작하는 거예요! 단 한 번 실패했다고 당신의 가능성을 모두 잃어버린 게 되나요? 전혀 그렇지 않아요! 미래는 아직도 시련과 성공으로 가득 차 있어요. 앞으로 누릴 수 있는 행복도 있고요! 베풀어야 할 선행도 있다고요! 이 거짓된 삶을 진실한 삶과 맞바꾸세요. 당신의 영혼을 부르는 사명이 있다면 인디언들의 교사이자 전도자가 되세요. 아니면 당신 본성에 더 어울리는 길을 택해 문명 세계의 가장 현명하고 널리 알려진 학자나 현자가 되세요. 설교하세요! 글을 쓰세요! 행동하세요! 낙엽 더미 위에 누워 죽는 것 말고는 뭐든지 하세요! 아서 딤스데일이라는 이름은 버리고, 아무런 두려움이나 수치심 없이 사용할 수 있는 다른 고귀한 이름을 만드세요. 어째서 당신의 삶을 그토록 갉아먹어온 고통 속에 하루라도 더 머무르려고 하세요? 그 고통은 의지와 행동할 힘을 약하게 만들고, 나중에는 회개할 힘마저 빼앗아 갈 거예요! 자, 이제 일어나서 떠나세요!"

아서 딤스데일이 울부짖었다. 그의 두 눈에서는 헤스터의 열정에서 감화된 듯한 빛이 번쩍 타올랐다가 이내 사라져버렸다. "오, 헤스터! 당신은 무릎이 후들거려 걷지도 못하는 사람에게 달리라고 하는군요! 나는 여기서 생을 마쳐야 해요! 저 드넓고 낯설고 힘겨운 세상에 뛰어들 힘도, 용기도 내게는 남아 있지 않아요. 그것도 나 혼자서!"

그것은 영혼이 산산이 부서진 자가 마지막으로 내뱉는 절망의 외침이었다. 그는 손만 뻗으면 닿을 듯한 행운을 거머쥘 힘조차 없었다.

그는 같은 말을 되풀이했다.

"나 혼자서, 헤스터!"

그녀가 나직한 속삭임으로 답했다.

"당신 혼자서 가게 두지는 않을 거예요!"

그렇다면 무슨 말이 더 필요한가!

제18장
쏟아지는 햇빛

아서 딤스데일은 희망과 기쁨에 빛나면서도 두려움이 뒤섞인 눈빛으로 헤스터의 얼굴을 바라보았다. 그는 자신이 막연하게 암시했지만 감히 말하지 못한 것을 그녀가 과감하게 내뱉은 것에 전율을 느꼈다.

그러나 헤스터 프린은 용기와 활기를 타고난 데다 오랫동안 사회에서 소외되고 배척당해왔기에 목사로서는 낯설기만 한 자유로운 상상력을 발휘하는 데에도 익숙했다. 그녀는 아무런 규칙이나 안내도 없이 정신적 황무지를 방황해왔다. 그 거친 황무지는 두 사람이 운명을 결정할 대화를 나누고 있는 거친 숲처럼 광대하고 복잡하고 그늘진 곳이었다. 말하자면 그녀의 지성과 감성은 그런 거친 땅을 고향으로 삼았고, 그곳에서 헤스터는 깊은 숲속을 돌아다니는 인디언처럼 자유롭게 배회했다.

지난 여러 해 동안 그녀는 인간의 제도와 성직자나 입법자들이 세워놓은 모든 것을 이런 소외된 관점에서 바라보았다. 마치 인디언이 성직자의 옷깃이나 법복, 처형대나 교수대, 가정의 난롯가나 교회 등을 바라보듯, 별다른 경의가 담기지 않은 눈길로 모든 것을 판단했다. 그녀의 숙명과 시련은 역설적으로 그녀를 자유롭게 했다. 주홍글씨는 다른 여인이라면 감히 발걸음조차 못 할 영역으로 들어가게 하는 통행증이 되었다. 치욕과 절망, 고독이 그녀의 스승이 되어 강인함을 가르쳤지만, 동시에 위험한 깨달음도 심었다.

반면 목사는 단 한 번, 가장 신성한 법도를 무참히 깨뜨린 것을 제외하면, 한 번도 사회가 정한 울타리를 벗어난 적이 없었다. 그러나 그마저도 충동에서 비롯된 죄였을 뿐, 신념이나 의도를 가지고 저지른 것은 아니었다. 그 참혹한 일을 저지른 뒤로 그는 병적일 만큼 집착적으로 자신의 감정의 숨결과 생각의 굴곡을 낱낱이 들여다보았다. 오히려 겉으로 드러나는 행동을 바로잡는 편이 더 수월했을 것이다. 당시 성직자로서 사회의 높은 지위에 있던 그는 규범과 원칙, 심지어 편견에 더욱 단단히 얽매여 있었다. 그가 속한 교단의 체제가 필연적으로 그를 옥죄었던 것이다. 목사는 비록 죄를 저질렀으나, 끊임없이 자신의 아물지 않은 상처를 헤집으며 양심이 살아 있도록, 고통스러울 만큼 예민하게 작동하도록 유지해온 사람이었다. 그래서 그는 아예 죄를 짓지 않은 이들보다도 도덕의 경계를 더욱 엄격히 지키려 했는지도 모른다.

헤스터 프린이 지난 7년 동안 추방과 수치의 세월을 견뎌온 것은 바로 이 순간을 위한 준비였던 듯했다. 하지만 아서 딤스데일은 어떤가! 이런 사람이 또다시 죄를 짓게 된다면 무슨 말로 죄를 덜어달라고 호소할 수 있을 것인가? 아무런 말도 할 수 없을 것이다. 다만 이러한 변명들을 떠올릴 뿐이다. 그가 오래고도 극심한 고통으로 무너지고 말았다는 것, 그를 괴롭히는 번민으로 말미암아 정신이 어둡고 혼미해졌다는 것, 스스로 죄인임을 시인하고 달아나는 것과 계속 위선자로 남아 있는 것 사이에서 그의 양심이 도저히 균형을 잡지 못해 방황했다는 것, 죽음과 수치의 위험 그리고 적의 지독한 계략에서 달아나려 한 것은 너무도 인간적인 반응이라는 것, 그리고 쓸쓸하고 황량한 길을 걸어가는 병들고 비참한 이 가련한 순례자에게 마침내 그가 지금 속죄하고 있는 어둡고 무거운 운명 대신에 인간의 애정과 동정심, 새로운 삶과 참다운 삶의 빛이 언뜻 나타났다는 것 말이다. 그러나 여기에 준엄하고도 서글픈 진실을 밝혀두어야만 한다. 죄를 지음으로써 인간의 영혼에 생긴 틈새는 육체를 가진 이상 결코 메울 수 없다. 틈새를 경계하고 방어해 적이 성채로 다시 침입하지 못하게 막거나, 다음 공격을 시도할 때 이미 무너진 곳이 아닌 다른 길을 선택하도록 유도할 수 있을 뿐이다. 그러나 성벽은 여전히 허물어진 채 남아 있고, 적은 다시 한번 잊을 수 없는 승리를 거두기 위해 언제든 그곳으로 살그머니 접근해올 것이다.[39]

목사의 마음속에서 그런 싸움이 벌어졌다 하더라도 여기서 그것을 묘사할 필요는 없을 것이다. 그는 떠나기로 결심했고, 혼자 가는 것이 아니라는 점을 말해두는 것으로 충분하리라.

목사는 생각했다. '지난 7년 동안 단 한순간이라도 평화나 희망을 누린 때가 있었다면 나는 하나님의 자비를 얻기 위해서라도 더 참아내려 했을 것이다. 하지만 이미 돌이킬 수 없는 형벌을 선고받은 지금, 처형을 앞둔 사형수에게 허락된 이 위안을 거부할 이유가 무엇인가? 헤스터의 말처럼 이것이 더 나은 삶으로 가는 길이라면, 그 길을 따르는 것이 결코 더 좋은 미래를 포기하는 일이 되지는 않으리라! 나는 이제 그녀 없이는 살아갈 수 없다. 그녀는 이토록 강하게 나를 지탱해주고, 또 이토록 부드럽게 나를 위로해주니! 아아, 이제는 감히 뵐 수조차 없는 하나님, 저를 용서하소서!'

----

39 여기서 적이란 악마를 의미한다. 이전에 욕정(간음)의 죄를 저지른 목사가 그것을 철저히 경계한다 해도, 악마는 인간의 또 다른 죄악, 예컨대 탐욕이나 분노를 통해 어리석은 행동을 저지르도록 유혹할 수도 있고, 혹은 다시금 이전과 같은 죄를 저지르도록 유인할 수도 있다는 뜻이다.

헤스터가 그와 시선을 마주치며 침착하게 말했다. "당신은 떠나야 해요!"

결심을 굳히자 이상스러운 기쁨의 빛줄기가 그의 어두운 가슴을 환히 비추었다. 마치 자신의 마음이라는 지하 감옥에서 막 탈출한 죄수가, 구원도 기독교도 법도 닿지 않은 거친 땅의 자유로운 공기를 들이마시는 듯한 황홀감이었다. 늘 땅바닥을 기어다니며 하늘을 올려다볼 수밖에 없었던 비참한 지난날과 달리, 이제 그의 정신은 힘차게 날아올라 맑은 하늘을 더 가까이에서 바라볼 수 있게 되었다. 깊은 신앙심을 타고난 목사의 마음속에는 필연적으로 경건함이 깃들어 있었다.

그가 스스로의 변화에 놀라며 말했다. "내가 다시 기쁨을 느끼다니! 내 안에서 기쁨의 씨앗은 이미 말라죽은 줄 알았어요! 아아, 헤스터, 당신은 나의 진정한 천사예요! 병들고 죄에 물들어 암담한 심정으로 낙엽 더미 위에 몸을 내던졌던 내가, 완전히 새롭게 거듭나서 자비의 하나님께 영광을 돌릴 새로운 힘을 얻은 것만 같아요! 이것만으로도 이미 새 삶을 살고 있는 거예요! 왜 우리는 이걸 더 일찍 발견하지 못했을까요?"

헤스터 프린이 대답했다. "이제 뒤돌아보지 말아요. 과거는 흘러갔어요! 그러니 더는 과거에 머무를 필요가 없어요. 보세요! 저는 이 상징과 함께 모든 과거를 내던지고 마치 없던 일처럼 만들겠어요!"

그렇게 말하면서 그녀는 주홍글씨를 매달았던 고리를 풀고 그걸 가슴에서 떼어내 저 멀리 메마른 낙엽 더미 속으로 내던져버렸다. 그 신비한 징표는 냇가의 가장자리에 떨어져 반짝거렸다. 한 뼘만 더 멀리 날아갔더라면 그것은 물속으로 떨어졌을 것이고, 작은 시냇물은 언제나 중얼거리고 있는 이해하지 못할 이야기와 또 다른 슬픔을 안고서 흘러갔을 것이다. 그러나 그 수놓은 글씨는 시냇가에 떨어져 잃어버린 보석처럼 반짝거렸다. 혹여 불운한 나그네가 그것을 주워 든다면, 기이한 죄악의 환영에 시달리며 가슴속 깊은 고통과 설명할 수 없는 불운에 사로잡힐지도 모를 일이었다.

　죄악의 낙인이 사라지자 헤스터는 길고 깊은 한숨을 내쉬었고, 그 한숨과 함께 수치와 고뇌의 짐도 그녀의 마음에서 떠나갔다. 아아, 어찌나 강렬한 안도감이 밀려왔던지! 그녀는 자유를 느끼기 전에는 자신이 지고 있는 짐이 얼마나 무거운지조차 알지 못했다! 또 다른 충동이 일어나서 그녀는 머리카락을 가두고 있던 모자를 벗어버렸다. 그러자 빛과 그림자가 넘실거리는 풍성한 검은색 머리카락이 어깨 위로 흘러내려 그녀의 용모에 부드러운 매력을 더했다. 여인의 가슴속 가장 깊은 곳에서 흘러나오는 것만 같은 찬란하고 부드러운 미소가 입가에 맴돌고 눈가에서도 환히 빛났다. 오랫동안 그토록 창백했던 두 뺨에는 진홍빛 홍조가 발갛게 올라왔다. 돌이킬 수 없다고들 하는 과거로부터 그녀의 여성성과 젊음, 그리고 모든 그윽한 아름다움이 되살아나, 이 순간이 빚어낸 마법의 원 안에서 처녀 시절의 희망과 이제껏 알지 못했던 행복이 한데 어우러졌다.

　땅과 하늘의 어둠은 마치 두 사람의 슬픔과 함께 쓸려 나가기라도 한 것처럼 사라져버렸다. 하늘이 돌연 미소라도 짓듯 갑자기 햇빛이 쏟아져 내려왔다. 어두운 숲속으로 햇빛의 홍수가 밀려들어 초록빛 잎사귀를 기쁨에 넘치게 만들고 노란 낙엽을 황금빛으로 바꿔놓고 음울한 나무들의 회색 줄기를 빛내며 미끄러지듯 흘러내렸다. 지금껏 그림자에 잠겨 있던 모든 것이 이제는 빛을 받아 밝게 빛났다. 작은 시냇물도 경쾌하게 반짝거리며 저 멀리 숲의 신비로운 중심부로 흘러들었고, 이제 그곳은 신비로운 기쁨에 감싸여 있었다.

　결코 인간의 법도, 그보다 더 높은 진리[40]의 빛도 받아들이지 않는

40　구체적으로 종교를 가리킨다.

야성적이고 이교도적인 숲의 대자연이 이처럼 두 영혼을 감싼 지극한 행복에 화답했다! 갓 태어났든, 죽음 같은 잠에서 막 깨어났든, 사랑은 언제나 햇빛을 만들어내어 인간의 가슴을 그 광채로 가득 채우고는 바깥세상으로 넘쳐흐른다. 설령 숲이 여전히 어두움을 간직하고 있다 해도 헤스터의 두 눈에는 밝게 보였을 것이고, 아서 딤스데일의 눈에도 마찬가지였을 것이다!

헤스터는 또 다른 기쁨으로 한껏 들뜬 채 그를 쳐다보며 말했다.

"당신은 펄을 아시죠! 우리 귀여운 펄 말이에요! 당신도 그 애를 만난 적이 있지요? 맞아요, 저도 알고 있어요! 이제는 그 아이를 다른 눈으로 보게 될 거예요. 펄은 좀처럼 알기 어려운 아이예요! 나조차 그 애를 잘 모르겠는걸요! 하지만 당신도 나처럼 그 애를 무척 아끼게 될 거예요. 그 아이를 어떻게 다루어야 할지도 제게 일러주세요."

목사가 다소 불안한 듯이 물었다. "그 아이가 나를 알게 되어 기뻐할까요? 나는 오래전부터 아이들을 피해왔어요. 아이들은 나를 잘 믿으려하지 않고 친해지는 것을 꺼리더군요. 심지어 어린 펄은 두렵기까지 했어요!"

헤스터가 답했다. "그것 참 슬픈 일이네요! 하지만 그 애는 당신을 아주 좋아하게 될 거예요. 당신도 그럴 거고요. 펄은 그리 멀리 있지는 않을 거예요. 제가 한번 불러볼게요. 펄! 펄!"

목사가 말했다. "저기 보이네요. 시냇물 건너편 꽤 멀리 떨어진 곳에서 환한 햇빛 한가운데 서 있군요. 당신 말대로 저 아이가 나를 좋아하게 될까요?"

헤스터는 미소를 지으며 다시 펄을 불렀다. 목사가 말한 것처럼 꽤 멀리 떨어진 곳에서 아이의 모습이 보였다. 아치 모양을 이룬 나뭇가지들 사이로 쏟아져 내리는 햇빛 속에서 아이는 마치 빛나는 옷을 걸친 환영처럼 보였다. 흔들리는 햇빛은 아이의 모습을 때로는 흐릿하게, 때로는 선명하게 비추었다. 찬란한 빛이 어른거릴 때면 그 모습은 실제 아이처럼 보이기도 하고, 아이의 영혼처럼 보이기도 했다. 펄은 엄마의 목소리를 듣고 숲길을 따라 천천히 다가왔다.

펄은 엄마가 목사와 앉아서 이야기를 나누는 동안 지루한 줄도 모르고 시간을 보냈다. 거대하고 어두운 숲은 세상의 죄와 고통을 안고 온 이들에게는 엄숙하기만 했지만, 외로운 아이에게는 다정한 놀이 친구가 되어주었다. 숲은 겉으로는 음울해 보였으나 아이를 반기려 가장 자애로운 얼굴을 보였다. 숲은 아이에게 호자덩굴 열매를 내어주었는데, 지난가을에 맺혀 봄이 되어서야 익은 열매들이 시든 잎사귀 위에 핏방울처럼 붉게 맺혀 있었다. 펄은 열매를 따서 야생의 맛을 즐겼다.

깊은 숲속의 작은 동물들은 아이를 피하려 하지 않았다. 새끼를 여남은 마리 거느린 뇌조는 위협적으로 달려 나왔다가 사납게 군 것을 후회하듯이 어린 새끼들에게 두려워하지 말라고 구구거렸다. 낮게 달린 나뭇가지에 홀로 앉아 있던 비둘기 한 마리는 펄이 밑으로 지나가도 도망치지 않고 경계인지 환영인지 모를 울음소리를 냈다. 나무 위 높다란 곳에 깊숙이 깃들어 사는 다람쥐 한 마리는 화가 나서인지 즐거워서인지 재재거리고 있었다. 다람쥐는 걸핏하면 화를 내지만 익살맞기도 한 동물이어서 기분이 어떤지 구별하기가 어렵다. 펄에게 무슨 말인가를 재잘거리던 다람쥐는 아이의 머리 위로 작은 열매를 하나 떨어뜨렸다. 지난해 모아둔 열매로, 날카로운 이빨 자국이 남아 있었다. 펄의 경쾌한 발걸음 소리에 잠에서 깬 여우는 달아날지 계속 낮잠을 잘지 망설이며 아이를 주의 깊게 살폈다. 여기서 이야기는 믿기 힘든 방향으로 흘러갔다. 소문에 따르면 어느 늑대가 나타나 펄의 옷 냄새를 맡더니 쓰다듬어달라는 듯 사나운 머리를 들이밀었다고 한다. 분명한 것은 어머니인 숲과 그 품 안의 야생동물들이 모두 이 인간 아이에게서 자신들과 닮은 야성을 알아보았다는 점이다.

아이는 가장자리에 풀이 무성한 정착촌의 거리나 엄마의 오두막에 있을 때보다 이곳 숲속에서 더욱 순해졌다. 꽃들도 그런 사정을 알고 있는지 펄이 지나가자 저마다 이렇게 속삭였다. "아름다운 아이야, 나를 가져다가 몸을 치장해보렴! 나를 가져다가 몸을 꾸며보려무나!" 그러면 펄은 꽃들을 기쁘게 해주려고 제비꽃과 아네모네와 매발톱꽃 그리고 오래된 나무들이 눈앞에 늘어뜨린 신선하고 푸른 가지를 따 모았다. 이런 것을 가지고 머리카락과 가느다란 허리를 장식한 펄은 마치 작은 요정이나 숲의 정령처럼, 태곳적 숲과 가장 가깝게 어우러지는 존재가 되었다. 펄이 이런 식으로 몸을 치장하고 있을 때 엄마의 목소리가 들려왔고, 펄은 천천히 되돌아왔다.

펄이 그토록 천천히 다가온 것은 목사가 보였기 때문이었다!

제19장
시냇가의 아이

"당신도 저 애를 무척 아끼게 될 거예요." 헤스터 프린이 목사와 나란히 앉아서 어린 펄이 다가오는 것을 지켜보며 되뇌었다. "참 예쁘지 않나요? 소박한 꽃들로 치장한 저 타고난 솜씨 좀 보세요! 숲속에서 진주나 다이아몬드나 루비를 주워서 장식하더라도 저것보다 잘 어울리지는 않을 거예요. 정말 놀라운 아이예요! 그리고 난 저 애의 이마가 누굴 닮았는지 잘 알지요!"

아서 딤스데일이 불안한 미소를 지으며 말했다. "헤스터, 늘 당신 옆에서 깡충거리며 뛰어다니는 저 귀여운 아이가 나를 얼마나 많이 놀라게 했는지 당신은 알고 있나요? 아아, 헤스터, 내가 그런 생각을 한다는 게, 그런 걸 두려워한다는 게 얼마나 끔찍한지 모를 거예요! 내 생김새가 저 아이의 얼굴에 고스란히 드러나서 사람들이 알아챌까 봐 두려웠어요. 하지만 저 애는 당신을 더 많이 닮았군요!"

헤스터가 부드럽게 미소 지으며 말했다. "아니, 아니에요! 저만 빼닮은 건 아니지요! 이제 조금만 더 있으면 당신은 저 애가 누구 핏줄인지 따지느라 걱정하지 않아도 될 거예요. 그나저나 들꽃을 머리에 꽂은 모습이 낯설 만큼 예쁘지 않나요! 마치 우리가 고국 영국에 두고 온 요정 하나가 우리를 만나러 단장하고 온 것 같아요."

두 사람이 그렇게 나란히 앉아서 펄이 천천히 다가오는 모습을 지켜보는 것은 전에 없던 감정을 불러일으켰다. 아이는 두 사람을 하나로 연결해주는 끈과도 같았다. 펄은 지난 7년 동안 그들이 필사적으로 감추려 했던 비밀을 세상에 드러내는, 마치 숨길 수 없는 진실을 새긴 상형문자 같은 살아 있는 증거였다. 만약 그 불타는 글자를 읽을 수 있는 예언자나 마법사가 있었다면, 그 상징 속에 선명히 드러난 비밀을 모두 알아냈을 것이다.

펄은 두 사람의 존재가 하나로 빚어진 것이었다. 과거의 죄가 무엇이었든, 그들은 자신들의 육체적 결합이자 영혼의 표상인 펄을 바라보며, 이 땅에서의 삶과 앞으로의 운명이 서로 얽혀 있음을 어찌 의심할 수 있었겠는가? 그들은 그 아이 안에서 만났고, 또 그 안에서 영원히 함께할 것이다. 이런 생각들과 함께 그들조차 감히 드러내거나 설명할 수 없는 다른 마음이 일어나, 점차 가까워지는 아이의 모습은 그들에게 형언할 수 없는 경이로움으로 다가왔다.

헤스터가 속삭였다. "아이에게 말을 걸 때 너무 열정적이거나 엄숙하게 대하지 마세요. 이상하게 여길 테니까요. 우리 펄은 가끔 변덕을 부리고 별난 짓을 하는 작은 요정 같은 아이예요. 특히 속뜻을 완전히 이해하지 못하는 감정은 전혀 받아들이질 못해요. 하지만 사랑이 넘치는 아이이기도 해요! 펄은 나를 사랑하듯 당신도 사랑하게 될 거예요!"

목사가 헤스터를 곁눈으로 쳐다보며 말했다. "당신은 내 마음을 짐작도 못할 거예요. 내가 이 만남을 얼마나 두려워하면서도 또 간절히 원하는지! 하지만 이미 말했듯이 아이들은 내게 쉽게 마음을 열지 않아요. 내 무릎에 올라오지도 않고, 귀에다 재잘거리지도 않고, 미소에 화답하지도 않아요. 단지 멀찍이 떨어져서 나를 이상하다는 듯 쳐다볼 뿐이지요. 갓난아이들조차 내가 품에 안으면 크게 울어대요. 하지만 펄은 그 짧은 생애 동안 내게 두 번이나 친절하게 대해주었지요! 첫 번째[41]는 당신도 잘 알고 있을 거예요! 두 번째는 당신이 저 엄격한 노총독의 집에 아이를 데리고 왔을 때였어요."

헤스터가 대답했다. "당신은 우리 모녀를 아주 열렬히 변호해주었지요! 똑똑히 기억하고 있답니다. 펄도 마찬가지일 거예요. 그러니 아무 걱정 마세요! 처음에는 낯설어하고 수줍어할지 몰라도 곧 당신을 사랑하게 될 거예요!"

그때쯤 시냇가에 다다른 펄은 냇물 건너편에 선 채로 아무 말 없이 헤스터와 목사를 바라보았다. 그들은 여전히 이끼가 잔뜩 핀 그루터기에 나란히 앉아 아이를 맞이하려고 기다리고 있었다. 마침 아이가 멈춰 선 곳은 우연히도 시냇물이 물웅덩이를 이룬 자리였다. 수면이 너무나 잔잔하고 고요해서 아이의 찬란하고 아름다운 모습이 완벽하게 비쳤다. 꽃과 잎사귀로 온몸을 장식한 아이는 실제보다 더 아름답고 영적인 존재처럼 보였다. 수면에 비친 모습은 살아 있는 펄과 너무나 닮아 있어서, 그 허상과 같은 특성이 실제 아이에게도 전해지는 듯했다. 숲속의 어슴푸레한 어둠 속에 우뚝 서서 그들을 그토록 골똘히 바라보는 아이의 모습은 어딘지 낯설어 보였다.

그러는 사이에 아이는 마치 무언가에 이끌린 듯 한 줄기 햇살 속에서 영광스럽게 빛나고 있었다. 발밑의 시냇물 속에도 또 다른 펄이 똑같이 황금빛 햇살을 가득 받으며 서 있었다. 헤스터는 어쩐지 펄과 멀어졌

----

41 처형대에 오른 헤스터에게 상대가 누구인지 말하라고 설득할 때의 일을 가리킨다. "아이는 지금껏 허공을 향하던 시선을 돌려 딤스데일 목사를 올려다보더니 반쯤은 즐거운 듯, 반쯤은 슬픈 듯 웅얼거리는 소리를 내며 자그마한 두 팔을 들어 올렸다"(3장).

다는 느낌이 들어 애가 탔다. 마치 아이가 혼자서 숲속을 헤매다가 엄마와 함께 살았던 세계에서 벗어나 돌아오려고 해도 뜻대로 되지 않는 것처럼 보였다.

이런 느낌은 맞으면서도 틀렸다. 모녀 사이가 멀어진 것은 사실이지만, 그것은 헤스터의 잘못이었지 펄의 잘못이 아니었다. 아이가 없는 동안 엄마의 감정 세계 안으로 다른 사람이 들어와 그 세계를 완전히 바꿔 놓았던 것이다. 그래서 숲속을 헤매다 돌아온 펄은 자신의 자리를 찾을 수 없었고, 지금 자신이 어디에 있는지조차 알 수 없게 되었다.

예민한 목사가 말했다.

"이상한 생각이 드는군요. 저 시냇물이 마치 두 세계를 가르는 경계선 같아서, 당신이 펄을 다시는 만나지 못할 것만 같아요. 아니면 어린 시절 듣던 옛날이야기 속 요정처럼, 저 아이가 흐르는 물을 건널 수 없게 된 걸까요? 어서 건너오라고 하세요. 이렇게 지체되니 벌써 마음이 불안해지네요."

헤스터가 두 팔을 쭉 뻗으며 격려하듯 말했다. "어서 이리 오렴, 사랑하는 아가야! 왜 이렇게 꾸물거리는지! 지금까지 이렇게 게으름 부린 적은 없었잖니? 여기 계신 이분은 엄마의 친구야. 그러니 너한테도 친구가 되어주실 거란다. 이제부터는 엄마한테서 받았던 사랑을 곱절로 받게 될 거야! 자, 시냇물을 뛰어넘어서 우리에게 오렴! 너는 어린 사슴처럼 뛸 수 있잖니!"

펄은 이처럼 달콤한 권유에도 전혀 반응하지 않은 채 시냇물 건너편에 그대로 서 있었다. 아이는 강렬한 눈빛으로 엄마를 뚫어져라 쳐다보았고 다음으로 목사를, 곧이어 두 사람을 동시에 쳐다보았다. 마치 두 사람이 어떤 관계인지 알아내어 스스로에게 설명해주려는 듯했다. 아이가 자신을 응시하고 있다는 게 느껴지자 아서 딤스데일은 무의식적으로 이미 습관이 된 동작을 되풀이하면서 손을 가슴에 갖다 댔다. 마침내 펄은 위엄 있는 태도로 손을 내밀더니 자그마한 검지를 들어올려 엄마의 가슴을 분명히 가리켰다. 시냇물이 만들어낸 거울 속에서도 꽃으로 단장한 채 햇살에 밝게 빛나는 펄의 모습이 자그마한 검지를 내밀어 글씨를 가리키고 있었다.

헤스터가 소리쳤다. "참 이상한 아이로구나. 왜 엄마한테 오지 않는 거니?"

펄은 여전히 검지를 뻗은 채 얼굴을 찌푸렸다. 어린아이다운 얼굴에 드러난 그 표정이 더욱 인상적으로 다가왔다. 엄마가 계속해서 건너오라 손짓하며 축제날 차려입은 것처럼 평소와는 다른 특별한 미소를 지어 보였지만, 아이는 더욱 심각한 표정과 몸짓으로 발을 굴렀다. 시냇물에 어린 모습은 신비롭고도 아름다웠다. 물속에 비친 찌푸린 얼굴, 가리키는 손가락, 위엄 있는 몸짓이 어린 펄의 모습을 더욱 선명하게 담아내고 있었다.

다른 때 같았으면 꼬마 요정 같은 펄의 행동을 익숙하게 넘겼겠지만, 지금만큼은 펄이 조금이라도 순순히 따라주기를 간절히 바랐던 헤스터가 소리쳤다. "빨리 와, 펄. 안 그러면 엄마 화낼 테야! 이 장난꾸러기야, 시냇물을 건너뛰어서 이리로 달려오렴! 그렇지 않으면 엄마가 너한테 갈 거야!"

하지만 엄마의 으름장에도 눈 하나 깜짝하지 않고 애원에도 마음 돌리지 않던 펄이, 갑자기 격정에 휩싸여 손발을 마구 휘저으며 작은 몸을 사납게 뒤틀어댔다. 그렇게 거세게 발버둥치던 아이가 날카로운 비명을 질렀고, 그 소리가 숲속 사방으로 메아리쳤다. 아이 혼자 철없이 부리는 투정이었건만, 마치 숨어 있는 무리가 펄에게 공감하며 지지를 보내는 것만 같았다. 또다시 시냇물의 표면에도 화난 펄의 그림자 같은 모습이 어렸다. 아이는 머리와 온몸에 꽃을 달고서 발을 마구 구르며 거친 몸짓을 해 보였다. 그러는 중에도 여전히 그 자그마한 검지는 헤스터의 가슴을 가리키고 있었다!

헤스터가 근심과 난처함을 감추려고 무척 애를 썼고, 창백해진 얼굴로 목사에게 속삭였다. "아이가 뭐 때문에 저러는지 알겠어요. 아이들은 매일 보던 것들이 조금만 달라져도 참아내지 못해요. 펄은 내가 날마다 달고 다니던 게 없어졌다고 저러는 거예요!"

"제발 저 아이를 달래주세요!" 목사가 애써 미소를 지으며 말했다. "히빈스 부인 같은 늙은 마녀의 성난 모습을 제외하면, 어린아이의 이런 투정만큼 보기 불편한 건 없으니까요. 펄처럼 어리고 예쁜 아이라도 화가 나면 주름 깊은 마녀처럼 섬뜩한 기운을 내는군요. 당신이 나를 생각한다면, 어서 저 아이를 진정시켜주세요!"

헤스터는 얼굴이 붉어진 채 펄을 향해 몸을 돌렸다. 목사를 슬쩍 곁눈질하고 깊은 한숨을 내쉬는 동안, 금세 홍조가 가시고 얼굴이 창백해졌다.

그녀가 슬픈 목소리로 말했다. "펄, 네 발밑을 좀 보렴! 거기, 네 앞쪽에 보이지! 이쪽 시냇가 말이야!"

아이는 시선을 돌려 엄마가 말한 곳을 내려다보았다. 그곳에 주홍글씨가 떨어져 있었다. 시냇물과 아주 가까운 곳이어서 황금빛 자수가 물결에 반짝였다.

헤스터가 말했다. "그걸 이리로 가져오렴!"

펄이 대답했다. "여기로 와서 집어 가세요!"

헤스터는 목사에게 나직이 말했다. "뭐 저런 애가 다 있을까? 아, 펄에 대해서는 정말 하고 싶은 말이 많아요! 하지만 사실 이 끔찍한 표지에 대해서는 아이 말이 맞아요. 난 이 글씨의 고통을 조금 더 견뎌야 해요. 이제 며칠만 더 견디면 되고요. 우리가 이 고장을 떠나서 꿈에서나 볼 법한 땅으로 가 이곳을 추억처럼 돌아볼 때까지 말이에요. 숲도 이 글씨를 감추진 못하겠지만, 바다 한가운데라면 이 글씨를 내 손에서 낚아

채어 영원히 삼켜버릴 수 있을 거예요!"

이렇게 말하고서 그녀는 시냇가로 걸어가 주홍글씨를 집어 들어 다시 가슴에 달았다. 방금 전만 해도 희망에 차 그 글씨를 바다에 빠뜨리겠다고 말했으나, 이 죽음 같은 표지를 운명의 손에서 되찾자 피할 수 없는 숙명을 느꼈다. 그녀는 그 글씨를 넓은 하늘을 향해 던졌고, 잠시나마 자유롭게 숨쉴 수 있었다. 하지만 이제 그 붉은 고통이 제자리로 돌아와 빛나고 있었다. 이처럼 잘못된 행동은, 그것이 어떤 형태로 드러나든 반드시 숙명이 되어 돌아오는 법이다.

헤스터는 풀어 헤친 머리카락을 다시 틀어 올려 모자 속으로 넣었다. 마치 그 슬픈 글씨에 모든 것을 시들게 하는 주문이라도 걸린 듯, 그녀의 아름다움과 따스한 여성성은 저물어가는 햇빛처럼 사그라들었다. 이제 그녀 위로 회색 그림자만이 드리워진 듯했다.

그 쓸쓸한 변모가 끝나자 헤스터는 펄에게 손을 내밀었다.

그녀가 나무라는 듯하면서도 나지막한 목소리로 말했다. "애야, 이제 네 엄마를 알아보겠니? 이제 그만 시냇물을 건너와서 엄마라고 불러주렴. 부끄러운 글씨도 다시 달았고 슬픈 엄마로 돌아왔으니까."

아이가 시냇물을 뛰어넘어 달려와 양팔로 헤스터를 껴안으며 대답했다. "응, 그럴게요! 이제 정말로 내 엄마네! 나는 엄마의 귀여운 펄이고!"

평소와 달리 엄마의 머리를 다정하게 끌어당긴 펄은 이마와 양 뺨에 입을 맞추었다. 하지만 늘 그랬듯 위로를 주면서도 상처를 함께 주는 아이답게, 곧이어 입술을 내밀어 주홍글씨에도 입을 맞췄다.

"그러지 마!" 헤스터가 말했다. "네가 늘 그렇지. 엄마를 사랑하는 척하다가 금세 놀리려 들잖니."

펄이 물었다. "목사님은 왜 저기 앉아 있어요?"

엄마가 대답했다. "너를 기쁘게 맞이하려고 기다리고 계신단다. 자,

어서 가서 축복해달라고 하렴! 귀여운 펄, 저분은 너를 사랑하고 또 엄마도 사랑하신단다. 너도 저분이 좋지 않니? 자, 어서 가보렴! 저분은 너를 무척 기다리고 계셔!"

펄은 영특한 눈빛으로 엄마의 얼굴을 올려다보았다. "저분이 우리를 사랑하신다고요? 그럼 우리 셋이 손잡고 마을로 돌아가는 거예요?"

"지금은 안 되지만, 곧 그렇게 될 거야. 앞으로는 저분과 함께 거리를 거닐고, 우리만의 집과 따뜻한 난로도 갖게 될 거야. 너는 저분 무릎에 앉아서 많은 것을 배우게 될 테고, 저분은 너를 깊이 사랑해주실 거란다. 너도 저분이 좋지 않니?"

펄이 물었다. "그런데 왜 목사님은 항상 가슴에 손을 얹고 계세요?"

엄마가 소리쳤다. "그게 무슨 엉뚱한 소리니? 자, 어서 가서 축복해달라고 하렴!"

하지만 펄은, 자신의 사랑을 나눠야 할 상대가 생겼을 때 아이들이 으레 느끼는 질투심 때문인지, 아니면 타고난 변덕 때문인지, 목사에게 한 치의 호의도 보이지 않으려 했다. 헤스터가 목사 쪽으로 이끌자 몸을 뒤로 빼며 이상한 표정을 지어 보였다. 아기 때부터 펄은 얼굴을 갖가지 모양으로 독특하게 찌푸리곤 했고, 풍부한 표정으로 장난기를 드러내곤 했다. 당황한 목사는 입맞춤으로 아이의 마음을 열 수 있기를 바라며 몸을 숙여 이마에 키스했다. 그러자 펄은 엄마의 손을 뿌리치고 시냇가로 달려가 허리를 굽히더니, 그 불쾌한 입맞춤이 완전히 씻겨 나가 물살 속으로 사라질 때까지 이마를 문질렀다. 그러고는 떨어져 서서, 달라진 처지와 앞으로 해야 할 일들을 상의하는 두 사람의 모습을 조용히 바라보았다.

이제 운명적인 만남은 끝이 났다. 골짜기는 다시 음울한 고목들이 늘어선 적막한 모습으로 돌아갔다. 수많은 혀를 가진 나무들은 이곳에서 벌어진 일을 끊임없이 속삭일 테지만, 그 누구도 그 이야기를 알지 못할

것이다. 그리고 저 우울한 시냇물은 이미 넘치는 비밀을 품은 작은 가슴
에 또 하나의 이야기를 더해 흘러가며 끝없이 중얼거리겠지만, 오랜 세
월 들려주던 그 쓸쓸한 어조는 결코 바뀌지 않을 것이다.

제20장
미로에 선 목사

목사는 헤스터와 어린 펄보다 먼저 자리를 떴다. 돌아서며 그는 뒤를 흘깃 보았다. 어스름한 숲속으로 두 모녀의 모습이 천천히 사라져갈 것이라 생각했다. 그의 인생에 일어난 그처럼 커다란 변화를 당장에 현실로 받아들이기가 어려웠기 때문이다. 그러나 회색 옷을 입은 헤스터는 여전히 그 나무 그루터기 옆에 서 있었다. 오래전 거센 바람에 쓰러져 이끼로 뒤덮인 그 나무는, 세상에서 가장 무거운 짐을 짊어진 두 영혼이 잠시나마 휴식과 위안을 얻을 수 있는 자리를 내주었다. 그리고 거기엔 펄도 있었다. 방해하던 사람이 사라지자 시냇가에서 가볍게 뛰놀던 아이는 다시 엄마 곁 제자리로 돌아왔다. 그러니 목사는 이제까지 잠이 든 것도, 꿈을 꾼 것도 아닌 게 틀림없었다!

목사는 마음을 괴롭히는 불안하고 모호한 이중적 감정을 떨쳐내고자, 헤스터와 함께 세운 도피 계획을 더욱 면밀히 다듬어보았다. 두 사람은 인디언의 오두막이나 유럽인들이 해안가에 드문드문 세운 몇 안 되는 정착지가 전부인 뉴잉글랜드와 아메리카 대륙의 황무지보다는, 사람들로 북적이는 구세계의 도시들이 그들에게 더 나은 도피처이자 은신처가 되어줄 것이라 결론 내렸다. 목사의 연약한 몸으로는 거친 숲속 생활을 감당하기 어려웠고, 그의 타고난 재능과 학식은 세련된 문명의 토양에서만 제대로 꽃피울 수 있었다. 사회가 발달할수록 목사는 더욱 섬세하게 적응해나갈 수 있을 터였다.

마치 이러한 선택에 힘이라도 실어주듯이 때마침 배 한 척이 항구에 들어와 있었다. 그 무렵 자주 오가던 수상한 순양함 가운데 하나인 그 배는 바다의 무법자라는 평가를 겨우 면했을 뿐 상당히 무책임하게 바다 위를 떠돌아다녔다. 얼마 전 카리브해에서 들어온 이 배는 사흘 이내에 브리스틀로 출항할 예정이었다. 자진해서 자비의 수녀회 자매 역할을 해온 헤스터 프린은 이 일로 선장과 선원들을 알고 지내온 덕에, 피치 못할 사정이 있으니 비밀을 단단히 지켜달라는 약속과 함께 어른 둘과 아이 하나의 승선을 허락받을 수 있었다.

목사는 큰 관심을 보이며 그 배가 출항하는 시점이 정확하게 언제쯤 인지 헤스터에게 물어보았다. 아마도 오늘로부터 나흘째 되는 날 떠나는 모양이었다. 그 말을 듣자 목사는 "그거 참 다행한 일이군!" 하고 혼잣말을 했다. 딤스데일 목사가 왜 그것을 그리도 다행스럽게 여겼는지 지금 여기서 밝히기가 조심스럽다. 그럼에도 독자들에게 숨기지 않고 말하자면, 목사가 사흘째 되는 날에 총독 취임 축하 설교를 하기로 되어 있었기 때문이다. 뉴잉글랜드의 목사에게 이러한 행사를 맡는 것은 무척 영예로운 일이었다. 성직자로서의 삶을 마무리 짓기에 이보다 더 알맞은 때와 방법을 찾기는 힘들었을 것이다. 이 모범적인 사람은 이렇게 생각했다. '적어도 사람들은 내가 공적 의무를 저버렸다고는 말하지 못하겠지!' 이토록 깊고 예민한 자기성찰이 이렇게 비참하게 자신을 속이다니, 참으로 안타까운 일이다. 그에게는 이보다 더 큰 결점이 전에도 있었고 앞으로도 있을 것이다. 하지만 그의 약점이 이처럼 애처롭게 드러난 적은 없었다. 또한 오래전부터 그의 본성을 갉아먹어온 그 미묘한 병의 흔적이 이토록 섬세하면서도 분명하게 드러난 적도 없었다. 어느 누구라도 그처럼 오랫동안 자기 자신과 타인에게 서로 다른 얼굴을 내보이다 보면, 결국에는 어느 쪽이 진짜 자기 얼굴인지 혼란스러워지게 마련이다.

헤스터와 만나고 돌아오는 길에 딤스데일 목사는 어찌나 마음이 달뜨던지 전에 없던 생기를 느끼며 마을로 향하는 발걸음을 서둘렀다. 숲속 오솔길은 그가 마을을 빠져나올 때보다 자연의 거친 장애물이 많아서 훨씬 황량하고 험하게 느껴졌으며 사람의 발자취도 드물어 보였다. 그러나 목사는 진창을 뛰어넘고 몸에 달라붙는 덤불을 헤쳐 나가고 비탈길을 오르고 움푹한 곳으로 뛰어내리면서도 힘든 줄을 몰랐다. 한마디로 그는 길 위에서 맞닥뜨린 온갖 어려움을 스스로도 놀랄 만큼 지치지 않는 활력으로 이겨냈다. 이틀 전만 해도 같은 길을 얼마나 힘겹게 수시로 숨을 골라가며 나아가야 했던가.

마을에 가까이 다다르자 그는 눈앞에 줄지어 나타난 낯익은 사물들이 어딘가 달라졌다는 인상을 받았다. 이들 곁을 떠난 것이 하루 이틀이 아니라 여러 날, 아니 심지어 여러 해 전처럼 느껴졌다. 물론 거리에는 그가 기억하는 모든 흔적이 그대로 남아 있었다. 집집마다 꼭 들어맞는 개수의 박공이 달려 있고 기억하는 자리마다 바람개비가 돌아가고 있었다. 그런데도 무언가 달라졌다는 느낌이 집요하게 이어지며 좀처럼 사라지지 않았다. 그가 길을 가며 만난 사람들과 이 작은 마을에 사는 익히 잘 알고 있는 사람들의 모습도 마찬가지였다. 그들이 더 늙어 보이거나 젊어 보이는 것은 아니었다. 노인들의 수염이 더 희어진 것도 아니었고 어제까지 기어다니던 아이가 오늘 갑자기 일어서서 걸어 다니게 된 것도 아니었다. 얼마 전에 헤어지며 보았던 때와 무엇이 달라졌는지를 설명하기는 불가능했다. 그렇지만 목사의 가장 깊은 직관은 분명 뭔가가 변했다고 알려주고 있었다.

자신의 교회 담장을 지날 때 그 느낌은 절정에 달했다. 교회 건물이 너무나 낯설면서도 동시에 너무나 친숙해서, 딤스데일 목사는 두 가지 생각 사이에서 갈팡질팡했다. 지금까지 내가 꿈속에서만 이 교회당을 보아왔던가? 아니면 지금 이 순간이 교회당을 보는 꿈일까?

이러한 현상은 갖가지 형태로 나타났으나 겉으로 드러나는 변화는 없었다. 친숙한 광경을 바라보는 사람의 마음속에 너무도 갑작스럽고 중대한 변화가 일어났기에, 그의 의식 속에서는 단 하루 사이에 수년의 세월이 흐른 것처럼 느껴졌다. 목사의 의지와 헤스터의 의지 그리고 두 사람 사이에서 생겨난 운명이 만든 변화였다. 마을은 여전했으나 숲에서 돌아온 목사는 더 이상 같은 사람이 아니었다. 그는 인사를 건네오는 이웃들을 향해 이렇게 말하고 싶었을 것이다. "나는 당신이 아는 그 사람이 아닙니다! 그 사람은 저 깊은 숲속의 은밀한 골짜기, 울적한 소리를 내며 흘러가는 시냇가 근처의 이끼 낀 나무 그루터기에 버려두고 왔습니다! 가서 당신네 목사를 찾아보십시오. 그의 수척한 육신과 창백한 뺨, 고통으로 깊이 패인 이마가 마치 벗어던진 허물처럼 그곳에 남아 있지 않은지 보십시오!" 그의 친구들은 틀림없이 이렇게 고집할 것이다. "당신이 바로 그 사람 아닙니까!" 하지만 틀린 것은 그들이지 목사가 아니었다.

목사가 집에 도착하기 전, 그의 내면의 사내는 생각과 감정의 영역에서 일어난 혁명의 또 다른 증거들을 보여주었다. 실로 그의 내면세계에서 왕조와 도덕률이 송두리째 바뀌었다는 것만이, 이 불운하고 경악에 찬 목사에게 일어난 충동을 설명할 수 있었다. 그는 발걸음을 옮길 때마다 이상하고 거칠고 사악한 짓을 저지르고 싶은 충동을 느꼈다. 그런 충동은 비자발적인가 싶으면서도 의도적이고, 그것을 억누르려는 자아보다 더 깊숙한 곳에 자리한 자아에서 비롯되는 것 같았다.

교회의 집사를 만났을 때도 그랬다. 그 선한 노인은 아버지 같은 애정과 원로로서의 특권으로 목사에게 말을 걸어왔다. 그는 나이도 지긋한 데다 올곧고 거룩한 성품을 지녔고 교회에서의 지위로 보아도 충분히 그럴 만한 자격이 있었다. 게다가 이 노집사는 목사직으로서나 개인으로서나 딤스데일 목사가 받을 만하다고 여기는 거의 경배에 가까운 깊은 존경심을 주저 없이 표현했다. 연륜과 덕망을 갖춘 어른이, 마치 미숙한 아랫사람처럼 겸손히 존경을 표하는 모습은 더없이 감동적이었다.

하지만 딤스데일 목사는 이 백발의 노집사와 몇 마디 대화를 나누는 동안, 성찬식에 관한 불경스러운 말들이 마음속에서 불쑥 솟구치는 것을 혼신의 힘을 다해 겨우 눌러 참고 있었다. 그는 자신의 입에서 그런 끔찍한 말이 튀어나오지는 않을까, 그것이 본심이 아닌데도 마치 본심인 양 변명하게 되지는 않을까 두려워 온몸을 떨었고 얼굴은 재처럼 창백해졌다. 마음속으로 이런 공포를 느끼면서도, 거룩한 노집사가 목사의 불경스러운 말을 듣고 돌처럼 굳어버릴 모습을 상상하니 웃음이 나올 것만 같았다!

이와 비슷한 사례가 또 하나 있었다. 길을 따라 황급히 걸어가던 딤스데일 목사는 교회에서 나이가 가장 많은 여신자를 만났다. 아주 독실하고 모범적인 노부인으로 가난하고 외로운 과부였다. 죽은 남편과 자녀들 그리고 오래전에 세상을 떠난 친구들에 대한 추억으로 가득 차 있는 노부인의 마음속은 비명이 새겨진 묘비로 빼곡한 공동묘지와 비슷했다. 하지만 다른 이에게는 침울한 슬픔을 안겨주었을 이 모든 것이 종교의 위안과 성경의 진리를 따르는 이 독실한 노파의 영혼에게는 엄숙한 즐거움이 되어주었다. 노부인은 30여 년이 넘도록 그런 위안과 진리로 자신을 달래오고 있었다.

딤스데일 목사의 교회 신자가 된 이래로 선량한 노부인이 지상에서 느끼는 가장 큰 위안은, 우연히든 의도적이든 목사를 만나 복음의 말씀을 듣는 일이었다. 귀가 잘 들리지는 않았지만, 목사의 사랑스러운 입에서 흘러나오는 따스하고 향기로운, 천상의 기운이 담긴 진리의 말씀을 열정적으로 경청하며 영혼을 새롭게 하곤 했다. 하늘의 위안이 없다면 이 세상의 위로란 무의미할 터였다.

하지만 이번에는, 마치 악마가 손을 뻗은 듯, 목사는 노부인의 귀에 입을 가까이 대는 그 순간까지도 성경 말씀은커녕 그 무엇도 기억해낼 수 없었다. 오직 인간 영혼의 영원성을 부정하는 짧고 강력한, 그리고 그때만큼은 반박할 수 없어 보이는 논리만이 떠올랐다. 만약 이 생각이 노부인의 영혼에 스며들었더라면, 그녀는 맹독이 주입된 것처럼 그 자리에서 쓰러져 죽고 말았을 것이다. 목사는 자신이 실제로 무슨 말을 했는지 전혀 기억해낼 수 없었다. 다행스럽게도 목사가 앞뒤가 맞지 않게 횡설수설하여 선량한 과부가 그 말을 똑똑히 알아듣지 못했거나 아니면 하나님이 나름의 방법으로 해석해주신 모양이었다. 목사가 뒤를 돌아보니 노부인의 주름지고 잿빛으로 창백한 얼굴에 천상의 도시가 비치는 듯한 거룩한 감사와 황홀감이 어려 있었다.

세 번째 사례도 비슷했다. 나이 든 신자와 헤어진 뒤에 그는 교회의 가장 어린 여신도를 만났다. 그녀는 교회에 갓 들어온 처녀로 딤스데일 목사가 안식일에 전한 철야 기도 설교를 듣고 감명받아 입교한 이였다. 그녀의 소망은 세속의 일시적인 쾌락을 멀리하고 천국의 희망을 얻는 것이었다. 그 희망은 삶이 어두워질수록 더욱 밝게 빛나, 칠흑 같은 어둠을 황금빛으로 물들일 마지막 영광이었다. 그녀는 천상의 백합처럼 순수하고 아름다웠다.

목사는 그녀의 결백한 마음속에서 자신이 성스러운 존재로 높이 모셔져 있음을 알고 있었다. 그녀의 순수한 마음은 목사의 모습을 눈처럼 흰 장막으로 감싸안아, 그 안에서 신앙의 엄숙함과 사랑의 온기를 하나로 빚어내고 있었다. 그날 오후, 악마는 분명 이 순수한 영혼을 어머니의 보호에서 떼어내어, 깊은 유혹에 사로잡힌, 아니 구원을 잃고 절망을 헤매는 자의 길 앞으로 이끌어 온 것이 틀림없었다.

그녀가 다가오자 악마는 목사의 귓가에 속삭였다. 저 순수한 가슴에 아주 작은 악의 씨앗 하나를 심으라고. 그 씨앗은 어둡게 피어나 때가 되면 검은 열매를 맺으리라. 목사는 그녀가 자신을 너무도 깊이 신뢰하기에, 그녀의 영혼을 흔들 수 있는 힘이 자신에게 있음을 알았다. 단 한 번의 사악한 눈빛으로도 그녀 마음의 순결한 들판을 시들게 할 수 있고, 한 마디 말로도 온갖 타락이 자라나게 할 수 있으리라. 그래서 목사는 평소보다도 더 깊이 제네바 외투로 얼굴을 가린 채, 자신의 냉담한 태도가 그녀의 마음에 어떤 상처를 남기든 외면한 채 서둘러 지나쳐 갔다. 그녀는 마치 주머니나 바느질 보따리처럼 순박하고 사소한 것들로 가득한 자신의 양심을 속속들이 들여다보며, 불쌍하게도, 헤아릴 수 없이 많은 상상 속의 잘못들을 자책했다. 다음 날 아침, 그녀는 눈이 붓도록 운 채로 집안일을 해야 했다.

　　목사는 이 마지막 유혹을 이겨냈다고 자축할 새도 없이, 더욱 터무니없고 끔찍한 충동에 휩싸였다. 말하기조차 부끄러운 일이지만, 길가에서 놀고 있는, 이제 막 말을 배우기 시작한 청교도 아이들에게 불경한 말들을 가르치고 싶다는 충동이었다. 성직자의 옷자락이 허락하지 않는 일이라며 가까스로 그 괴이한 욕구를 누르던 때, 카리브해에서 온 술 취한 선원과 맞닥뜨렸다. 그토록 많은 사악한 충동과 싸운 탓일까, 가련한 딤스데일 목사는 타르로 범벅이 된 이 무뢰한과 악수를 하고 방탕한 뱃사람들이 잘하는 상스러운 농담도 좀 나누고 싶다는 충동을 느꼈다. 하늘을 향해 걸쭉하고 통쾌한 욕설이라도 한바탕 퍼부어 답답한 가슴을 풀고 싶었던 것이다! 이 위기를 무사히 넘긴 것은 그의 신념이 남달리 강해서가 아니라, 어느 정도는 천성 덕분이었고, 더 크게는 성직자로서의 예법이 몸에 밴 습관이 되었기 때문이었다.

　　마침내 목사는 길거리에 멈춰 서서 이마를 치며 속으로 절규했다. '나를 이렇게 따라다니며 괴롭히고 유혹하는 것은 무엇인가? 내가 미쳐버린 것인가? 악마에게 영혼을 빼앗긴 것인가? 저 숲속에서 악마와 계약을 맺고 내 피로 서명한 것인가? 그래서 지금 악마가 자신의 추악한 상상력으로 빚어낸 온갖 사악한 생각들을 내게 속삭이며 계약을 이행하라 재촉하는 것인가?'

딤스데일 목사가 이렇게 이마를 치며 괴로워하고 있을 때, 마녀로 소문난 히빈스 노파가 곁을 지나갔다고 한다. 그녀는 무척 화려한 차림이었다. 머리에는 우아한 장식을 높이 얹고 벨벳 가운을 휘날렸는데, 목에는 그 유명한 노란 녹말풀 주름 깃을 달고 있었다. 그것은 그녀의 절친한 벗이었던 앤 터너가, 토머스 오버베리 경을 살해했다는 죄목으로 교수대에 오르기 전 마지막으로 전해준 비법으로 만든 것이었다. 마녀가 목사의 생각을 읽었는지는 알 수 없으나, 평소 목사들과는 말도 섞으려 하지 않던 그녀가 걸음을 멈추고 그의 얼굴을 빤히 들여다보며 교활한 미소를 짓더니 입을 열었다.

마녀는 목사를 향해, 높이 솟은 머리장식을 까닥이며 말했다.

"아, 목사님. 저 숲에서 돌아오시는 길이시죠? 다음번엔 미리 말씀해주세요. 목사님을 모시고 갈 수 있다면 이보다 더 큰 영광이 없을 텐데요. 자랑처럼 들릴까 봐 두렵지만, 제가 한 말씀만 드리면 아무리 낯선 신사라도 그분… 목사님도 아시는 그분께 환대를 받으실 수 있답니다!"

목사는 그녀의 신분에 걸맞은 예우를 갖추어, 평소의 품위 있는 태도로 응답했다.

"부인, 제 양심과 명예를 걸고 말씀드리건대, 부인의 말씀을 전혀 이해할 수 없습니다. 저는 무슨 군주를 만나러 숲에 간 것이 아닙니다. 앞으로도 그런 자의 환심을 사고자 숲을 찾을 생각은 없습니다. 저의 유일한 목적은 친애하는 동료 사도 엘리엇을 만나, 그가 수많은 귀한 영혼을 이교도의 길에서 구원한 것을 축하하는 것뿐이었습니다!"

늙은 마녀는 여전히 머리장식을 흔들며 깔깔 웃었다.

"하하하! 그렇죠, 그렇게들 하시죠! 낮에는 그렇게 말씀하셔야겠지요! 참으로 현명하시구려! 하지만 자정이 되면, 우리는 숲에서 전혀 다른 이야기를 나눌 수 있을 테니까요!"

그녀는 노부인다운 위엄 있는 몸가짐으로 목사 곁을 지나갔다. 하지만 종종 뒤돌아보며 그를 향해 미소 지었는데, 마치 둘 사이의 비밀스러운 유대를 확인하려는 듯했다.

목사는 생각에 잠겼다. '그렇다면 나는 정말로 악마에게 영혼을 팔아버린 것인가? 사람들 말대로라면, 저 누런 레이스 깃을 세우고 벨벳 망토를 두른 늙은 마녀가 주인으로 모신다는 바로 그 악마에게?'

불쌍한 목사여! 실로 그는 그와 다름없는 거래를 했던 것이다! 행복의 환상에 이끌려, 전에는 결코 없었던 일이건만, 자기 자신의 의지로 치명적인 대죄의 길을 택한 것이었다. 그리고 그 죄악의 독은 전염병처럼 빠르게 그의 도덕성 전체를 침식해 들어갔다. 그 독은 모든 선한 충동은 마비시키고, 온갖 사악한 충동을 일깨웠다. 경멸과 냉소, 이유 없는 적의, 무의미한 악행을 저지르고 싶은 욕망, 심지어 거룩한 것들을 조롱하고 싶은 마음까지⋯ 이 모든 것이 한꺼번에 들끓어 올라 그를 두렵게 하면서도 매혹했다. 히빈스 노파와 마주친 일이 실제로 일어났다면, 그것은 목사가 이미 악의 세계에 한 발을 들여놓았다는 것, 타락한 영혼들과 은밀한 유대를 맺기 시작했다는 것을 증명할 뿐이었다.

마침내 묘지 가를 따라 서 있는 집에 도착한 목사는 서둘러 계단을 올라 자신의 서재로 피신했다. 거리를 걸어오는 동안 끊임없이 솟구치던 충동대로 온갖 기괴하고 사악한 짓을 저질러 자신의 본모습을 드러내지 않고 이 은신처까지 올 수 있었음에 그는 안도했다. 익숙한 방으로 들어서서 주위의 책과 창문이며 벽난로와 양탄자가 걸린 아늑한 벽을 둘러보았지만 숲속 골짜기에서 마을을 지나 집으로 돌아오는 동안 줄곧 그를 사로잡았던 것과 마찬가지로 모든 것이 낯설다는 느낌이 들었다.

♦ "그녀는 노부인다운 위엄 있는 몸가짐으로 목사 곁을 지나갔다. 하지만 종종 뒤돌아보며 그를 향해 미소 지었는데, 마치 둘 사이의 비밀스러운 유대를 확인하려는 듯했다."

바로 이 방에서 그는 연구하고 집필했으며, 금식과 철야 기도로 기진맥진했었다. 이곳에서 그는 기도하려 애썼고 무수한 고뇌를 견뎌냈다! 이 방에는 심오한 의미가 담긴 고대 히브리어 성경이 있어, 그 안에서 모세와 예언자들이 그에게 말을 건넸고 모든 것을 통해 하나님의 음성을 들을 수 있었다! 책상 위에는 미완성된 설교문과 잉크 묻은 펜이 놓여 있었다. 이틀 전, 그의 생각이 종이 위로 흘러나오다 멈춰버려 문장은 중도에서 끊겨 있었다.

이 모든 일을 해내고 견뎌낸 사람이, 총독 취임 축하 설교문을 여기까지 써낸 사람이 다름 아닌 이 여윈 몸에 창백한 얼굴을 한 자신이라는 걸 그는 분명히 알고 있었다! 그러나 이제 그는 한 걸음 물러서서 지난날의 자신을 경멸하고 연민하면서도, 한편으로는 부러운 듯 호기심 어린 눈길로 바라보고 있었다. 예전의 그는 사라져버렸다. 숲에서 돌아온 것은 다른 사람이었다. 더 현명해진 자, 이전의 순진한 자신으로서는 결코 알 수 없었을 은밀한 비밀들을 깨달은 자였다. 하지만 그 깨달음이란 얼마나 쓰디쓴 것이었던가!

이런 생각에 잠겨 있을 때 서재 문을 두드리는 소리가 들려 목사는 "들어오시지요!"라고 말했다. 혹시 악마를 마주하게 되는 건 아닐까 하는 생각이 스쳐 지나갔다. 그리고 그것은 현실이 되었다! 들어온 사람은 다름 아닌 늙은 로저 칠링워스였다. 목사는 창백해진 얼굴로 말없이 서 있었다. 한 손은 히브리어 성경을, 다른 손은 가슴을 짚은 채였다.

의사가 말했다. "목사님, 무사히 다녀오셨군요! 거룩하신 엘리엇 사도께선 안녕하시던가요? 그런데 목사님, 안색이 좋지 않으시네요. 황야 여행이 꽤나 고단하셨나 보죠. 취임 설교를 위해서라도 마음을 달래고 기력을 회복하셔야 할 텐데, 제가 좀 도와드리면 어떨까요?"

딤스데일 목사가 대답했다. "아니요, 걱정 마십시오. 오랫동안 서재에만 갇혀 있다가 멀리 엘리엇 사도도 뵙고 상쾌한 바깥 공기도 실컷 마시고 오니 많은 도움이 된 것 같습니다. 이제는 선생님의 약도 필요 없을 것 같네요. 친절하신 선생님이 직접 처방해주시는 약이니 좋을 거라 알고는 있습니다만."

로저 칠링워스는 환자를 들여다보듯 날카로운 시선으로 목사의 말한 마디 한 마디를 새기고 있었다. 목사는 노인이 겉으로는 태연한 듯 보여도, 자신과 헤스터 프린의 만남을 알고 있거나 최소한 강하게 의심하고 있다고 확신했다. 그 순간 의사 역시 목사의 눈에 자신이 더 이상 신뢰받는 친구가 아닌, 가장 깊은 증오심을 품은 적으로 비치고 있음을 알아차렸다. 서로에 대해 이토록 많은 것을 알게 된 이상, 그중 일부는 겉으로 드러나기 마련이었다.

하지만 이상하게도 어떤 진실은 말이 되어 나오기까지 무척 오랜 시간이 걸리는 법이다. 또한 두 사람이 어떤 주제를 피하기로 마음먹으면, 그 주변을 맴돌다가도 핵심은 전혀 건드리지 않고 물러설 수 있다는 것도 기이한 일이었다. 그래서 목사는 로저 칠링워스가 두 사람의 비밀을 입 밖에 내지는 않으리라 믿었다. 하지만 의사는 이미 자신만의 음험한 방식으로 그 진실의 목을 조여오고 있었다.

"보잘것없는 제 처방이지만, 오늘 밤만큼은 따르시는 게 좋지 않을까요? 취임 설교를 위해서라도 목사님을 건강하고 활기차게 만들어드려야 하니까요. 사람들이 목사님께 큰 기대를 걸고 있답니다. 또 한 해가 지나면 혹시라도 목사님이 어디론가 떠나실까 걱정하고들 있고요."

목사가 경건하면서도 체념한 듯한 목소리로 말했다. "그렇죠, 아마도 저세상으로 가게 되겠지요. 하늘나라가 허락된다면 좋으련만. 사실 덧없이 흐르는 사계절을 또다시 교인들과 함께할 수 있으리라고는 생각지 않습니다. 하지만 의사 선생님, 지금 제 상태로는 선생님이 말씀하신 약이 필요치 않을 것 같습니다."

"그 말씀을 들으니 기쁩니다. 오랫동안 소용없어 보이던 제 약이 마침내 효과를 보이는 모양이군요. 목사님의 병환을 고칠 수만 있다면 저는 더없이 행복할 것입니다. 뉴잉글랜드의 모든 이에게 감사받을 만한 일이 될 테고요!"

딤스데일 목사가 진중한 미소를 지으며 말했다. "그토록 정성스레 보살펴주시니 진심으로 감사드립니다. 당신의 선행에는 기도로밖에 보답할 수 없겠네요."

"선한 분의 기도야말로 황금과도 같은 보상이지요! 그렇습니다, 새 예루살렘의 금화요, 하나님의 각인이 새겨진 것이지요!" 칠링워스가 떠나며 말했다.

홀로 남은 목사는 하인을 불러 식사를 청했고, 음식이 나오자 왕성한 식욕으로 먹어치웠다. 그런 다음 여러 장에 걸쳐 써놓았던 취임 축하 설교문을 벽난로에 던져 넣고는 새로운 설교문을 쓰기 시작했다. 생각과 감정이 너무나 거침없이 흘러나와 신의 영감을 받은 것이 아닌가 하는 생각마저 들었다. 다만 하나님께서 이토록 웅장하고 장엄한 계시의 선율을 자신처럼 더럽혀진 오르간 파이프를 통해 전하시려 한다는 게 이상하게만 여겨졌다. 하지만 그 수수께끼는 스스로 풀리든 영원히 풀리지 않든 내버려둔 채, 목사는 무아지경에 빠져 황급히 글을 이어나갔다. 밤은 날개 달린 말처럼 달아났고, 그는 그 위에 올라 내달렸다. 아침이 찾아와 붉은 얼굴을 내밀며 커튼 사이로 들여다보았다. 이윽고 해가 떠올라 서재를 가득 채운 황금빛 햇살이 눈부시게 목사의 눈을 비추었다. 그는 여전히 손가락 사이에 펜을 쥔 채 앉아 있었고, 그 뒤로는 광활한 언어의 들판을 달려 마침내 도달한 원고가 펼쳐져 있었다!

제21장
뉴잉글랜드의 경축일

새 총독이 주민들로부터 직책을 받기로 한 그날 아침, 헤스터 프린과 어린 펄은 이른 시각부터 시장을 찾았다. 그곳은 이미 마을의 장인들과 주민들로 북적이고 있었다. 그들 중에는 거칠고 사나운 이들도 섞여 있었는데, 사슴 가죽옷을 입은 것으로 보아 식민지의 작은 도시를 둘러싼 숲속 정착촌에서 온 사람들 같았다.

지난 7년간의 모든 행사에서 그랬듯, 이번 경축일에도 헤스터는 조악한 회색 천으로 만든 옷을 입고 있었다. 그 거친 옷감의 색깔보다도, 말로는 표현하기 힘든 이상한 옷차림 때문인지, 그녀는 마치 한 인간으로서의 자취가 지워진 듯했다. 하지만 주홍글씨가 이 희미한 어둠 속의 그녀를 다시금 불러내, 그 글자가 발산하는 도덕적 기운 아래 그녀의 모습을 드러냈다. 마을 사람들에게 오랫동안 익숙해진 그녀의 얼굴은 여전히 대리석처럼 고요했다. 마치 가면 같았다고나 할까, 아니 차라리 죽은 이의 얼굴에 얼어붙은 적막 같았다. 헤스터가 이토록 쓸쓸한 표정을 한 것은, 그녀는 더 이상 사람들의 연민을 바랄 수도 없었기에 이미 죽은 것이나 다름없었기 때문이다. 육신은 이 세상에 있으되 영혼은 진작 떠나 버린 사람 같았다.

그러나 이날, 헤스터의 얼굴에는 지금까지와는 다른, 한 번도 보여 준 적 없는 어떤 빛이 어려 있었다. 물론 초자연적인 통찰력을 지닌 관찰 자가 먼저 그녀의 마음을 읽고, 이어서 얼굴과 태도의 변화를 헤아리지 않고서는 쉽게 알아차릴 표정은 아니었다. 그런 영적 통찰력을 가진 이 라면 이것을 알아보았으리라. 지난 7년의 고통스러운 세월 동안 사람들 의 따가운 시선을 견뎌온 것이 피할 수 없는 숙명이자 고행이며 반드시 감내해야 할 엄격한 종교와도 같은 것이었다면, 이제 그녀는 마지막으로 한 번만 더 그 시선을 자발적으로 마주함으로써 오랜 고뇌를 일종의 승 리로 바꾸려 했다. "주홍글씨와 그것을 달고 사는 이를 마지막으로 보세 요!" 오랫동안 사람들의 희생양이자 노예로 살아온 그녀는 어쩌면 그렇 게 말하고 싶었을 것이다. "잠시 후면 이 여자는 당신들의 손이 닿지 않 는 곳에 있을 테니까요! 몇 시간 뒤면 깊고 신비한 바다가 당신들이 내 가슴에 불 지른 저 표지의 빛을 영원히 꺼버리고 감춰버릴 거예요!"

헤스터가 자신의 존재 깊숙이 새겨진 고통으로부터 마침내 해방되 려는 그 순간에, 그녀의 마음속에 애석한 감정이 스며들었다 해도 인간 의 본성으로 볼 때 그리 이상한 일은 아닐 것이다. 여인으로 살아온 긴 세월, 그녀의 입술을 적셔온 쓰디쓴 쑥과 알로에의 잔을, 마지막이란 듯 단숨에 비우고 싶은 욕망이 솟구쳤다. 이제 그녀의 입술에 닿을 인생의 포도주는 정교한 무늬가 새겨진 황금잔에 담긴, 풍성하고 섬세하며 기분 좋은 것이어야만 했다. 그렇지 않다면 그녀가 생을 견디기 위해 마셔야 했던 강력한 쓴 약처럼, 그 씁쓸한 찌꺼기 뒤에는 피할 수 없는 공허한 권태만이 남게 될 것이다.

펄은 금방이라도 날아오를 듯한 화려한 차림이었다. 이 찬란한 환영 같은 아이가 저 칙칙한 회색 옷의 여인에게서 나왔다는 것은 누구도 짐작하기 어려웠다. 아이의 옷을 만드는 데 쏟은 그 화려하고 섬세한 상상력이, 헤스터의 수수한 옷에도 똑같이 쓰였다는 것 역시 믿기 힘들었다. 오히려 헤스터의 옷에 그토록 특별한 성질을 부여하는 것이 더 어려운 작업이었을 것이다.

어린 펄에게 완벽하게 어울리는 그 옷은 마치 아이의 본성이 자연스레 흘러나와 겉으로 표현된 것 같았다. 나비 날개의 찬란한 빛이나 아름다운 꽃잎의 화려한 색을 따로 떼어낼 수 없듯, 그 옷도 아이와 분리할 수 없었다. 나비와 꽃잎처럼, 아이의 옷차림은 그 본성과 하나였다. 더구나 이 중대한 날, 아이는 이상한 불안과 흥분이 뒤섞인 감정에 휩싸여 있었다. 그것은 마치 가슴에 매달린 다이아몬드가 심장 고동에 따라 다채롭게 반짝이는 것과도 같았다. 아이들은 가까운 이들의 마음의 동요에 언제나 함께 흔들리기 마련이다. 특히 집안에 곧 닥칠 어떤 위험이나 변화를 감지할 때는 더욱 예민해진다. 불안으로 떨리는 엄마의 가슴에 달린 보석처럼, 펄은 들뜬 몸짓으로 춤추듯 움직이며 엄마의 숨겨진 감정을 대신 드러내고 있었다. 하지만 차가운 대리석 같은 헤스터의 얼굴에서는 그 누구도 감정의 흔들림을 읽어낼 수 없었다.

이렇게 들뜬 펄은 엄마 곁에서 걷는다기보다 새처럼 가볍게 날아다녔다. 그러면서 격정적이고 알아들을 수 없는 노래를, 때로는 날카로운 목소리로 계속 불러댔다. 시장에 도착했을 때 펄은 활기차고 소란스러운 광경에 가슴이 더욱 세차게 뛰었다. 평소의 이곳은 시내 한복판의 시장이라기보다 마을 공회당 앞의 널찍한 한적한 풀밭에 가까웠기 때문이다.

"엄마, 이게 다 뭐예요? 왜 오늘은 모두들 일손을 놓은 거예요? 온 세상이 노는 날인가요? 저기 대장장이 좀 보세요! 검댕이 묻은 얼굴도 깨끗이 씻고 안식일 옷까지 꺼내 입었어요. 누가 친절하게 방법만 가르쳐주면 아주 재미있게 놀아보려는 거 같아요! 그리고 저쪽에서 브래킷 간수 할아버지가 나를 보고 고개를 끄덕이며 웃고 있어요. 왜 그러시는 거예요, 엄마?"

"네가 아주 어렸을 때가 생각나시나 보구나." 헤스터가 말했다.

"그래도 저렇게 끄덕이고 웃으시면 어떡해요. 새카맣고 음침하고 눈빛도 고약한 할아버지가! 엄마한테는 인사하실 수도 있겠죠. 엄마는 회색 옷에 주홍글씨를 달고 계시니까요. 그런데 엄마, 낯선 사람들이 정말 많아요. 인디언도 있고 뱃사람들도 있어요! 다들 이 시장에 뭐 하러 온 거예요?"

"행렬이 지나가는 걸 보려고 기다리는 거란다. 총독님과 고관들이 먼저 지나가고, 그 뒤로 목사님들과 마을 어른들, 훌륭한 분들이 군악대와 병사들을 앞세워 행진할 거야."

"그럼 거기 목사님도 계실까요? 숲속 시냇가에서 엄마가 내 손을 잡고 그분께 데려갔을 때처럼, 나한테 두 손을 내밀어주실까요?"

"그분도 거기 계실 거야, 얘야. 하지만 오늘은 네게 인사하지 않으실 거다. 너도 그분께 인사하면 안 돼."

"그분은 정말 이상하고 슬픈 분이에요!" 아이가 혼잣말처럼 중얼거렸다. "캄캄한 밤중에는 우리를 불러서 엄마 손이랑 내 손을 잡아주셨어요. 우리가 저기 저 처형대 위에 함께 섰던 것처럼요. 그리고 깊은 숲속에서 늙은 나무들만 우리 이야기를 들을 수 있고 하늘 한 조각만 우릴 볼 수 있을 때는, 목사님이 엄마와 이끼 더미 위에 앉아 이야기를 나누셨잖아요! 내 이마에 입맞춤도 해주셨고요. 시냇물로 씻어내기가 정말 힘들었어요! 그런데 햇빛이 밝고 사람들이 많은 여기서는 우리를 모르는 척하세요. 우리도 그분께 인사하면 안 되고요! 늘 손을 가슴에 올리시는 그분은 정말 이상하고 슬픈 분이에요!"

"조용히 하렴, 펄!" 엄마가 말했다. "넌 아직 그런 일들을 다 이해할 수 없단다. 이제 목사님 얘기는 그만하고 주위를 둘러보렴. 오늘은 모두들 얼마나 즐거워 보이니. 아이들은 학교에서, 어른들은 일터와 들판에서 이 즐거운 날을 함께하려고 나온 거야. 오늘부터 새로운 분이 우리를 다스리게 되었단다. 그래서 사람들이 이 나라를 처음 세운 이래로 늘 그래왔듯이, 다 함께 모여 기쁨을 나누는 거야. 마치 초라하고 낡은 세상이 가고 드디어 새로운 황금시대가 온 것처럼 말이야!"

헤스터의 말대로 사람들의 얼굴에는 보기 드문 기쁨이 가득했다. 청교도들은 이 축제 기간에만큼은, 그 당시부터 이백여 년이 넘도록 변함없이, 인간의 연약함을 감안해 누릴 만한 모든 기쁨과 즐거움을 한데 담아두었다가 터뜨렸다. 그래서 이 하루만큼은 그들 특유의 침울함을 벗어던지고, 힘겨운 시절을 견디는 다른 어떤 공동체 못지않게 밝은 얼굴을 하고 있었다.

어쩌면 우리는 그 시대의 분위기와 풍속을 특징짓는 회색과 흑색의 색조를 지나치게 과장하고 있는지도 모른다. 당시 보스턴 장터에 모인 이들은 청교도 특유의 우울한 기질을 타고난 것이 아니었다. 그들은 영국 태생이었고, 그 선조들은 엘리자베스 시대의 따스한 햇살이 비치는 풍요로운 분위기 속에서 살아왔다. 영국인들의 삶을 하나로 보자면, 그 시대야말로 세상이 일찍이 보지 못한 가장 장엄하고 화려하며 즐거운 시절이었다.

만약 뉴잉글랜드 정착민들이 전통적 취향을 따랐더라면, 모든 공식 행사를 모닥불과 연회, 화려한 행렬과 행진으로 장식했을 것이다. 또한 장엄한 의식을 치를 때도 엄숙함에 흥겨움을 더하여, 이런 축제일에 온 나라 사람들이 입을 예복에 환상적이고 찬란한 자수를 놓아 꾸미는 것도 그리 허황된 일은 아니었을 것이다. 보스턴 식민지의 정치적 원년이 시작되는 이날을 기념하는 데에도 이런 흔적이 살짝 엿보였다. 그들은 저 자랑스러운 옛 런던의 국왕 대관식까지는 아니더라도, 런던 시장 취임식의 화려한 장관을, 빛바랜 색처럼 희미하고 약해졌을지언정 그 흔적만은 본떠 지켜내고 있었다.

그런 옛 시절의 흔적이 우리 선조들이 마련한 정부 고관의 연례 취임 의식 같은 관례에 남아 있었다. 공화국의 아버지이자 건국자인 정치가와 성직자, 군인 들은 이때 외적인 위엄과 장엄함을 갖추는 것이 그들의 의무라 여겼다. 그리고 이를 옛 방식대로 공적이고 사회적인 명성에 걸맞은 의복으로 표현했다. 이들이 모두 나와 백성들 앞에서 행진함으로써 새로 세운 정부의 소박한 체제에 필요한 위엄을 더했다.

　또한 다른 때는 종교만큼이나 엄격했던 노동에 대해서도, 이날만큼은 평소의 빈틈없는 노동에서 벗어나 한숨 돌리는 것을, 비록 장려하지는 않았으나 적어도 묵인하고 있었다. 물론 이곳에는 엘리자베스 시대나 제임스 시대의 영국에서 흔히 볼 수 있었던 오락거리는 전혀 없었다. 연극 같은 대중 공연도 없었고, 하프를 켜며 서사시를 노래하는 음유시인도, 음악에 맞춰 춤추는 원숭이를 데리고 다니는 가객도, 마법을 부리는 마술사도, 수백 년이 지나도록 재치 있는 농담으로 사람들 마음속에 잠든 즐거움을 흔들어 깨우는 어릿광대도 없었다. 이런 온갖 재주꾼들은 엄격한 법의 통제를 받았을 뿐 아니라, 그 법에 더욱 무게를 더하는 민심의 냉대로 인해 발걸음조차 들여놓을 수 없었다.

　그럼에도 기쁨에 찬 사람들의 순박한 얼굴에는 여전히 엄숙하면서도 환한 웃음이 떠올랐다. 개척자들이 옛 영국의 시골 장터나 마을 광장에서 구경하고 참여했던 운동 경기도 아주 없지는 않았다. 그들은 반드시 지녀야 할 용기와 사내다움을 기르려면 이 새로운 땅에서도 그런 전통을 이어가는 것이 좋다고 여겼다. 콘월식과 데번셔식으로 나뉜 씨름 경기가 시장 곳곳에서 열렸고, 장터 한편에서는 육척봉 시합이 벌어지기도 했다. 하지만 가장 큰 관심을 모은 것은 검술 시합이었다. 앞서 여러 번 언급했던 처형대 위에서 두 무술가가 방패와 큼지막한 검을 들고 시범을 보이고 있었다. 그러나 마을 관리가 개입해 이 경기를 중단시키는 바람에 군중들은 실망을 감추지 못했다. 관리는 마을의 성스러운 장소에서 한낱 오락거리를 벌여 법의 위엄이 손상되는 것을 차마 지켜볼 수 없었던 것이다.

전반적으로 당시 사람들은 아직 삭막했던 식민지 초기를 살아가고 있었지만, 한때 즐거움을 누렸던 이들의 자손인 만큼 명절을 보내는 면에서는 오랜 세월이 흐른 뒤의 우리 후손들보다 나았으리라 해도 과언이 아닐 것이다. 그들의 직계 자손, 즉 초기 이주민들의 바로 다음 세대는 청교도의 가장 어두운 시절을 보냈으며, 민족의 얼굴에도 짙은 그늘을 드리웠다. 그 어둠이 얼마나 깊었던지 오랜 세월이 흘러도 그 흔적을 온전히 지우지 못했다. 우리는 아직도 그때 잃어버린 축제의 기술을 되찾지 못하고 있다.

장터에 모인 사람들이 만든 풍경은 대체로 영국 이주민 특유의 우울한 회색이나 갈색, 검정 빛이 주를 이루었지만, 여기저기 섞인 다양한 색채가 활기를 더했다. 한쪽에는 인디언 무리가 떨어져 서 있었는데, 기묘한 무늬를 수놓은 화려한 사슴 가죽옷에 조개껍질로 꿴 허리띠를 차고, 붉은 흙과 누런 흙을 바른 몸에 깃털 장식을 단 채 활과 화살, 돌을 매단 창을 들고 있었다. 그들의 얼굴은 청교도조차 따라가지 못할 만큼 완고하고 엄숙했다. 하지만 이렇게 화려하게 꾸민 이들이 야만인으로 불린다 해도, 이 시장에서 가장 거친 이들은 따로 있었다. 바로 선거일의 축제 분위기에 끼어들고자 뭍에 올라온 카리브해 선원 몇이 그 자리를 차지하고 있었다.

그들은 햇볕에 거멓게 그을린 얼굴에 긴 수염을 늘어뜨린, 거칠고 사나운 무법자들이었다. 통 넓은 짧은 바지는 허리춤을 띠로 단단히 조였는데, 흔히 쇠고리가 달려 있었다. 허리에는 늘 긴 칼을 차고 있었고 때로는 단검도 꽂고 다녔다. 종려나무 잎으로 만든 모자의 넓은 챙 아래로 보이는 두 눈에서는, 즐겁고 유쾌한 순간에도 야수 같은 사나움이 번뜩였다. 그들은 모든 이를 철저히 단속하는 규율을 아무런 두려움도 거리낌도 없이 어겼다. 정부 단속관이 보는 앞에서도 버젓이 담배를 피워 댔다. 마을 주민이었다면 틀림없이 1실링의 벌금을 물었을 것이다. 그들은 마음 내키는 대로 휴대용 술병에 든 포도주나 독주를 들이키며, 주변의 놀라 입이 떡 벌어진 사람들에게 대놓고 권하기도 했다.

육지에서만 그들의 방자한 행동을 눈감아준 것이 아니었다. 그들의 본거지인 바다에서는 훨씬 더 극단적인 짓을 저질러도 같은 관용이 베풀어졌다. 이는 우리가 아주 엄격했다고 평가하는 그 시대의 도덕률이 아직 완전히 뿌리내리지 못했음을 분명히 보여준다. 당시 선원들은 오늘날이라면 해적으로 고발당할 만한 일들을 저질렀다. 이를테면 이 배의 선원들은 특별히 흉악한 부류가 아니었음에도, 카리브해에서 현대의 기준으로는 약탈이라 할 만한 죄를 범했다. 지금의 법정에서 재판받았다면 아마 교수형을 면치 못했을 것이다.

하지만 그 시절 바다는 제멋대로 출렁이고 솟구치며 거품을 내뿜었고, 오직 거친 바람에만 굴복했을 뿐 인간의 법률로는 좀처럼 다스릴 수 없었다. 파도를 넘나들던 해적은 언제든 그 일을 그만두고 육지로 올라와 성실하고 경건한 시민이 될 수 있었다. 심지어 그들이 가장 난폭하게 바다를 누비던 시절에도, 그들과 장사를 하거나 때때로 어울리는 것이 부끄러운 일로 여겨지지 않았다. 검은 외투에 빳빳하게 풀 먹인 깃을 두르고 뾰족한 고깔모자를 쓴 청교도 장로들도 쾌활한 뱃사람들의 소란스럽고 거친 행동을 빙그레 웃어넘길 뿐이었다. 그래서 명망 있는 시민이자 나이 지긋한 의사인 로저 칠링워스가 수상쩍은 배의 선장과 다정하고 친밀하게 이야기를 나누며 시장으로 들어서는 모습을 보아도, 사람들은 놀라거나 반감을 품지 않았다.

선장은 한껏 화려하고 요란하게 차려입어 많은 사람 속에서도 단연 돋보였다. 리본을 잔뜩 단 옷에, 황금빛 레이스로 장식하고 테두리에 황금 사슬을 두른 모자의 꼭대기에는 깃털까지 꽂고 있었다. 허리에는 칼

♦ "선장은 한껏 화려하고 요란하게 차려입어 많은 사람 속에서도 단연 돋보였다. 리본을 잔뜩 단 옷에, 황금빛 레이스로 장식하고 테두리에 황금 사슬을 두른 모자의 꼭대기에는 깃털까지 꽂고 있었다."

을 찼고 이마에는 칼자국이 선명했는데, 머리카락으로 상처를 가리려 하기는커녕 오히려 더 잘 보이게 하려는 듯했다. 만약 육지 사람이 이런 차림새로 이런 표정을 짓고, 게다가 저렇게 거리낌 없이 과시한다면 치안판사 앞에 끌려가 벌금형이나 투옥을 당했을 것이고, 어쩌면 목에 칼을 쓰고 구경거리가 될 수도 있었다. 하지만 이 선장의 경우에는 모든 것이 마치 물고기의 반짝이는 비늘처럼 그의 본성에 자연스레 어울려 보일 뿐이었다.

의사와 헤어진 뒤 그 브리스틀행 배의 선장은 시장터를 한가로이 거닐다 헤스터 프린이 서 있는 곳에 이르렀다. 그는 그녀를 알아보았는지 망설임 없이 말을 건넸다. 헤스터의 자리 주위로는 늘 그렇듯 사람들이 한 발짝 물러서 있어, 그녀만의 텅 빈 작은 원이 그려져 있었다. 사람들은 그곳이 마법의 원이라도 되는 양 조금 떨어진 곳에서 서로 밀치면서도 감히 아무도 그 안으로 들어서려 하지 않았다. 이는 주홍글씨를 짊어진 운명의 사람을 둘러싼 정신적 고립을 보여주는 강력한 상징이었다. 이런 상황은 헤스터 자신이 조심스레 행동한 탓도 있었고, 마을 사람들이 더는 그녀에게 매정하지 않으면서도 본능적으로 거리를 둔 탓도 있었다. 하지만 지금은 이런 상황이 오히려 유리하게 작용해 헤스터는 누구의 방해도 없이 선장과 이야기를 나눌 수 있었다. 게다가 사람들 사이에서 헤스터 프린의 평판도 많이 달라져 있었다. 마을에서 가장 도덕적이라 칭송받는 부인이라 해도 헤스터처럼 소문 없이 선장과 대화를 나누긴 어려웠을 것이다.

"이보시오 부인, 선실 담당에게 부인이 부탁하신 것 말고도 선실을 하나 더 준비하라고 일러야겠소! 이번 항해에서는 괴혈병이나 티푸스 걱정은 없을 것 같소. 선의 외에도 의사가 한 분 더 타시니 이제 약이나 환약 걱정만 하면 되겠지요. 스페인 배에서 사들인 약재도 잔뜩 실려 있으니 말이오."

헤스터는 겉으로 드러내지는 않았으나 속으로 크게 놀라며 물었다. "무슨 말씀이신가요? 다른 승객이 또 있다고요?"

"아니, 아직 모르고 계셨소? 여기 사는 그 의사 말이오. 자칭 칠링워스라는 그 사람이 부인과 동행하려 한다더군요. 아, 아마 알고 계셨겠지요. 자기가 부인 일행이고, 또 부인이 전에 말씀하신 그 신사와는 절친한 사이라고 하더군요. 저 끔찍한 늙은 청교도 통치자들 때문에 위험에 처했다는 그분 말입니다!"

헤스터는 평온한 얼굴로 대답했지만 속으로는 경악을 금치 못했다. "두 분이 서로 잘 아는 사이이긴 하죠. 오랫동안 한집에서 살아왔으니까요."

선장과 헤스터 프린 사이에는 더 이상 말이 오가지 않았다. 하지만 그 순간 헤스터는 저 멀리 시장 한편에 서 있는 로저 칠링워스가 자신을 향해 웃는 모습을 보았다. 그 웃음은 사람들로 가득한 넓은 광장을 가로질러, 온갖 생각과 감정과 관심사를 나누며 웃음꽃을 피우는 군중을 뚫고 다가와, 은밀하고도 섬뜩한 의미를 전하고 있었다.

제22장

행렬

헤스터 프린이 이 새로운 상황을 파악하고 어떻게 대처할지 생각할 틈도 없이, 군악대의 행진 소리가 거리를 따라 다가왔다. 그것은 고위 관료들과 시민들의 행렬이 공회당으로 향하고 있음을 알리는 소리였다. 오랜 전통에 따라 딤스데일 목사가 새 총독의 취임을 축하하는 설교를 하기로 되어 있었다.

이윽고 행렬의 선두가 위엄 있는 걸음걸이로 모퉁이를 돌아 광장을 가로질러 나타났다. 맨 앞의 군악대는 여러 악기로 구성되었지만, 연주는 그리 뛰어나지 않았고 화음도 잘 맞지 않았다. 그러나 북소리와 나팔 소리만으로도 충분했다. 비록 연주는 어설펐지만, 우렁찬 북소리와 나팔 소리는 이 장엄한 행렬에 영웅적인 기운을 더하기에 부족함이 없었다.

어린 펄은 처음에는 박수를 치며 즐거워하다가, 아침 내내 자신을 들뜨게 했던 흥분이 가셨는지 순식간에 가라앉았다. 조용히 행렬을 바라보는 아이의 모습은 마치 바다 위를 떠다니는 갈매기처럼 긴 음악의 물결을 타고 하늘로 떠오르는 듯했다. 하지만 군악대를 따르는 의장대의 무기와 갑옷에 햇빛이 반사되어 반짝이자 아이는 다시 생기를 되찾았다.

이 군인들은 오랜 역사와 명예로운 전통을 이어받은 부대였다. 그들은 돈을 받고 싸우는 용병이 아니라, 무예를 사랑하는 신사들이 모여 일종의 군사 학교를 만든 것이었다. 그곳에서 그들은 기사단[42]처럼 군사학을 배우고 평화로운 시기에도 전투 기술을 닦았다. 당시 사람들이 이 군인들을 존경했다는 사실은 그들의 위풍당당한 모습에서도 잘 드러났다. 그중 몇몇은 저지대 국가[43]와 유럽의 전장을 누비며 전사로서의 명성과 영광을 진정으로 얻은 이들이었다. 반짝이는 갑옷과 깃털 장식이 휘날리는 화려한 투구를 갖춘 그들의 위용은 지금의 어떤 군대도 따라올 수 없을 만큼 장엄했다.

그러나 예리한 관찰자라면 의장대 뒤를 따르는 고관들에게 더 주목했을 것이다. 그들은 너무나 위엄 있는 태도를 보여서, 오히려 전사들의 당당한 걸음걸이가 저속해 보일 정도였다.

당시는 지금과 달리 개인의 재능보다 안정감과 위엄 있는 품격을 형성하는 모든 요소가 훨씬 더 중요하게 여겨지던 시대였다. 사람들은 존경심이라는 미덕을 마치 세습 재산처럼 물려받았다. 비록 그 영향력은 세대를 거듭할수록 줄어들어 공직자 선출과 평가에도 큰 힘을 발휘하지 못하게 되었지만 말이다. 이런 변화가 좋은지 나쁜지는 단정 짓기 어려우나, 아마도 양면성을 지녔을 것이다.

그 옛날 거친 해안가에 정착한 영국인들은 왕과 귀족을 비롯한 모든

----

42 Knight Templar. 12세기 초에 창건된 종교 기사단. 빨간 십자가가 새겨진 하얀 옷을 입었다. 교황청의 보호를 받고 교황에게 직접 보고했으며, 성지 방어와 금융 활동으로 영역을 넓히는 과정에서 권력과 부가 점점 늘어났다. 1307년에 프랑스 왕 필리프 4세가 이들을 이단으로 심판했고 1312년에 공식적으로 해체되었다. 이 작품이 쓰인 19세기에는 점성술과 연금술 등 신비한 마법과 프리메이슨 운동과 관련이 있다는 이야기가 널리 퍼져 있었다.

43 유럽 북해 연안의 벨기에, 네덜란드, 룩셈부르크.

고귀한 신분을 뒤로하고 신대륙으로 왔지만, 여전히 누군가를 경외하는 마음과 그럴 필요성을 강하게 간직하고 있었다. 그들은 백발이 성성한 연장자의 모습과 위엄 있는 이마, 오랜 세월 동안 입증된 성실함, 실용적 지혜와 쓰라린 경험, 그리고 영원할 것 같은 진중하고 위엄 있는 자질에 존경을 표했다.

그래서 초기 정착민들이 선택한 지도자들, 즉 브래드스트리트, 엔디콧, 더들리, 벨링엄과 그 동료들은 뛰어난 지성보다는 신중한 품위로 더 명성이 높았다. 그들은 불굴의 용기와 강인한 의지로, 위기의 순간이 닥치면 폭풍우를 맞받아 선 절벽처럼 공동체를 지키기 위해 굳건히 일어섰다. 이런 기질은 새로운 식민지 관리들의 각진 얼굴과 듬직한 체격에서도 잘 드러났다. 이 실용적인 민주주의의 선구자들이 영국의 귀족원이나 왕실 추밀원에 들어간다 해도 타고난 위엄에서만큼은 모국이 전혀 부끄러워할 필요가 없을 정도였다.

고위 관료들 바로 뒤에는 젊고 수완 있는 목사가 따랐는데, 사람들은 그의 입에서 나올 기념일 설교를 간절히 기다리고 있었다. 당시 성직자라는 직업은 정치보다도 더 지적 능력을 발휘할 수 있는 분야였다. 성직이라는 소명의 고귀함은 차치하고라도, 이들은 공동체에서 거의 숭배에 가까운 존경을 받았기에 야심가들조차 매료될 만큼 강력한 매력을 지녔다. 인크리스 매더[44]의 사례처럼, 정치 권력마저도 성공한 목사의 손아귀에 들어 있었다.

사람들은 그날 딤스데일 목사가 행렬에서 보여준 모습이, 뉴잉글랜드 해안에 첫발을 디딘 이래 가장 활기찬 것이었다고 말했다. 평소처럼

----

44 인크리스 매더(1639-1723). 보스턴에서 태어난 청교도 목사로 절대 복종을 강요하는 찰스 왕의 명령을 거부하고 폐기된 칙허장을 다시 얻어내는 등 정치적으로도 큰 영향력을 행사했다. 하버드 대학교 총장을 역임했으며, 아들 코튼 매더(1663-1728)와 함께 1692년 세일럼 마녀 재판에 깊이 관여했다.

걸음이 비틀거리지도, 몸이 구부정하지도, 불길하게 가슴에 손을 얹지도 않았다. 하지만 자세히 살펴보면, 그의 힘은 육체가 아닌 다른 곳에서 나오고 있었다. 그것은 영적인 힘이었다. 어쩌면 천사의 손길이 주었을 수도, 깊은 사색의 도가니에서 추출된 강력한 영약이 북돋워주었을 수도, 혹은 그의 예민한 감성이 하늘로 치솟는 웅장한 음악에서 생기를 얻었을 수도 있었다. 하지만 그의 표정은 넋이 나간 듯해서, 과연 그가 음악 소리를 듣고 있는지조차 의심스러웠다.

그의 몸은 전에 없던 힘으로 앞으로 나아갔지만, 그의 마음은 어디에 있었을까? 깊은 내면에 잠겨, 곧 쏟아낼 장엄한 사상들을 정리하느라 초인적인 노력을 기울이고 있었다. 그래서 주변의 그 무엇도 보지 못하고, 듣지 못하고, 느끼지 못했다. 다만 영혼의 힘이 연약한 육신을 떠받치며 앞으로 밀어내고 있었고, 그 육신마저도 영적인 것으로 변모시키고 있었다. 비범한 정신의 소유자들은 쇠약해질수록 이런 놀라운 힘을 발휘하곤 한다. 그들은 며칠 치의 생명력을 하루에 쏟아붓고는, 그다음 며칠을 생기 없이 보내곤 하는 것이다.

목사를 줄곧 바라보고 있던 헤스터 프린은 알 수 없는 이상한 기운에 사로잡혔다. 그것이 무엇인지, 어디서 오는지는 짐작조차 할 수 없었다. 그는 마치 그녀의 세계에서 너무 멀리 떨어져, 손길이 닿지 않는 곳으로 완전히 떠나버린 것만 같았다. 그녀는 두 사람 사이에 서로를 알아보는 눈빛이 단 한 번이라도 스쳐 지나가길 바랐다. 그녀는 그 어두운 숲을, 고독과 사랑과 아픔이 서린 이끼 낀 나무 그루터기가 있는 작은 골짜기를 떠올렸다. 그곳에서 그들은 손을 맞잡고 앉아, 시냇물의 쓸쓸한 속삭임을 들으며 애틋하고 절절한 대화를 나누었다. 그때 그들은 서로의 마음을 얼마나 깊이 이해했던가!

그런데 지금 이 사람이 정말 그 사람일까? 그녀는 이제 그를 알아보기조차 힘들었다. 장엄한 음악에 휩싸여 위엄 있는 성직자들의 행렬 속을 당당히 걸어가는 저 사람이, 지금 이 세상에서도 손닿을 수 없는 높은 곳에 있으면서, 더구나 그녀와는 아무런 공감도 없는 저 먼 생각의 세계로 떠나가버린 저 사람이 과연 그였단 말인가? 모든 것이 환상이었던 걸까? 그 순간들이 아무리 선명하게 기억난다 해도, 목사와 자신 사이의 모든 것이 허상이었다는 생각에 그녀의 마음은 무너져 내렸다. 특히나 두 사람의 운명이 곧 결정될 순간이 다가오는 지금, 그가 둘만의 세계에서 이토록 완벽하게 빠져나가버린 것을 여인의 섬세한 감성으로는 도저히 용서할 수 없었다. 그녀는 어둠 속을 더듬으며 차가운 손을 뻗었지만, 그의 존재는 어디에도 없었다.

펄은 엄마의 심정을 꿰뚫어 보았거나, 목사를 감싸고 있는 저 멀고도 닿을 수 없는 분위기를 직감적으로 느꼈는지도 모른다. 행렬이 그들 곁을 지나는 동안 아이는 불안한 듯 마치 날아오르려는 새처럼 위아래로 뛰어다녔다. 행렬이 다 지나가자 펄은 엄마의 얼굴을 올려다보며 물었다.

"엄마, 저분이 시냇가에서 내게 입맞춤해주셨던 그 목사님 맞아요?"

"조용히 하려무나, 사랑하는 펄! 장터에서는 숲속에서 있었던 일을 말하면 안 돼." 엄마가 속삭였다.

"저분이 맞는지 모르겠어요. 너무 달라 보여요. 확실했다면 달려가서 모든 사람 앞에서 입맞춤해달라고 했을 텐데요. 저 어두운 숲속 오래된 나무들 사이에서처럼요. 그랬다면 목사님은 뭐라고 하셨을까요, 엄마? 가슴에 손을 얹고 얼굴을 찌푸리면서 저리 가라고 하셨을까요?"

"펄, 그분이 뭐라고 하셨겠니? 지금은 입맞춤할 때가 아니고, 장터에서는 그러면 안 된다고 하셨겠지. 바보 같기는, 그렇게 말하지 않길 잘했구나!"

헤스터 모녀의 심정과 비슷하면서도 독특한 시선으로 바라보는 이가 있었다. 광기에 가까운 괴벽으로 소문난 그 사람은, 마을에서 누구도 감히 하지 못할 일을 서슴없이 해냈다. 모든 사람이 보는 앞에서 주홍글씨를 단 그 여인에게 다가가 말을 건넨 것이다. 바로 히빈스 노파였다. 행렬을 구경하러 나온 그녀는 세 겹의 주름 깃에 가슴팍에 수놓은 화려한 벨벳 가운을 입고, 황금 손잡이 지팡이를 들고 있었다. 그녀는 당시 성행하던 마법의 주역이라는 소문이 자자했고(이로 인해 결국 목숨을 잃고 말았다), 군중은 그녀에게 길을 내주며 마치 그 풍성한 옷자락 사이에 역병이라도 숨어 있는 듯 스치는 것조차 두려워했다. 이제는 많은 이가 헤스터에게 호의적인 감정을 품게 되었으나, 히빈스 노파와 함께 있는 모습을 보자 공포심이 배가되어 장터의 사람들은 두 여인이 선 자리에서 일제히 물러났다.

"이런 일을 상상이나 할 수 있겠소?" 노파가 헤스터에게 은밀히 속삭였다. "저 목사 양반 말이오! 사람들이 지상의 성자라 추앙하고, 나도 그렇게 말할 수밖에 없지만, 정말 성자처럼 보이는 그분 말이오! 지금 저렇게 행렬 속에 있는 목사가, 얼마 전 서재에서 나와 히브리어 성경 구절을 중얼거리며 숲속을 산책했다는 걸 누가 상상이나 하겠소? 우린 그게 무슨 뜻인지 알지요, 헤스터 프린! 하지만 저이가 정말 그 목사와 같은 사람이란 게 믿기지 않는구려. 아까 군악대를 따라 걸어가던 교회 사람들, 그중엔 나와 같은 박자로 춤을 췄던 이가 많답니다. '어떤 분'이 바이올린을 켜고 인디언 주술사나 라플란드의 마법사가 우리와 함께 손잡고 춤을 추었을 때 말이오! 세상 물정 아는 여자한테야 그런 건 별것 아니지만, 저 목사가 말이오! 헤스터, 저이가 정말 당신이 숲속 오솔길에서 만났던 그 사람이 맞소?"

"부인, 무슨 말씀이신지 전혀 모르겠네요." 헤스터는 히빈스 부인의 정신이 온전치 못하다고 생각하며 말했다. 하지만 노파가 자신을 비롯한 그토록 많은 이가 악마와 사적인 관계를 맺고 있다고 저토록 확신에 찬 태도로 말하는 것에 깜짝 놀라 두려움을 느꼈다. "딤스데일 목사님처럼 학식 높고 경건하신 말씀의 사역자를 두고 제가 감히 가벼운 말씀을 드릴 수는 없지요!"

노파가 헤스터를 손가락질하며 말했다. "이보시오, 왜 이러시오! 내가 숲을 그리도 자주 드나드는데, 누가 거기 갔었는지 알아볼 눈이 없을 거라 생각하시오? 춤출 때 머리에 쓴 화관 잎이 떨어졌어도 말이오! 당신이었다는 걸 알아요, 헤스터. 그 표지를 보았거든. 대낮에는 누구나 볼 수 있고 어둠 속에서는 붉은 불꽃처럼 타오르지. 당신이야 그걸 공공연히 가슴에 달고 있으니 의심할 여지도 없지만, 저 목사는 말이오! 귀 좀 기울여보시오, 당신에게만 살짝 말해줄 테니. 마왕님은 자신의 하인이 되겠다고 서명하고 봉인까지 해놓고서 딤스데일 목사처럼 그걸 숨기려 드는 자가 있으면, 그 표지가 밝은 대낮에 만천하에 드러나게 하는 방법을 알고 계시지요! 저 목사가 늘 가슴에 손을 얹고 감추려 하는 게 대체 뭐요? 말해보시오, 헤스터 프린!"

"그게 뭐예요, 히빈스 할머니? 할머니는 그걸 보셨어요?" 어린 펄이 흥분된 목소리로 물었다.

"아무것도 아니란다, 꼬마야! 때가 되면 네 눈으로 직접 보게 될 거야." 히빈스 노파가 펄에게 정중히 인사하며 말했다. "얘야, 네가 마왕의 피를 이었다고들 하더구나! 달 밝은 좋은 밤에 나와 함께 날아가서 네 아버지를 만나보지 않으련? 그러면 목사님이 왜 가슴에 손을 얹고 계신지 알게 될 거다!"

기이한 노파는 장터의 모든 사람이 들을 만큼 크게 웃더니 자리를 떠났다.

그때 공회당에서는 개회 기도가 끝나고 딤스데일 목사의 설교 소리가 들려왔다. 헤스터는 억누를 수 없는 감정에 이끌려 그쪽으로 다가갔다. 성스러운 건물은 발 디딜 틈 없이 사람들로 가득했기에, 그녀는 처형대 바로 옆에 자리를 잡았다. 설교가 또렷이 들릴 만큼 가까운 곳이었다. 비록 목사의 특유한 목소리가 흐릿하게 들렸지만, 그 미묘한 어조의 변화와 부드러운 흐름은 고스란히 전해져 왔다.

목사의 목소리는 그 자체로 천부적인 재능이었다. 설교 내용을 알아듣지 못하더라도 그 음색과 어조만으로도 영혼이 뒤흔들릴 정도였다. 그의 목소리는 다른 모든 음악처럼, 어떤 교육을 받았든 누구나 이해할 수 있는 근원적인 언어로 사람들의 마음에 열정과 애수, 숭고하고 부드러운 감정을 불러일으켰다. 교회당 벽 너머로 들리는 목사의 말씀은 불분명했지만, 헤스터 프린은 온 마음을 다해 귀 기울이고 깊이 공감하며 들었기에, 그 설교는 또렷이 알아들을 순 없어도 깊은 의미로 다가왔다. 오히려 그 말씀이 더 선명했다면 조악한 전달 수단에 그쳐 영적 의미가 가로막혔을지도 모른다.

이제 그녀의 귀에는 마치 바람이 쉬어가듯 나지막한 목소리가 들려왔다. 이어서 그의 어조는 감미롭고 힘찬 고음으로 점차 높아지더니, 마침내 그 풍부한 성량이 그녀를 경이롭고 엄숙하고 장엄한 분위기로 감싸 안았다. 그의 목소리는 때로 장중하게 울렸지만, 그 안에는 언제나 깊은 슬픔이 배어 있었다. 크게 외치든 작게 속삭이든, 그의 목소리는 고통받는 자의 탄식이나 비명처럼 모든 이의 가슴을 절절히 울렸다. 때로는 깊은 애수가 묻어나는 어조만 흘러나왔고, 때로는 고요 속에서 말없는 탄식만이 들려왔다. 목사의 목소리가 점차 고조되어 위엄을 띠며 억누를 수 없이 솟구칠 때에도, 폭넓고 강한 울림이 교회당을 가득 채우고 단단한 벽을 뚫고 밖으로 퍼져나갈 때에도, 주의 깊게 귀 기울인 청중이라면 여전히 변함없는 고통의 절규를 알아차릴 수 있었을 것이다.

도대체 그것은 무엇이었을까? 어쩌면 슬픔에 잠기고 죄책감에 사로잡힌 한 인간의 영혼이, 그 비밀을 인류의 너그러운 마음에 털어놓으려는 것이었으리라. 매 순간, 모든 말마다 담긴 인류의 연민과 용서를 바라는 그 외침은 결코 헛되지 않았다! 목사에게 가장 강력한 힘을 실어주는 것은 바로 이 끊임없이 흐르는 깊이 있는 저음이었다.

설교가 이어지는 동안 헤스터는 처형대 발치에 조각상처럼 서 있었다. 목사의 목소리가 그녀를 붙들어두지 않았더라도, 그녀의 치욕스러운 삶이 시작된 이 장소는 피할 수 없는 자석처럼 그녀를 끌어당기고 있었다. 그녀의 마음속에는 구체적인 생각이라기보다는 가슴을 무겁게 짓누르는 어떤 감정이 자리 잡고 있었다. 처형대에 올랐던 그 순간을 전후로 한 그녀 인생의 모든 궤적이 이곳과 맞닿아 있고, 이곳이야말로 그녀의 삶에 하나의 의미를 부여하는 유일한 지점이라는 느낌이었다.

그동안 어린 펄은 엄마 곁을 떠나 장터를 마음껏 누비고 다녔다. 아이는 자신만의 특별하고 반짝이는 빛으로 침울한 군중을 생기 있게 만들어주었다. 마치 화려한 깃털을 지닌 새 한 마리가 그늘진 잎사귀 사이를 종종 비치며 날아다니듯, 우중충한 나무 전체를 환하게 밝혀주는 것 같았다. 아이의 움직임은 물결처럼 부드러웠다가도 때로는 격렬하고 들뜬 듯했다. 이는 아이의 끝없이 솟구치는 정신적 활력을 보여주는 것이었다. 펄은 오늘따라 평소보다 두 배는 더 활기차게 발끝으로 서서 춤추듯 돌아다녔는데, 이는 아이의 영혼이 엄마의 불안에 공명하며 함께 떨리고 있었기 때문이었다.

펄은 늘 왕성한 호기심을 자극하는 것이 보이면 곧장 달려가 그것을 마치 자기 것인 양 제멋대로 다루려 했다. 하지만 그에 대한 제재로 자기 행동을 통제하려 들면 결코 순순히 따르지 않았다. 청교도들은 아이를 보며 미소 짓기는 했지만, 그 작은 몸에서 뿜어져 나오고 움직임마다 반짝이는, 말로 표현할 수 없는 아름다움과 기이한 매력 때문에 그 아이를 악마의 자식이라 여길 수밖에 없었다. 펄이 달려가 야성적인 인디언의 얼굴을 빤히 쳐다보자 그는 자신보다 더 야성적인 존재가 있음을 깨달았다. 그다음 아이는 타고난 대담함과 특유의 신중함으로 거친 선원들 무리 속으로 뛰어들었다. 인디언들이 육지의 야만인이라면 거무스름한 얼굴의 선원들은 바다의 야만인이었다. 그들은 놀랍고도 감탄스러운 눈빛으로 펄을 바라보았다. 마치 바다 거품 한 조각이 밤에 뱃머리 아래서 반짝이는 바다 인광의 영혼을 받아 이 작은 소녀의 모습으로 나타난 것만 같았다.

그 선원들 중에는 아까 헤스터 프린과 이야기를 나눈 선장도 있었는데, 펄의 모습이 무척 인상적이었는지 아이를 붙잡아 입을 맞추려 손을 뻗었다. 하지만 펄을 붙잡는 것이 날아다니는 벌새를 잡는 것만큼이나 어렵다는 걸 깨닫고는 모자에 감긴 황금 사슬을 풀어 아이에게 던져주었다. 펄은 망설임 없이 능숙한 솜씨로 그것을 목과 허리에 둘렀는데, 일단 몸에 두르자 마치 아이의 자연스러운 일부처럼 보여 사슬 없는 모습을 상상하기 어려울 정도였다.

"네 엄마가 저기 주홍글씨를 달고 있는 여자분이 맞지? 엄마한테 내 말 좀 전해주겠니?" 선장이 말했다.

"그 말이 마음에 들면 전해드릴게요." 펄이 대답했다.

"그럼 이렇게 전해주렴. 얼굴이 검고 어깨가 굽은 늙은 의사와 다시 이야기를 나눴는데, 그가 자기 친구이자 너희 엄마도 잘 아는 그 신사분을 모시고 오겠다고 하더구나. 그러니 엄마한테 너하고 엄마만 챙기면 된다고 하렴. 이 말을 좀 전해주겠니, 귀여운 꼬마 마녀야?"

"히빈스 할머니가 내 아빠는 마왕이라고 했어요!" 펄이 장난스럽게 미소 지으며 말했다. "만약 저를 그런 나쁜 말로 부르시면 아빠한테 일러바칠 거예요. 그럼 아빠가 폭풍우를 보내서 아저씨 배를 쫓아버릴 텐데요!"

펄은 장터를 이리저리 가로질러 엄마에게 돌아와 선장의 말을 전했다. 헤스터의 강인하고 차분하며 모든 것을 꿋꿋이 견뎌온 정신은, 마침내 피할 수 없는 운명의 어둡고 음울한 얼굴과 마주한 순간 거의 무너질 듯했다. 목사와 그녀 앞에 비참한 미로에서 벗어날 길이 막 열리려는 순간, 무자비한 운명이 비웃듯 미소 지으며 그들의 길 한가운데 나타난 것

♦ "그 선원들 중에는 아까 헤스터 프린과 이야기를 나눈 선장도 있었는데, 펄의 모습이 무척 인상적이었
는지 아이를 붙잡아 입을 맞추려 손을 뻗었다."

이다.

    선장의 전갈에 난처한 상황 속에서 괴로워하던 헤스터에게 또 다른 시련이 닥쳤다. 주변 시골에서 온 사람들이 많았는데, 그들은 주홍글씨에 대한 온갖 과장되고 거짓된 소문만 듣고 두려워했을 뿐 실제로 본 적은 없었다. 이들은 다른 구경거리를 다 즐기고 나서 이제는 무례하고 거친 호기심을 드러내며 헤스터 주위로 몰려들었다. 그들은 염치없이 굴기는 했지만 그녀에게서 몇 미터 떨어진 곳에 둘러서서 더는 다가오지 않았다. 신비한 상징이 풍기는 거부감의 힘에 붙들려 그만큼의 거리를 두고 우뚝 멈춰 선 것이다.

    구경꾼이 잔뜩 모여든 광경을 본 선원들도 주홍글씨의 의미를 알아차리고는 햇볕에 그을린 악당 같은 얼굴을 둥그렇게 선 사람들 틈으로 들이밀었다. 인디언들조차 백인의 호기심에 영향을 받았는지 군중 사이를 비집고 들어와 헤스터의 가슴을 뱀 같은 검은 눈으로 뚫어지게 바라보았다. 그들은 아마도 가슴에 화려하게 수놓은 표지를 단 사람이 백인들 사이에서 꽤 높은 지위를 가진 인물임이 틀림없다고 여기는 듯했다.

    다른 이들의 뜨거운 관심을 보고 이 낡은 화제에 대한 호기심이 되살아났는지, 마침내 마을 주민들도 천천히 모여들었다. 마을 사람들은 다른 누구보다도 헤스터의 마음을 괴롭게 했는데, 너무나 잘 알고 있는 수치의 표지를 익숙하면서도 냉정한 눈으로 바라보았기 때문이다. 헤스터는 그들 사이에서 7년 전 감옥 문을 나설 때 그녀를 기다리고 있던 부인들의 얼굴을 알아볼 수 있었다. 그중 단 한 사람, 부인들 중 가장 젊고 유일하게 그녀에게 연민을 보였던 이만 보이지 않았다. 헤스터는 그 부인이 세상을 떠난 뒤 그녀의 수의를 지어주었다.

    마지막 순간, 불타는 주홍글씨를 이제 막 내던지려던 찰나에 기이하게도 그 글씨는 더욱 큰 구설과 소동의 중심이 되어, 그것을 가슴에 단 이후 그 어느 때보다도 고통스럽게 그녀의 가슴을 지져댔다.

♦ "불타는 주홍글씨를 이제 막 내던지려던 찰나에 기이하게도 그 글씨는 더욱 큰 구설과 소동의 중심이 되어, 그것을 가슴에 단 이후 그 어느 때보다도 고통스럽게 그녀의 가슴을 지져댔다."

헤스터가 자신에게 내려진 교활하고 잔인한 선고에 묶여 영원히 머물러야만 할 것 같은 치욕의 마법진 안에 서 있는 동안, 존경받는 목사는 성스러운 설교단에 서서 가장 내밀한 영혼까지 그에게 바친 청중들을 내려다보고 있었다. 교회 안의 거룩한 목사! 장터에 선 주홍글씨의 여인! 두 사람에게 불타는 낙인이 똑같이 찍혀 있으리라고 상상하는 것보다 더 불경한 생각이 또 어디 있겠는가!

제23장
주홍글씨의 폭로

마치 거대한 파도가 청중의 영혼을 높이 들어올린 듯했던 웅변의 목소리가 마침내 잦아들었다. 잠시 좌중에는 신탁의 말씀이 내려진 뒤에나 찾아올 법한 깊은 정적이 감돌았다. 이윽고 중얼거림과 숨죽인 웅성거림이 터져 나왔다. 청중은 다른 이의 정신 세계로 자신들을 이끌었던 강력한 주문에서 풀려나 여전히 가슴속에 무거운 위엄과 경이로움을 품은 채 본래의 모습을 되찾아가는 듯했다. 잠시 후 군중이 교회 문으로 쏟아져 나왔다. 이제 목사의 불꽃 같은 말씀이 이끌어낸 깊은 사상의 향기 대신, 다시 일상의 거친 숨결을 들이마셔야 할 시간이 온 것이다.

탁 트인 바깥에서 그들의 황홀경은 말이 되어 흘러나왔다. 거리와 장터는 온통 목사를 칭송하는 소리로 가득했다. 그의 설교를 들은 사람들은 말로 표현하거나 들을 수 있는 것 이상으로 깊이 깨달은 바를 서로에게 전하지 않고는 견딜 수 없었다. 그들은 한목소리로 말했다. 그날 설교한 목사처럼 현명하고 고귀하며 거룩한 영으로 말씀을 전한 이는 일찍이 없었노라고. 인간의 입을 통해 전해진 신의 영감 중 그의 입술에서 나온 것보다 더 분명한 의미를 지닌 것은 이제껏 없었다고. 그것은 마치 신의 영감이 목사의 영혼을 완전히 사로잡아, 그를 설교문이라는 지상의 굴레에서 벗어나게 하여, 청중은 물론 그 자신에게도 경이로운 깨달음으로 가득 채워주었다는 것이다.

설교는 신과 인간 공동체의 관계를 다뤘는데, 특히 그들이 지금 이 황야에 세우고 있는 뉴잉글랜드에 관한 것이었다. 설교 막바지에 이르러서는 그에게 예언의 영이 내려 옛 이스라엘의 선지자들이 그러했듯 하늘의 뜻을 강하고 분명하게 선포하게 했다. 다만 차이가 있다면, 유대의 예언자들이 그들 나라의 심판과 멸망을 예언했던 것과 달리, 목사의 사명은 이곳에 새로 모인 하나님의 백성 앞에 고귀하고 영광스러운 운명이 기다리고 있음을 예언하는 것이었다.

하지만 설교 전반에는 깊고 구슬픈 비애의 어조가 깔려 있었는데, 이는 곧 이 세상을 떠날 이의 자연스러운 후회로밖에 해석할 수 없었다. 그렇다. 회중이 그토록 아끼던 목사, 또한 그들을 너무도 깊이 사랑해 비통한 마음 없이는 천상으로 갈 수 없는 목사는, 자신에게 곧 죽음이 찾아올 것을 알고 있었다. 곧 그는 사랑하는 이들을 눈물로 남겨둔 채 떠나갈 것이다. 이제 목사가 지상에 머무를 날이 얼마 남지 않았다는 생각이 그가 자아낸 비감한 분위기를 마지막으로 한층 더 깊게 했다. 마치 천사가 하늘로 오르는 중에 잠시 사람들의 머리 위에서 찬란한 날개를 펼쳐, 그림자이자 영광 같은 모습으로 황금빛 진리의 빗줄기를 쏟아 내리는 것만 같았다.

대부분의 사람은 살면서 각자의 영역에서 전무후무할 찬란한 승리의 순간을 맞이하지만, 오랜 시간이 지난 뒤에야 그 사실을 깨닫곤 한다. 딤스데일 목사에게도 그런 순간이 찾아왔다. 바로 지금, 그는 가장 자랑스럽고 숭고한 자리에 우뚝 서 있었다. 목사직 자체가 높은 지위로 오를 수 있는 디딤돌이 되어주던 뉴잉글랜드 초창기에, 그는 타고난 지성과 풍부한 학식, 탁월한 웅변술과 거룩한 명성을 기반으로 그 자리에 올랐던 것이다. 설교를 마치고 설교단의 방석에 기대어 고개를 숙이던 그 순간이야말로 그런 자리였다. 하지만 그러는 동안에도 헤스터 프린은 여전히 가슴에 타오르는 주홍글씨를 단 채 처형대 곁에 서 있어야만 했다!

그때 다시 교회 문에서 군악대의 연주와 그에 맞춘 의장대의 행진 소리가 울려 퍼졌다. 행렬은 교회당에서 시청까지 행진하여 그곳에서 엄숙한 연회로 그날의 의식을 마무리하게 되어 있었다.

그리하여 존귀하고 장엄한 고관들의 행렬이 다시 한번 사람들 사이로 큰길을 내며 지나갔다. 총독과 치안판사들, 연륜과 지혜를 갖춘 노인들, 거룩한 목사들, 저명한 사회 유지들이 그들 사이로 걸어오자 군중은 양옆으로 공손히 물러났다. 행렬이 장터 한가운데로 들어서자 사람들은 큰 소리로 환호하며 맞이했다. 이토록 큰 함성은 물론 그 시대 주민들이 통치자들에게 품은 순박한 충성심 덕분이기도 했지만, 무엇보다 아직도 귓가에 울리는 목사의 열렬한 웅변이 청중의 가슴에 지핀 열정을 더는 억누를 수 없어 터져 나온 것처럼 보였다.

주민들은 저마다 내면에서 그런 충동을 느꼈고 이웃들에게서도 전해 받았다. 교회 안에서는 간신히 억제할 수 있었던 충동이 하늘 아래 나오자 창공까지 울려 퍼졌다. 수많은 사람이 모여 고양된 감정이 교향악처럼 하나로 어우러져 넘쳐흘렀기에, 폭풍의 오르간 소리나 천둥소리, 바다의 노호보다 더 장엄한 소리를 만들어냈다. 사람들의 마음이 보편적 충동으로 하나의 거대한 마음이 된 것처럼, 수많은 목소리가 하나로 융합되어 거대한 소리가 되어 울렸다. 일찍이 뉴잉글랜드 땅에서 이토록 큰 함성이 울린 적이 있었던가! 일찍이 이 목사만큼 사람들의 존경을 받은 이가 있었던가!

그런데 목사 자신은 어떠했던가? 과연 그의 머리 주위로 성스러운 빛이 감돌지는 않았을까? 성령의 임재로 온몸이 영화롭게 변모하고 신도들의 경배 속에 높이 들린 그가, 과연 행렬 속을 걸으며 여전히 이 속세의 땅을 밟고 있긴 했던 것일까?

군인들과 고관들의 대열이 앞으로 나아가자 모든 시선이 행렬 속 목사에게 쏠렸다. 군중이 차례로 목사의 모습을 목도한 순간, 커다란 함성은 중얼거림으로 잦아들었다. 저토록 큰 승리를 거두고서 어찌 저리도 연약하고 창백해 보일 수 있단 말인가! 그의 기력은, 아니 거룩한 설교를 마칠 때까지 그를 이끌어준 천상의 영감은 이제 그 사명을 완수했는지 마지막 한 점까지 모두 스러져버렸다. 방금 전까지 그의 뺨을 물들이던 홍조는 다 타들어간 잉걸불 속에서 절망적으로 꺼져가는 불꽃처럼 사라져버렸다. 그의 얼굴에는 죽음의 기운이 너무나 완연해서 살아 있는 사람 같지가 않았다. 그토록 힘없이 비틀거리면서도 쓰러지지 않고 위태롭게 걸어가는 그의 모습은 생명 있는 자와는 거리가 멀어 보였다.

존경받는 동료 존 윌슨 목사는, 딤스데일 목사에게서 지성과 감성의 기운이 썰물처럼 빠져나가는 것을 보고 그를 부축하고자 급히 다가섰다. 하지만 딤스데일 목사는 온몸을 떨면서도 노목사의 부축을 단호히 거절했다. 그의 발걸음이라 할 수 있을지 모를 움직임은, 마치 어머니가 두 팔을 벌려 부르는 모습을 보고 휘청거리며 나아가는 갓난아기의 걸음마와도 같았다. 그렇게 그는 거의 움직이지도 못한 채 한 걸음 한 걸음을 옮겨, 세월의 흐름 속에 검게 변색되었으나 여전히 그의 기억 속에 또렷이 각인된 처형대 앞까지 이르렀다. 바로 그곳은 오래전 헤스터 프린이 세상의 멸시하는 눈길을 견뎌야 했던 자리였다. 그리고 지금 그곳에는 헤스터가 어린 펄의 손을 잡은 채 서 있었다. 그녀의 가슴에는 여전히 그 주홍글씨가 달려 있었다! 군악대가 장엄하고도 경쾌한 행진곡을 연주하며 행렬이 앞으로 나아가는 동안에도, 목사는 그 자리에 우뚝 멈추어 섰다. 행진곡은 그에게 축하연을 향해 나아가라고 재촉하고 있었지만, 그는 그저 그 자리에 굳어버린 듯 서 있었다.

벨링엄 총독은 얼마 전부터 그를 걱정스러운 눈빛으로 지켜보다가, 행렬에서 벗어나 딤스데일 목사를 부축하려 나섰다. 그가 누군가의 도움 없이는 쓰러질 것이 분명해 보였기 때문이다. 하지만 목사의 표정에는 총독에게 가까이 오지 말라는 듯 강한 경고가 서려 있었다. 총독은 평소 직관적인 예감 따위는 무시하는 사람이었지만, 이번만큼은 뒤로 물러섰다. 그동안 군중은 경외심과 놀라움이 뒤섞인 눈길로 이 광경을 지켜보았다. 그들에게 목사의 육신이 이토록 나약해 보이는 것은, 오히려 그의 영혼이 지닌 천상의 힘을 더욱 돋보이게 할 뿐이었다. 설령 그가 지금 그들이 보는 앞에서 점차 희미해지다가 마침내 천상의 빛 속으로 사라진다 해도, 이토록 성스러운 목사에게 일어난 기적치고는 그리 놀라운 일이 아닐 것이라 여겼다.

그는 처형대를 향해 몸을 돌리고 두 팔을 벌리며 외쳤다.

"헤스터! 이리 오시오! 귀여운 펄, 너도 오너라!"

창백한 얼굴로 모녀를 바라보는 그의 표정에는 온화함과 함께 이상하게도 승리의 기색이 어려 있었다. 펄은 마치 작은 새처럼 날듯이 달려가 그의 무릎을 두 팔로 꼭 안았다. 헤스터 프린도 피할 수 없는 숙명에 이끌리듯 자신의 의지와는 무관하게 천천히 그에게 다가갔으나, 바로 앞에서 멈추어 섰다.

그때 로저 칠링워스 영감이 군중 속을 비집고 나와 자신의 희생자가 하려는 일을 막으려 황급히 달려들었다. 그의 얼굴은 마치 저승에서 막 솟아오른 듯 검고 사악하며 절망적이었다. 속사정이야 어찌 되었든 그는 목사의 팔을 붙잡고 속삭였다.

"정신이 나갔소? 그만두시오! 무슨 짓을 하려는 거요? 저 여자를 보내고 아이도 물리치시오! 그러면 모든 게 잘 될 터이니. 불명예스러운 죽음으로 당신의 명성을 망치지 마시오! 난 아직도 당신을 구해줄 수 있어요! 당신의 신성한 직업을 욕되게 할 생각입니까?"

목사는 두려움 속에서도 단호하게 그의 눈을 마주 보며 말했다.

"아, 유혹자여! 이미 늦었소. 당신의 힘도 더는 예전 같지 않구려. 이제 난 하나님의 은총으로 당신에게서 벗어날 겁니다!"

목사는 다시 주홍글씨를 단 여인에게 손을 내밀었다. 그의 목소리에는 비통함과 절박함이 깃들어 있었다.

"헤스터 프린, 자비로우신 하나님께서 이 마지막 순간에 내게 은혜를 베푸사, 7년 전 저지른 무거운 죄와 고통스러운 번뇌를 털어놓게 하셨소. 하나님의 이름으로 청하니, 이리 와서 당신의 힘으로 나를 붙들어 주시오! 하지만 그 또한 주님의 뜻대로 이루어져야만 하오. 저 비참하고 사악한 영감이 온갖 악마의 힘을 동원해 그것을 막으려 하고 있소! 어서 오시오, 헤스터! 나를 도와 저 처형대에 오르게 해주시오!"

군중 사이에 일대 소동이 벌어졌다. 목사 곁에 있던 고위 인사들은 경악을 금치 못했고, 방금 목격한 광경의 의미를 이해하지 못해 당황했다. 그들은 직감적으로 떠오른 생각을 받아들이기 힘들었으나, 달리 설명할 방도도 없었다. 그저 침묵 속에서 하나님께서 펼치려는 듯한 심판을 조용히 지켜볼 수밖에 없었다.

그들은 목사가 헤스터의 어깨에 기대어, 그를 감싸안은 그녀의 부축을 받으며 처형대로 올라가는 모습을 보았다. 그는 죄의 결실로 태어난 아이의 작은 손을 꼭 잡고 있었다. 늙은 로저 칠링워스가 그들의 뒤를 따랐다. 그도 이 죄와 비극의 연극에서 중요한 배역을 맡았던 만큼, 마지막 장면에 참여할 자격이 있어 보였다. 그가 음산한 눈길로 목사를 바라보며 말했다.

"세상 어디를 둘러보아도, 이보다 더 은밀한 곳은 없었을 것이오. 높은 곳이든 낮은 곳이든, 당신이 내게서 벗어날 수 있는 곳은 오직 이 처형대뿐이었소!"

"나를 이곳으로 인도하신 그분께 감사드립니다!" 목사가 대답했다.

하지만 그는 여전히 떨고 있었다. 두 눈에는 의심과 불안이 서려 있는 채로 헤스터를 돌아보았으나, 그의 입가에는 희미한 미소가 맴돌고 있었다. 그가 나지막이 말했다.

"이게 우리가 숲속에서 꿈꾸었던 것보다 낫지 않소?"

"모르겠어요! 전 모르겠어요!" 그녀가 다급히 답했다. "더 낫다고요? 그래요, 우리 모두 죽게 되는군요. 어린 펄마저도!"

"당신과 펄은 하나님의 뜻을 따라야 하오. 그분은 자비로우시니. 이제 그분께서 내게 분명히 보여주신 뜻을 행하게 해주시오. 헤스터, 난 죽어가고 있소. 서둘러 내 수치를 인정하게 해주시오!"

딤스데일 목사는 한쪽으로는 헤스터의 부축을 받고 다른 손으로는 어린 펄의 손을 잡은 채, 위엄 있는 통치자들과 성직자들 그리고 군중을 향해 몸을 돌렸다. 죄악으로 물들었으나 고뇌와 회개로 가득 찬 깊은 인생의 비밀이 곧 드러날 것임을 직감한 군중은, 충격 속에서도 연민의 눈물을 흘렸다. 정오를 갓 넘긴 태양이 목사의 머리 위로 쏟아져, 곧 하나님의 영원한 심판대 앞에서 자신의 죄를 고백하려 선 그의 모습을 선명히 비추고 있었다.

"뉴잉글랜드 주민 여러분!" 그가 외쳤다. 그의 목소리는 엄숙하고 장엄하게 군중의 머리 위로 울려 퍼졌다. 하지만 그 음성은 계속 떨리고 있었고, 때로는 후회와 비통의 깊은 심연에서 울리는 절규처럼 들리기도 했다.

"저를 사랑하고 거룩히 여겨주신 여러분! 보십시오, 이 세상에서 가장 큰 죄인이 여러분 앞에 섰습니다. 마침내! 7년 전에 섰어야 할 이곳에 마침내 섰습니다! 저는 이 여인과 함께 있습니다. 제가 이곳까지 올라올 수 있게 한 작은 힘보다 더 큰 힘으로, 이 두려운 순간에 제가 쓰러지지 않도록 받쳐주는 여인과 함께 서 있습니다! 보십시오, 헤스터가 달고 있는 저 주홍글씨를! 여러분은 이 글씨를 보고 전율하셨지요! 이 여인이 어디를 가든, 그 비참한 짐을 짊어지고 안식을 찾아 헤매던 곳마다, 저 주홍글씨는 그녀 주위에 두렵고 끔찍한 혐오의 빛을 비췄습니다. 하지만 여러분 가운데 죄와 수치의 낙인이 찍힌 또 다른 자가 있었음에도, 여러분은 전혀 두려워하지 않았습니다!"

이 순간 목사는 마치 나머지 비밀을 모두 밝히지 못할 것만 같았다. 하지만 그는 육체의 나약함을, 더 나아가 마음의 연약함마저 물리쳤다. 그는 모든 도움을 거부한 채 헤스터 모녀 앞으로 한 걸음 더 나아가, 모든 것을 고백하겠다는 결연한 의지로 격정에 찬 목소리를 냈다.

"그 낙인은 그자에게도 있었습니다! 하나님의 눈이 지켜보셨고, 천사들은 끊임없이 그것을 가리켰으며, 악마조차 그것을 알아보고 불타는 손가락으로 계속 건드렸습니다! 하지만 그는 교활하게도 사람들에게 그것을 감추었습니다. 그러고는 이 죄 많은 세상에서 너무나 순결한 영혼을 지녀 슬픔에 잠기고, 천상의 벗들이 그리워 애태우는 사람인 양 여러분 사이를 걸어 다녔습니다! 이제 죽음의 순간에 그가 여러분 앞에 섰습니다! 그는 여러분에게 헤스터의 주홍글씨를 다시 한번 보아달라 간청합니다! 그 글씨가 아무리 불가사의한 공포를 자아낸다 해도, 그것은 그가 가슴에 품은 낙인의 그림자에 불과하며, 그의 가슴을 태우는 붉은 낙인조차도 그의 심장 깊은 곳을 불태우는 것의 표상일 뿐입니다! 죄인에 대한 하나님의 심판을 의심하는 이가 계십니까? 보십시오! 그 무서운 죄의 증거를 보십시오!"

그는 격정적인 몸짓으로 가슴의 성직자 복장을 찢어냈다. 그리하여 그것이 드러났다! 하지만 그것을 여기서 묘사하는 것은 불경스러운 일이 되리라. 한순간 공포에 사로잡힌 군중의 시선이 그 섬뜩한 기적을 향했다. 목사는 극심한 고통을 이겨내고 승리를 거둔 사람처럼 얼굴에 승리의 홍조를 띤 채 서 있다가, 순식간에 처형대 위로 쓰러졌다. 헤스터가 그를 조심스레 일으켜 그의 머리를 자신의 가슴에 기대게 했다. 늙은 로저 칠링워스는 마치 영혼이 빠져나간 듯 멍한 얼굴로 그 옆에 무릎을 꿇었다.

"기어코 내게서 벗어났구나! 기어코 벗어나버렸어!" 그가 몇 번이고 되뇌었다.

"하나님께서 당신을 용서하시길. 당신 또한 깊은 죄를 지었으니!" 목사가 말하고는 노인에게서 시선을 돌려 여인과 아이를 바라보았다.

"나의 귀여운 펄." 그가 힘없이 말했다. 마치 깊은 평안에 잠기는 영혼처럼, 그의 얼굴에 부드럽고 온화한 미소가 떠올랐다. 이제 무거운 마음의 짐을 내려놓고 나니 아이와 장난치며 놀고 싶은 듯했다. "사랑하는 펄, 이제 와서 입맞춤을 해주겠니? 숲에서는 거절했었지만, 이제는 해주겠니?"

펄은 그의 입술에 입을 맞추었다. 이제 주문이 풀린 것이다. 저 야성적인 아이마저도 이토록 숭고한 슬픔의 순간에 동화되어 진심 어린 연민을 보였다. 아이의 눈물이 아버지의 뺨 위로 떨어졌을 때, 그것은 아이가 앞으로 인간의 기쁨과 슬픔 속에서 자라나 세상과의 다툼을 멈추고 그 안에서 살아갈 성숙한 여인이 되리라는 엄숙한 약속이었다. 또한 지금까지 어머니에게 고통을 주는 징벌자 역할을 해온 펄의 사명도 이제 끝이 났다.

"헤스터, 안녕히." 목사가 말했다.

헤스터가 그의 얼굴 가까이 고개를 숙이며 속삭였다. "우리, 다시는 만날 수 없는 걸까요? 영원한 삶을 함께할 수는 없는 걸까요? 분명 우리는 이 모든 고통으로 서로에게 속죄했을 텐데요. 당신은 이제 죽어가는 맑은 눈으로 영원을 보고 있군요. 무엇이 보이나요?"

"조용히, 헤스터." 그가 떨리는 목소리로 엄숙히 말했다. "우리가 어긴 율법과 여기서 참혹하게 드러난 죄악만을 생각하시오. 나는 두렵소.

정말 두렵소! 우리는 하나님을 잊고 서로의 영혼을 욕되게 했소. 그러니 다음 세상에서 영원하고 순수한 재회를 바라는 것은 헛된 일이오. 하지만 하나님은 모든 것을 아시며 자비로우신 분이시오. 그분은 무엇보다도 내 고통을 통해 자비를 보이셨소. 내 가슴에 이 불타는 고통을 주심으로써! 저 음울하고 무서운 노인을 보내어 내 고통이 식지 않게 하심으로써! 나를 이곳으로 이끄시어 사람들 앞에서 승리의 치욕으로 죽게 하심으로써! 이 중 하나라도 없었더라면 나는 영원히 길을 잃었을 것이오. 그분의 이름을 찬양하라! 그분의 뜻이 이루어질지어다! 안녕히!"

그 마지막 말과 함께 목사의 마지막 숨결이 흘러나왔다. 그때까지 침묵하던 군중은 경외감과 놀라움이 뒤섞인 이상한 낮은 소리를 냈다. 그것은 아직 말로 표현할 수 없는 중얼거림이었고, 이제 막 지상을 떠난 영혼의 뒤를 무겁게 쫓아갔다.

제24장
결론

여러 날이 지나 사람들이 앞서 일어난 일에 대해 나름의 생각을 정리할 수 있게 되었을 때, 처형대 위의 장면을 목격한 이들 사이에서 여러 후일담이 흘러나왔다.

대부분의 목격자는 그 불운한 목사의 가슴에서 헤스터 프린이 달고 있던 것과 똑같은 주홍글씨를 보았다고 증언했다. 그 글씨의 유래에 대해서는 여러 설이 제기되었으나, 모두가 추측에 지나지 않았다. 어떤 이들은 딤스데일 목사가 헤스터 프린이 처음 그 수치스러운 표지를 달았던 날부터 회개를 시작했다고 했다. 그가 자신의 몸에 끔찍한 고통을 가하며 온갖 방법으로 속죄를 이어갔으나 소용이 없었다는 것이다. 또 다른 이들은 그 낙인이 훨씬 뒤에 생겼다고 했는데, 노련한 마술사인 로저 칠링워스가 마법과 독약으로 그것을 만들어냈다는 것이었다.

한편 인간의 정신이 육체에 미치는 놀라운 영향을 잘 알고 있는 예민한 감수성의 소유자들은, 그 섬뜩한 표지는 끊임없이 살아 움직이는 후회의 이빨이 만들어낸 흔적이라 속삭였다. 마치 그 이빨이 가슴속 깊은 곳에서부터 밖으로 계속 파고들어, 결국 하나님의 엄중한 심판을 눈에 보이는 글자로 새겨냈다는 것이다. 독자들은 이 설명들 중 어느 것을 믿을지 스스로 판단하기 바란다. 우리는 이 표지에 관한 모든 단서를 살펴보았고, 이제 그것이 자신의 역할을 다했으니 우리 머릿속에서 그 깊은 자국을 지워버리고자 한다. 너무 오래 생각한 탓에 우리 마음에 지나치게 선명히 새겨졌기 때문이다.

하지만 이상하게도, 그 광경을 모두 지켜보았고 목사에게서 한시도 눈을 떼지 않았다고 맹세하는 이들은, 그의 가슴이 갓난아기처럼 깨끗했으며 아무런 표지도 없었다고 주장했다. 그들의 말에 따르면, 목사는 죽음을 맞이하는 순간까지도 헤스터 프린이 오랫동안 주홍글씨를 짊어져야 했던 그 죄와 자신이 조금이라도 연관되어 있다는 암시조차 하지 않았다고 한다. 이 신뢰할 만한 증인들의 말에 따르면, 목사는 자신이 죽어간다는 것과 많은 신도의 존경이 이미 그를 성인과 천사의 반열에 올려놓았다는 것을 알고 있었다. 그래서 타락한 여인의 품에서 마지막 숨을 거두며 세상 사람들에게 인간의 가장 고귀한 덕목인 정의가 얼마나 헛될 수 있는지 보여주고자 했다는 것이다.

그는 인류의 영적 선을 위해 바친 생애의 마지막에서 자신의 죽음을 하나의 우화로 만들어, 그를 숭배하는 이들에게 순결하신 하나님의 눈으로 보면 우리 모두가 죄인이라는 강력하고도 슬픈 교훈을 남겼다는 것이었다. 그 우화는 우리 중 가장 거룩한 자도 단지 하늘의 자비를 다른 이들보다 조금 더 분명히 볼 수 있을 뿐이며, 높은 곳을 향한 인간의 공적이란 허상임을 더욱 철저히 깨달을 수 있을 뿐이라는 것을 가르쳐준다. 이토록 중차대한 진실을 반박하지는 않겠으나, 딤스데일 목사의 이야기를 이렇게 해석하는 것은 단지 친구들이, 특히 성직자의 친구들이 보여주는 한결같은 충정의 한 사례로 보아야 할 것이다. 주홍글씨에 비치는 한낮의 햇빛처럼 분명한 증거가 딤스데일 목사 역시 거짓되고 죄 많은 흙으로 빚어진 존재임을 보여주었음에도, 그들은 여전히 그런 해석을 고수했던 것이다.

우리가 주로 참고한 신빙성 있는 기록은 헤스터 프린을 직접 알았던 이들의 증언과, 당시 목격자들에게서 이야기를 전해 들은 사람들의 증언을 바탕으로 쓰인 필사본으로, 앞서 제시한 견해를 충분히 뒷받침한다. 저 불행한 목사의 비극적 체험에서 얻을 수 있는 여러 교훈을 한 문장으로 남기고자 한다.

"진실하라! 진실하라! 진실하라! 비록 당신의 최악을 보이지는 못할지라도, 그것을 짐작할 수 있는 어떤 징표만은 세상에 숨김없이 드러내라!"

딤스데일 목사의 죽음 직후, 늙은 로저 칠링워스의 모습과 태도만큼 극적으로 변한 것은 없었다. 그의 모든 기운과 활력, 생명력과 지성이 한순간에 사라진 듯했다. 마치 뿌리 뽑힌 잡초가 햇볕에 말라 비틀어지듯, 그는 급격히 시들고 쪼그라들어 사람들의 눈에서 거의 보이지 않게 되었다. 이 불행한 사내는 복수심을 키우고 그것을 차근차근 이루어가는 것을 삶의 이유로 삼아왔다. 하지만 그 복수가 가장 완벽한 승리로 끝나버리자, 그 사악한 원칙을 지탱할 재료가 더는 남지 않았다. 간단히 말해 그가 해야 할 악마의 일이 지상에서 사라지자, 이미 인간성을 잃은 이 사내에게 남은 일이라곤 자신의 주인인 악마가 충분한 일거리와 보수를 줄 곳으로 스스로를 데려가는 것뿐이었다.

하지만 이런 그림자 같은 존재들, 즉 로저 칠링워스와 그의 동류들도 오랫동안 우리의 가까운 이웃이었던 만큼, 그들에게도 기꺼이 자비를 베풀고자 한다. 증오와 사랑이 근본적으로 같은 것인지는 관찰하고 탐구해볼 만한 흥미로운 주제다. 증오나 사랑이 극에 달하려면 상당한 수준의 친밀함과 상대방의 마음에 대한 깊은 이해가 필요하다. 증오와 사랑은 한 사람으로 하여금 정서적, 정신적 삶의 양식을 얻기 위해 상대방에게 의존하게 만든다. 열렬히 사랑하는 이가 사라지는 것만큼이나, 열렬히 증오하는 대상이 사라지는 것 또한 공허하고 쓸쓸한 감정을 불러일으킨다. 그러므로 철학적 관점에서 볼 때 두 감정은 본질적으로 같아 보인다. 다만 하나는 천상의 광채 속에서, 다른 하나는 지옥의 어둡고 괴기한 불빛 속에서 볼 수 있다는 차이가 있을 뿐이다. 영적 세계에서 늙은 의사와 목사는 서로의 희생자였기에, 지상에서 쌓인 증오와 반감이 자신도 모르는 사이 어느덧 황금빛 사랑으로 변해 있음을 발견했을지도 모른다.

이 이야기는 이쯤에서 마무리하고, 독자에게 전할 다른 이야기가 있다. 늙은 로저 칠링워스는 그해에 세상을 떠났고, 벨링엄 총독과 윌슨 목사를 유언 집행인으로 지명했다. 그는 헤스터 프린의 딸인 어린 펄에게 뉴잉글랜드와 영국의 상당한 재산을 물려주었다.

그리하여 그때까지도 악마의 자식이라 여겨졌던 꼬마 요정 펄은 당시 신세계에서 가장 부유한 상속녀가 되었다. 이런 상황은 아마도 대중의 평가를 크게 바꾸어놓았을 것이다. 모녀가 이곳에 그대로 머물렀더라면, 펄이 혼기에 이르렀을 때 가장 독실한 청교도의 자손을 배필로 맞아 그녀의 야성적 피를 순화시킬 수도 있었을 것이다. 하지만 의사가 죽은 뒤 얼마 지나지 않아 주홍글씨를 단 여인은 사라졌고, 펄도 엄마를 따라 자취를 감추었다. 여러 해 동안 바다 건너에서 가끔 막연한 소식이 들려오긴 했지만, 마치 머리글자만 새겨진 작은 나뭇조각이 해변에 떠밀려오듯, 그저 희미한 소식만이 전해질 뿐이었다. 그리하여 주홍글씨 이야기는 전설이 되었다.

하지만 그 이야기의 마력은 여전히 강력해서, 불운한 목사가 숨을 거둔 처형대와 마찬가지로 헤스터 프린이 살았던 해변가의 오두막도 음산한 곳으로 여겨지게 되었다. 그러던 어느 날 오후, 오두막 근처에서 놀던 아이들이 회색 옷을 입은 키 큰 여인이 오두막 문으로 다가가는 모습을 보았다. 오랫동안 그 문은 한 번도 열린 적이 없었다. 그녀가 자물쇠를 열었는지, 아니면 낡은 나무와 쇠가 손을 대자마자 무너져 내렸는지, 혹은 그녀가 유령처럼 이런 장애물을 통과해 들어갔는지는 알 수 없지만, 어쨌든 그녀는 오두막 안으로 들어갔다.

그녀는 문턱 앞에서 잠시 발걸음을 멈추었다. 홀로, 그것도 모든 것이 달라진 지금, 한때 그토록 가혹한 시절을 보냈던 집으로 들어선다는 생각이 견딜 수 없이 참담하고 쓸쓸했기 때문이리라. 하지만 망설임은 순식간이었고, 그 짧은 순간에도 가슴의 주홍글씨는 선명히 빛났다.

이렇게 헤스터 프린은 돌아와 오랫동안 벗어두었던 치욕의 표지를 다시 짊어졌다. 하지만 어린 펄은 어디에 있을까? 살아 있다면 지금쯤 한창 아름다움이 무르익은 여인이 되었을 터였다. 그 신비로운 아이가 너무 이른 나이에 세상을 떠났는지, 아니면 그 자유분방하고 넘치는 기질이 순화되어 여인으로서의 온화한 행복을 누리게 되었는지는, 누구도 정확히 알지 못했고 확실히 전해 들은 이도 없었다. 다만 헤스터가 여생을 보내는 동안, 이 주홍글씨의 은둔자가 멀리 타국에서 누군가의 깊은 사랑과 관심을 받고 있음을 보여주는 흔적들이 있었다.

영국의 문장학에서도 찾아볼 수 없는 가문의 문장이 인장으로 찍힌 편지들이 도착했다. 오두막 안에는 헤스터가 전혀 쓰지 않는 호사스럽고 편리한 물건들이 가득했다. 오직 부유한 이들만이 구할 수 있고, 그녀를 향한 깊은 애정 없이는 떠올리기 힘든 것들이었다. 거기에는 또한 잔잔한 그리움이 섬세한 손길로 빚어낸 듯한 아기자기한 장신구와 아름다운 기념품들도 있었다. 때로는 헤스터가 아기 옷에 수를 놓는 모습이 보이기도 했는데, 그 옷에는 한없는 상상력이 수놓아져 있어서, 만약 어떤 아이가 그런 옷을 입고 이 소박한 공동체에 나타난다면 마을 전체가 떠들썩해질 만한 것이었다.

당시의 소문을 즐기던 이들은 물론, 한 세대가 지나 이 이야기를 조사했던 퓨 감독관과 그의 뒤를 이어 최근 부임한 세관 감독관도 한결같이 확신했다. 펄이 살아서 행복한 결혼 생활을 하며, 늘 어머니를 그리워하면서 외롭고 쓸쓸한 어머니를 자신의 따뜻한 가정으로 모시려 했다고 말이다.

하지만 헤스터 프린에게는 펄이 새 삶을 일군 그 낯선 땅보다 이곳 뉴잉글랜드가 더욱 현실적인 삶의 터전이었다. 여기에 그녀의 과오가 있었고, 그녀의 아픔이 있었으며, 여전히 속죄해야 할 것이 남아 있었다. 그래서 그녀는 돌아왔고, 우리가 지금까지 들려준 어두운 이야기의 상징을 스스로의 의지로 다시 가슴에 달았다. 당시의 가장 엄격한 재판관이라 해도 감히 그녀에게 그 짐을 다시 지우려 하지는 않았으리라. 그때부터 그 표지는 한순간도 그녀의 가슴을 떠나지 않았다. 그러나 헤스터가 고된 속에서도 사려 깊고 헌신적인 삶을 이어가는 동안, 주홍글씨는 더 이상 세상의 조롱과 경멸의 낙인이 아닌, 사람들이 연민과 경외심으로 바라보는 숭고한 상징이 되어갔다.

헤스터 프린은 사사로운 목적도, 자신의 이익이나 즐거움을 따르지도 않았기에, 사람들은 큰 시련을 겪어낸 그녀에게 온갖 고민과 난처한 일들을 털어놓으며 조언을 구했다. 특히 여인들이 그녀의 오두막을 찾아와 자기 삶이 왜 이토록 비참한지, 이를 어떻게 바로잡아야 할지 물었다. 그들은 사랑으로 상처받거나, 버림받거나, 부당한 대우를 당하거나, 잘못된 선택을 하거나, 그릇된 길로 접어들거나, 죄스러운 정념에 빠지는 등 끝없이 되풀이되는 아픔을 겪을 때면 그녀를 찾았다. 또 아무도 알아주지 않고 돌보아주지 않아 마음속 깊은 곳에 외로움을 짊어지게 되었을 때도 그녀를 찾아왔다. 헤스터는 있는 힘을 다해 그들을 위로하고 조언해주었다. 그리고 자신의 굳은 믿음을 들려주었다. 이 세상이 성숙하여 지금보다 더 나은 시대가 하나님의 섭리 안에서 이루어질 때, 새로운 진리가 밝혀져 남녀 관계가 서로의 행복이라는 더욱 단단한 기반 위에 다시 세워지리라는 믿음이었다.

젊은 시절 헤스터는 자신이 그런 일을 이룰 운명을 타고난 여자 예언자라는 헛된 상상을 하기도 했으나, 그토록 거룩하고 신비로운 진리를 전하는 사명이 죄에 물들고 수치심에 고개 숙인 채 평생 슬픔을 짊어진 여인에게 주어질 리 없다는 것을 오래전에 깨달았다. 앞으로 올 계시의 천사이자 사도는 분명 여인일 터였지만, 더욱 고결하고 순수하며 아름다운 영혼이어야만 했다. 무엇보다 어둑한 슬픔이 아닌 맑은 기쁨을 통해 지혜를 얻은 이여야 했다. 그리고 무엇보다 삶이라는 가장 참된 시험을 통과하여, 거룩한 사랑이 우리를 얼마나 행복하게 하는지 보여줄 수 있는 그런 이여야 했다.

헤스터 프린은 이렇게 말하며 슬픈 눈으로 자신의 주홍글씨를 바라보았다. 세월이 한참 흐른 뒤, 킹스 채플 교회가 들어선 묘지에 오래되어 푹 꺼진 무덤 곁으로 새 무덤이 하나 생겼다. 마치 두 망자의 흙이 섞일 자격조차 없다는 듯, 그 무덤은 옛 무덤과 멀찍이 떨어져 있었다. 하지만 두 무덤에는 하나의 비석만이 세워졌다. 주변에는 가문의 문장들이 새겨진 묘비들이 빽빽이 들어서 있었지만, 이 단 하나의 석판으로 된 소박한 비석에는 방패 문양 같은 것이 새겨져 있었다. 지금도 호기심 많은 이들은 그 의미를 알 수 없어 어리둥절해할 것이다. 거기에는 하나의 도안이 있었는데, 문장관이라면 이제 막 끝난 우리의 이야기를 함축적으로 보여주는 이 문구로 설명했을 것이다. 비석은 그토록 침울한 것이었으나, 그림자보다도 더 어두운 곳에서 영원히 타오르는 한 점 빛으로 겨우 그 어둠이 덜어질 뿐이었다.

"검은 바탕에 주홍글씨 A."

해설

아메리칸 르네상스의 대표작

이종인

너새니얼 호손(1804-1864)은 1850년에 『주홍글씨』를 발표하며 작가로서 전환점을 맞았다. 종교적 위선과 죄의식 그리고 인간 영혼의 어두운 구석을 파헤친 이 소설은, 발표 직후부터 미국 사회에 강력한 반향을 일으켰다.

1828년 호손은 장편소설 『팬쇼』를 자비로 출간했지만 미완성작으로 여겨 스스로 절판시켰다. 이후 『주홍글씨』를 출간하기까지 22년 동안 여러 단편소설을 발표하며 역량을 쌓았다. 『주홍글씨』는 호손이 정식으로 선보인 첫 장편소설로, 앞선 작품들에서 다뤘던 문학적 주제를 집대성한 걸작으로 평가받으며 미국 문학의 고전으로 자리 잡았다. 이 시기에 호손은 작가로서 원숙기에 접어들어 필생의 역작을 완성한 셈이다. 그 후 『일곱 박공의 집』(1851), 『블라이드데일 로맨스』(1852), 『대리석 목신상』(1860) 등의 장편소설을 발표했지만 큰 호평을 받지는 못했다.

이제 작가의 생애와 작품 배경을 먼저 살펴본 뒤 『주홍글씨』의 해설로 들어가보겠다.

1. 작가의 생애[1]

너새니얼 호손은 1804년 『주홍글씨』의 무대인 미국 매사추세츠주 세일럼에서 태어났다. 그는 수줍음을 많이 타는 내향적 인물이었다. 동료 소설가인 헨리 제임스는 뉴욕에서 열린 문학가 만찬에 참석한 호손을 이렇게 묘사했다. "그의 어색한 몸가짐은 형사들의 모임에 우연히 끼게 된 악당을 연상시켰다." 호손은 대인 관계에 어려움을 겪었고 많은 사람이 모이는 자리를 멀리했다. 설사 동료 작가들끼리 만나는 경우에도 마찬가지였다. 호손이 가진 이러한 성향은 호손 가문의 내력과 상당히 깊은 관련이 있다.

호손의 문학적 배경에서 가장 중요한 사항은 그의 선조가 1630년에 신대륙 미국으로 이민을 왔다는 것이다. 그 이전에는 영국 버크셔주의 호손힐이라는 마을에서 대대로 살아온 자작농 집안이었다. 너새니얼 호손의 5대조이자 미국 호손 가문의 시조인 윌리엄 호손(1607-1681)은 1630년에 매사추세츠만 식민지로 건너왔다. 이때 함께 건너온 청교도 목사 존 윈스럽(1588-1649)은 이후 20년간 식민지 총독을 지냈다. 『주홍글씨』에서도 이 인물의 실명이 거론된다. 윈스럽 총독이 치안판사로 임명한 윌리엄 호손은 퀘이커교도 등 다른 종파 사람들을 박해한 것으로 유명하다.

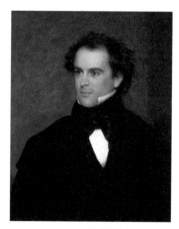

너새니얼 호손의 초상화

----

1   이 책의 「해설」과 「너새니얼 호손 연보」에서 작가 너새니얼 호손의 생애와 관련된 내용은 브렌다 와인애플의 전기 『호손: 생애』(2003)를 참고해서 작성했다.

4대조 존 호손(1641-1717) 역시 치안판사가 되어 세일럼 마녀재판에 참여했다. 피고 가운데 19명은 교수형을 당했고 1명은 옥사했다. 마녀재판은 청교도의 지나친 교리 단속과 완벽주의가 가져온 심리적 부작용이었다. 마녀재판의 과정을 서술한 초창기 기록에 따르면 사라 굿(1653-1692)이라는 여성은 마녀로 지목되어 처형당하기 전에 니컬러스 노이스 목사를 향해 "하나님이 그에게 피를 마시게 할 것이다"라는 저주를 내렸다고 한다.

이것은 「요한계시록」 16장 6절, "그들이 성도들과 선지자들의 피를 흘렸으므로 그들에게 피를 마시게 하신 것이 합당하니이다 하더라"에서 유래한 표현이다. 호손은 이처럼 무고한 피를 흘리게 만든 선조들의 죄업에 깊은 죄의식을 느꼈고, 자신의 가문이 그 후 계속 영락의 길을 걸은 것도 과거의 죄업과 관련이 있다고 생각했다. 호손 가문의 성씨는 본래 'Hathorne'이었으나, 그는 'w'를 추가해 'Hawthorne'이라는 성씨를 사용했다. 가문의 역사적 오명을 벗고 정체성을 새롭게 정의하려 한 것이다.

존 호손의 다섯 형제 중 셋은 선장이 되었고 막내는 항해 중에 폭풍을 만나 배에서 떨어져 죽었으며, 작가의 3대조인 넷째 아들 조지프 호손(1692-1762)은 농부가 되었다. 조지프의 막내아들 대니얼 호손(1731-1796)은 작가의 할아버지로 그 역시 선장으로 일했다. 대니얼의 차남 너새니얼 호손(1775-1808)이 바로 작가 호손과 이름이 같은 그의 아버지이다. 선실의 사환으로 시작해 20세의 젊은 나이로 1등 항해사가 되었고 나중에 선장 자리까지 올라갔다. 그는 1807년 1월 내비호를 이끌고 세일럼을 떠났으나, 이듬해 3월에 황열병에 걸려 급히 기항한 네덜란드령 기아나(현재의 수리남)에서 사망했다.

이렇듯 4대조 존 호손 판사 이후 호손 가문의 가세가 기울기 시작했다. 그의 아들 조지프는 관직 없이 농부로 지냈고, 조지프의 아들 대니얼은 사략선 선장으로 근무했으나 큰돈을 벌지는 못했다. 그리고 작가의 아버지 너새니얼은 배에 고용된 선장으로 일했는데, 호손이 아주 어릴 때 작고하여 그의 작품 속에서 부재하는 아버지의 이미지로 어른거리고 있다. 호손 역시 1850년 『주홍글씨』를 출간할 때까지 큰 수입을 얻지 못한 채 무명과 가난에 시달리는 작가로 힘들게 살았다.

호손은 18세기에 세일럼의 다른 가문은 모두 수익이 높은 선박업에 종사하며 번창했으나, 유독 자신의 가문만 몰락한 것은 4대조인 존 호손 판사가 마녀재판에서 무고한 이들을 처형한 업보가 아닐까 생각하게 되었다. 그는 죄업을 불러오는 악한 본성과 죄업의 유전, 종교적 경건함과 인간적 죄악 사이의 갈등을 깊이 파고들었다. 이것은 단편소설 「젊은 굿맨 브라운」이나 『주홍글씨』 등에서 보듯이 호손 문학의 중요한 소재가 되었다.

호손은 외가의 도움으로 학업을 마치고 1821년 보든 대학에 입학했다. 동급생으로는 시인 롱펠로와 훗날 미국 대통령이 된 프랭클린 피어스가 있다. 호손은 졸업 후 세일럼의 고향 집으로 내려와 1825년에서 1837년까지 12년 동안 방에 틀어박혀 외출도 거의 하지 않고 독서에 매달렸다. 이 시기에 호손이 인근 도서관에서 빌려다 본 책은 무려 1,200권에 달한다. 한편 호손의 어머니는 젊은 나이에 남편과 사별한 뒤에는 철저한 은거 생활을 했고, 가족끼리 식사조차 함께하지 않아서 방문 앞에 음식을 가져다 놓으면 빈 그릇을 문밖에 내놓을 정도로 폐쇄적이었다고 한다. 그러나 어머니에 대한 호손의 효심은 아주 지극했고 훗날 어머니의 죽음으로 큰 충격을 받는다.

호손은 젊은 시절에 한동안 에머슨의 초월주의에 관심을 가졌고 그 사상에 관심이 많던 화가이자 일러스트레이터 소피아 피바디를 만나 38세에 결혼했다. 그러나 초월주의의 지나친 낙관론에 의문을 품고 곧 초월주의자들과 결별했다.

한편 호손의 아내 소피아는 결혼 전 몸이 약해서 요양을 위해 언니 엘리자베스와 1년 반 정도 쿠바섬에 머물렀는데, 이때 흑인들의 비참한 생활, 특히 흑인 여성들이 성적 학대 등으로 고통받는 모습을 직접 목격했다. 백인 농장주에게 성폭행을 당하고 아이를 낳았으나 농장주의 자식으로 인정받지 못하는 것은 물론이고 오히려 학대를 당했기 때문에 자기 자식을 죽이는 사례가 빈번했다. 이 때문에 피바디 자매는 노예제도에 부정적인 견해를 갖게 되었다. 소피아는 나중에 호손과 결혼하면서 점차 노예제 비판에서 멀어진 반면, 평생 독신으로 남은 언니 엘리자베스는 노예제에 반대하는 페미니스트의 길을 걸었다.

호손은 무명으로 지낸 20여 년 동안 생계를 위해 주로 단편소설을 썼다. 비록 여러 잡지에 작품을 발표하기는 했지만 몇몇 전문가의 입에만 오르내렸을 뿐 대중에게 널리 알려진 작가는 아니었다. 그러나 이 작품들은 훗날 대표작 『주홍글씨』를 집필하는 데 밑거름이 되었다. 이 무렵 호손 부부의 생활은 무척 궁핍했다. 친구들이 돈을 모아 도와주려 했을 정도였다. 그러던 1846년, 민주당이 집권하던 시기에 세일럼 세관의 검사감독관으로 취임하여 3년 동안 생활을 안정적으로 꾸려나갈 수 있었다. 그러나 정권이 휘그당으로 바뀌면서 감독관직에서 물러나게 되었고 이 무렵 어머니가 숨을 거두면서 호손은 큰 충격을 받았다. 이러한 충격을 이겨내기 위해 열정적으로 집필에 매달려 내놓은 것이 바로 『주홍글씨』였다. 이 장편소설을 집필하기 시작한 것은 1849년 9월로 날짜는 명확치 않으나, 탈고한 날짜는 1850년 1월 3일로 분명하게 기록되어 있다. 호손은 탈고까지 약 넉 달 동안 질풍노도처럼 『주홍글씨』를 써 내려 갔다. 서문 「세관」과 마지막 3장을 써서 출판업자 필즈에게 보낸 것이 1850년 1월 15일이었다. 아내 소피아는 탈고한 원고를 읽고 비극적 결말에 충격을 받아 심한 두통을 느끼며 자리에 드러누웠고, 아내의 반응을 본 호손은 작품의 성공을 예감했다고 한다.

『주홍글씨』의 주요 인물인 헤스터의 어린 딸 펄은 호손이 자신의 딸

호손의 아내 소피아 피바디와 둘째인 아들 줄리언, 맏이인 딸 유나

유나 호손(1844-1877)의 성격을 그대로 가져온 것이다. 유나는 온순하
다가 갑자기 사나워지고, 순종적이다가도 반항적이고, 이리저리 제멋대
로 뛰어다니다가 꾸중을 들으면 포악하게 발악을 하고, 제 분을 못 이겨
벽으로 달려가 몸을 마구 내던지는 등 아주 난폭한 행동을 보였다. 호손
의 개인 기록을 엮은 『아메리칸 노트북』에는 1849년 7월 30일, 당시 다
섯 살이었던 딸 유나와 두 살 아래인 아들 줄리언에 대해 쓴 글이 실려
있다. "아이는 부드러운가 싶다가도 고집불통이고, 불합리한가 싶다가도
때로는 지나치게 현명하다. 내가 낳은 평범한 인간의 자식이 아니라 선
과 악이 지독하게 뒤섞인 정령이 아닌가 하는 생각이 든다. 반면에 줄리
언은 언제나 변함이 없고, 나와의 관계도 변화가 없다." 유나를 펄의 모
델로 삼았다는 사실 때문에 호손 부부는 유나가 18세가 될 때까지 『주홍
글씨』를 읽지 못하게 했다.

　　호손은 『주홍글씨』를 발표한 이듬해에 조상의 악업이 후대에 영향
을 미친다는 주제를 더욱 심화한 두 번째 장편소설 『일곱 박공의 집』을
발표했다. 이어서 다음 해에는 자신이 1841년에 6개월 동안 살았던 공동
체 농장 브룩팜을 배경으로 하는 『블라이드데일 로맨스』를 출간했다. 호

손이 이곳에서 오래지 않아 철수한 것은 생활비 조달이 어려웠을 뿐 아니라 이들이 추구하는 악이 완벽하게 제거된 인간 공동체는 있을 수 없다고 보았기 때문이다. 호손은 이 무렵 완벽한 이상을 추구하는 에머슨의 초절주의에 부정적인 입장을 취하게 되었다.

1852년에는 대통령 선거에 민주당 후보로 출마한 대학교 동문이자 절친한 친구인 피어스의 선거용 전기를 썼다. 이때 노예제도를 옹호하는 피어스의 입장을 지지함으로써 북부 지역 인사들에게 비판을 받았다. 같은 해 7월 피어스가 대통령에 당선되자, 선거에 기여한 공로를 인정받아 영국 리버풀 주재 미국 영사로 발령받았다. 1857년 대통령 임기가 끝나고 자리에서 물러난 호손은 2년 동안 유럽 대륙을 여행한 뒤 이탈리아로 내려가 마지막 장편소설 『대리석 목신상』을 집필했다. 그러나 영사 근무로 펜을 잡지 못한 동안 문학적 기량이 쇠퇴했고, 이 마지막 장편은 그가 발표한 네 편의 장편소설 중 문학적 성취도가 가장 떨어진다는 평가를 받았다.

1860년에 귀국한 후 콩코드에서 보낸 마지막 4년간 그는 다섯 번째 장편을 쓰기 위해 많은 노력을 기울였으나 이미 건강이 상하고 역량이 녹슨 뒤여서 『그림쇼 박사의 비밀』, 『조상의 발자국』, 『셉티미어스 펠튼』, 『돌리버 로맨스』라는 미완성 유고 네 편을 남겼다. 이 중 세 번째 작품은 과거에 헨리 데이비드 소로가 들려준 불로불사(不老不死)의 꿈에 사로잡힌 젊은이의 이야기였다. 야심을 품고 집필에 들어갔으나 1863년 제3장까지 쓰고는 체력 고갈과 영감 부족으로 더 이상 작업을 이어가지 못했다. 이 원고의 여백에는 자신의 무능을 한탄하고 분노를 표현한 메모가 가득했다고 한다.

호손은 자신의 우울한 성격을 "조상의 환난으로부터 물려받은 이 슬픔이라는 질병"이라고 표현하며 조상의 악업 탓으로 돌렸다. 그에게 소설 쓰기는 속죄 행위의 일환이기도 했는데, 그것이 자녀들에게는 어떤 영향을 미쳤을까? 맏딸 유나는 정신이상 증세로 고통을 받다가 33세에 사망했고, 아들 줄리언은 아버지의 뒤를 이어 문필계에 진출하려 했으나 큰 성공을 거두지 못했다. 이후 줄리언은 아버지 호손의 명망을 이용해 존재하지도 않는 광산을 개발한다며 주식 투자자를 모집한 사기 사건에 연루되어 애틀랜타 감옥에서 1년간 복역했다. 나중에는 정식 아내를 동부에 놔두고 서부로 가서 다른 여자와 살다가 아내가 사망하자 그 정부와 재혼했다. 막내딸 로즈(1851-1926)는 결혼생활을 하다가 어린 아들이 병으로 세상을 떠난 뒤 남편과 사이가 틀어져서 이혼하고, 간호사로 일하다가 수녀로 생을 마감했다. 호손의 자녀들은 아버지가 가문의 죄를 씻어내고 속죄하기 위해 작품을 집필했음에도 행복한 삶을 누리지 못한 듯하다. 호손은 『주홍글씨』에서 환상과 현실의 두 세계를 절묘하게 연결하는 환상적인 세상을 그려냈지만, 그의 실제 삶에서는 이러한 예술적 성취가 가문의 속죄나 개인적 구원으로 이어지지 못했다는 점에서, 문학의 힘과 한계를 동시에 보여준다.

2. 작품 배경

시대적 배경

『주홍글씨』의 주요 사건들은 1642년에서 1649년까지 7년에 걸쳐 전개된다. 이때는 영국이 신세계 진출을 활발히 시도하던 시기로, 1600년에 동인도 회사를 설립하며 대규모 해외 진출의 기반을 마련했다. 당시 영국이 해외에 진출할 때는 사회 유지들이 국왕에게 특허장을 받고 자본을 모아서 회사를 조직하는 방식이 일반적이었다. 이러한 방식은 신대륙 식민지 건설에도 적용되었다. 1606년, 국왕 제임스 1세의 허가를 받아 런던 회사와 플리머스 회사라는 두 개의 신대륙 개발 회사가

청교도들이 승선한 메이플라워호

설립되었다. 이러한 시대적 배경은 작품 내에서 묘사된 신대륙의 초기 식민지 사회와 긴밀히 연결된다.

런던 회사는 1607년에 이주민 104명을 보내어 버지니아에 제임스 타운을 건설하고 식민 사업의 거점을 마련했다. 이것이 신대륙 최초의 식민지 버지니아이다. 그러나 신대륙 정착은 순탄치 않았다. 반년 만에 이주민의 절반이 기아와 질병으로 사망했고, 기대와 달리 이 지역에서 금광이 발견되지 않아 이렇다 할 수익을 올리지 못했다.

플리머스 회사는 국왕의 칙허장을 받아 1607년 메인 지방에 식민 지를 건설하려 했지만 여의치 않았고, 1620년에는 뉴잉글랜드 플리머스 의회에 식민지 개발 권리를 일부 양도했다.

이때 뉴잉글랜드 식민지 개발 사업에 참여한 이주민들 사이에는 성격이 전혀 다른 사람들이 섞여 있었다. 바로 메이플라워호를 타고 신대륙으로 건너온 '필그림 파더스'(Pilgrim Fathers)이다. 이들은 제임스 1세의 비국교도 탄압을 피해 신앙의 자유를 찾아 네덜란드로 망명했던 분리파

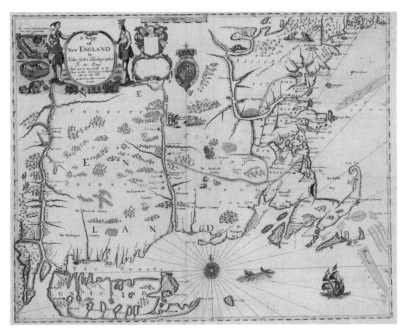

1675년경 제작된 뉴잉글랜드 지도

소속 청교도들이었다. 네덜란드에서도 안주하지 못한 이들은 다시 영국
으로 돌아와 신대륙 이주를 구상했다. 그러던 중 런던 회사와 교섭이 이
루어져 회사의 관할지 어디에든 별개의 식민지를 건설해도 좋다는 허가
를 얻었다. 그리하여 1620년 7월 메이플라워호는 102명을 태우고 영국
의 플리머스항에서 출발해 신대륙으로 떠났다. 그다음 항해에서 이 배는
아프리카의 흑인 노예를 싣고 와 버지니아에 내려놓았다. 이로써 메이플
라워호는 신세계 역사에서 독립과 예속이라는 두 가지 상반되는 개념을
상징하는 배가 되었다. 1620년 11월, 케이프코드에 상륙한 이들은 자신
들이 떠나온 영국 항구 도시의 이름을 기념하여 식민지 이름을 플리머스
라고 지었다. 이곳은 나중에 매사추세츠 식민지로 병합되었다. 이런 방
식으로 북아메리카 대서양 연안에 영국의 13개 식민지가 들어섰다.

북아메리카 북동부는 '뉴잉글랜드'라 불리며, 그 중심에는 1630년 설립된 매사추세츠만 식민지가 있었다.『주홍글씨』의 배경이 되는 보스턴이 바로 이 식민지의 주요 도시였다. 존 윈스럽이 이끄는 매사추세츠는 회중파 청교도들의 중심지였으나, 그들의 엄격한 정교일치와 불관용 정책은 내부 분열을 야기했다.

이에 반발한 종파들은 남쪽으로 이주해 두 개의 새로운 식민지를 건설했다. 하나는 매사추세츠에서 추방된 로저 윌리엄스가 1636년 프로비던스를 거점으로 세운 로드아일랜드 식민지로, 1663년에 자치권을 얻었다. 다른 하나는 토머스 후커가 1636년 건설한 하트퍼드를 중심으로 한 코네티컷 식민지였다. 이곳은 1662년 뉴헤이븐 식민지와 통합되며 자치권을 획득했다.

뉴잉글랜드 식민지들은 초기에 영국 왕 찰스 1세의 칙허장을 받아 설립되었고, 현지 주민들이 자유롭게 통치자를 선출할 수 있었다.『주홍글씨』의 시대적 배경인 1642~1649년에도 이러한 자치 체제가 유지되었으며, 매년 총독 선거가 열렸다. 작품 제22장에 등장하는 선거 축제 행렬은 이러한 역사적 맥락을 생생하게 보여준다. 그러나 이러한 자치는 1685년 제임스 2세의 즉위와 함께 막을 내렸다. 기존의 칙허장들이 모두 철회되고, 식민지 총독은 국왕이 직접 임명하는 체제로 전환되었다.

1681년, 찰스 2세는 비국교도라는 이유로 박해를 받던 퀘이커교도인 자신의 친구 윌리엄 펜에게 뉴욕과 인접한 서쪽의 넓은 땅을 하사하여 퀘이커교도의 식민지를 만들게 했다. 이것이 중부 식민지의 대표 격인 펜실베이니아 식민지이다. 나머지 남부의 식민지도 모두 이런 방식으로 건설되었다.

뉴잉글랜드의 식민지들이 1775~1783년에 진행된 미국 독립 전쟁으로 자치주가 된 이후에도 노예제도는 존속되었다. 이는 특히 호손의 시대에 접어들어 심각한 사회 문제로 떠올랐다. 결국 1860년에 노예제도 폐지를 주장하는 북부와 존속을 주장하는 남부 사이의 남북전쟁이 발발했다. 노예제도는 젠더 문제와 더불어 『주홍글씨』를 이해하는 데 긴요한 문제이므로 그 배경을 살펴보자. 노예제도의 역사는 15세기의 포르투갈 노예무역으로 거슬러 올라간다. 포르투갈의 엔히크 왕자가 아프리카 서부 해안으로 탐험대를 보내 흑인 노예를 잡아 온 것은 1441년경이었다. 왕자의 탐험대는 흑인 노예를 유럽 인력 시장에 판매하여 큰 수입을 올렸다. 1466년에 한 포르투갈 여행가는 "노예무역에서 나오는 돈이 왕국 전체에서 나오는 세금보다 더 많을 것이다"라고 언급하기도 했다. 엔히크 왕자는 인간을 상품으로 사고팔아 돈을 버는 것이 수치스럽다고 여겼는지, 그 행위는 흑인 야만인들을 개종시키고 그들에게 문명을 가르치기 위한 것이었다고 일관되게 주장했다.

그 후 15세기 후반에 포르투갈 노예무역의 주요 고객이었던 스페인은 신세계 아메리카의 상당 부분을 정복하자 현지의 인디언을 동원해 금광과 들판에서 강제 노동을 시켰다. 그러나 인디언은 체구가 작은 데다 유럽인과 함께 들어온 질병에 노출되어 금방 불구가 되거나 목숨을 잃었다. 그리하여 노동력 부족을 해결하기 위해 1517년 아프리카에서 흑인 노예를 들여오기 시작했다. 노예무역 업자들은 현지 족장에게 몸값을 다 쳐주고 사 왔으니 노예무역에는 아무 문제가 없고, 설령 문제가 있더라도 동족을 팔아넘긴 족장 탓이지 기독교 문명을 가르쳐주기 위해 데려온 자신들은 오히려 칭송을 받아야 한다는 적반하장식 주장을 폈다.

아프리카에서 강제로 끌려온 흑인들은 처음에는 서인도 제도로 보내졌다가, 설탕 산업이 번성하던 아메리카 대륙 각지로 다시 유통되었다. 이는 곧 북아메리카, 서인도 제도, 서아프리카를 잇는 '삼각 무역'이라는 체계적인 인신매매 구조를 낳았다. 이러한 무역 체계를 바탕으로, 흑인 노동력을 착취하는 잔혹한 대농장 제도가 급속히 확산되었다.

영국 식민지, 특히 버지니아를 중심으로 한 대농장들은 담배, 설탕, 목화 재배를 통해 엄청난 부를 축적했고, 이는 더 많은 노예 수요로 이어졌다. 1619년 8월, 네덜란드 선박이 앙골라 출신 포로 약 20명을 버지니아 제임스타운에 처음 들여왔다. 이는 미국 노예제도의 씁쓸한 시작이었다. 1691년 버지니아의 흑인 노예는 약 2천 명에 불과했으나, 19세기 중반에 이르러서는 미국 전체의 흑인 노예가 4백만 명을 넘어서는 폭발적인 증가를 보였다.

『주홍글씨』가 출간된 해에 도망노예법(1850)이 반포되면서 노예제도는 첨예한 사회 문제로 떠올랐다. 도망노예법은 노예가 노예주의 재산임을 인정하고 도망간 노예를 돌려받을 권리를 보장했다. 호손의 동료 작가인 허먼 멜빌, 에머슨, 헨리 데이비드 소로 등은 모두 노예제 철폐를 지지했다. 그러나 호손은 친구인 피어스가 남부에 동정적인 입장을 취했기 때문에 유보적인 자세를 취했고, 노예제를 옹호하는 사람이라는 비판을 받았다.

청교도주의와 반反율법주의

청교도주의(Puritanism)는 1620년 종교의 자유를 찾아 플리머스호를 타고 아메리카 대륙으로 건너온 필그림 파더스가 믿은 신학 사상이다. 1534년, 영국의 헨리 8세는 교황 중심의 로마 가톨릭교회에서 갈라져 나와 영국 국교회를 설립했다. 청교도(Puritans)는 16세기 후반에 영국 국교회가 여전히 로마 가톨릭교회의 예식을 고수하고 있다며 반기를 든 종교 집단이다. 이들은 종교개혁의 주장을 신봉하여 논리를 극단까지 밀어붙인 사람들로서 교황청의 모든 제도와 예식을 거부했다. 또한 신자 각자가 하나님 앞에 직접적인 책임이 있다고 보았으며, 교황과 주교 그리고 사제로 이어지는 교회의 감독 체계와 그 체계에서 비롯되는 정신적 권위를 부정했다. 이러한 신념에 따라 청교도는 무엇보다 엄격한 도덕 준수, 철저한 기도 생활, 의복과 행동의 규율을 강조했다. 그러나 이런 태도는 독선적인 경향으로 이어졌고 타인을 비판하거나 그들의 기준을 강요하는 모습을 보이기도 했다. 청교도를 대표하는 인물은 올리버 크롬웰이다. 그는 1640년대와 1650년대에 청교도 혁명을 이끌어 왕당파를 해산하고 찰스 1세를 처형해 공화제를 수립한 뒤 청교도주의에 기반한 독재 정치를 펼쳤다.『주홍글씨』의 시간적 배경인 1640년대에는 본국 영국에서도 올리버 크롬웰이 이끄는 청교도주의가 주된 세력이었다.

청교도 사이에서도 분파가 생겼다. 그중 하나가 잉글랜드 스크루비 마을의 윌리엄 브루스터를 위시한 청교도들로, 당국의 박해를 피해 1608년에 네덜란드로 피신했다가 1620년에는 뉴잉글랜드의 플리머스로 이주했다. 이들이 바로 앞에서 언급한 필그림 파더스이다.

청교도는 칼뱅주의의 다섯 가지 교리를 신봉했다. 그 교리는 첫째 예정설(하나님은 세상을 창조하기 전에 구원받을 자를 선택하셨고 그 근거는 사람이 아닌 신 안에 있다), 둘째 제한적 속죄(예수 그리스도의 희생은 선민을 위한 것이다), 셋째 인간의 전적 타락(인간은 낙원 추방 이후 전적으로 타락했으며 스스로의 의지로 구원에 이를 수 없다), 넷째 불가항력적 은총(하나님의 은혜는 거부할 수 없고 선민은 반드시 구원에 이른다), 다섯째 성도의 견인(선민은 설사 실수하는 일이 있더라도 은총에서 멀어지지 않는다)이다. 청교도들은 이 중에서 특히 세 번째 사항을 중시하여 인간은 원래 악을 저지르는 기질을 타고난 완전히 타락한 존재라고 보아 악을 철저히 단속하려 했다.

뉴잉글랜드의 매사추세츠주에 정착한 청교도들은 척박한 환경을 이겨내려면 더욱 철저히 악을 배척해야 한다고 여겨 강박적으로 이 일에 매달렸다. 도덕의 엄격한 준수를 지나치게 강조한 부작용으로, 기이한 일의 원인을 마술 탓으로 돌리려는 경향이 생겼다.

1692년 2월, 세일럼에서 10대 소녀들이 발작을 일으켜 몸을 비틀고 얼굴을 찡그리며 고함을 치는 일이 발생했다. 소녀들은 누구의 탓도 아니라고 했으나 그 말을 믿지 않는 어른들이 계속 추궁하자 결국 마녀와

세일럼 마녀재판

마귀의 소행이라며 일부를 지목했다. 행정 당국에서 그들을 체포했지만 소녀들의 발작은 멈추지 않았다.

그리하여 대대적인 마녀사냥이 벌어졌다. 이때 마녀로 지목된 사람들은 대부분 중년 부인이었다. 1692년 여름 세일럼 당국은 수백 명을 기소하여 27명을 재판에 넘겼고, 그중 19명을 목매달아 죽였다. 그 후 매사추세츠주 당국이 개입하여 10월 초에 주지사가 마녀재판 진행을 금지했고, 1693년 1월 감옥에 있던 피의자 52명은 모두 석방되었다. 역사가들은 청교도의 지나친 도덕의식에 죄의식과 공포가 결합되어 자신들의 도덕적 해이에 대한 희생양으로 마녀재판을 일으켰다고 분석했다. 현대 미국인이 지닌 죄의식의 근원으로 이 청교도주의를 들기도 하는데, 특히 세일럼 마녀재판이 큰 영향을 미쳤다.

반율법주의(Antinomianism)는 청교도의 엄격한 율법주의에 반발하여 생긴 사상이다. 1600년대에 신대륙 식민지에서 이 반율법주의(도덕률 폐기론)를 직접 실천한 여성이 『주홍글씨』에도 직접적으로 언급되는 앤 허친슨(1591-1643)이다. 허친슨은 영국 목사 집안에서 태어나 1612년에 윌리엄 허친슨과 결혼했고 1634년에 매사추세츠 식민지로 이민했다. 그녀는 보스턴의 가정집에서 동네 부인들과 자유로운 종교 토론을 벌였다. 그러나 그녀의 반율법주의 사상 때문에 1637년 재판에 회부되어 유죄 판결을 받고 가족들과 함께 로드아일랜드로 추방되었다. 1642년에 남편이 먼저 세상을 떠났고 이듬해에는 인디언의 습격을 받아 가족이 전부 사망했다. 그녀는 오로지 남자만 진리를 계시할 수 있다고 믿었던 시대에 여자도 충분히 그렇게 할 수 있다고 주장하는 바람에 박해를 받은 선구적 예언자였다.

『주홍글씨』는 제1장과 제13장에서 허친슨을 두 번 거명하며 그녀가 헤스터 프린과 직접적인 관련이 있음을 밝힌다. "이 들장미 덤불은 … 성(聖) 앤 허친슨이 감옥 문을 들어설 때 남긴 발자취에서 솟아 올라온 것인지, 여기서 결론 내리지는 않을 것이다"(제1장). "펄이 없었더라면 그녀는 앤 허친슨과 나란히 손을 잡고 한 종파의 창시자로 역사에 기록되어 후대에 전해졌을 것이다"(제13장).

반율법주의는 구원에 있어 율법의 준수보다 개인의 믿음이 더 중요하다고 보는 기독교의 자유주의 사상이다. 이는 사도 바울이 「로마서」에서 제시한 통찰에 기반을 둔다. 바울은 로마의 성도들에게 보낸 서신에서 인간의 모순적 행태를 지적한다. 사람들은 도둑질하지 말라고 하면서 도둑질을 하고, 간음하지 말라고 설교하면서 간음을 저지른다는 것이다.

바울의 핵심 주장은 역설적이게도 율법의 존재가 오히려 죄의 인식을 낳는다는 것이다. 율법이 없었다면 죄 역시 의식되지 않았을 것이나, 율법이 있음으로써 인간은 비로소 자신의 죄악을 자각하게 된다는 것이다. 결국 그의 결론은 명확하다. 인간은 아무리 노력해도 율법을 완벽하게 준수할 수 없는 존재이며, 따라서 우리 모두는 죄인이다. 그러므로 진정한 구원은 율법의 준수가 아닌, 예수 그리스도를 향한 성실한 믿음을 통해서만 얻을 수 있다는 것이다.

이와 더불어 간음한 여자를 용서한 예수의 가르침도 하나의 근거가된다. 「요한복음」 8장에서 바리새인들은 예수를 시험하기 위해 간음하다 붙잡힌 여자를 끌고 와서 예수에게 묻는다. 모세는 율법에 따라 이런 여자를 돌로 쳐서 죽이라고 했는데 당신의 생각은 어떤가? 예수가 율법에 위배되는 대답을 하면 그것을 구실로 고소할 계획이었다. 예수가 허리를 굽혀 손가락으로 땅에 무엇인가 쓰면서 대답을 하지 않자 바리새인들은 어서 대답하라고 재촉했다. 예수가 몸을 일으키며 말했다. "너희 가운데서 죄가 없는 사람이 먼저 이 여자에게 돌을 던져라." 그리고 다시 몸을 굽혀서 땅에 무엇인가를 썼다. 사람들은 그 말을 듣고 하나둘 떠나갔다. 마침내 여자와 예수 둘만 남게 되었다. "여자여, 사람들은 어디에 있느냐? 너를 정죄한 사람이 한 사람도 없느냐?" 여자가 대답했다. "주님, 한 사람도 없습니다." 예수는 이렇게 말했다. "나도 너를 정죄하지 않는다. 가서, 이제부터 다시는 죄를 짓지 말아라."[2]

예수는 율법만으로 세상의 모순과 갈등을 극복할 수 없다는 것을 보여주었다. 잘못을 저지르고 용서받은 적이 있는 사람은 그 기억을 잊지 못하고 다른 사람을 용서함으로써 용서의 빚을 갚고 싶어 한다. 이때의 용서는 곧 사랑으로, 사람들 사이에 널리 퍼져나가며 강력한 힘을 발휘한다. 이것이 죄의 용서를 통한 사랑의 실천, 즉 지상의 사랑이다. 이러한 용서야말로 저절로 부패하는 경향을 지닌 인간 사회를 정화하는 가장 강력한 힘이다. 반율법주의자들은 청교도의 엄격한 율법 준수는 예수의 사랑과 위배된다고 보았다. 앤 허친슨은 청교도들이 교리를 너무 경직되게 해석한다고 비난했다.

----

2   예수와 여인이 한 말은 대한성서공회 『새번역성경』에서 인용했다.

그러나 앤 허친슨과 헤스터 프린이 서로 다른 점은 둘 다 당국의 교리가 잘못되었다는 것을 인식했으나, 전자는 철저히 저항하다가 죽었고 후자는 사회와 조화를 이루려고 희생적인 노력을 기울였다는 점이다.

호손의 단편과 『주홍글씨』

호손은 단편집 발간을 준비하며 출판업자 제임스 T. 필즈에게 여러 편의 단편을 보냈다. 필즈는 그중에서 아직 미완성 상태인 한 작품의 가능성을 높이 평가하며 장편으로 확장해보라고 권유했다. 이에 따라 탄생한 것이 바로 『주홍글씨』이다. 다시 말해 『주홍글씨』는 단편소설에서 출발한 셈이다. 호손은 이 뒤로 단편소설을 발표하지 않고 장편소설을 3편 더 집필했으나, 대부분의 학자는 문학적 완성도와 영향력이 『주홍글씨』에 미치지 못한다고 보았다. 그래서 일부 평론가는 호손의 문학적 본령이 단편소설에 있다고 평가하기도 한다.

이러한 배경 때문에 미국 노턴 출판사에서 나온 『주홍글씨』 비평판 개정 제2판(2015)에는 이 장편소설을 이해하는 데 필수적인 자료로 인물 스케치 1편과 단편 4편을 함께 실었다. 인물 스케치 「앤 허친슨」은 앞서 언급한 반율법주의 혁명가 허친슨을 다룬 글이고 단편은 「엔디콧과 붉은 십자가」, 「젊은 굿맨 브라운」, 「목사의 검은 베일」, 「반점」이다.

「앤 허친슨」은 1830년 12월 7일 세일럼의 『가제트』라는 잡지에 발표했다. 호손은 복합적인 시선으로 청교도 시대에 반율법주의 소신을 설파한 혁명적 여성 앤 허친슨의 일생을 간략히 소개한다.

「엔디콧과 붉은 십자가」는 엔디콧이라는 보스턴 식민지의 행정장관이 범법자를 엄중하게 다루는 내용을 담았는데, 특히 간통을 저지른 여자를 이렇게 묘사했다. "상당히 아름다운 한 젊은 여자가 있었다. 그녀는 자신의 겉옷 가슴에 글씨 A를 달고 온 세상 사람들과 그녀의 아이들이 다 보게끔 해야 하는 징벌을 받았다. 심지어 그녀의 아이들조차 그 글씨가 무엇을 의미하는지 잘 알았다. 이 길을 잃고 절망에 빠진 여자는 자신의 수치에 감연히 맞서면서 아주 능숙한 솜씨를 발휘해 치명적인 글씨를 주홍색 천으로 만들어 가장자리를 금실로 장식했다. 사람들은 그 글씨 A가 간통한 여자(Adulteress)를 의미하는 것이 아니라 그 밖의 모든 것, 가령 존경할 만하다(Admirable)는 뜻을 가졌다고 생각했다."

이 글에 등장하는 여인은 여러모로 헤스터 프린과 닮았다. 이 여인이 처한 상황은 겨자씨만 한 작은 씨앗이 되어 『주홍글씨』의 텃밭에 뿌리를 내리고 마침내 커다란 나무로 자라났다. 이 작품은 여인이 자신의 수치에 어떻게 대응하고 활동하느냐에 따라 여인과 그 죄를 바라보는 사람들의 생각이 점점 변모하고, 마침내 A라는 글씨가 전혀 다른 의미, 천사(Angel)로 바뀌어나가는 과정을 예고한다.

「젊은 굿맨 브라운」은 1600년대에 매사추세츠주의 세일럼에서 벌어진 사건을 기술하고 있다. 굿맨은 젠틀맨보다 계급이 낮은 사람을 일컫는 호칭으로, 여기서는 '모든 사람'이라는 뜻으로 사용되었다. 브라운은 페이스(Faith, 아내의 이름이자 신앙의 상징)와 결혼한 지 3개월이 되는 어느 날 밤, 숲속에서 열리는 마귀들의 연회에 참석한다. 그곳에서 굿맨은 평소 거룩한 줄로만 알았던 마을의 목사나 집사가 모두 연회에 참석하여 즐거워하는 모습을 보고 충격을 받는다. 새벽이 되어 마을로 돌아온 브라운은 신앙에 대한 믿음을 완전히 잃어버리고 평생 사람들을 의심하며 살아간다.

「목사의 검은 베일」은 평생 검은 베일을 쓴 채로 살아간 목사가 실제로 있었다는 기록을 제시하며 시작한다. 베일은 주로 얼굴을 감추는 것이고, '검은'이라는 형용사는 감추려는 것이 나쁘거나 수치스러운 것임을 의미한다. 소설 끝부분에 나오는 "시간을 영원으로부터 차단하는 이 베일"이라는 구절이 베일의 의미를 잘 정의한다. 신약성경 「고린도전서」 13장 12절에는 "우리가 지금은 거울로 보는 것같이 희미하나 그때에는 [하나님의] 얼굴과 [우리의] 얼굴을 대하여 볼 것이요"라는 말이 나오는데, 베일은 곧 이 거울과 같다. 다시 말해 베일은 시간과 영원, 물질과 정신, 짐승과 천사, 죄인과 의인을 갈라놓는 경계선이다. 목사는 그 두 영역을 조화시키는 데 실패하여 검은 베일을 두르고 다니는 것이라고 짐작할 수 있다.

「반점」에는 과학자 에일머와 그의 아내 조지아나가 등장한다. 눈부시게 아름다운 조지아나의 뺨에는 아기 손만 한 반점이 하나 있다. 그녀는 반점이 도리어 매력적이라고 생각했으나, 에일머는 반점만 사라지면 아내가 더욱 완벽하게 아름다워질 거라고 생각했다. 아내를 설득한 끝에 에일머는 반점을 없앨 용액을 만들고 반점을 없애는 데도 성공하지만, 조지아나는 그만 목숨을 잃고 말았다. 이 단편은 완전함과 불완전함, 영혼과 물질 등 인간의 이중적 측면을 반점이라는 알레고리를 통하여 구체화한다. 인간은 누구나 불완전하게 태어나며, 정신과 물질이 혼합되어 이루어진 존재이다. 아주 어릴 때에는 물질이 우세하여 자신의 존재에 아무런 의문을 품지 않지만, 커가면서 도덕과 철학을 접하고 정신이 자라나며 혼란을 겪는다. 다시 말해 육체의 법률이 정신의 법률을 따르지 않는 것이다. 육신의 욕정이 사람을 짐승으로 변신시키기도 한다. 이렇게 볼 때 굿맨 브라운, 검은 베일의 목사, 반점을 없애려 하는 과학자는 선과 악, 물질과 정신을 조화시키지 못한 불행한 사람들이다.

「이선 브랜드」는 노턴 비평판에는 소개되어 있지 않으나 『주홍글씨』의 등장인물인 의사 로저 칠링워스를 이해하는 데 도움을 주는 단편소설이다. 이 작품은, 용서받지 못할 죄를 찾아 온 세상을 떠돌며 세상의 모든 지식을 얻게 되나 결국에는 자신의 가슴속에서 그토록 찾아 헤매던 죄를 발견한다는 내용이다. 그의 용서받지 못할 죄는 자신의 지적 우수함을 믿고서 상대방에게 심한 정신적 피해를 입히는 것, 즉 인간성을 상실하여 인간관계를 단절시키거나 인간성을 말살하는 것이다.

지금까지 살펴본 여섯 가지 작품의 내용을 종합하면 "인간의 마음에
는 선을 지향하면서도 악을 저지르게 되는 모순적이고 이중적인 경향이
있다"는 결론이 나오는데, 이러한 악의 개념은 『주홍글씨』에서 핵심 모
티프가 된다.

호손과 악의 문제

　　호손은 1841년에 에머슨의 초월주의를 바탕으로 모인 공동체 농장
브룩팜에 합류했다. 처음에는 이들이 내세우는 "인간은 궁극적으로 선한
존재"라는 정신에 매혹되었으나, 결국에는 환멸을 느끼며 공동체를 떠났
고 에머슨의 초월주의에도 부정적인 견해를 갖게 되었다. 호손은 인간이
란 선과 악이 뒤섞여 있는 존재이고 때로는 악에 더 몰두하거나 자신에
게 깃든 악을 제대로 보지 못하는 존재라고 생각했다. 호손에게 영향을
받은 동시대 문인으로 『모비 딕』을 쓴 허먼 멜빌은 1850년에 예명으로
호손의 단편집 『낡은 목사관의 이끼』(1846)를 다룬 비평문 「호손과 그의

결혼 후 머물렀던 콩코드의 '낡은 목사관'

이끼」를 발표했다. 멜빌은 호손을 셰익스피어와 비교하며 호손의 작품에 감도는 분위기가 셰익스피어 비극에 드러나는 어둠, 암울한 분위기와 닮았다고 평했다. 멜빌은 셰익스피어의 비극을 이렇게 묘사했다.

"이 어둠이 그의 배경의 무한한 모호함을 불어넣는다. 셰익스피어는 이 어둠을 배경으로 가장 빼어난 생각을 펼쳐놓고 그를 가장 고상하고 위대한 사상가로 만드는 멋진 것들을 창작한다. … 셰익스피어를 리처드 3세의 곱사등이나 맥베스의 단검 정도로만 이해하는 사람은 피상적인 독자이다. 이따금 번쩍이는 직관적 진실, 리얼리티의 축을 순간적으로 재빨리 파고드는 것이 셰익스피어를 셰익스피어로 만든다. … 이 어렴풋하게 분간할 수 있는 위대함이야말로 위대한 정신의 산물이다. … 셰익스피어는 그가 실제로 말한 것보다는 말하지 않은 것, 혹은 말하기를 억제한 것 때문에 더 위대하다."

허먼 멜빌은 호손이 셰익스피어 못지않게 악에 집착하는 것을 보고 그에게 숨겨진 인생의 비밀 혹은 가정 내의 스캔들 같은 게 있지 않을까 의심했다. 이에 대하여 호손의 아들 줄리언은 아버지에게는 그런 비밀이 전혀 없으며, 작품 속의 악은 전부 아버지의 상상력에서 나왔다고 반박하는 글을 발표했다. 호손이 『주홍글씨』에서 묘사한 악은 어떤 개인의 악이 아니라 인류 전체가 안고 있는 것으로 보인다. 단지 헤스터처럼 드러난 악이 있는가 하면 딤스데일처럼 감추어진 악이 있을 뿐이다. 특히 목사 딤스데일은 타고난 악에 위선을 덧붙이며 스스로 모멸감을 더해가고 있다. 그러나 악을 행하면서도 선을 행하는 것처럼 가장하는 헤스터의 전남편인 의사 칠링워스는 더욱 죄질이 나쁜 죄인이다. 칠링워스는 자기가 악한 일을 저지르는 줄도 모르고 오히려 선한 일을 한다고 여기는데, 실은 이런 악이 가장 악한 악이다. 제14장 끝부분에서 헤스터가 칠링워스에게 악에서 벗어날 수 없느냐고 묻자 그는 이렇게 답한다.

"용서할 수 있는 힘은 내게 주어지지 않았소. 내게는 당신이 말하는 그런 힘이 없어요. … 그러나 그 순간부터는 모든 것이 어두운 필연이었소. … 이건 우리의 운명이오. 검은 꽃은 피고 싶은 대로 피라고 둡시다! 자, 이제 당신 길로 가서 저 남자를 당신 뜻대로 하시오.” 칠링워스가 말하는 이 어두운 필연은 네덜란드에서 미국으로 이주한 청교도들이 받아들인 칼뱅주의의 예정설을 가리키는 것이다. 단테는 악이란 사랑의 부족이거나 과잉이라고 말했다. 그 자체로 악인 것은 없으며 사랑하는 마음이 너무 부족하거나 사랑을 가장하여 과도하게 행동할 때 악이 생긴다는 것이다. 칠링워스는 운명을 내세우며 자기 의지를 부정하는 사람, 다시 말해 사랑이 무엇인지 제대로 알지 못하는 사람이다.

노예제도와 페미니즘

19세기 호손 시대의 노예제도와 『주홍글씨』의 무대인 17세기 청교도 사회는 아무런 연관성도 없어 보인다. 그러나 작품의 시대적 배경인 1640년대의 미국 청교도 사회에도 이미 아프리카 흑인 노예들이 유입되고 있었다. 그로부터 2백 년 동안 노예제도는 “모든 사람은 평등하게 태어났다”라고 주장한 미국 독립 선언문을 우습게 만드는 미국의 수치스러운 부분으로 남아 있었다. 호손이 작품 활동을 하던 시대에 미국은 이 문제 때문에 남북전쟁을 향해 치닫고 있었다. 1640년대의 상황을 1850년대의 관점에서 바라보게 되는 것은 작품 속에 호손이 살던 시대의 그림자가 길게 드리워져 있기 때문이다.

『주홍글씨』 제2장에서 아이를 안고 처형대에 선 헤스터의 모습은 노예 경매대에 나온 아이 딸린 흑인 여성을 연상시킨다. 헤스터가 아이 아버지의 이름을 밝히지 않는 것은, 흑인 여성 노예가 백인 농장주의 혼혈아를 낳았을 경우 그의 이름을 말하지 않는 것과 비슷하다. 어린 펄을 데리고 장터에 갔던 헤스터가 사회의 박대가 너무 지독하여 어린 딸과 함께 세상을 등지는 게 낫지 않을까 고뇌하는 것은 흑인 노예가 아이 앞에 놓인 희망 없는 삶에 절망하며 아이를 죽이는 것과 다를 바 없다. 헤스터가 벨링엄 총독의 집에서 펄을 빼앗아 가려는 이들을 상대로 저항한 것은 아이를 안고 남부에서 달아나 북부로 간 흑인 여성과 유사하다. 또한 펄을 어색하게 대하는 아서 딤스데일의 태도는 백인 농장주가 흑인 여자 노예와의 사이에서 낳은 아이를 자식으로 인정하지 않는 태도와 비슷하다.

『주홍글씨』에는 '블랙 맨'(Black Man)이라는 호칭이 등장한다. 제10장에서는 어린 펄이 칠링워스를 마왕(Black Man)이라고 부르고, 제7장에서 마녀 히빈스 부인이 헤스터에게 "오늘 밤 우리와 함께 가지 않으실라우? 숲속에서 즐거운 모임이 열릴 거랍니다. 마왕(Black Man)에게 아리따운 헤스터 프린이 우리와 한패가 될 거라고 거의 약속하다시피 했거든"이라고 말하는 장면이 나온다. 라틴어에 "이름만 바꾸면 이것은 곧 너의 이야기가 된다"라는 속담이 있다. '블랙 맨'은 '악마'라는 뜻도 있지만 '흑인'(black man)을 뜻하기도 한다. 작품 속 블랙 맨은 단순히 도덕적으로 타락한 존재를 의미하는 것이 아니라 피부색이 검은 사람, 즉 흑인 노예를 간접적으로 언급한 것으로 읽을 수도 있다.

『주홍글씨』가 출판된 시기에 노예제도는 극심한 논점으로 떠올랐고, 북부의 남부 동정자(copperheads) 사이에 도망자 흑인은 남북 사이를 이간하는 악마라는 인식이 널리 퍼져 있었다. 호손은 이런 사회 분위기를 잘 알고 있었을 뿐 아니라 남부 동정자에게 공감하는 편이었다.

더욱이 호손은 노예제에 반대하는 페미니스트들에 대해서도 잘 알고 있었다. 호손의 어린 딸 유나를 무척 아꼈던 초월주의자이자 미국 최초의 페미니스트로 알려진 마거릿 풀러, 처형 엘리자베스 소피아 등은 모두 노예제에 반대하는 페미니스트였다. 이렇듯 호손이 당대의 흑인 문제를 바라보는 시각이 청교도 사회의 사람들을 바라보는 시각에 반영되어 은연중에 작품에도 영향을 미쳤다는 분석이 있다.

앞서 언급했듯 호손은 대학 동창 피어스가 대통령 선거에 나서자 선거에 활용할 짧은 전기를 써주었다. 그는 이 글에서 노예제도에 대하여 이렇게 언급했다. "노예제도는 분명 사악한 일의 하나다. 그러나 하나님은 이 제도가 인간의 손으로 시정되게 하지 않으셨다. 적당한 때가 되면 현재로서는 예측할 수 없지만 가장 간단하고 가장 손쉬운 조치가 이루어질 것이다. 그리하여 노예제도는 쓰임을 모두 달성했을 때, 하나님의 조치로 마치 꿈처럼 사라져버리게 될 것이다." 이런 입장은 노예제 자체에 찬성하는 것은 아니지만 철폐를 주장하는 것도 아니었고, 결국 호손은 도망 노예를 악마로 보면서 노예제도가 유지되기를 바란다는 비판을 받았다.

한편 호손이 페미니즘을 바라보는 시각은 노예제도를 바라보는 것과 비슷한 관점을 보인다. 그는 『주홍글씨』 제13장에서 여성성의 문제를 중점적으로 다루었다. 헤스터는 유럽에 있을 때 자유사상의 세례를 받았다. 그 사상은 이렇게 묻는다. 자연스러운 성욕의 표현과 실천이 공개적 수치를 당하는 구경거리로 단죄되는 세상이라면, 과연 그런 사회가 자유로운 사회라고 할 수 있을까? 그런 사회에 과연 여성으로 태어나야 할 이유가 있을까? 헤스터는 그럴 이유가 없다고 생각한다. 이 작품에서 헤스터는 처형대에 모두 세 번 오르는데, 첫 번째 처형대 장면에서 한 구경꾼은 헤스터를 가리켜 이렇게 말한다. "저 여자는 젊고 예쁘니까 거센 유혹에 빠져 타락할 가능성이 많았지요"(제3장). 젊고 예쁘다는 이유로 타락의 가능성부터 내세우는 것이 과연 제대로 된 사회인가? 그녀는 청교도 사회 내에서 여성의 존재가 가지는 의미와 정체성에 강한 의문을 갖고 있다. 자유로운 열정의 결과인 딸에게마저 죄인이라는 족쇄가 채워지는 것은 불합리한 연좌제 사회가 아닌가? 여기서 『주홍글씨』의 화자는 부당한 사회를 시정하는 방안을 이렇게 이야기한다.

"첫 번째 단계로 사회의 전반적 제도를 허물고 완전히 새로 짜야 했다. 그런 다음 남성의 본성과, 거기서 비롯되어 거의 본성처럼 되어버린 오랜 습관을 근본적으로 바로잡아야 했다. 그렇게 해야만 여성은 비로소 정당한 자리를 얻을 수 있다. 마지막으로 이런 어려움이 모두 제거되었다 할지라도, 여성은 이런 선도적 개혁의 혜택을 곧바로 누릴 수 없다. 그에 앞서 여성 스스로가 그보다 더 엄청난 변화를 겪어야 하기 때문이다. 그 과정에서 여성은 지금까지 자신의 본질이라 여겨온 모든 것들이 흔적도 없이 증발해버리는 것을 깨닫게 될 것이다.

여성은 이성만으로는 이런 난제들을 결코 해결할 수 없다. 이는 그대로 남겨두거나 단 하나의 방법으로만 해결될 수 있었다. 여성의 마음이 가장 높은 곳에 이르면, 이 모든 문제는 저절로 사라질 것이다"(제13장).

즉 여자의 마음이 가장 높은 곳을 차지하고, 지성뿐 아니라 감정과 도덕이 조화되는 이상적 상태를 이루면 이 척박한 세상을 살아나갈 힘을 얻을 수 있다는 것이다. 그러나 21세기 페미니즘의 입장에서 본다면 이것은 여성 문제를 사회제도나 환경의 변화만으로는 해결할 수 없는 문제로 보고 여성의 내적 변화를 해결책으로 제시하는 보수적인 관점으로 해석할 수 있다. 이 때문에 호손은 노예제도와 여성성의 문제를 깊게 파고들거나 해결책을 제시하지 않고 회피했다는 비판을 받았다.

3. 작품 해설

『주홍글씨』는 하버드 대학 교수이자 문학평론가 F. O. 마티에센이 미국 문학사의 "아메리칸 르네상스"(American Renaissance)라고 일컬었던 1850~1855년에 나온 중요한 소설이다. 이 시기에 에머슨의 『대표적 인간』(1850), 호손의 『주홍글씨』(1850)와 『일곱 박공의 집』(1851), 멜빌의

『모비 딕』(1851)과 『피에르, 혹은 모호함』(1852), 소로의 『월든』(1854), 휘트먼의 시집 『풀잎』(1855) 등이 출간되며 미국 문학이 영국 문학의 변방이 아니라 독자적 영역을 구축했음을 온 세상에 선언했기 때문이다. 『주홍글씨』는 허먼 멜빌의 『모비 딕』과 함께 이 시기를 대표하는 작품이다. 두 소설 모두 악의 주제를 천착하는 심리적·종교적 배경을 갖고 있고, 노예제도 철폐라는 당대의 중요한 사회적 주제를 서브텍스트로 가지고 있다.

서문 「세관」의 중요성

「세관」은 저자가 제2판 서문에서 "몽땅 들어낸다 해도 독자들에게 누를 끼치거나 책에 피해를 주지는 않을 것이다"라는 발언을 했기 때문에 그동안 학자들은 여기에 관심을 기울이지 않았다. 일부 국내 번역본에서는 아예 제외하거나 뒷부분으로 돌려 부록으로 처리하는 경우가 있었다. 그러나 최근 미국의 호손 전문가들은 「세관」이야말로 『주홍글씨』를 이해하는 데 핵심이 되는 자료라고 평가하며 깊이 연구하고 있다. 실제로 「세관」은 작품을 이해하는 데 결정적인 단서를 제공한다. 「세관」은 모두 네 덩어리로 구성되어 있다.

호손이 근무했던 세일럼 세관

첫째, 호손의 고향 세일럼과 조상들 그리고 세관 입사.

둘째, 세관 사람들.

셋째, 검사관 휴가 써놓은 원고의 발견과 로맨스 이론.

넷째, 세관 퇴직과 집필 각오.

첫 번째 부분에서 중요한 내용은 자신의 조상이 마녀재판을 하여 무고한 인명이 희생되었기 때문에, 그 죄업에 대한 속죄로『주홍글씨』를 쓰게 되었음을 선언한 것이다. 여기서 우리는 죄악과 그 후과가 작품의 중요한 주제라는 것을 미리 알 수 있다.

두 번째 부분에서 묘사하는 세관 관리들의 경직되고 고집스러운 자세는 청교도들의 모습을 연상시킨다. 민주당 지지자 호손을 세관에서 쫓아낸 휘그당은 과거의 전통을 중시하는 당이었고 그때까지도 청교도의 전통을 유지하고 있었다. 즉 이런 우스꽝스러운 인물들을 제시함으로써 호손은 헤스터 프린을 박해하는 청교도들의 모습을 간접적으로 풍자하고 있다. 대표적 세관 관리로 고령의 검사관, 세관장, 실무자가 묘사되어 있는데, 로버트 버너라는 학자는 이들이 각각 칠링워스, 딤스데일, 헤스터의 등가적 인물에 해당한다고 해석하기도 했다.

세 번째 부분에서는『주홍글씨』의 기초가 된 원고를 발견한 과정을 서술한다. 검사감독관 조너선 퓨가 써놓은 원고가 있다는 주장은 실제로 증명되지 않았으며 호손이 작품에 신비함을 불어넣으려고 지어낸 이야기로 보인다. 이는 호손만이 활용한 장치는 아니다. 모든 작가의 꿈은 신의 계시를 받아 자신의 작품을 써주는 것이다. 가령『톰 아저씨의 오두막』을 쓴 해리엇 스토 부인은, 이 작품은 본인이 쓴 것이 아니라 신이 자신의 손을 잡고 대신 써준 것이라고 주장했다. 또 작가들은 깊은 산속 동굴에서 어떤 신령한 존재가 오래전에 써놓은 글을 우연히 발견하여 그것을 그대로 가져다 쓴 것이라고 둘러대기도 한다. 호손이 어느 한가한 비오는 날 오전에 세관 건물의 2층 한구석에서 선배 감독관 퓨의 원고를 발견했다고 주장한 것이 바로 그런 경우이다. 이어서 호손은 『주홍글씨』를 기존의 리얼리즘 소설과는 다른 로맨스라고 칭하면서 해당 이론을 설명한다. 그는 달빛에 잠긴 아름다운 풍경을 제시하면서 현실인 것 같기도 하고 비현실인 것 같기도 한 환상적 로맨스의 측면을 눈여겨봐달라고 주문한다.

마지막 네 번째 부분에서는 세관에서 나오게 된 경위와 이 작품을 써 내려가겠다는 각오를 다진다. 그는 자신이 "다른 곳의 시민"(a citizen of somewhere else)이라고 말한다. 여기서 고향이 아닌 '다른 곳'은 세일럼이 아닌 미국 내의 어떤 도시를 가리키는 것이 아니라, 현실도 아니고 환상도 아닌 중간쯤에 자리한 이야기를 써보겠다는 각오를 에둘러 밝힌 것이다.

로맨스와 노블

로맨스 이론은 호손의 문학을 아우르는 핵심 개념이다. 이것은 『주홍글씨』만이 아니라 그 후에 써낸 3편의 장편소설에도 예외 없이 적용된 핵심적 서술 기법이다.

만약 호손이 리얼리즘 소설, 즉 노블(novel)을 쓰려고 했다면 기승전결에 따라 헤스터와 딤스데일이 불륜 관계로 들어서게 되는 과정을 설명하고, 다음으로 사생아의 출생이 가져올 갈등을 묘사하고, 이어서 그 갈등이 해소되는 방식으로 소설을 써나갔을 것이다. 그러나 『주홍글씨』에는 이런 기승전결의 과정이 없다. 곧바로 헤스터가 단죄되는 장면으로 작품이 시작되고 그 뒤에도 주인공들의 극적인 행동이나 사건은 크게 발생하지 않는다. 단지 마지막에 딤스데일이 처형대 위에서 죽는 것으로 소설은 끝난다. 이 때문에 헨리 제임스와 보르헤스는 이 소설에는 행동이나 사건이 없고, 단지 어떤 상황이나 장면만 있다고 지적했다. 앞서 언급한 『톰 아저씨의 오두막』을 쓴 스토 부인은 파리를 여행할 때 루브르

박물관에서 렘브란트의 명암이 대비되는 그림을 보고 호손의 소설 속 몇 장면을 보고 있는 것 같다고 언급했다. 이야기의 전개나 사건의 연속성보다 순간의 강렬한 인상을 강조하는 데서 호손 작품과 유사하다는 느낌을 받은 것이다. 이렇게 볼 때 호손은 인물들의 구체적 행동으로 소설을 끌고 가는 장편소설가(novelist)라기보다 장면과 상황만으로 이야기를 끌고 가는 단편소설가(short story writer)에 더 가깝다.

호손은 「세관」에서 자신의 로맨스 이론을 이렇게 설명했다. "현실과 상상이 만나 서로에게 저마다의 본질을 불어넣는다. 아마 유령들이 이곳으로 들어와도 우리는 별로 무서워하지 않을 것이다. 가령 우리가 주위를 돌아보다가 세상을 떠난 사랑하는 사람이 마법 같은 달빛 속에 조용히 앉아 있는 모습을 발견한다 해도, 그 모습이 이 장면에 너무도 잘 들어맞는 나머지 놀랍게 느껴지지 않을 것이다." 그리하여 로맨스 작가는 이러한 능력을 갖추어야 한다고 언급한다. "이런 사물들은 현실 세계에서 한 걸음 멀어져 상상의 세계로 더 가까이 다가가고 있다. … 그것을 진실처럼 보이도록 그려낼 수 없다면, 그는 로맨스를 쓰려는 생각을 버려야 한다."

종합하면 로맨스 작가는 상상에 현실을 가져와 그 둘을 잘 융합시킬 수 있어야 한다. 여기서 중요한 것은 현실 속에 상상을 가져오는 것이 아니라 상상 속에 현실을 가져온다는 점이다. 즉 작품 속에서 상상이 현실보다 더 중요한 요소이며, 이 상상을 받아들일 수 있게 만드는 것이 로맨스 작가가 해야 할 일이라는 것이다. 그런 상상이 활발하게 전개되는 주요 장면은 다음 일곱 가지를 들 수 있다. 헤스터가 세 차례에 걸쳐 처형대에 오르는 장면, 벨링엄 총독의 저택에서 벌어지는 일, 바닷가에서 이루어진 헤스터와 의사의 만남, 숲속에서 헤스터와 목사가 만나 일어난 일들, 목사 숙소와 근처 공동묘지에서 헤스터와 펄 그리고 딤스데일과 칠링워스 네 사람이 함께 있는 장면이다.

노블이 누가, 언제, 어디서, 무엇을, 어떻게, 왜라는 육하원칙을 따라가는 반면, 로맨스는 화자의 상상에 따라 얼마든지 이야기를 다르게 구성할 수 있다. 호손은 이러한 로맨스의 특징을 「세관」에서 여러 번 언급했으나 장편소설 『일곱 박공의 집』 서문에서 또다시 설명을 덧붙였다.

"소설이라는 양식은 … 인간 경험의 세세한 결을 모두 담아내는 것을 지향한다. 로맨스 역시 하나의 예술 작품으로서 이러한 원칙을 엄격히 따라야 하며, 인간 마음의 진실성을 잃어서는 안 된다. 다만 작가는 그 진실을 자신이 선택하거나 창조한 상황 속에서 상당 부분 펼쳐 보일 수 있는 자유를 지닌다. … 이를테면 빛을 밝게 하거나 부드럽게 하고, 그림자를 더욱 깊이 있게 만드는 등 상황적 장치를 활용할 수 있다. … 하지만 작가는 이러한 특권을 절제하여 써야 한다. 특히 초자연적인 요소는 독자에게 내놓을 요리의 주재료가 아닌, 금세 사라지는 미묘한 향신료처럼 은근히 가미하는 데 그쳐야 한다."

여기서 말하는 상황적 장치는 인물이 될 수도 있고 장면이 될 수도 있다. 그러니까 현실과 동떨어진 초현실적 이야기를 작품 속에 집어넣어 마치 현실인 것처럼 말할 수 있는 것, 바로 이것이 호손이 말하는 로맨스의 특징이다. 『주홍글씨』에서 로맨스의 특징을 잘 보여주는 대표 인물은 로저 칠링워스와 펄이다.

칠링워스는 악인답게 "왼쪽 어깨가 오른쪽 어깨보다 약간 더 올라간 기형"(제2장)인데, 그는 악마의 상징이자 딤스데일의 무의식에서 작동하는 죄의식으로 볼 수 있다. 칠링워스가 목사와 한 집에서 살고 있는 것으로 묘사되어 있지만 그 집이 실은 목사의 정신세계라고 본다면, 칠링워스는 죄의식을 빌미 삼아 목사를 끝없이 괴롭히는 악마적 생각과 강박적 죄의식 그리고 종교적 가책의 상징이다. 실제로 텍스트도 이렇게 설명하고 있다. "아서 딤스데일 목사가 기독교의 모든 시대에 걸쳐 나타난 남다른 거룩함을 지녔던 인물들과 마찬가지로, 로저 칠링워스의 모습으로 둔

갑한 사탄 혹은 사탄의 대리인에게 시달리고 있다는 의견이 널리 퍼져 있었다"(제9장). 이런 관점에서 보면 목사의 가슴에 생긴 붉은 글씨 A를 발견하는 칠링워스는 외부에 있는 인간인 동시에 목사의 내부에 있는 악마로서, 현실과 환상이 뒤섞인 인물의 전형이다. 다음 문장도 그것을 뒷받침한다. "그는 이제 가여운 목사의 내면세계를 그저 옆에서 관찰하는 구경꾼이 아니라 그 무대에 직접 참여하는 주연 배우가 되었다"(제11장). 그렇기 때문에 칠링워스가 헤스터와 딤스데일이 유럽행 배편을 예약한 사실을 알고 그 배편의 추가 승객으로 등록하여 헤스터 일행을 따라오는 상황 설정이 그리 기이하게 여겨지지 않는 것이다.

펄은 아직 선과 악이 분화되지 않은 몰도덕한 존재이다. 펄은 엄마인 헤스터 프린이 열정의 죄악을 저지르기 이전, 그러니까 헤스터의 내면에서 선과 악이 분화되지 않은 상태의 상징이며, 동시에 단죄 이후 헤스터의 심리 상태를 대변한다. 펄은 "내면세계라는 무대 위에서 자유롭게 변신"(제6장)하는 존재이다. 헤스터 자신도 펄이 어떤 존재인지를 명확히 알지 못한다. 그런 사정을 텍스트는 이렇게 설명한다. "'오, 하늘에 계신 아버지, 당신이 아직도 내 아버지시라면, 제가 지상에 내보낸 이 아이는 대체 어떤 존재란 말입니까!' 그러면 펄은 엄마의 외침을 들었는지 아니면 조금 더 미묘한 어떤 감각으로였는지, 그 생생하고 아름다운 작은 얼굴을 엄마에게 돌려 요정처럼 신비한 미소를 지어 보이고는 다시 놀이에 빠져들곤 했다"(제6장). 호손은 펄과 칠링워스가 딤스데일과 헤스터의 내면세계에 깊숙이 작용하고 있다는 것을 거듭 강조한다. 이 때문에 펄의 여러 언사는 헤스터의 무의식적 생각으로 읽으면 더 자연스럽게 이해할 수 있다. 단순히 어린아이의 무의미한 재잘거림으로 읽는다면 작품 전체를 이해하기가 어려워진다.

가령 제10장에서 펄은 이런 말을 한다. "가요, 엄마! 빨리 가요. 저기 늙은 마왕이 엄마를 잡아가려고 하잖아요! 마왕이 이미 목사님을 붙잡왔어요. 빨리 가요, 엄마, 안 그러면 엄마까지 잡아갈 거예요! 하지만 마왕도 펄을 잡지는 못할 거예요!" 어린 펄의 이러한 말은 일곱 살짜리가 일상에서 쉽게 할 수 있는 말이 아니다. 펄은 제16장에서도 마왕을 이렇게 언급한다.

"펄이 엄마의 겉옷을 붙들고서 반쯤은 진지하게 또 반쯤은 장난스럽게 엄마의 얼굴을 올려다보며 대답했다. '응, 마왕 이야기 말이에요. 마왕이 명부를 들고서 이 숲속을 자주 돌아다닌대요. 쇠 자물쇠가 달린 크고 무거운 명부 말이에요. 그리고 그 보기 흉한 마왕은 숲속에서 만나는 모든 사람한테 명부랑 쇠로 만든 펜을 내민대요. 사람들은 자기 피로 이름을 써야 한댔고요. 그러면 마왕이 그 사람들 가슴에다 자기 사람이라는 표시를 새긴대요! 엄마도 혹시 이 마왕을 만난 적 있어요?'"

어린아이가 또렷한 언어로 '마왕'을 정의 내린다는 것은 호손 특유의 로맨스 이론을 적용하지 않는다면 이해하기 어렵다. 이런 신비스러운 말을 몇 가지 더 살펴보자.

"펄이 물었다. '그럼 약속해주실래요? 내일 낮에 내 손이랑 엄마 손을 잡아주시겠다고요.'

목사가 말했다. '그때는 안 돼, 펄. 다른 때로 하자꾸나.'

펄이 고집스레 물었다. '다른 때 언제요?'"(제12장)

"'애야, 너는 엄마가 왜 이 글씨를 달고 있는지 그 이유를 아니?'

펄이 엄마의 얼굴을 바라보며 밝은 얼굴로 말했다. '잘 알아요! 목사님이 가슴에 손을 올려두는 것과 같은 이유잖아요.'"(제15장)

"아이는 시선을 돌려 엄마가 말한 곳을 내려다보았다. 그곳에 주홍글씨가 떨어져 있었다. 시냇물과 아주 가까운 곳이어서 황금빛 자수가 물결에 반짝였다.

헤스터가 말했다. '그걸 이리로 가져오렴!'

펄이 대답했다. '여기로 와서 집어 가세요!'

헤스터는 목사에게 나직이 말했다. '뭐 저런 애가 다 있을까?'"(제
19장)

일곱 살 아이가 각각의 상황에서 이런 말을 하기는 쉽지 않다. 이렇
게 다소 비현실적인 서술도 독자가 자연스럽게 받아들이는 것은 배후에
서 작용하는 로맨스 이론 때문이다. 다시 말해, 헤스터 프린의 의식 속에
서 흘러가는 생각을 어린 펄에게 맡겨 구체화했기 때문에, 상상과 현실
이 뒤섞인 장면도 독자에게 그럴듯하게 느껴지는 것이다.

『주홍글씨』에서는 이처럼 로맨스 기법이 여러 방식으로 작동한다.
작품 속의 두 콤비, 즉 헤스터와 펄 그리고 딤스데일과 칠링워스는 각자
별개의 인물이지만 동시에 한 사람의 의식과 무의식을 상징한다. 로맨스
이론의 범위를 더욱 확대하면 이 네 인물이 실은 호손이라는 작가 내부
에 있는 하나의 인격이 넷으로 분화되어 여성성과 남성성, 선과 악, 물질
과 정신을 대변하는 것으로도 파악할 수 있다. 제10장에 딤스데일과 의
사가 집에 함께 있을 때, 헤스터와 펄이 인근의 공동묘지를 걸어가는 모
습을 두 남자가 쳐다보는 장면이 나온다. 이 장면에 로맨스 이론을 적용
하면 호손 내부에 복잡하게 얽혀 있는 네 가지 성격이 한 장면에 응축된
것으로도 읽을 수 있다.

주홍글씨의 다양한 의미

하나의 단어나 사물로 여러 대상을 가리키는 서술 기법으로는 알레
고리(Allegory)와 상징(Symbol)이 있다. 알레고리는 "다른 것에 대해 말하
는 것"이라는 뜻을 가진 그리스어 단어 '알레고리아'(ἀλληγορία, allegoría)에
서 유래되었다. 알레고리는 주로 이야기 전체가 하나의 주제를 전달하기
위해 전개되며, A를 말하고 있으나 실제로는 B를 말한다. 가령 호손의
단편소설에 나오는 목사의 검은 베일이나 미녀 얼굴의 커다란 반점은 인
간의 악이라는 다른 의미를 말해주는 알레고리이다. 한편 알레고리 내의

각 요소는 명확한 의미를 지닌다. 영미권에서 가장 대표적인 알레고리 작품은 존 버니언의 『천로역정』인데, 여기에 등장하는 인물인 '자부심'이나 '허영'은 각자 다른 하나의 의미만을 가지고 있다. 이처럼 알레고리의 개념으로 판단한다면 『주홍글씨』의 칠링워스는 악, 딤스데일은 위선, 헤스터 프린은 여성 성욕의 알레고리가 된다. 헤스터 프린의 어린 딸 펄은 '살아 있는 주홍글씨'의 알레고리이다. 그러나 펄은 작품 속에서 선과 악이 아직 분화되지 않은 자연의 상태, 아름다움과 추함이 공존하는 상태, 헤스터 프린의 무의식에 깃든 생각 등 여러 가지 의미를 지닌다. 이렇게 되면 펄이라는 인물은 알레고리의 범위를 벗어나 다층적인 의미를 가지는 하나의 상징이 된다. 『주홍글씨』 속 여러 인물은 때로는 알레고리로 때로는 상징으로 작용하며, 이 때문에 작품은 더욱 복잡하고 신비한 효과를 빚어낸다.

주홍글씨 A가 지닌 깊은 의미는 '기표'(signifiant)와 '기의'(signifié)라는 언어학 개념으로 잘 설명할 수 있다. 기표는 눈에 보이는 표시나 글자를, 기의는 그것이 나타내는 의미를 뜻한다. 이 개념은 소쉬르라는 스위스 언어학자가 처음 제시했는데, 그에 따르면 어떤 표시(기표)와 그 의미(기의)의 관계는 사회가 임의로 정한 약속일 뿐, 필연적인 관계는 아니다. 더 중요한 점은, 하나의 표시가 단 하나의 고정된 의미만 가지면 그 표시는 더 이상 상징으로서의 힘을 잃는다는 것이다.

프랑스의 학자 자크 라캉은 한 논문에서 이를 에드거 앨런 포의 소설 「도둑맞은 편지」를 들어 설명한다. 이 소설에서 왕비의 편지를 훔친 장관이 왕비를 위협할 수 있는 이유는, 편지의 내용이 밝혀지지 않았기 때문이다. 아직 내용이 알려지지 않았기에 사람들은 그 편지에 여러 가지 의미를 상상할 수 있다. 하지만 일단 그 내용이 공개되면, 편지는 더 이상 왕비를 위협하거나 독자의 상상력을 자극할 수 없게 된다. 이처럼 하나의 표시나 상징은 여러 의미로 해석될 수 있을 때 가장 강력한 힘을 발휘한다.

이 개념을 『주홍글씨』의 주요 주제인 사랑이라는 기표를 통해 살펴보자. 사랑하는 남녀 사이에서는 상대방의 난처한 표정, 은밀한 시선, 애매한 몸짓, 망설임, 침묵, 농담이 모두 하나의 기표가 된다. 가령 농담을 예로 든다면, 너무 사랑하여 눈이 먼 사람은 그것을 정반대인 진담으로 받아들이기도 하고, 자신을 모욕하는 둔사로 받아들이기도 하고, 자신의 의중을 떠보려는 탐침으로 보기도 하고, 농담도 진담도 아닌 거짓말로 받아들이기도 한다. 이런 반응은 모두 농담이라는 하나의 기표를 두고 상황에 따라 달라지는 기의가 된다. 그리고 이렇게 의미가 달라지는 것은 남녀 간의 사랑이 너무나 복잡한 현상이기 때문이다. 이런 복잡한 심리적 반응이 칠링워스를 매개로 헤스터 프린과 딤스데일 사이에 오가고 있다.

알레고리이며 상징이며 기표인 주홍글씨 A는 많은 의미를 품고 있다. 본래 '간음한 여자'(Adulteress)의 첫 문자를 가리키는 A는 헤스터의 행동에 따라 바느질을 교묘하게 하는 여자 '기예가'(Artist)가 되기도 하고, 고통과 멸시를 겪으면서도 사람들을 돕는 '존경스러운 자'(Admirable)가 될 수도 있고, 딤스데일과는 달리 자신의 잘못을 적극적으로 인정하고 행동하는 '행위자'(Agent)를 뜻할 수 있고, 문제를 해결하기 위해 적극적으로 나서는 사람이라는 뜻에서 '유능함'(Able)을 의미할 수도 있다. 어린 펄을 안고 있는 장면에서 묘사된 것처럼 지극한 애정을 가진 '천사'(Angel)일 수도 있다. 실제로 이 작품은 헤스터 프린을 이렇게 묘사한다. "아름다운 여인과 그 품에 안긴 아이를 보며 무수한 유명 화가들이 서로 앞다투어 그려냈던 성모 마리아의 형상을 연상했을지도 모른다"(제2장).

또한 A는 인물이 아닌 상황을 상징할 수도 있다. 헤스터가 번민하는 딤스데일을 향해 유럽으로 도망치자며 권유하는 '모험'(Adventure)일 수도 있고, 노예무역을 하는 노예선이 건너오는 바다 '대서양'(Atlantic)일 수도 있고, 헤스터의 신분을 노예에 비유하면 노예제도를 철폐하자고 주장하는 '폐지론자'(Abolition)의 두문자가 될 수도 있다.

A는 헤스터가 아닌 딤스데일을 상징할 수도 있다. 자신이 저지른 죄업을 헤스터처럼 공개적으로 인정하지 못하고 자신의 체면을 먼저 생각하여 헤스터 뒤에 숨어버리고 번민하는 '고뇌하는 자'(Agonist)일 수도 있고, 자신의 입장에 대하여 아무런 말도 하지 못하는 상태를 가리키는 '실어증 환자'(Aphasic)의 두문자일 수도 있고, 익명의 상태 뒤로 숨는 '익명의 위선자'(Anonymous hypocrite)의 약자일 수도 있다. 의사 칠링워스에게 적용하면 A는 '복수하는 자'(Avenger)나 거머리처럼 딤스데일에게 달라붙어 그의 영혼을 갉아먹는 '악마'(Asmodeus)를 상징할 수도 있다. 어린 딸 펄의 경우 '몰도덕적 존재'(Amoral) 혹은 선인지 악인지 잘 구분되지 않는 '불가지不可知의 존재'(Agnostic)를 가리킬 수도 있다.

A라는 기표가 이처럼 많은 기의를 갖고 있다는 것은 무엇을 의미하는가? 그것은 A를 어느 하나의 의미로 고정시켜서는 안 되고 앞에서 제시한 여러 기의를 종합해야만 비로소 작품의 전체적 의미를 파악할 수 있다는 것이다.

러브 스토리—헤스터와 그리셀다

『주홍글씨』는 엄혹한 청교도 사회에서 벌어진 불륜의 죄업에 대한 속죄와 그에 따른 사회 복귀라는 다소 무거운 주제를 다룬다. 그러나 이 소설은 열정적 러브 스토리의 관점으로 읽을 수 있는 여러 가지 장치를 갖고 있다. 무엇보다도 자신의 사랑을 능동적이고 적극적으로 표현한 헤스터 프린이 눈에 띈다.

영국의 작가이자 문학평론가인 D. H. 로런스는 이 여주인공을 에덴 동산의 하와에 비유했다. 그러니까 하와가 뱀의 사주를 받아서 아담에게 선악과를 따 먹자고 유혹했던 것처럼, 헤스터가 먼저 딤스데일에게 열정의 사과를 따 먹자고 유혹했다는 것이다. 이렇게 본다면 칠링워스, 헤스터, 딤스데일은 각각 뱀, 하와, 아담에 대응한다. 이 소설은 그 둘의 열정이 완성되어 아이까지 태어난 상황에서 시작된다. 따라서 우리는 두 사람의 구체적 러브 스토리를 작품 속의 여러 사건으로 추측해야 한다. 특히 제17~19장에 걸쳐 두 사람이 숲속에서 만난 장면을 정독해보면, 주홍글씨로 단죄받기 이전의 연애 시절에도 헤스터가 사랑을 주도했을 것이라고 짐작해볼 수 있다. 무엇보다도 그녀는 목사에게 청교도 사회를 탈출하여 유럽으로 돌아가 새 삶을 시작하자고 제안하면서 앞으로 벌어질 사건을 주도하려는 모험적 여성의 면모를 보여준다.

헤스터는 "당시 대서양 건너편에서는 이미 널리 퍼져 있던 사상의 자유"(제13장)를 받아들인 여성이었다. 사상의 자유는 곧 사랑의 자유를 의미하는 것이었고, 강건한 성격을 지닌 헤스터는 자신이 적극적으로 실천한 사랑을 전혀 후회하지 않는다. 그 때문에 가혹한 징벌을 받았으나 묵묵히 견뎌냈다. 헤스터는 "저는 저의 고뇌뿐 아니라 그의 고뇌까지도 견뎌내고 싶어요!"(제3장)라고 말한다. 그녀는 첫 번째 처형대 장면에서 아이의 아버지가 누구인지 말하기를 거부했고, 벨링엄 총독 저택에서 아이를 맡아 기르겠다고 간청할 때에도 목사의 정체를 감추어주었으며, 두 번째 처형대 장면에서 목사의 초췌한 모습을 보고 심한 연민을 느끼고는 그를 구제하기 위해 칠링워스를 만나 비밀을 유지하기로 한 약속을 더는 지킬 수 없다고 단언했고, 그 후 숲속에서 목사를 만나 그동안의 경과를 말해주고 함께 도망가자고 할 때에도 자신의 자유사상과 강력한 사랑을 다시 한번 표현했다. 그리고 세 번째 처형대 장면에서 목사가 숨을 거두자 다들 보는 데서 그를 품에 껴안으며 자신의 사랑을 드러내 보인다. 그녀는 유럽으로 건너갔다가 자신의 딸 펄이 결혼하자 다시 보스턴으로 돌아와 끝까지 선행하는 삶을 이어나간다. 헤스터는 어째서 보스턴으로 돌아왔을까? 아마도 자신이 목사를 죽게 만들었다는 부채 의식 때문이었을 것이다. 딤스데일이 세 번째 처형대 장면에서 생을 마감할 때 같이 죽고 싶었으나 아이 때문에 그렇게 하지 못했으니, 늦게라도 돌아와 사랑의 빚을 두고두고 갚으려 했을 것이다. 여기서 헤스터의 비극적 사랑이 드러난다. 그녀가 이런 모진 시련을 모두 견딜 수 있었던 결국 사랑의 힘 덕분이었던 것이다.

헤스터의 사정을 좀 더 설명해보자면, 그녀는 어린 나이에 늙은 남편을 만나 애정 없는 결혼 생활을 했다. 그마저도 바다 건너에서 서로 떨어져 지낸 데다가 생사조차 알 수 없는 상황에서 수려하고 선량해 보이는 목사에게 마음이 끌렸을 것이다. 그렇게 해서 두 사람 사이에 사랑이 피어나고 열정이 불타올라 결국 아이를 갖게 되었고, 그녀는 자신의 행위에 책임지겠다고 각오한다. 그 후에 벌어진 일이 모두 자신의 열정 때문이라고 보아 딤스데일 목사를 힘껏 보호하려 한다. 내심 자신의 사랑에 무슨 잘못이 있는가 항의하고 싶은 마음도 있었을 테지만 자신이 저지른 일이니 끝까지 책임지겠다는 태도로 운명과 맞선다. 이처럼 강인한 성격의 소유자인 헤스터가 자신의 열정을 먼저 표시했을 가능성이 높다. 딤스데일이 욕망에 굴복했을 것이라고 보는 시각도 있으나 그는 신앙심이 아주 두터운 목사였으므로 먼저 나서서 헤스터를 유혹했다고 보기는 어렵다.

헤스터는 이처럼 목사의 체면과 생명을 지키려고 애쓰며 자진해서 엄청난 희생을 떠맡는다. 이러한 희생의 측면에서 자연스럽게 그리셀다를 떠올리게 된다. 「그리셀다 이야기」는 조반니 보카치오의 소설 『데카메론』의 맨 마지막에 나오는 작품이다. 제프리 초서도 『캔터베리 이야기』에서 그리셀다 이야기를 다시 소개하고 있다.

살루초의 후작 갈티에리는 비천한 농부의 딸이지만 용모가 아름다운 그리셀다를 아내로 맞는다. 후작은 결혼에 앞서 그리셀다로부터 남편에게 절대 복종하겠다는 맹세를 받아내고는, 결혼 후 그 맹세를 시험하기 위해 일부러 아내에게 가혹한 시련을 부과한다. 그녀가 낳은 남매를 어릴 때부터 엄마 품에서 떼어내 볼로냐에 있는 친척 집에 맡기고는 아이들이 모두 죽은 척한다. 그러고는 그리셀다의 신분이 너무 낮아서 후작의 배우자로는 어울리지 않으니 귀족 집안의 규수와 다시 결혼하겠다며 농부인 아버지에게 되돌아가라고 한다. 그리셀다는 이 모든 것을 아무 불평 없이 받아들인다.

후작은 그런 그녀에게 궁으로 다시 돌아와 어린 신부를 맞이할 준비를 도우라고 명한다. 모든 준비를 마친 뒤 그리셀다는 후작에게, 자신은 천한 농가에서 태어나 모진 시련을 견뎌낼 수 있었지만, 새로 오는 신부는 지체 높은 규수이니 이런 가혹한 시련을 부과하지 않았으면 좋겠다고 말한다. 이제 그리셀다의 완전한 복종을 확신한 후작은 오늘 맞이할 여인이 실은 그리셀다의 딸이라고 밝히며, 이야기는 그리셀다가 자녀와 재회하고 후작과 결혼 생활을 이어가는 것으로 끝난다.

그리셀다는 남자가 무슨 행동을 하든 다 감내하고 따르는 여자를 가리키는 대명사가 되었다. 독자가 그리셀다의 모습에서 읽어내는 면모는 크게 두 가지이다. 하나는 지극한 사랑이고, 다른 하나는 맹목적이고 지나친 순종이다. 오늘날의 페미니스트 비평가들은 후자의 관점으로 그리셀다 이야기가 남성 우월주의자들의 판타지에 지나지 않는다고 맹공을 퍼붓는다. 여성의 복종과 인내를 도덕적 요소로 보는 시대적 관점이 그리셀다의 초인적인 복종으로 그려졌다는 것이다. 마찬가지로『주홍글씨』의 헤스터가 딤스데일을 대신하여 모든 것을 감당하고 평생 주홍글씨를 가슴에 달고 살아간 것은 그리셀다 같은 완전한 복종을 바라는 남성적 판타지일 뿐, 전혀 현실성이 없다고 평가하기도 한다. 만약 호손이 이런 여성을 미덕의 전범으로 제시할 생각이었다면 그것은 여성을 제대로 이해하지 못한 남성 우월주의적 시각에서 나왔다는 것이다.

그러나 헤스터의 행동을 전자의 관점에서 본다면, 이것은 자신이 진심으로 사랑한 남자에게 할 수 있는 모든 것을 다 바친 지극한 러브 스토리이다. 그리셀다가 희생을 일방적으로 강요당하는 여자라면, 헤스터는 희생을 적극 수용하는 여자이다. 이렇게 보면 청교도 사회에서 자신의 사랑을 적극적으로 표현하고 끝까지 책임진 헤스터 프린은 잔 다르크만큼 혁명적이고, 호손 시대의 제인 에어보다 더 용감한 여성이다. 앞서 언급했듯 그녀가 딸을 유럽에서 결혼시키고 다시 보스턴으로 돌아온 것은 자신이 파멸시킨 남자 옆으로 돌아가겠다는 책임 의식 때문이었다. "땅에서 넘어진 자, 땅을 짚고 일어서야 한다"라는 말이 있는데, 자신의 죄업이 벌어진 곳으로 돌아와 그것을 완벽히 씻어내려 했던 것이다. 헤스터는 한평생 제18장에 자세히 설명된 완벽한 사랑을 실천했다.

"갓 태어났든, 죽음 같은 잠에서 막 깨어났든, 사랑은 언제나 햇빛을 만들어내어 인간의 가슴을 그 광채로 가득 채우고는 바깥 세상으로 넘쳐 흐른다."

제13장에는 그녀의 심리를 이렇게 묘사한 대목이 나온다. "그날 밤 뜬눈으로 지새우며 딤스데일 목사를 만난 일은, 헤스터에게 새로운 깨달음을 주었고 어떤 희생을 치르더라도 이루고 싶은 새로운 목표를 가져다주었다." 이것이 사랑의 마음이 아니라면 무엇일까? 이 때문에 우리는 헤스터의 모든 행위가 일방적 희생이 아니라 진정한 사랑이었다고 추론할 수 있다.

그런데 여기서 이런 의문이 생긴다. 호손이 과연 그런 '러브 스토리'를 들려주기 위해 『주홍글씨』를 쓴 것일까? 그것이 작가의 의도인지 어떻게 아는가? 이러한 독법에는 한 가지 문학적 전례가 있다.

안톤 체호프(1860-1904)의 단편소설 「귀여운 여인」은 올렌카라는 여인의 인생 유전을 다룬다. 올렌카는 만나는 남자마다 지극한 사랑을 바치기 때문에, 혹은 그들의 비위를 너무 잘 맞추기 때문에 '귀여운 여인'이라는 수식어가 따라다닌다. 이 말은 중의적인 문구로서 '남자의 비위만 맞추고 사는 주체성이 전혀 없는 여자'라는 암시가 담겨 있다. 다시 말해 그런 여성상을 비판하는 체호프의 생각이 암시되어 있다는 것이다.

그러나 톨스토이는 올렌카를 순수한 사랑의 전형으로 바라본다. 그는 이를 설명하기 위해 성경 속 한 이야기를 든다. 「민수기」 22~23장에는 모압의 왕 발락이 이스라엘의 세력 확장을 두려워한 나머지, 박수(남자 무당) 발람을 불러 이스라엘을 저주해달라고 청하는 대목이 나온다. 발람은 제단 일곱을 쌓고 제물을 바친 뒤 저주의 말을 하려 하지만, 신의 뜻에 따라 오히려 축복의 말을 하고 만다.

톨스토이는 이를 체호프의 「귀여운 여인」과 연결 짓는다. 체호프가 남성에게 순종하는 여성상을 '귀여운 여인'이라 칭하며 비판하고, 여성의 권리 주장을 강조하려 했다지만, 실제로는 순수한 여인의 사랑을 찬미하고 있다는 것이다. 톨스토이는 올렌카가 사랑하는 이를 위해 자신의 전부를 바칠 수 있는 거룩한 능력을 지녔다고 보았고, 그런 헌신적 사랑에 감동받아 눈물 흘렸다고 한다. 마치 발람이 저주하려다 축복한 것처럼, 체호프도 올렌카를 비판하려 했으나 도리어 그녀를 찬미하게 되었다는 해석이다.

여기서 우리는 흥미로운 결론에 도달한다. 톨스토이는 체호프가 올렌카를 비판하려 했다고 인정하면서도, 작가의 의도와는 정반대로 그녀를 긍정적으로 보는 해석이 더 옳다고 주장한다.

이러한 독자 중심 읽기는 『주홍글씨』에도 그대로 적용할 수 있다. 이 작품은 주로 청교도 시대 보스턴 사람들이 냉엄한 교리에 매달려 인간성을 말살하는 모습을 묘사한 작품으로 읽혀왔다. 그런 만큼 과연 호손이 러브 스토리를 의도하고 이 소설을 썼겠는가 하는 의문이 제기될 법하다. 그런데 훌륭한 소설은 어느 한 가지 주제로 수렴되지 않으며, 여러 주제를 동시다발적으로 변주한다.

"소설을 읽을 때 소설가를 믿지 말고 소설 속의 이야기를 믿으라"는 문학적 격언이 있다. D. H. 로런스는 『미국 고전문학 연구』 서문에 이러한 주장을 폈다. "작가는 보통 하나의 주제를 설정하고 이에 따라 작품을 써나간다. 통상적으로 이렇게 하는 것이 지금까지의 관습이었다. 그러나 작가가 말하려는 주제와 텍스트 속의 이야기는 전혀 상반되는 방향을 취하는 경향이 있다. 절대로 예술가를 믿지 말라. 오로지 텍스트만을 믿어라. 비평가의 올바른 기능은 작가와 텍스트를 완전히 구분하는 것이다."

따라서 우리는 『주홍글씨』를 청교도 사회의 시대상과 정반대로 향하는 러브 스토리, 즉 여성이 적극적으로 자신의 열정을 표현하고 실천하며 그에 따르는 결과마저도 책임지는 강력한 러브 스토리로 읽을 수 있다.

누가 주인공인가?

『주홍글씨』는 발표 당시부터 청교도 시대를 살아가는 여성 헤스터의 자유와 반항을 다루는 작품으로 평가되어왔다. 이런 관점에서 보면 이 작품의 주인공은 당연히 헤스터가 된다. 그러나 앞에서 살펴본 것처럼 주홍글씨 A는 작중의 모든 주요 인물에게 적용할 수 있다. 그리하여 이 작품의 진정한 주인공이 헤스터가 아닌 딤스데일이라고 해석할 수도 있다.

헤스터와 딤스데일 두 사람은 같은 죄를 공유하고 있으나 헤스터의 비밀은 만천하에 드러난 반면 딤스데일의 비밀은 철저히 은폐되어 있다. 결국 소설은 은폐된 비밀이 어떻게 폭로될 것인가 하는 문제를 축으로 움직이고 있다. 딤스데일이 자신의 위선과 맞닥뜨리는 상황은 작품 후반으로 갈수록 점점 더 강도가 세어지고, 경건함과 위선 사이에서 엄청난 심리적 소용돌이를 일으킨다. 먼저 처음으로 처형대에 오른 헤스터에게 죄를 함께 저지른 자가 누구인지 묻는 딤스데일 목사의 모습은 위선의 극치이다. 자신이 범인이면서 상대방에게 범인을 밝히라고 설득하면서 그는 지독한 수치를 느꼈을 것이다. 벨링엄 총독의 집에서 헤스터를 변호할 때도 마찬가지이다. 여기서도 마치 자신은 그녀가 겪은 불행과 아무 상관도 없다는 듯이 행동한다.

이처럼 자신의 위선을 상기시키는 상황을 자꾸 겪게 되자 마침내 두 번째 처형대 장면에서는 한밤중에 자신의 죄악을 고백하려다 실패하고 만다. 그렇게 하지 않고서는 자신을 옥죄어오는 강박적 죄의식을 도저히 물리칠 수가 없었던 것이다. 그리고 마지막으로 세 번째 처형대 장면에서 모든 보스턴 시민들이 지켜보는 가운데 자신의 죄를 고백하고 숨을 거둔다. 드러나야 할 것이 마침내 드러나고 만 것이다. 이렇게 딤스데일의 심리 드라마가 세 번의 처형대 장면을 거치며 뒤로 갈수록 긴박하게 전개된다. 헤스터와 견주어볼 때 딤스데일은 겉으로는 거룩하지만 실제로는 위선을 감추며 괴로워하는 심약한 사람이다. 그는 불행한 사태가 결말을 맞을 때까지 자신이 악마의 손에 넘겨졌다고 믿으며 스스로 만든 내면의 지옥에서 악을 행하는 위선자로 고통스러운 형벌을 받는다.

악은 문학에서 다루는 아주 중요한 주제이다. 프랑스 작가 앙드레 지드는 『도스토옙스키론』에서 "좋은 감정만으로는 나쁜 문학이 될 뿐이다"라고 말했다. 도스토옙스키가 뛰어난 작가가 될 수 있었던 것은 인간 심리의 극단적 반전을 파고들었기 때문이다. 그는 열등감이 우월감으로, 자기비하가 자만으로, 겸손이 오만으로 뒤바뀌는 순간을 포착했고, 천사 같은 선과 극단적인 악이 충돌하는 장면을 그려내며 강렬한 극적 효과를 만들어냈다. 선한 것만 다루면 평범한 이야기에 그치고 만다는 것이다. 그래서 지드는 "악마의 도움 없이는 진정한 예술 작품은 탄생할 수 없다"고 덧붙였다.

지드의 이론을 적용하면 딤스데일이 내적 악마와 벌이는 치열한 싸움은 『주홍글씨』에서 가장 중요한 심리적 드라마이다. 작품 전반에 자신의 죄업을 죽음으로만 갚을 수 있는 사람의 고뇌가 소용돌이처럼 강력하게 휘몰아친다. 특히 작품 후반부에서는 딤스데일이 그 고뇌를 어떻게 탈출할 것인가 하는 문제가 핵심 화두로 떠오른다. 이렇게 볼 때 딤스데일을 소설의 진정한 주인공으로 보는 관점도 나름 타당하다.

호손은 자신의 내면에서 죄의식과 싸우며 깊은 고뇌를 여러 차례 겪었을 것이다. 직접적인 체험이 아니더라도, 그의 조상이 마녀재판에 관여했다는 사실은 평생 그를 죄책감에 시달리게 했고, 이는 죄와 구원이라는 주제에 천착하게 만들었다. 이런 개인적 체험이 있었기에 딤스데일의 깊은 죄의식을 이토록 생생하게 그려낼 수 있었을 것이다.

『주홍글씨』를 쓰면서 호손은 자신의 죄의식을 하나의 이야기로 풀어냈고, 이야기가 지닌 치유의 힘으로 내면의 고통을 견딜 만한 것으로 바꾸어냈을 것이다. 아무리 괴로운 일도 일단 이야기로 만들어내면 어느 정도 극복할 수 있게 되기 때문이다. 마치 가슴 아픈 사연을 누군가에게 털어놓는 것만으로도 위안을 얻는 것처럼 말이다. 이 소설을 읽는 독자 역시 딤스데일의 내적 갈등과 그 해소 과정을 따라가며, 자신의 비슷한 아픔이 덜어지는 듯한 카타르시스를 경험하게 된다.

『주홍글씨』의 주제와 문학적 성취

과거에 『주홍글씨』의 주제는 이렇게 이해되어왔다. 헤스터는 본인의 열정 때문에 목사를 파멸의 길로 이끌었을 뿐 아니라 죽음에 이르게 했다. 그녀는 합법적 결혼의 의무와 신성함을 저버렸고, 오로지 자신의 야성적 열정에만 충실하여 결혼이라는 평생 지속되어야 마땅한 계약을 우습게 만들었다. 따라서 그녀는 주홍글씨를 가슴에 달고 자신의 죄업을 평생 속죄하며 살아가야 한다. 그리고 여성들은 이러한 사례로부터 결혼 이외의 열정적 관계가 얼마나 위험한지 뼈저린 교훈을 얻어야 한다.

이런 권선징악적 주제는 오늘날 힘을 잃은 전통적 접근이다. 이 밖

낡은 목사관 호손의 서재

에 이 작품의 문학적 성취는 선과 악이 공존하는 인간 본성의 적확한 묘사, 비극적인 러브 스토리의 완성, 여성성과 사회의 억압에 대한 성찰, 뛰어난 심리 로맨스의 구축 등을 들 수 있다. 앞의 세 가지는 이미 앞에서 설명했으므로, 여기서는 심리 로맨스를 더 자세히 다루었다.

이 소설은 현실과 환상이 절묘한 조화를 이룬 작품이다. 비유적으로 표현하면 비 오는 날 전선 위에 피어오르는 보라색 불꽃을 찰나에 포착한 것과 비슷하다. 전선(현실)에 물(환상)이 스며들어 보라색 불꽃이 피어오른 것인데, 이때 주된 힘을 발휘하는 것은 현실이 아닌 환상이다. 물이 스며들지 않으면 전선에는 보라색 불꽃이 일지 않는다.

『주홍글씨』에서도 환상이 현실보다 더욱 강한 힘으로 작용한다. 영국의 시인이자 비평가 새뮤얼 콜리지는 '팬시'(fancy)와 '이매지네이션'(imagination)을 구분하여 팬시는 일회적이고 산만한 것, 이매지네이션은 조직적이고 유기적인 것이라고 정의했다. 호손의 환상은 팬시의 수준을 넘어서서 이매지네이션의 수준에 도달했다.

환상과 현실이 뒤섞이는 구체적 지점은, 우선 「세관」에서 이 소설은 검사감독관 퓨의 원고를 바탕으로 가필한 것이며 지어낸 게 아니라고 서술하는 부분을 들 수 있다. 이것은 객관적 사실이 아니라 호손이 지어낸 이야기이다. 그에 반해 세일럼 세관은 분명 존재하고 또 호손이 실제로 근무했던 곳이다. 바로 여기서 환상은 현실을 자기 안으로 가져와 기묘하게 뒤섞는다. 또한 히빈스 부인을 마녀로 묘사하는 대목도 실제인지 환상에 불과한지 모호하게 처리되어 있다. 두 번째 처형대 장면에서 밤하늘에 천상의 글씨 A가 나타난 사건도, 먼저 사실인 것처럼 기술한 뒤 사실이 아닐 수도 있다는 듯 에둘러 서술한다.

"그래서 우리는 목사가 밤하늘에서 보았다는 붉은 테두리의 거대한 문자 A를, 그의 병든 마음이 만들어낸 환영으로밖에 볼 수 없다. 실제로는 구름 장막을 뚫고 희미하게 타오르는 유성이 그 모습을 드러냈을 뿐이리라. 하지만 그것은 목사의 죄책감이 덧칠한 환영과는 전혀 다른 것이었고, 그 형체가 뚜렷하지 않았기에 다른 죄인이 보았다면 전혀 다른 상징으로 읽어냈을 것이다"(제12장).

이처럼 환상과 현실의 경계가 불분명한 부분에서 화자는 'A는 B다'라고 단정적으로 이야기하지 않고, 사람들 사이에 떠도는 말을 옮겨놓는 식으로 서술한다. 지어낸 이야기와 실제 있었던 이야기의 경계선상을 아슬아슬하게 걸어가고 있는 것이다.

소설가 이병주는 "햇빛에 바래면 역사가 되고 달빛에 물들면 신화가 된다"라고 했는데, 『주홍글씨』야말로 달빛에 물든 신화이다. 작품 속에서 총 세 번 반복되는 처형대 장면 가운데 두 번째 장면은 유일하게 한밤중에 전개된다. 이것은 헤스터와 펄, 딤스데일이 함께 처형대에 오르고 밤하늘에 불타는 A가 그려지며 한낮에 함께 설 수 없는 이들이 한낮 같은 순간을 맞이하는 획기적이며 환상적인 순간이다. 작가는 일부러 환상이 더 큰 힘을 얻는 야간을 배경으로 선택했다. 이리하여 작품 전체가 환상의 주도 아래 환상과 현실이 교묘하게 뒤섞이는 분위기를 얻어냈다.

주홍글씨의 궁극적 환상은 무엇일까? 그것은 호손이라는 한 소설가의 내면에 존재하는 남성성과 여성성, 자유민과 노예, 흑인과 백인, 악마와 죄인 등 선악과 시비가 혼재하는 복잡한 심성이 만들어낸 광경이다. 호손은 「세관」에서 설명한 로맨스 기법으로 미로처럼 뒤얽힌 개인의 심리를 묘사한다. 현실 같기도 하고 꿈 같기도 한 경계선 위에서 아슬아슬한 줄타기를 벌이면서도 그는 결코 땅에 떨어지는 법이 없다.

『주홍글씨』의 뛰어난 성취는 그의 다른 장편소설들과 비교해보면 더욱 분명해진다. 가령 『일곱 박공의 집』의 핀천 판사가 의자에 앉아 갑작스럽게 죽음을 맞는 설정, 『블라이드데일 로맨스』의 홀링스워스가 초자연적인 힘을 가진 것처럼 묘사하는 서술, 『대리석 목신상』에서 미리엄을 쫓아다니던 수상한 남자가 돌발적으로 사라지는 장면 등은 환상이 작동할 기반을 단단하게 다지지 못하고 현실 속으로 갑자기 끼어드는 바람에 로맨스의 기능이 제대로 발휘되지 못한다. 더 나아가 『일곱 박공의 집』 끝부분에서 앙숙으로 지내던 두 집안의 후손이 결혼으로 맺어진다는 밝은 요소를 의식적으로 삽입해 부자연스러운 결말을 맞는 것, 『블라이드데일 로맨스』에서 주관적 관점에 따른 자기중심적 서술로 어떤 것도 명쾌하게 밝히지 않은 채 독자의 추측에 맡기는 것, 『대리석 목신상』에서 저자가 의도했던 자연 상태의 이상적 인간을 보여주지 못하고 더욱 부자연스러운 인물을 만들어냈을 뿐 아니라 주제와 상관없는 불필요한 이야기를 지나치게 많이 늘어놓은 것 등은 환상이 현실 속에서 맥을 추지 못하는 구체적 사례이다. 등장인물을 보더라도 『블라이드데일 로맨스』의 제노비아는 자기기만에 빠져 있고, 『대리석 목신상』의 미리엄은 낭만적 맹목성을 보여줄 뿐이다.

이에 비하여 『주홍글씨』는 환상과 현실이 탁월한 균형을 이룬다. 가슴에 새겨진 A, 천상에 그려진 A, 어린 펄이 엄마에게 하는 말, 칠링워스의 이해하기 어려운 태도 등은 독자의 불신을 불러일으킬 만한 요소이긴 하나, 작품 속에 교묘하게 스며든 환상 덕분에 우리는 허구의 이야기를 그럴듯하게 받아들인다. 현실과 환상의 경계선을 자유로이 넘나드는 구조 때문에 불신에 빠졌다가도 설득력 있는 심리 로맨스에 매혹되어 다시금 믿음을 회복하는 것이다. 불신과 믿음이 공존하기 때문에 작가가 구축한 심리 로맨스의 효과가 더욱 절절하게 다가온다.

『주홍글씨』를 읽는 내내 우리는 작가가 창조한 환상의 세계가 합리적 필연성을 갖추고 있음을 느낀다. 소설은 본질적으로 허구의 형식을 띠지만, 독자가 진실처럼 받아들이는 순간 그 허구는 서사적 진실로 변모한다. 이 작품은 죄와 속죄, 선과 악, 억압과 자유 등이 공존하는 인간의 내면을 생생히 보여준다. 이를 통해 우리는 눈에 보이는 것이 전부가 아님을 깨닫게 되고, 이러한 인식은 우리에게 세계를 바라보는 새로운 시야를 열어준다. 음악이 연주됨으로써 비로소 완성되듯, 문학 또한 삶 속에서 실천되어야 한다. 호손의 『주홍글씨』를 통해 "다른 곳의 시민"이 된 우리가 유한한 자아를 넘어 더욱 넓은 시야로 세계를 바라볼 때, 문학은 비로소 우리 삶 속으로 배어들기 시작할 것이다.

너새니얼 호손 연보

1804년

7월 4일 매사추세츠주 세일럼의 유니온 거리 27번지에서 너새니얼 호손이 태어났다. 부모는 엘리자베스 클라크 매닝과 호손으로, 그는 1남 2녀 중 둘째였다. 2살 위의 누나 엘리자베스는 1802년 3월에 태어났는데, 당시 21세였던 어머니는 임신한 상태에서 결혼했다. 일부 연구자들은 이런 어머니의 경험이 『주홍글씨』(The Scarlet Letter)의 헤스터 프린의 모티프가 되지 않았을까 추측한다. 호손 아래로는 4살 아래 여동생 마리아 루이자가 있었다.

1808년(4세)

외항선 선장이던 아버지가 네덜란드령 기아나(현 수리남)에서 황열병으로 세상을 떠났다. 7년간의 결혼 생활 중 아버지가 집에 머문 시간은 고작 7개월이었다. 여동생 루이자는 아버지 사망 4개월 전에 태어났다. 어머니는 세 아이를 데리고 친정인 매닝 가로 돌아가 오빠 로버트의 보살핌을 받으며 살았다. 외삼촌 로버트는 호손에게 정신적 아버지가 되어주었다.

당시 28세였던 어머니는 남편과 사별한 뒤 평생 검은 옷만 입었고 말수가 적었다. 엄격한 청교도 집안이었던 호손 가에서는 그녀의 혼전 임신을 못마땅히 여겼고, 이후 태어난 아이들까지도 의심의 눈초리를 보냈다고 한다.

1813년(9세)

일찍 과부가 된 어머니, 그를 향한 친가의 의심 그리고 자신의 허약한 체질 등이 어우러져 훗날 『주홍글씨』에서 드러나는 호손 특유의 어두운 내면이 형성되었다. 또한 어머니와 누나, 여동생으로 둘러싸인 환경은 그의 섬세한 감성을 키웠다. 후일 보든 대학 동창인 시인 헨리 워즈워스 롱펠로는 호손과 대화하면 마치 여성과 이야기하는 듯한 느낌이 든다고 평했다.

11월, 학교에서 공놀이 중 다리를 다쳐 몇 달간 요양하면서 독서에 몰두했고, 이는 평생의 취미가 되었다. 존 버니언의 『천로역정』, 스펜서의 『선녀여왕』을 즐겨 읽었고, 초자연적이고 섬뜩한 이야기가 담긴 고딕 소설도 탐독했다.

1816년(12세)

가족과 함께 메인주 레이먼드의 별장에서 사냥과 낚시를 즐겼다. 당시 호손 가는 외할아버지의 유산으로 생계를 이어갔다.

1818년(14세)

10월에 레이먼드로 이사해 9개월간 머물렀다. 이 시기에 성경과 셰익스피어 작품을 깊이 읽었는데, 이런 영향은 『주홍글씨』 곳곳에서 변주된 인용문으로 나타난다.

1819년(15세)

7월, 세일럼 외가로 돌아와 외삼촌 로버트의 보호 아래 학업을 이어갔다.

1820년(16세)

여동생 루이자와 함께 동네 신문 『스펙테이터』를 발행했다.

1821년(17세)

10월, 메인주 브런즈윅의 보든 대학에 입학했다. 외가와 가깝고 학비가 비교적 저렴한 곳이었다. 평생 친구가 된 프랭클린 피어스(후일 미국 대통령), 든든한 후원자가 된 해군 장교 호레이쇼 브리지, 시인 헨리 워즈워스 롱펠로가 동급생이었다.

1825년(21세)

9월에 보든 대학을 졸업했다. 38명 중 18등으로 평범한 성적이었다. 졸업 후 세일럼의 매닝 가로 돌아와 가족들과 함께 지내며, 이후 12년간 직업 없이 오로지 독서와 창작에 몰두했다. 이 시기에 그가 도서관에서 빌려 읽은 책만 1,200권에 달했다. 특히 1600년대 보스턴 지역사에 깊은 관심을 보여, 인크리스 매더의 『빛나는 섭리』, 코튼 매더의 『미국에서의 그리스도의 위업』, 칼렙 스노의 『보스턴 역사』, 조지프 펠트의 『세일럼 연대기』, 윈스럽 총독의 『일기』 등을 탐독했다.

1828년(24세)

첫 장편소설 『팬쇼』(*Fanshawe: A Tale*)를 익명으로 출간했다. 보든 대학 시절을 소재로 한 이 소설은 자비 100달러를 들여 출간했으나, 후에 모두 회수해 절판시켰다. 하지만 이 작품이 매사추세츠 연방 의원 출신 새뮤얼 굿리치의 눈에 들어, 그의 연간지 『더 토큰』 에 단편 22편을 익명으로 발표하는 계기가 되었다.

1830년(26세)

『세일럼 가제트』에 「앤 허친슨」(*Anne Hutchinson*) 같은 인물 스케치와 「세 언덕의 분지」 (*The Hollow of the Three Hills*) 같은 단편을 실었다.

1831~1836년(27~32세)

5년간 『더 토큰』에 작품을 꾸준히 발표했다. 「내 고향 땅의 일곱 이야기」(*Seven Tales of My Native Land*), 「향토 이야기」(*Provincial Tales*), 「한 노파의 이야기」(*The Story Teller*)를 묶어 출 간하려 했으나 출판사를 구하지 못했다.

1836년(32세)

『유익하고 재미있는 지식을 다루는 미국 잡지』를 편집했다. 새뮤얼 굿리치의 어린이용 피터 팔리 시리즈 중 『지리에 바탕을 둔 만국사』(*Universal History on the Basis of Geography*) 를 출간했다.

1837년(33세)

첫 단편집 『두 번 들은 이야기』(*Twice-Told Tales*)를 출간했다. 굿리치가 출판을, 호레이쇼 브리지가 재정을 맡았다. 「얌전한 아이」(*The Gentle Boy*), 「웨이크필드」(*Wakefield*), 「메리마 운트의 오월제 기둥」(*The May-Pole of Merry Mount*), 「목사의 검은 베일」(*The Minister's Black Veil*) 등 18편의 걸작이 실렸다. 같은 해 프랭클린 피어스의 주선으로 찰스 윌크스 대령 의 미국 탐사대 기록담당자 자리에 추천되었으나 성사되지 않았다. 11월에는 세일럼 치 과의사의 딸 소피아 피바디를 만났다. 『두 번 들은 이야기』의 열한 독자였던 그녀의 언니 엘리자베스의 소개로 만남이 시작되었다.

1838년(34세)

존 L. 오설리번이 창간하고 편집한 『미국 잡지와 민주 리뷰』에 단편을 발표하기 시작했다. 여름에는 2개월간 매사추세츠 서부에서 시간을 보냈고, 소피아 피바디에게 적극적으로 구혼하기 시작했다.

1839년(35세)

보스턴 세관에 검사관으로 발령을 받았다. 민주당 집권과 엘리자베스 피바디의 추천으로 이루어진 임용이었으며 연봉은 1,100달러였다. 단편집 『얌전한 아이: 세 번 들은 이야기』(The gentle boy: a thrice told tale)를 출간했다. 이 단편집의 삽화는 소피아 피바디가 맡아 그렸으며 같은 해에 그녀와 약혼했다.

1840년(36세)

어린이용 역사 스케치 모음집인 『할아버지의 의자』(Grandfather's Chair)를 출간했다.

1841년(37세)

1월에 보스턴 세관을 그만두고 세일럼으로 돌아왔다. 조지 리플리를 비롯한 초월주의자들이 설립한 공동체 농장 '브룩팜'의 주식을 500달러어치 매입하고 합류했다. 소피아와 결혼한 뒤 그곳에서 살아갈 생각이었으나 호손은 4월부터 11월까지 반년 정도 기거하다가 곧 공동체를 떠났다. 이 체험은 후일 『블라이드데일 로맨스』(The Blithedale Romance)의 밑바탕이 되었다. 두 권의 아동 도서 『유명한 노인들』(Famous Old People)과 『자유의 나무』(Liberty Tree)를 출간했다.

1842년(38세)

1월에 『두 번 들은 이야기』 증보판을 출간했다. 7월 9일 소피아와 결혼하여 콩코드의 '낡은 목사관'으로 이사했다. 이곳은 에머슨이 살았던 집으로, 미국 독립 전쟁의 첫 전투지와 가까웠다. 소로가 신혼부부를 위해 텃밭을 가꿔주기도 했다. 3년간의 콩코드 생활에서 호손은 에머슨, 소로, 마거릿 풀러, 채닝 등과 교류했다. 수입은 원고료가 전부여서 생활이 궁핍했고, 아내가 바느질로 보탰다.

당시 초기 페미니스트였던 마거릿 풀러는 1846년 이탈리아에서 귀족과 동거하며 아들을 낳았다. 미국으로 돌아오던 중 뉴욕 앞바다에서 가족과 함께 배가 침몰해 사망했다.

그녀의 비혼 출산은 『주홍글씨』의 영감이 되었다고 전해진다. 풀러는 특히 호손의 딸 유나와 정신적 모녀 같은 관계를 맺었다.

1844년(40세)

3월 3일 장녀 유나가 태어났다. 그녀는 『주홍글씨』 속 펄의 모델이 되었는데, 후일 로마 체류 때부터 신경증을 보이다가 두 번의 약혼과 파혼 후 정신적 충격으로 1877년, 33세로 세상을 떠났다.

『주홍글씨』에는 아내 소피아, 딸 유나 그리고 시가에서 의심받던 어머니 엘리자베스, 이렇게 세 여인의 모습이 큰 영향을 주었다고 한다. 작품 서문 「세관」에서 화자가 주홍글씨를 가슴에 얹고 불타는 듯한 열기를 느낀다는 대목은, 호손 자신이 늘 주홍글씨의 존재를 의식했음을 암시한다는 해석도 있다.

1845년(41세)

친구 호레이쇼 브리지의 여행기를 편집한 『아프리카 탐험자의 일기』(*The Journal of an African Cruiser*)를 출간했다. 11월, 경제적 이유로 가족과 함께 세일럼으로 돌아갔다.

1846년(42세)

4월에 세일럼 세관 검사감독관(연봉 1,200달러)이 되었다. 6월 22일 장남 줄리언이 태어났다. 줄리언은 후에 하버드를 중퇴하고 작가를 꿈꾸었으나 성공하지 못했다. 단편집 『낡은 목사관의 이끼』(*Mosses from an Old Manse*)를 출간했다. 여기에는 「젊은 굿맨 브라운」(*Young Goodman Brown*), 「반점」(*The Birthmark*), 「아름다움의 예술가」(*The Artist of the Beautiful*), 「라파치니의 딸」(*Rappaccini's Daughter*), 「로저 맬빈의 매장」(*Roger Malvin's Burial*) 등 뛰어난 작품들이 실렸다.

1847년(43세)

가족과 함께 세일럼 몰 스트리트의 더 큰 집으로 이사했다.

1849년(45세)

6월, 새 휘그당 행정부에 의해 세관직에서 해임되었다. 7월 31일 어머니가 세상을 떠났다. 호손은 마당에서 노는 어린 딸과 방 안에서 숨져가는 어머니를 보며 인생의 파노라마를 보았다고 한다. 9월 초 『주홍글씨』 집필을 시작해 이듬해 1월 3일 완성했다. 아내 소피아는 이 소설을 읽은 소감을 1월 12일 둘째 언니 메리에게 보낸 편지에 이렇게 썼다. "이 로맨스를 언니가 어떻게 읽을지 모르겠어. 아주 강력한 소설이고, 천둥 번개처럼 무서우면서도 놀라운 도덕적 내용을 포함하고 있고, 율법을 범해서는 안 된다는 경고를 담고 있어."

1850년(46세)

3월 16일 『주홍글씨』를 출간해 9개월 만에 3쇄를 찍었다. 「세관」의 비판적 묘사가 논란이 되자 2판에서 의도를 해명했다. 레녹스로 이사한 후 허먼 멜빌을 만났고, 멜빌은 『문학 세계』에 호손론을 발표했다. 『내셔널 이어러』에 「큰 바위 얼굴」(*The Great Stone Face*)을 실었다. 멜빌은 호손과 자주 교류하며 문학적 조언을 받았고, 대작 『모비 딕』을 호손에게 바쳤다.

1851년(47세)

4월 9일 장편소설 『일곱 박공의 집』(*The House of the Seven Gables*)을 출간했다. 호손의 조상들과 사촌이 소유했던 저택에서 영감을 받은 것으로 알려져 있으며, 출간 직후 찬사를 받았다. 단편집 『눈의 이미지와 다른 두 번 들은 이야기』(*The Snow-Image, and Other Twice-Told Tales*), 아동용 도서인 『소녀와 소년들을 위한 경이의 책』(*A Wonder-Book for Girls and Boys*)을 출간했다.

5월 20일 둘째 딸 로즈가 태어났다. 로즈는 1871년 가을에 작가인 조지 래스럽과 결혼했으나, 아들이 5살에 디프테리아로 세상을 떠난 뒤 남편이 알코올중독에 걸리고 구타를 하는 등 어려운 시절을 보냈다. 1891년에 가톨릭으로 개종했고 1896년에 이혼했으며 남편은 3년 후 간경화증으로 사망했다. 로즈는 간호사로 일하다가 나중에는 가톨릭 수녀가 되어 호손 도미니카 수녀회를 설립했다. 『주홍글씨』에서 헤스터 프린이 불우한 이웃을 위해 한결같이 봉사하는 삶을 산 것으로 그려지는데, 비록 호손이 세상을 떠난 뒤의 일이지만 로즈의 삶은 헤스터 프린의 그러한 면모와 가장 가까운 인물이다.

1852년(48세)

『블라이드데일 로맨스』(*The Blithedale Romance*)를 출간했다. 대통령 후보로 나선 오랜 친구 프랭클린 피어스의 선거용 전기를 집필했는데, 남부의 노예제도를 옹호하는 피어스를 호손이 두둔하는 것처럼 기술해 북부의 많은 이들에게 비난을 받았다. 호손은 친구 브리지에게 이런 내용의 편지를 보냈다. "그 전기 때문에 이곳 북부에서 많은 친구를 잃었다네. 전에는 나를 좋아했던 친구들이 노예제에 관한 나의 발언으로 가을 낙엽처럼 우수수 떨어져 나가고 말았어. 하지만 그 전기에 쓴 것이 나의 솔직한 심정이었고 나는 그렇게 기록을 남긴 것을 후회하지 않네." 매사추세츠주 콩코드에 호손 생애에서 유일한 본인 소유였던 집을 사들여 '웨이사이드'라고 명명했다.

1853년(49세)
그리스 신화 이야기를 아동을 위해 쉽게 풀어 쓴 『탱글우드 이야기』(*Tanglewood Tales*)를 출간했다. 미국 제14대 대통령으로 취임한 친구 피어스에 의해 영국 리버풀 주재 미국 영사로 임명되었다. 호손 일가는 7월에 영국으로 출발했다.

1853~1857년(49~53세)
4년간 리버풀 영사로 있으면서 성실하고 근면하게 일했다. 영사의 업무는 주로 해사 업무의 대관(對官) 지원과 무역 업무를 측면 지원하는 것이었는데, 이는 리버풀이 영미 무역에서 주요 전략 거점이었기 때문이다. 이 때문에 소설을 쓸 시간은 마련하지 못했으나 『잉글리시 노트북』이라는 제목의 일기장에 그가 겪은 일들과 문학적 단상을 상세히 기록해두었다. 한편 허먼 멜빌은 1856년 10월 건강 회복 차 장인의 지원을 받아 유럽과 예루살렘의 성지로 여행을 떠났는데, 이때 리버풀로 호손을 찾아가 사흘 동안 머무르며 문학적인 상담을 청했고 1857년 5월 여행을 끝내고 귀국할 때에도 호손을 찾아가 작별 인사를 했다. 1857년 9월 피어스 대통령의 퇴임과 함께 영사 자리에서 물러났다.

1858~1859년(54~55세)
호손 일가는 영국의 여러 섬과 프랑스를 여행하고 이탈리아로 내려가 로마와 피렌체에서 2년간 생활했다. 이 시기에 마지막 장편소설 『대리석 목신상』(*The Marble Faun*)을 집필하기 시작했다. 영국의 출판사에서 세 권 분량을 채워달라고 요구하여 로마의 조각과 회화 등에 대한 묘사를 많이 집어넣었고, 이는 작품에 군더더기가 지나치게 많다는 비난을 받는 빌미가 되었다. 완성된 책은 결국 1권 분량밖에 되지 않았다. 이때 맏딸 유나가 오늘날 주로 말라리아를 지칭하는 로마 열병에 걸려서 예정보다 체류가 지연되었다.

1860년(56세)

『대리석 목신상』을 출간했다. 7년간의 해외 생활을 청산하고 영국으로 귀국해 콩코드의 웨이사이드로 돌아왔다.

1861년(57세)

남북전쟁이 발발해 큰 충격을 받았다. 『돌리버 로맨스』(*The Dolliver Romance*), 『셉티미어스 펠튼』(*Septimius Felton*), 『그림쇼 박사의 비밀』(*Doctor Grimshawe's Secret*) 등을 쓰기 시작했으나 모두 끝맺지 못했다.

1862년(58세)

출판업자 윌리엄 티커와 함께 워싱턴 D.C.를 여행하며 에이브러햄 링컨 대통령을 만났다. 『어틀랜틱 먼슬리』에서 "주로 전쟁 문제에 대하여—평화를 사랑하는 사람으로부터"라는 기사를 발표했다. 전쟁을 냉소적으로 바라본 유머러스한 문장으로 작가 조너선 스위프트가 쓴 아일랜드 빈곤 문제를 다룬 수필 「겸손한 제안」(1729)과 자주 비교된다. 노예제도에 대한 호손의 입장은, 노예제도 자체는 잘못되었으나 남부가 기존에 획득한 권리이므로 그것을 빼앗기 위해 전쟁까지 불사한다는 것은 과도하고, 이런 어렵고 복잡한 문제는 하나님이 해결하시도록 내버려두는 것이 더 현명한 처사라는 것이었다. 이것은 결국 노예제도 존속을 지지하는 의견으로 호손에게 비난이 쏟아졌다. 링컨 대통령에 대한 인상이 좋지 않았는지 위의 기사에서 링컨을 두고 상투적이고 거칠며 단정치 못하다는 표현을 사용했으나 출판업자의 강력한 만류로 삭제했다. 호손은 민주당 지지자에 남부 동정론자였고 링컨은 휘그당(공화당) 출신에 노예제도 철폐론자로 서로 반대되는 입장에 서 있었다.

1863년(59세)

『잉글리시 노트북』을 바탕으로 쓴 영국에 대한 회상록 『우리의 옛 고향』(*Our Old Home*)을 출간, 프랭클린 피어스에게 헌정했다. 이 때문에 또다시 피어스 같은 코퍼헤드(북부의 남부 동정론자)를 칭송하는 것을 보니, 호손도 노예제도를 지지하는 사람이 아니냐는 비난이 쏟아졌다. 이 무렵 호손의 건강이 아주 나빠졌다. 주된 증상은 속이 더부룩하고 위장이 아픈 것이었는데, 암이나 뇌종양이었을 것으로 추정된다. 호손은 로마 체류 시절부터 이미 속이 불편하여 금식으로 증상을 다스렸는데, 이로 인해 영양 부족 상태에 빠지기도 했다.

1864년(60세)

5월 19일, 프랭클린 피어스와 함께 화이트산맥을 여행하다가 뉴햄프셔주 플리머스의 숙소에서 세상을 떠났다. 친구 피어스가 건강이 극도로 악화되고 우울증과 죽음에 집착하는 증상을 보이던 호손과 떠난 여행길이었다. 잠들기 전 마지막으로 대화를 나눌 때 피어스가 동풍이 불어오는 것을 보고 이제 뭔가 변화할 조짐이 보인다고 말하자, 호손은 "내 생애에 그런 건 없을 거야"라고 답했다고 한다. 피어스는 바로 옆방에 투숙하며 밤중에 여러 번 들러 호손의 용태를 확인했으나, 새벽에 가서 보니 이미 숨이 멎어 있었다고 한다. 5월 23일, 오늘날 '작가들의 능선'으로 알려진 콩코드의 슬리피 할로 공동묘지에 안장되었다.

호손, 딸 유나, 아내 소피아와 나란히 묻히다

옮긴이 이종인

1954년 서울에서 태어나 고려대학교 영어영문학과를 졸업하고 한국 브리태니커 편집국장과 성균관대학교 전문 번역가 양성 과정 겸임 교수를 역임했다. 지금까지 250여 권의 책을 옮겼으며, 최근에는 인문 및 경제 분야의 고전을 깊이 있게 연구하며 번역에 힘쓰고 있다. 옮긴 책으로는 『진보와 빈곤』, 『리비우스 로마사 세트(전4권)』, 『월든·시민 불복종』, 『자기 신뢰』, 『유한계급론』, 『공리주의』, 『걸리버 여행기』, 『로마제국 쇠망사』, 『고대 로마사』, 『숨결이 바람 될 때』, 『변신 이야기』, 『작가는 왜 쓰는가』, 『호모 루덴스』, 『폰더 씨의 위대한 하루』 등이 있다. 집필한 책으로는 번역 입문 강의서 『번역은 글쓰기다』, 고전 읽기의 참맛을 소개하는 『살면서 마주한 고전』 등이 있다.

현대지성 클래식 62

주홍글씨

1판 1쇄 발행 2025년 3월 27일

지은이 너새니얼 호손
그린이 휴 톰슨
옮긴이 이종인
발행인 박명곤 **CEO** 박지성 **CFO** 김영은
기획편집1팀 채대광, 이정미, 백환희, 이상지
기획편집2팀 박일귀, 이은빈, 강민형, 박고은
기획편집3팀 이승미, 김윤아, 이지은
디자인팀 구경표, 유채민, 윤신혜, 임지선
마케팅팀 임우열, 김은지, 전상미, 이호, 최고은

펴낸곳 (주)현대지성
출판등록 제406-2014-000124호
전화 070-7791-2136 **팩스** 0303-3444-2136
주소 서울시 강서구 마곡중앙6로 40, 장흥빌딩 10층
홈페이지 www.hdjisung.com **이메일** support@hdjisung.com
제작처 영신사

"Curious and Creative people make Inspiring Contents"
현대지성은 여러분의 의견 하나하나를 소중히 받고 있습니다.
원고 투고, 오탈자 제보, 제휴 제안은 support@hdjisung.com으로 보내 주세요.

현대지성 홈페이지

이 책을 만든 사람들
편집 백환희, 채대광 **디자인** 구경표

현대지성 클래식 살펴보기